VERONIKA BI

OPTIMUM

Kalte Spuren

Veronika Bicker

OPTIMUM

Kalte Spuren

INK
EGMONT

1. Auflage

verlegt durch EGMONT Verlagsgesellschaften mbH,
Gertrudenstraße 30–36, 50667 Köln

Umschlag: Sandra Taufer, München
unter Verwendung von Motiven von
© Sura Nualpradid / iStockphoto (Baum);
© Dimitar Sotirov / shutterstock (Rose);
© Kess / shutterstock und © danilo ducak / shutterstock
Dieses Werk wurde vermittelt durch
die Literaturagentur Schmidt & Abrahams
www.schrift-art.net
Satz: Greiner & Reichel. Köln
Printed in Germany (670421)
ISBN 978-3-86396-045-2

www.egmont-ink.de

Für Nadine. Eine Extraportion Schnee.

Kapitel eins

Gewinner

»Die Ergebnisse kommen heute rein.«

»Habt ihr schon ans Schwarze Brett geschaut? Hängt die Liste aus?«

»Ist überhaupt jemand von unserer Schule dabei?«

»Als ich heute Morgen nachgesehen habe, war noch nichts da.«

Rica schüttelte den Kopf und schob sich eine Gabel voll Risotto in den Mund, als die nächste Gruppe aufgeregter Mädchen an ihrem Tisch vorbeilief.

»Ich weiß überhaupt nicht, was die alle an diesem verflixten Wettbewerb finden«, meinte Rica. »Als ob der die einzige Gelegenheit wäre, einen Ausflug zu machen. Ihr seid doch ständig irgendwo unterwegs. Lars sagte …« Doch sie brachte den Satz nicht zu Ende. Lars hatte viel gesagt, und Rica hatte ihn deswegen für einen Freund gehalten.

»Na, du hast doch auch teilgenommen!« Eliza hatte den Kommentar über Lars entweder nicht gehört, oder sie ging aus Rücksicht nicht darauf ein.

Rica zuckte mit den Schultern und nahm noch eine Gabel voll Risotto. »Alle haben mitgemacht. Ich kann ja wohl schlecht einfach aus dem Unterricht abhauen, während ihr alle an euren ›Forschungsprojekten‹ herumschraubt.« Sie schnaubte und schüttelte wieder den Kopf. Die »Agenda 2030« schien die gesamte Daniel-Nathans-Akademie in ein

Irrenhaus verwandelt zu haben. Von einem Tag auf den anderen hatten alle Schüler die wildesten Ideen entwickelt, wie die Zukunft am besten zu gestalten wäre. Visionäre Technologien waren auf dem Papier und im Modell entwickelt worden, in den Klassenzimmern und auf den Fluren wurde über nichts anderes mehr gesprochen als über verbesserte Gentechnologie und Fließgewässersanierung. Selbst die Lehrer hatten sich von dem Hype anstecken lassen, und große Teile des Unterrichts wurden geopfert, damit die Schüler an ihren Projekten arbeiten konnten.

All das nur, weil es einen ziemlich langweiligen Skiurlaub zu gewinnen gab, abgesehen von der Teilnahme an einer Konferenz, auf der die besten Ideen vorgestellt werden sollten.

Auf beides war Rica von Anfang an nicht besonders wild gewesen, auch wenn ihr die Arbeit an einem eigenen Projekt Spaß gemacht hatte. Aber nachdem immer mehr ihrer Klassenkameraden einer Art fiebrigem Wahn verfallen waren und die irrwitzigsten Pläne entworfen hatten, war Rica die Lust an der ganzen Sache vergangen. Sie hatte ihr eigenes Projekt unmotiviert dahingeschludert und den Rest der Projektzeit damit verbracht, Fotos von der Schule zu machen, während alle anderen noch arbeiteten. Inzwischen ärgerte sie sich über sich selbst. Sie hätte mehr aus ihren Ideen machen sollen.

»Wollen wir nachsehen gehen, wer gewonnen hat?« Elizas Stimme klang vorsichtig. »Wer weiß, vielleicht …«

Rica schüttelte den Kopf. »Ich bin sicher nicht dabei«, murmelte sie. »Aber wenn es dir Spaß macht …« Sie schob ihren Teller von sich. Eliza sprang so eifrig auf, dass Rica ein schlechtes Gewissen bekam. Ganz offensichtlich hatte ihre Freundin die ganze Zeit darauf gewartet, zum Schwarzen Brett gehen zu können. Nur wegen Ricas offensichtlichem Unmut hatte sie sich zurückgehalten.

Vor dem Schwarzen Brett hatte sich eine kleine Traube aus Schülern gebildet, die sich alle bemühten, einen Blick auf die Liste zu werfen. Eliza stellte sich auf die Zehenspitzen, und versuchte, über die Köpfe der anderen hinwegzusehen, aber sie war viel zu klein. Rica dagegen konnte die Liste ohne weitere Mühe erkennen.

»Haben die hier die Gewinner aus dem ganzen Land aufgelistet, oder warum sind das so viele?« Sie hatte niemand Bestimmten gefragt, aber eines der Unterstufenmädchen vor ihr drehte sich um.

»Das sind nur die Gewinner der Daniel-Nathans-Akademie«, antwortete sie.

Rica überlegte, weiter die Unbeteiligte zu mimen, aber ein Blick auf Elizas verzweifeltes Gesicht reichte, um sie zu überzeugen. Sie begann, sich durch die anderen Schüler nach vorn zu kämpfen.

Doch noch bevor sie die erste Reihe erreicht hatte, schob sich eine Gestalt von vorn in ihre Richtung. Ricas Herz schlug schneller, als sie bemerkte, wer da auf sie zukam.

Robin.

»Hast du schon gesehen?« Er strahlte. Sein ganzes Gesicht schien dadurch wie in helles Licht getaucht zu sein, und seine Augen funkelten.

Ricas Mundwinkel zuckten unwillkürlich nach oben. *Sechs Monate und ich fühle mich immer noch wie ein dummes kleines Mädchen, das zum ersten Mal verliebt ist, wenn ich ihn nur sehe.*

»Ich nehme an, du bist dabei?«, versuchte sie von ihrer Verlegenheit abzulenken. »Herzlichen Glückwunsch.« Es kam nicht ganz von Herzen. Die Schüler, die gewonnen hatten, würden nächste Woche in die Berge fahren, für ganze zwei Wochen. Sie bekamen einfach schulfrei, während alle anderen weiterbuffeln mussten. Bei Ricas Freundeskreis war es sehr wahrscheinlich, dass sie die zwei Wochen allein in der Schule verbringen würde. *Warum musstest du dir auch nur lauter Genies als Freunde aussuchen?* Sie hatte gehofft, dass wenigstens Robin mit ihr hierbleiben würde, immerhin erreichten seine Noten nicht ganz den übermäßig hohen Schnitt wie Elizas. Aber offensichtlich hatte sie sich da geirrt.

»Nicht nur ich.« Robin packte sie sacht am Oberarm, um sie aus der Menge der Schüler heraus zu geleiten.

»Lass mich raten: Eliza, Torben, Sarah, Vanessa …«, fing Rica an.

»Ja, auch. Aber hör mir doch mal zu!« Er hatte sie in eine Nische zwischen der großen Treppe und einer Stellwand voller Fotos gezogen und ihr sanft die Hände auf die Schultern gelegt. Jetzt schüttelte er sie ganz leicht, um ihre Aufmerksamkeit zu bekommen. »Du bist dabei!«

Rica starrte sprachlos zu ihm auf. Sie dabei? »Bist du sicher?«

Robin ließ ihre Schultern los und verzog das Gesicht. Zu spät wurde Rica bewusst, dass sie vielleicht ein bisschen mehr Freude hätte zeigen sollen. Immerhin fuhr sie mit ihrem … was auch immer er für sie war … in Urlaub. Aber sie war dermaßen fassungslos, dass Robins Freude völlig an ihr vorbeigegangen war.

»Natürlich bin ich sicher. Ich kann doch lesen. Ich dachte, du freust dich.«

»Tut mir leid.« Rica lächelte. »Es ist nur … Ich hab eine so schlechte Arbeit abgeliefert.« Sie musste lachen. »Wenn die mich genommen haben, müssen sie echt verzweifelt sein.«

Robin schenkte ihr einen langen Blick, dann grinste er und wuschelte ihr unvermittelt durchs Haar. »Mach dich nicht schlechter, als du bist«, meinte er. »Du bist dabei, und das ist doch alles, was zählt. Und alle anderen auch. Das wird ziemlich klasse, sage ich dir.«

»Steht da, wie viele Schüler es insgesamt sind? Ich meine, nicht nur von dieser Schule?« Irgendwas an dieser überlangen Liste und der Tatsache, dass ausgerechnet sie unter den Gewinnern sein sollte, störte Rica.

Robin schüttelte den Kopf. »Wenn das aus jeder Schule so viele Leute sind, bekommen die ein Problem, falls sie die alle in einer Skihütte unterbringen wollen«, erwiderte er und lachte. »Aber wer weiß, wen wir dort kennenlernen werden. Vielleicht sind ja irgendwelche hübschen Mädchen dabei.«

Rica boxte ihm freundschaftlich in die Rippen. »Man sollte meinen, du hättest hier alle hübschen Mädchen, die du brauchst.«

»Hm, ich weiß nicht.« Robin sah sich gespielt übertrieben um. »Ich kann hier keine sehen, du?«

»Was sehen?« Elizas Stimme unterbrach sie, bevor Rica Robin ernsthaft den Kopf zurechtrücken konnte. »Ich dachte, du wolltest herausfinden, wer mitfährt?«, wandte sie sich an Rica.

»Sorry.« Rica lächelte verlegen. »Ich war abgelenkt. Aber Robin sagt, wir sind alle dabei.«

»Robin sagt das?« Eliza klang spöttisch, doch die Anspannung, die gerade noch in ihrem Gesicht gelegen hatte, verschwand, und sie lächelte. »Na, dann ist ja gut, dass du mir das sofort weitergesagt hast.« Trotz des Spottes zwinkerte sie Rica verschwörerisch zu.

»Und? Freust du dich?«, wollte Robin wissen.

Im ersten Moment fragte sich Rica, wie Robin so eine dämliche Frage stellen konnte. Alles, wovon Eliza in der letzten Zeit geredet hatte, war dieser Wettbewerb gewesen.

Aber als sie nun in Elizas Gesicht sah, merkte sie, dass Robins Frage durchaus berechtigt gewesen war. Eliza sah eher ein bisschen nachdenklich aus.

»Ich freue mich, dass sie mein Projekt gut fanden«, antwortete sie. Sie war auf einmal sehr still, überhaupt nicht mehr so überdreht wie die Tage zuvor. Rica bemerkte die gleiche Ruhe auch bei den anderen Schülern vor dem Schwarzen Brett. Die Menschentraube löste sich langsam auf, und die meisten gingen ruhig ihrer Wege. Es gab erstaunlich wenig Jubelrufe und Hysterie, wie Rica sie eigentlich bei dem ganzen Hype zuvor erwartet hätte.

»Ich fahre gar nicht so gerne Ski«, gab Eliza jetzt auch noch zu, aber sie lächelte dabei. »Ich freue mich natürlich trotzdem. Vor allem, dass ihr beide mitkommt. Das wird bestimmt cool.«

Rica zuckte mit den Schultern. »Ich verstehe immer noch nicht, warum ich dabei bin.«

»Deine Idee war doch gar nicht so schlecht«, warf Robin ein.

»Aber ich habe sie überhaupt nicht ausgearbeitet«, wehrte Rica ab. »Gebt es zu: Ich habe eine miserable Arbeit abgeliefert, und ihr beide wisst das ganz genau.« Eliza und Robin hatten ihr bei der Ausarbeitung ihrer Idee geholfen und streckenweise auch beim Anfertigen der Planskizzen und Modelle. Beide hatten auf sie eingeredet wie auf ein krankes Pferd, sich doch ein bisschen mehr Mühe zu geben.

Robin und Eliza sahen einander ein wenig verlegen an, dann zuckte Robin mit den Schultern.

»Kann doch sein, dass sie die gute Idee erkannt und bewertet haben«, meinte er, aber es klang halbherzig. Jetzt war Rica klar, dass sich Robin ihren Namen auf der Liste auch nicht erklären konnte. Und obwohl sie wusste, wie schlecht ihr Projekt gewesen war, versetzte ihr diese Erkenntnis einen kleinen Stich. *Er traut mir gar nichts zu.* Ein anderer, sehr viel deutlicherer Gedanke war allerdings: *Warum haben sie mich genommen? Ich fresse einen Besen, wenn die Ergebnisse nicht irgendwie manipuliert worden sind.* Sie kniff nachdenklich die Augen zusammen. Wie sollte das denn gehen? Der Wettbewerb war von einer sogenannten Gesellschaft mit Namen »Weiter Horizont« ausgeschrieben worden, und obwohl keiner von ihnen zuvor von dieser Gesellschaft gehört hatte, war nach einer kurzen Internetrecherche herausgekommen, dass sie schon seit Jahren existierte. Sie schien sich vor allem mit zukunftsweisenden Technologien zu beschäftigen. Der Jugendwettbewerb war zwar ihre erste Ausschreibung dieser Art, aber das Konzept passte durchaus in das Bild, das die Gesellschaft von sich selbst zeichnete. Warum sollten sie also die Ergebnisse manipulieren, um eine ihnen vollkommen unbekannte Schülerin mit einem eher mittelmäßigen Projekt auf eine Skireise zu schicken?

»Das ergibt alles keinen Sinn«, murmelte Rica. Sie merkte erst, dass sie laut gesprochen hatte, als Eliza und Robin sie verwirrt ansahen.

Eliza verdrehte die Augen und berührte vorsichtig Ricas Oberarm. »Du siehst schon wieder Verschwörungen«, meinte sie. »Ich sehe es dir doch an der Nasenspitze an. Du denkst zu viel, Rica.«

»Wenn die Lehrer das nur auch mal so sehen würden«, erwiderte Rica, musste aber lachen. Gemeinsam mit den anderen machte sie sich auf den Weg in den Aufenthaltsraum.

Doch nachdem sie sich zu dritt eine Sofaecke erobert hatten, und Eliza verschwand, um Kaffee und Snacks zu besorgen, kehrten Ricas Gedanken wieder zu dem Wettbewerb zurück. Vielleicht war es gar nicht so, dass jemand sie unbedingt bei diesem Skiurlaub dabei haben wollte – vielleicht war das Ziel vielmehr, sie von der Daniel-Nathans-Akademie fernzuhalten. Immerhin hatte sie die letzte Zeit damit verbracht, heimlich Nachforschungen anzustellen. Seit dem Tod ihrer Freundin Jo im September und der Überführung ihrer

Mörderin hatte Rica keine Ruhe gefunden. Zwar hatte der Ehemann der Mörderin und Mittäter, der Kletterlehrer Lars Bennett, ein Geständnis abgelegt, aber für Rica war damit noch lange nicht alles geklärt. Wann immer sie Zeit gefunden hatte, hatte sie sich mit einem Notizbuch hingesetzt und alles zusammengetragen, was ihr an den Ereignissen hier komisch vorkam. Zu einem echten Ergebnis war sie auf diese Weise allerdings noch nicht gekommen.

»Nimm die Falten von deiner Stirn, oder sie bleiben für immer da«, neckte Robin, und rutschte auf dem Sofa ein Stück zu Rica hin, um ihr den Arm um die Schultern zu legen. »Worüber grübelst du jetzt schon wieder nach?«

Rica lächelte und wagte es, sich ein wenig enger an Robin zu kuscheln. »Stelle ich zu viele Fragen, Robin?«

Robin zuckte mit den Schultern. »Manchmal. Manchmal aber auch nicht genug. Oder nicht die richtigen.«

»Ach ja?« Sie spürte, wie ihr das Blut in die Wangen stieg. »Welche Fragen sollte ich denn stellen?« Ihr Herz begann wild zu klopfen. Im Grunde wusste sie genau, was er von ihr hören wollte. Aber bis jetzt hatte sie sich noch nicht dazu durchringen können. Die Erlebnisse vom Herbst und die ganzen Nachforschungen danach hatten irgendwie viel zu viel Raum eingenommen, sodass Robin immer wieder zu kurz gekommen war.

»Lass mich überlegen … Irgendetwas in die Richtung, ob wir beide nun eigentlich mal zusammen in die Stadt gehen wollen? Oder ob ich nicht Lust hätte, im Sommer allein mit dir campen zu fahren? Oder ob …« Robins Gesicht kam Ricas gefährlich nahe, und ihr Herz begann, Purzelbäume zu schlagen. *Endlich. Endlich …*

»Lehrer!« Eliza ließ sich neben Rica aufs Sofa fallen.

Robin zuckte zurück, rückte von Rica ab und setzte sich kerzengerade hin.

Im ersten Moment war Rica wütend auf Eliza. Hätte sie nicht mal fünf Minuten länger warten können? Aber ein Blick zur Tür des Aufenthaltsraums sagte ihr, dass tatsächlich eine der Aufsichtslehrerinnen das Zimmer betreten hatte. Noch hatte sie nur Augen für eine völlig überdrehte Gruppe von Sechstklässlern, die einen Schwamm aus einem Klassenzimmer geklaut hatten, und sich jetzt lautstark eine Schlacht damit lieferten. Aber wahrscheinlich hätte sie im nächsten Moment Rica und Robin entdeckt, und dann hätte sich die Frage gestellt, was ihr wichtiger war: die Schwammschlacht zu unterbinden oder die mögliche Knutscherei. In Bezug darauf hatte die Daniel-Nathans-Akademie nämlich ziemlich bescheuerte, aber unantastbare Regeln.

»Sorry«, meinte Eliza.

Rica brachte keine Antwort heraus, doch Robin gelang ein halbherziges Lächeln. »Schon gut«, murmelte er und sah Rica nicht an. »Wir haben ja vermutlich im Urlaub genug Zeit zum Reden.« Er warf einen flüchtigen Blick zur Lehrerin und stand dann auf. »Ich muss los. Hausaufgabenbetreuung.« Dann war er auch schon weg.

»Zum Reden, soso«, kicherte Eliza und zwinkerte Rica zu. »Bevor oder nachdem du ihm beim Skifahren in die Arme gestolpert bist?«

Rica funkelte sie an, aber Elizas Grinsen war so ansteckend, dass sie selbst lachen musste. »Vorher«, entschied sie. »Ich hoffe ja, dass wir danach nicht mehr viel reden müssen.«

Kapitel zwei

Blütenhof

»Das kann doch nicht deren Ernst sein!« Robin kletterte vor Rica aus dem Bus und sah sich um. Verschneite Bäume standen dicht an der Straße, und ein eisiger Windhauch ließ Pulverschnee über den Boden tanzen.

Zitternd und ungläubig standen die Schüler der Daniel-Nathans-Akademie um den gestrandeten Bus herum, während der Fahrer begann, Skiausrüstungen, Reisetaschen und Rucksäcke aus dem Gepäckfach zu räumen.

Rica sprang aus der Tür in den weichen Schnee, sodass er nach allen Seiten aufstob. Ein paar andere Schüler zogen sich fluchend und schimpfend ein paar Schritte zurück, aber niemand ging direkt auf Konfrontation. Sie alle waren zu müde und zu überrascht von dem plötzlichen Halt, um zu streiten.

»Es ist doch nur ein kurzer Fußmarsch«, versuchte Rica Robin zu trösten, doch auch ihr Mut sank, als sie den Berg von Gepäck betrachtete, der sich vor ihnen im Schnee auftürmte.

»Irgendjemand hätte ja wohl vorher prüfen können, wie breit die Brücke wirklich ist«, schimpfte Robin. »Und dann einen Bus mieten, der auch darüberpasst.«

Rica gab ihm insgeheim recht, aber sie zuckte nur mit den Schultern. Ihrer Meinung nach half es nicht viel, herumzujammern, ändern konnten sie es sowieso nicht.

»Müssen wir das wirklich alles den Berg raufschleppen?« Vanessa stand völlig fassungslos vor dem Berg an Gepäck. Sie hatte eine sehr modische, pinkfarbene Jacke an, die ihr das Aussehen eines Michelin-Männchens verpasste, aber trotzdem zitterte sie im kalten Wind. Vielen der Schüler schien es ähnlich zu gehen, bemerkte Rica. Keiner von ihnen trug schon seine Skijacke, stattdessen traten sie wie auf einer Modenschau auf: bunte Farben, angesagte Marken, coole Kleidungsschnitte. Aber gegen den Wind und die Kälte schienen sie nicht viel ausrichten zu können. Sie hatten ja auch alle nicht damit gerechnet, schon vor ihrer Ankunft in der Hütte für Aktivitäten im Schnee gerüstet sein zu müssen.

Glücklicherweise hatte Rica ihren warmen Parka, den sie mal in einem Armeeshop gekauft hatte, mit in den Bus genommen und eine Jeans über ihre Leggings angezogen, weil sie in den klimatisierten Reisebussen immer schrecklich fror. Sie fand es zwar immer noch ein bisschen kühl, aber auszuhalten.

So sehr man solche verdammte Kälte überhaupt aushalten kann, dachte sie und steckte die Hände in die Jackentaschen. Sie hasste die Kälte und den Winter. Wenn es nach ihr ging, könnte es das ganze Jahr über Sommer sein. Und jetzt, wo der verdammte Winter endlich fast vorbei war, wurde sie in die Berge in den Schnee geschickt.

»Ihr nehmt nur mit, was ihr sofort braucht«, erwiderte der Busfahrer. »Ich habe die Betreuer angerufen, sie lassen jemanden aus dem Tal mit einem Bulli kommen, um das ganze Zeug hochzubringen.«

»Können wir dann nicht auch damit hochfahren?«, fragte Sarah. Ihre Wangen waren jetzt schon von der Kälte und dem Wind gerötet, und ihre Augen glänzten verdächtig.

»Bei all dem Kram wird der Bulli so voll sein, dass wir nicht mehr reinpassen«, gab Torben zurück. Er war einer der wenigen, die nicht zu frieren schienen. »Kommt schon, das ist nun wirklich kein Weltuntergang.« Er schnappte sich einen

Rucksack vom Stapel und schwang ihn über die Schulter. »Ihr wolltet doch Urlaub im Schnee, oder?«

»Aber nicht so«, maulte Celina. »Niemand hat uns gesagt, dass wir zu Fuß gehen müssen.«

»Es lässt sich nun mal nicht ändern.« Eliza trat nun auch an den Stapel Gepäck heran und suchte eine Weile darin herum, bis sie ihren Rucksack gefunden hatte. »Wenn wir weiter hier herumstehen, wird uns nur noch kälter. Also gehen wir einfach los. Wenn wir uns bewegen, wird uns schon warm werden.«

»Du klingst wie meine Mutter«, meinte Rica, aber auch sie fischte jetzt ihren Rucksack aus dem großen Haufen heraus.

Hier und dort war aus den Reihen der übrigen Schüler noch Murren zu hören, doch nachdem Torben, Eliza und Rica den Anfang gemacht hatten, suchte auch der Rest der elfköpfigen Gruppe ihr Gepäck zusammen, schulterte Rucksäcke und griff sich Reisetaschen.

Torben wandte sich an den Busfahrer. »Den Weg da rauf?«, wollte er wissen. »Und dann?«

»Immer dem Weg folgen«, meinte der. »Könnt ihr gar nicht verfehlen, sagt zumindest das Navi. Die Straße führt zum Blütenhof und endet da. Kann nicht sehr weit sein. Vielleicht drei, vier Kilometer.«

Drei, vier Kilometer! Rica sah das gleiche Entsetzen auf den Gesichtern ihrer Mitschüler, das sie auch empfand. Vier Kilometer im Schnee mit Gepäck den Berg hinauf – es würde dunkel sein, wenn sie auf der Hütte ankamen.

Torben zeigte sich unbeeindruckt. Er drehte sich zum Rest der Gruppe um und musterte einen nach dem anderen, als schätzte er ihr Durchhaltevermögen ab. »Also los!«, sagte er im Befehlston. »Vom Rumstehen wird der Weg nicht kürzer.«

Rica schüttelte den Kopf und wollte Torben schon vorwerfen, dass er sich anhörte wie ein Bundeswehroffizier, doch zu ihrer Überraschung schienen sich die anderen Schüler nicht an seinem Tonfall zu stören. Im Gegenteil, ein Schüler nach dem anderen wandte sich der Straße zu, die über die verschneite Brücke und von da an weiter bergauf führte. Sie schienen zu der stillen Übereinkunft gelangt zu sein, dass Torben hier den fähigsten Anführer darstellte.

Rica, Eliza und Robin waren die Letzten, die sich auf den Weg machten, vor sich eine bunte, weit auseinander gezogene Reihe von Schülern.

Die Brücke bestand aus alten Holzplanken, und selbst wenn sie breit genug für den Bus gewesen wäre, war Rica nicht sicher, ob sie ihm auch standgehalten hätte. Als sie die Bohlen betraten, rieselte ein kleines Rinnsal aus Pulverschnee durch die Lücken in die Schlucht unter ihnen. Schnee knirschte unter ihren Wanderschuhen, und als Rica einen Blick über die Brüstung warf, konnte sie tief unter sich Wasser glitzern sehen. Es rauschte eingerahmt und halb verdeckt von überhängenden Schneewehen dahin. Die Hänge der Schlucht fielen steil zum Bach hin ab, und schimmernde Eiszapfen zierten fast jeden Vorsprung.

»Wunderbare Winteridylle«, murmelte Rica und verzog das Gesicht.

»Ich find's ganz schön«, erwiderte Eliza und beugte sich weit über die Brüstung. »So friedlich.«

»Friedlich? Sag das noch mal, wenn wir unter der ersten Lawine begraben werden.« Rica hob den Blick und sah die Straße entlang, die sich in eine tief verschneite Gebirgslandschaft hinaufschwang.

»Ach, sieh doch nicht immer alles so schwarz!« Eliza boxte sie freundschaftlich in die Seite. »Dafür gibt's doch die Bergrettung.« Sie grinste.

Wie Rica vermutet hatte, kostete sie der Aufstieg zu ihrer Unterkunft fast zwei Stunden. Es mochten vielleicht nur vier

Kilometer sein, wie der Busfahrer gesagt hatte, aber ihnen allen kam der Weg viel länger vor. Links und rechts der Straße lag der Schnee fast hüfthoch, und selbst die Fahrbahn war bedeckt von einer ordentlichen Schicht Neuschnee. Die Schüler, die nicht wie Rica, Torben und Eliza einen Rucksack für ihr Gepäck mitgenommen hatten, mussten ganz schön kämpfen, ihre schweren Koffer und Reisetaschen den Berg hinaufzuschleppen. Nur die wenigsten von ihnen trugen Wanderschuhe oder überhaupt geeignete Winterstiefel. Sie alle hatten damit gerechnet, vom Bus direkt vor der gemütlichen Hütte abgesetzt zu werden. Schon bald waren die meisten von ihnen vollkommen durchgefroren und hatten nasse Füße.

Die Straße schlängelte sich endlos bergan, und nachdem sie die letzten Bäume hinter sich gelassen hatten, wurde der stetige Wind, der über die Schneeflächen blies, richtig unangenehm. Winzige Eiskörnchen prasselten ihnen ins Gesicht und verschleierten ihr Blickfeld. Als ihre Unterkunft endlich in Sicht kam – ein malerisch auf einer kleinen Anhöhe gelegenes Fachwerkhaus – begann es urplötzlich zu schneien. Von einem Moment auf den anderen waren die Schüler der Daniel-Nathans-Akademie von dicken, weißen Flocken umgeben, die um sie herumwirbelten, sich in Haaren und dem Kunstpelzbesatz einiger modischer Anoraks festsetzten und das Haus wieder in unerreichbare Ferne rückten.

Eine weitere Ewigkeit verging, bis sich schließlich die Silhouette des Hauses erneut aus dem Schneetreiben schälte. Inzwischen war es so dunkel geworden, dass die Wand, die vor ihnen aufragte, eher bedrohlich als einladend wirkte, aber die Fenster waren erleuchtet, und drinnen konnte Rica schemenhaft Leute erkennen.

»Endlich.« Celinas Seufzer sprach Rica aus der Seele. Sie konnte sich nicht erinnern, jemals so durchgefroren gewesen zu sein. Ihre Jeans war bis zu den Knien durchweicht und fühlte sich steif an, und sie war sich nicht sicher, ob sie alle ihre Zehen wirklich noch spüren konnte.

Torben war als Erster an der Hütte. Er klopfte, da nirgendwo eine Klingel zu sehen war. Kurze Zeit später schwang die Tür auf.

»Schnell, kommt rein! Ihr müsst ja vollkommen durchgefroren sein!« Eine Männerstimme, aber Rica nahm sich gar keine Zeit, den Sprecher genauer in Augenschein zu nehmen. In einem Knäuel aus Schülern drängte sie ins Innere des Blütenhofes. Wärme und Licht schlugen ihr entgegen, und Rica atmete erleichtert auf. Sofort begannen ihre Wangen zu glühen.

»Da drüben könnt ihr euer Gepäck ablegen. Wir verteilen euch nachher auf die Zimmer, jetzt könnt ihr erst mal etwas essen. Wir haben Suppe gekocht.« Der gleiche Sprecher wie schon zuvor, freundlich und mit einem unverwechselbaren lehrerhaften Unterton.

Rica sah sich um, während sie ihren Rucksack abstellte und ihre Jacke auszog.

Sie standen in einem großen Raum mit langen, robusten Tischen und Bänken. Im hinteren Teil gab es eine kleine Theke und eine Durchreiche, wahrscheinlich zur Hüttenküche. An den Wänden hingen fürchterlich kitschige Bilder von Almen und schneebedeckten Bergen mit niedlichen Fachwerkhäuschen, Kühen, glücklichen Menschen und was eben sonst noch zu einer perfekten Bergidylle gehörte.

Außerdem gab es Regale mit Spielen und Büchern, und das Beste war ein riesiger Kamin am hinteren Ende des Zimmers. Ein loderndes Feuer brannte darin. Am liebsten hätte sich Rica sofort einen Sitzplatz direkt am Feuer ergattert – nur das war leider unmöglich. Eine zweite Schülergruppe hatte sich die besten Plätze gesichert. Die Sitzenden starrten neugierig und ein wenig feindselig in Richtung der Neuankömmlinge.

Das typische Verhalten von Leuten, die »zuerst« da gewesen waren.

Rica war das egal. Sie wollte nur ins Warme, und sie würde sich ganz bestimmt nicht von einem Haufen fremder Schüler einschüchtern lassen, die – zumindest auf den ersten Blick – auch noch fast alle jünger waren als sie selbst. Sie spazierte geradewegs auf die Sitzenden zu und ließ sich wie selbstverständlich auf einen freien Platz neben einem blonden Mädchen fallen, die als Einzige etwa in ihrem eigenen Alter zu sein schien.

»Ist hier noch frei?«, erkundigte sich Rica, nachdem sie sich schon gesetzt hatte.

Das Mädchen lachte. »Jetzt nicht mehr.« Sie musterte Rica unverhohlen von oben bis unten. »Und? Woher kommt ihr?«

»Daniel-Nathans-Akademie«, erwiderte Rica. »Nett von dir, dass du dich gleich vorgestellt hast.«

Das Mädchen lachte wieder, strich sich eine Haarsträhne hinters Ohr und meinte dann: »Ich bin Saskia. Und im Gegensatz zu euch allen hier …« Sie machte eine umfassende Geste, die sowohl die schon sitzenden Schüler als auch die gerade erst eingetroffenen einschloss, »… komme ich nicht von irgend so einem Elitebunker.«

Rica zuckte mit den Schultern und wollte gerade fragen, woher Saskia wusste, was für eine Schule die Daniel-Nathans-Akademie war, als Robin auf der anderen Tischseite auftauchte. Rica spürte, wie sich ihr Gesicht unwillkürlich zu einem strahlenden Lächeln verzog. Saskia runzelte die Stirn und folgte Ricas Blick.

»Hey, Robin, das ist …«, begann Rica, aber Robin hörte ihr gar nicht zu.

»Saskia«, flüsterte er vollkommen entgeistert und starrte das Mädchen an, als habe er gerade ein Gespenst gesehen. Er trug immer noch seine Jacke, hatte die Kapuze aber heruntergeschlagen. Schneeflocken waren in seinen Haaren getaut und hatten winzige Tröpfchen hinterlassen, die nun darin festhingen. Sein Gesicht war totenbleich, und er hatte die Hände zu Fäusten geballt.

»Hallo, Robin.« Saskias Stimme klang völlig gleichmütig und heiter. »Lange her, nicht wahr?« Sie legte den Kopf ein wenig schief und sah von Rica zu Robin und wieder zurück. »Ihr seid Bekannte, nehme ich an?« Ihre Stimme hatte einen künstlichen Plauderton angenommen.

»Robin ist …«, fing Rica an, brachte aber den Satz nicht zu Ende, da sie nicht recht wusste, was sie sagen sollte. *Mein Freund? So weit sind wir irgendwie noch nicht gekommen.* »Wir sind Mitschüler«, sagte sie schließlich lahm.

»Mitschüler, soso.« Saskia musterte Rica wieder, und dieses Mal war ihr Blick nicht mehr so freundlich.

»Saskia«, wiederholte Robin, und schüttelte den Kopf, als wisse er nicht, was er sonst sagen sollte. »Saskia … Was ist … Wie kommst du hierher?« Dann, unvermittelt: »Wo ist Felix?«

Felix? Wo hatte Rica den Namen schon mal gehört? Es wollte ihr nicht einfallen.

Um sie herum füllten sich die Bänke mit Schülern. Eliza ließ sich neben Rica auf die Bank fallen, sah kurz von ihr zu Robin zu Saskia und legte dann ganz leicht ihre Hand auf Ricas, wie um ihr zu versichern, dass sie da war.

Saskia zuckte auf Robins Frage nur mit den Schultern. »Was interessiert dich das jetzt? Du hast dich seit Jahren nicht mehr bei ihm gemeldet.«

»Ich wusste doch nicht, wohin ihr gezogen wart. Niemand wollte mir Bescheid sagen.« Jetzt endlich setzte sich Robin auf die Bank Saskia und Rica gegenüber. Hilflos fuhr er sich mit einer Hand durchs Haar und versprühte Wassertröpfchen nach allen Seiten. »Ich habe wirklich versucht, euch zu finden, Saskia, ehrlich.«

Ich habe versucht, euch zu finden. Als Rica sich diese Sätze erneut durch den Kopf gehen ließ, rastete plötzlich etwas ein. Natürlich. Robin hatte ihr von einem Freund erzählt, mit dem er zusammen an der Daniel-Nathans-Akademie angefangen hatte. Ein Freund, der sich auf einmal völlig merkwürdig verhalten hatte und irgendwann dann gar nicht mehr aufgetaucht war. Dieser Felix war Robins Nachbar gewesen, aber niemand hatte ihm sagen wollen, wohin er verschwunden war.

Von einem Mädchen namens Saskia war allerdings nie die Rede gewesen. Was war nur los? Rica sah wieder von Saskia zu Robin. Die beiden schwiegen sich über den Tisch hinweg an. Saskia war ein merkliches Stück von Rica weggerutscht, so weit es eben ging, ohne den neben ihr sitzenden Schüler von der Bank zu drängen.

»Es tut mir leid«, flüsterte Robin. Seine Worte waren so leise, dass sie beinahe im allgemeinen Geplauder der Schüler untergingen.

»Dafür kann ich mir nichts kaufen«, meinte Saskia, und stand ruckartig auf. »Ich suche mir einen anderen Platz. Hier gefällt mir die Gesellschaft nicht.« Es fehlte nicht viel, und sie hätte Rica ihren Ellenbogen gegen den Kopf gerammt. Mit entschlossenen Schritten ging sie den Tisch entlang und quetschte sich zwischen zwei jüngere Schüler. Gleich darauf begann sie, sich mit einem der Jungen zu unterhalten, als sei nichts gewesen. Rica wollte sich schon wieder von ihr ab- und Robin zuwenden, als der Junge, mit dem Saskia sprach, aufblickte.

Sein Blick zog Rica in seinen Bann. Er wirkte viel zu erwachsen für so einen kleinen, schmächtigen Jungen. Die dunklen Augen unter dem braunen Haarschopf musterten Rica abschätzend, als versuche sich der Kleine, ein genaues Bild von ihr zu machen. Dann lächelte er plötzlich strahlend und winkte ihr kurz zu, bevor er sich wieder über seinen

Teller mit Suppe beugte. Verwirrt sah Rica noch einen Augenblick lang zu ihm hin, bevor sie sich zu Robin umdrehte.

»Und was war das jetzt?«, wollte sie von ihm wissen.

Robin kaute verlegen auf seiner Unterlippe herum. »Das war Saskia«, erwiderte er schließlich.

»So viel habe ich wohl mitbekommen.« Rica verdrehte die Augen. »Woher kennst du sie?«

»Wir waren Nachbarn«, antwortete Robin wie aus der Pistole geschossen. »Sie ist die Schwester von Felix. Von dem habe ich dir doch erzählt, oder nicht?« Wieder sah er zu dem Platz, wo sich Saskia gesetzt hatte.

Von dem schon, aber dass er eine Schwester hat, hast du ganz zufällig ausgelassen. Warum?

Rica sah ebenfalls hinüber. Sowohl Saskia als auch der kleine Junge neben ihr hatten die Köpfe nun gesenkt und aßen. Keiner von beiden achtete noch auf sie oder Robin. Allerdings bemerkte Rica gerade erst, wie hübsch das Mädchen eigentlich war: kinnlange, naturblonde Haare, ein schmales, hübsches Gesicht mit ein paar Sommersprossen um die Nase herum, dazu eine gute Figur und – was ihr eben bereits aufgefallen war – unglaublich dunkle grüne Augen.

Sie verspürte einen völlig irrationalen Stich der Eifersucht, als sie Saskia ansah und sich vorstellte, dass diese lange Jahre im Haus neben Robin gewohnt hatte.

Wieder legte Eliza ihre Hand auf Ricas und drückte sie sacht. Offensichtlich setzte sie gerade an, etwas zu sagen, doch in diesem Moment klatschte jemand lautstark in die Hände, und das allgemeine Gemurmel am Schülertisch verstummte langsam. Ein Teller mit Suppe wurde über Ricas Schulter gereicht und vor ihr abgestellt. Als sie die dampfende Brühe mit den Nudeln und Fleischstückchen darin vor sich sah, meldete sich ihr Hunger mit einem vernehmlichen Knurren. Sie überlegte nicht lange, ob es höflich war, anzufangen, wo doch offensichtlich eine Rede gehalten werden sollte, und tauchte den Löffel ein.

»Schön, dass ihr alle hergefunden habt.« Der Sprecher war der Mann, der sie an der Hüttentür begrüßt hatte, und Rica schaute lang genug von ihrem Teller auf, um ihn in Augenschein zu nehmen. Er war schlank und mittelgroß, halbwegs jung für einen Lehrer und hatte rabenschwarzes, kurz geschnittenes Haar. *Ganz in Ordnung,* entschied Rica. Er hatte einen dicken blauen Ordner aufgeschlagen vor sich liegen und schenkte diesem einen kurzen, prüfenden Blick, bevor er fortfuhr.

»Ich bin Martin Röhling, und zusammen mit Herrn Muhlmann und Frau Friebe werde ich euch die kommenden zwei Wochen auf dieser Hütte betreuen.« Bei seinen Worten erhoben sich zwei andere Erwachsene kurz von ihren Sitzplätzen und nickten den Schülern zu. Ein zweiter Mann mit konservativ geschnittenen braunen Haaren und einem eher nichtssagenden Gesicht, und eine ältere Frau mit breitem Engelslächeln und dichten blonden Locken. Rica war froh, dass die beiden ihrem Kollegen die Rede überlassen hatten. Sie sahen todlangweilig aus.

»Wir sind von der Gesellschaft ›Weiter Horizont‹ eingestellt worden, um euch eine möglichst schöne Ferienzeit zu garantieren«, fuhr Herr Röhling fort. »Wir werden gleichzeitig eure Skilehrer sein – für die von euch, die noch nie auf den Brettern standen. Morgen früh geht es gleich los auf die Piste. Ihr werdet sehen, es gibt hier ganz unglaubliche Abfahrten, und das Panorama ist atemberaubend. Einer der Gründe, warum wir diese Hütte ausgesucht haben.«

»Dass es nicht die gute Straßenanbindung war, haben wir wohl gemerkt.« Celinas Stimme klang nur ein kleines bisschen spöttisch. Tatsächlich schenkte sie dem Lehrer einen anhimmelnden Blick.

»Die Panne mit dem Bus tut uns sehr leid«, griff Herr Röhling sofort das Thema auf. »Wir werden natürlich dafür sorgen, dass ihr am Abreisetag ein Fahrzeug zur Verfügung gestellt kriegt. Ab sofort gibt es keine Pannen mehr, versprochen.«

»Was ist mit …«, begann einer der jüngeren Schüler, der direkt neben dem Kamin saß, doch Herr Röhling winkte ihm, zu schweigen. »Ich denke, es ist an der Zeit, uns kurz vorzustellen.« Wieder warf er einen Blick in den Ordner und schlug eine Seite um. »Zuletzt angekommen sind die Schüler der Daniel-Nathans-Akademie. Steht ihr bitte mal auf, und stellt euch vor?«

Rica kam sich ein bisschen dämlich vor, dazustehen, und dem ganzen Raum ihren Namen mitzuteilen, aber wenigstens blamierte sie sich nicht vollkommen, wie ein paar ihrer Mitschüler, die meinten, noch gleich ihren ganzen Lebenslauf inklusive Hobbys herunterrattern zu müssen. »Rica Lentz«, dabei ließ sie es bewenden und setzte sich schnell wieder hin, noch bevor Herr Röhling offiziell die Erlaubnis dazu gegeben hatte.

»Dann haben wir eine Schülerin vom Bunsen-Gymnasium Heidelberg.«

Saskia erhob sich, nickte kurz in die Runde und sagte nur: »Saskia«, bevor sie sich wieder hinsetzte.

»Und der Rest unserer kleinen Gruppe kommt vom Avenir-Gymnasium bei Koblenz.«

Die jüngeren Schüler standen auf und stellten sich vor. Von ihnen hielt glücklicherweise keiner eine lange Ansprache.

Rica hörte auf, sich die Namen merken zu wollen. Nur bei dem braunhaarigen Jungen neben Saskia horchte sie noch einmal kurz auf, aber der sagte nur: »Simon«, ebenso knapp, wie Saskia sich vorgestellt hatte. Dann setzte er sich wieder und löffelte seine Suppe, als sei er am Verhungern.

Martin Röhling fuhr mit seiner Rede fort, erläuterte Hüttenregeln, erklärte noch einmal, dass sie hier oben Selbstversorger wären, erzählte etwas von einem bunten Abend und einer Disco, doch Rica hörte nicht mehr recht zu. Sie interessierte viel mehr, was der Junge am Feuer vorhin hatte sagen wollen, wobei er von Herrn Röhling unterbrochen worden war.

Sie stieß das Mädchen neben ihr, das jetzt an Saskias Stelle da saß, leicht mit dem Ellenbogen an.

»Was wollte euer Mitschüler da vorhin sagen? Von wegen Pannen?«, wollte Rica wissen. »Musstet ihr auch hier hochlaufen?«

Das Mädchen schüttelte den Kopf, warf einen kurzen, prüfenden Blick zu Herrn Röhling und beugte sich dann mit Verschwörermiene zu Rica herüber.

»Wir haben auf dem Hinweg kurz im Dorf haltgemacht«, flüsterte sie. »Ein paar von uns wollten noch Einkäufe erledigen, und wir waren sowieso früh dran. Also waren wir im Supermarkt. Und da … na ja … Wir haben gehört, wie sich ein paar Leute unterhalten haben. Es hat hier in den letzten Monaten ein paar Todesfälle gegeben, haben sie gesagt. Gewaltsame Todesfälle, wenn du verstehst.« Das Mädchen machte eine kleine Pause, als wolle es den Effekt der Worte auf Rica testen. Als die nichts sagte, fuhr es rasch fort: »Sie sagten, es treibe sich ein Psychopath in der Gegend hier herum. Ein Serienmörder. Und er hat es besonders auf Kinder abgesehen.«

Kapitel drei

Nathan

Der Rest des Abendessens verlief eher ruhig. Robin sprach nicht viel und wich Ricas Fragen nach Saskia immer wieder aus. Als es nach dem Essen an die Zimmerverteilung ging, verzog er sich rasch und tauchte auch nicht wieder im Gemeinschaftsraum auf. Rica blieb noch eine ganze Weile lang dort und wartete, aber vergeblich. Enttäuscht sammelte sie ihr Gepäck auf, das inzwischen angekommen war, und machte sich, von Eliza begleitet, auf den Weg zu ihrem Zimmer.

Eine Treppe führte ins Obergeschoss des »Blütenhofs«, und einmal dort oben angekommen mussten sie einem scheinbar endlosen Flur folgen, bis sie schließlich eine kleine Kammer im Giebel des Hauses erreichten. Das Zimmerchen war winzig und hatte schräge Decken, unter die man gerade noch zwei Betten hatte klemmen können. Alles bestand gänzlich aus altem Holz, das so übersät mit Astlöchern war, dass man das Gefühl hatte, von allen Seiten angestarrt zu werden. Es war eng, aber urgemütlich, und Rica fühlte sich ein kleines bisschen besser. Sie warf ihren Rucksack auf eines der Betten und trat an das einzige Fenster in der Giebelwand. Blasses Mondlicht, von der dicken Schneedecke reflektiert, schien ins Zimmer und tauchte alles in ein unbestimmtes, silbernes Licht.

»Was hat Robin mit dieser Schnepfe am Hut?«, fragte sie

niemand bestimmten. Sie sah Eliza nicht an. Es fehlte noch, dass ihre Freundin sah, wie rot sie geworden war.

»Woher soll ich denn das wissen?«

»Keine Ahnung. Du kennst ihn doch schon länger als ich. Vielleicht hat er ja mal was von ihr erzählt.« Rica war sich bewusst, dass ihre Stimme aggressiv klang, doch angesichts der Tatsache, dass sie jetzt gerade am liebsten irgendjemandem den Hals umgedreht hätte, war sie ziemlich stolz auf ihre Selbstbeherrschung.

Eliza schwieg. Ihr Bett quietschte. Rica konnte ihre leisen Atemzüge hören und wurde sich im gleichen Moment bewusst, dass ihr eigener Ärger ein wenig zu schwinden begann. Ganz unwillkürlich passte sich ihr eigener Atemrhythmus Elizas an.

»Hör auf damit!«, knurrte sie.

»Womit?«

»Du weißt genau, was ich meine. Diese komische Sache, die du immer machst. Irgendwie schaffst du es immer wieder, Leute zu … Ach, ich weiß nicht. Glaub nicht, dass ich das nicht gemerkt habe. An meinem ersten Tag an der Schule hast du schon damit angefangen. Weißt du noch, die Schlägerei in der Mensa?« Rica atmete tief durch. Bei dem Wenigen, was sie über die Ereignisse an der Daniel-Nathans-Akademie zusammengetragen hatte, war sie immer wieder auf eine Sache gestoßen: Eliza und ihre Fähigkeit, Einfluss auf andere zu nehmen. Nach allem, was sie wusste, war Eliza bei Weitem nicht die Einzige, die zu so etwas fähig war. Aber sie war ihre einzige enge Freundin, und Rica war ziemlich verärgert, dass sie ihr immer noch nichts verraten hatte.

Eliza schwieg. Nicht einmal das Bett gab noch ein Geräusch von sich.

»Und dann unser Streit. Nach dem Einbruch in Frau Jansens Büro. Wir waren so wütend aufeinander – und nachher habe ich gemerkt, dass ich gar nicht wusste, warum eigentlich. Ich glaube, ich war wütend, weil du wütend warst. Du weißt das ganz genau. Also hör auf, mich zu manipulieren!« Rica presste die Lippen fest aufeinander und starrte weiter das Fenster an.

Eliza schwieg noch immer. Gerade wollte Rica sich zu ihr umdrehen und sie ein für alle Mal zu einer Antwort auffordern, als sie die Bettfedern quietschen hörte. Hastige Schritte durchquerten den Raum, und gleich darauf schlug die Tür zum Flur zu.

Rica wirbelte herum, aber natürlich war das Zimmer leer. Verärgert biss sie sich auf ihre Unterlippe. Warum hatte sie das nun wieder alles gesagt? Warum musste sie ihren Ärger an Eliza auslassen, wo sie doch eigentlich wütend auf Robin war? Und vor allem – was hatte sie jetzt wieder kaputt gemacht?

* * *

Elizas Herz raste. Ricas Worte dröhnten noch in ihrem Kopf nach. Dabei hatte Eliza dieses Mal wirklich nichts getan. Zumindest glaubte sie das. Sie hatte sich geschworen, nie wieder auf Ricas Verhalten Einfluss zu nehmen und sich am Riemen zu reißen. Aber gerade im Zimmer hatte sie sich gewünscht, dass Rica sich ein wenig abregte. Hatte allein schon der Wunsch gereicht?

Ich habe es nicht mehr unter Kontrolle. Der Gedanke kreiste immer wieder durch ihren Kopf wie ein lästiger Ohrwurm. *Ich habe es nicht mehr unter Kontrolle. Meine Gedanken und Gefühle greifen auf andere über, und ich kann nichts dagegen tun.*

Eliza ballte ihre Hände zu Fäusten und öffnete sie wieder. Ihr Kopf schien zu glühen. *Rica wird nie wieder mit mir reden wollen. Warum bin ich einfach weggelaufen? Warum habe ich nicht mit ihr gesprochen?*

Aus dem Aufenthaltsraum drangen Gelächter und laute Stimmen. Offensichtlich waren die ersten Schüler dabei, Kontakte zu knüpfen. Eliza hatte nicht die geringste Lust, dabei zu sein. Sie drehte der Tür zum Aufenthaltsraum den Rücken zu und lief den Flur entlang zur Hintertür neben der Küche. Hier war es dunkel und wie ausgestorben, niemand trieb sich jetzt noch hier herum, nachdem die Küchencrew abgezogen war. Eliza hatte keine Jacke mitgenommen, aber direkt neben der Hintertür hingen ein paar alte Wolljacken, die vermutlich den Betreibern der Hütte gehörten. Eliza griff sich kurzerhand eine davon und warf sie sich über. Der Stoff war schwer und stank nach nassem Schaf und Zigarettenrauch, doch er war warm. Eliza schob die Tür auf und trat ins Freie.

Der Schnee glitzerte im Mondlicht, eine endlose, unberührte Fläche. Ein Stück hinter der Hütte lag ein kleines Wäldchen, die Umrisse der Bäume hoben sich wie Scherenschnitte vor dem ewigen Weiß ab. Die Kälte biss in Elizas Wangen. Lange würde sie es hier draußen nicht aushalten. Aber ein bisschen Zeit zum Nachdenken brauchte sie jetzt einfach.

Kurz entschlossen stapfte Eliza in den unberührten Schnee hinaus. Er knirschte unter ihren Schritten, als Eliza in Richtung Wäldchen stapfte. Die kalte Luft half ihr, einen klaren Kopf zu bekommen.

Ich muss einfach besser aufpassen, dachte sie. *Wenn Rica recht hat, beeinflusse ich jetzt schon Leute, wenn ich gar nicht darüber nachdenke. Wenn es mir gelingt, gezielt daran zu arbeiten ...* Sie wagte kaum, ihren Gedanken freien Lauf zu lassen. Das war genau das, was Jo vor einigen Monaten versucht hatte. Und wie hatte das geendet? Mit Jo als blutiger Leiche hinter der Musikhalle.

Aber daran arbeiten musste sie, so viel war wohl klar. Und wenn sie nie wieder jemanden beeinflussen würde, nur, weil sie diese Fähigkeit jetzt unterdrückte, dann war das auch in Ordnung. Im Grunde wollte Eliza diese Gabe ja überhaupt nicht.

Langsam wurde sie ein wenig ruhiger und entspannte sich. Sie hoffte, dass Rica nicht allzu böse auf sie war, die Chancen standen gut, dass ihre Freundin schon wieder alles vergessen und vergeben hatte, wenn Eliza zurück ins Zimmer kam. Rica war selten nachtragend.

Erst, als Eliza den Waldrand erreicht hatte und sich umdrehte, merkte sie, wie weit sie sich bereits vom Haus entfernt hatte. Der Weg zurück schien auf einmal endlos, ihre einsame Fußspur im Schnee verloren und irgendwie traurig. Ganz davon abgesehen, dass wirklich jeder im gesamten Umkreis sehen konnte, wohin Eliza gelaufen war. *Haben sie nicht etwas von einem Psychopathen gesagt, der hier sein Unwesen treibt?* Eliza schauderte und sah sich rasch um. Die verschneite Landschaft lag still und verlassen da. *Das muss ja ein ziemlich optimistischer Psychopath sein, wenn er bei diesem Wetter draußen herumläuft und auf Opfer wartet.* Trotzdem zog Eliza die Wolljacke enger um sich und machte sich auf den Rückweg. Sie musste sich ja nicht absichtlich blöd anstellen.

Die Hintertür war nur noch wenige Meter entfernt, als sie sie hörte. Schritte, die durch den Schnee knirschten. Leise, aber deutlich. Jemand schlich um das Haus herum. Eliza erstarrte. Ihre Gedanken rasten, aber ihre Beine schienen nicht zu reagieren. *Der Psychopath. Ich bin ihm direkt in die Arme gelaufen.* Vielleicht blieb ja doch noch Zeit, sich zu retten.

Sie sprintete los. Schnee stob unter ihren Füßen weg, sie verlor das Gleichgewicht, schwankte und wäre beinah gestürzt, hätten sie nicht zwei kräftige Hände gepackt und aufgefangen. Ohne überhaupt hinzusehen, um wen es sich handelte, versuchte Eliza, sich loszureißen.

»Vorsicht!« Die Stimme klang viel jünger als erwartet. Jung und irgendwie entfernt bekannt. Elizas Herzschlag beruhigte sich ein bisschen. Sie gewann ihr Gleichgewicht wieder zurück und richtete sich langsam auf. Der Fremde blieb ruhig stehen und tat gar nichts. Als Eliza einigermaßen ihre Fassung zurückgewonnen hatte, wagte sie es, ihn anzusehen.

Es war ein Junge.

Ein ganz normaler Junge, vielleicht ein kleines bisschen älter als Eliza selbst, auf jeden Fall noch nicht volljährig. Er trug einen dunklen Ski-Anorak und passende Ski-Hosen, hatte einen Wanderrucksack auf den Schultern und einen Teleskopstock in einer Hand. Unter seiner geringelten Mütze lugten wirre blonde Haare hervor. Sein Gesicht war irgendwie seltsam. Eliza ertappte sich dabei, wie sie ihn anstarrte und darüber nachgrübelte, was ihr so merkwürdig vorkam. Es war ein ziemlich normales Gesicht, schmal, mit einer etwas spitzen Nase und ein paar blassen Sommersprossen. Ein durchaus attraktives Gesicht, aber eigentlich nicht ungewöhnlich. Eliza konnte nicht den Finger darauf legen, was ihn so bemerkenswert machte, bis er sie anlächelte. Es war ein breites, fröhliches, absolut ehrliches Lächeln, das seine Augen zum Funkeln brachte. Ein ansteckendes Lächeln, vielleicht ein wenig rebellisch.

Er sah aus wie Rica.

Vielleicht waren es nur die hellen Haare und die Art zu lachen, doch gerade in diesem Moment hätte der Junge Ricas Bruder sein können.

»Wer bist du denn?«, rutschte es Eliza heraus.

Der Junge hörte zu lächeln auf, und die unheimliche Ähnlichkeit mit Rica schwand. »Du hast ja eine freundliche Art, Leute zu begrüßen«, stellte er fest. »Ich bin Nathan. Soll hier Skiurlaub machen. Und du?«

Eliza spürte, wie ihr das Blut ins Gesicht schoss. »Eliza«, antwortete sie. »Ich bin Eliza. Tut mir leid, ich bin normalerweise nicht so …« Aber sie wusste nicht, wie sie den Satz beenden sollte, und zuckte nur hilflos mit den Schultern.

»Ach so also«, meinte Nathan und grinste wieder auf diese Weise, die Eliza total an Rica erinnerte. Ihr Gesicht wurde noch heißer, und sie blickte peinlich berührt auf ihre Schuhspitzen.

»Sorry«, sagte der Junge. »Ich wollte dich nicht in Verlegenheit bringen. Weißt du, wie man hier reinkommt? Ich bin ein bisschen spät dran.«

»Ich wusste gar nicht, dass überhaupt noch jemand kommt.« Gierig stürzte Eliza sich auf das angebotene Gesprächsthema. »Vorhin haben sie nichts davon gesagt.«

»Ich bin wohl ein Last-Minute-Ersatz«, erwiderte Nathan. »Ein anderer Schüler ist krank geworden, ich stand auf der Warteliste.« Er zuckte mit den Schultern. »Lässt du mich jetzt vielleicht rein? Mir wird allmählich kalt.«

* * *

Rica sprang von ihrem Bett auf, als Eliza ins Zimmer zurückkehrte. Ihr erster Impuls war, der Freundin um den Hals zu fallen, so erleichtert war sie. Doch dann bemerkte sie die Gestalt, die hinter Eliza im Türrahmen stehen geblieben war. Ein wenig verwundert musterte sie den Jungen, den Eliza da mitgebracht hatte. Sie hatte ihn noch nie zuvor gesehen, und sie war sicher, dass er ihr im Aufenthaltsraum aufgefallen wäre. Er war einfach zu präsent, um einfach in einer Menge unterzugehen. Ganz davon abgesehen, dass er teure Skiklamotten trug, einen Wanderrucksack über den Rücken geworfen hatte und Schnee in seinen Haaren zu kleinen Tröpfchen getaut war.

»Weißt du, wo die Betreuer sind?«, fragte Eliza. »Ich konnte sie im Aufenthaltsraum nicht finden, und Nathan hier muss doch wissen, wo sein Zimmer sein soll.«

»Nathan?« Rica musste an den Namen ihrer Schule denken.

»So heiße ich nun mal. Beschwer dich bei meinen Eltern, wenn dir der Name nicht gefällt.« Trotz seiner harten Worte zwinkerte Nathan Rica freundlich zu.

»Ich glaube, ich darf am wenigsten darüber sagen. Mir haben sie ›Ricarda‹ verpasst«, erwiderte sie. »Aber nenn mich lieber Rica.«

»Okay«, erwiderte der Junge. »Trotzdem brauche ich ein Zimmer.«

Eliza, die etwas unschlüssig im Eingang stehen geblieben war, sah von Rica zu Nathan, als lieferten sich die beiden gerade ein Tennismatch. »Ich gehe dann mal jemanden suchen«, sagte sie, wirbelte herum und verschwand den Flur hinunter, bevor Rica sie aufhalten konnte.

»Was ist denn mit der los? Ist sie immer so schüchtern?« Nathan sah Eliza hinterher. »Ich hab sie doch wohl nicht zu sehr verängstigt, oder?«

»Eliza hat manchmal vor ihrem eigenen Schatten Angst«, antwortete Rica. »Das musst du nicht so ernst nehmen.« Sie musterte den Jungen, der sich immer noch nicht aus dem Türrahmen wegbewegt hatte. Sie konnte nicht sagen, warum, aber er war ihr auf Anhieb sympathisch. Er wirkte cool.

»Von welcher Eliteschule bist du?«, wollte sie wissen. Bestimmt stellte sich jetzt gleich heraus, dass er nur cool aussah, in Wirklichkeit jedoch ein fürchterlicher Snob war. *Reiß dich zusammen, Rica. Eliza und deine anderen Freunde sind doch auch keine Snobs, obwohl sie auf die Daniel-Nathans-Akademie gehen.*

»Keine Eliteschule«, erwiderte Nathan. »Aber vermutlich zählst du Hauslehrer auch in die gleiche Kategorie, oder?«

Es war unheimlich. Beinah, als könne er ihre Gedanken lesen und hätte sofort verstanden, was sie sagen wollte.

»Hauslehrer? Klingt ungewöhnlich. Ich wusste nicht, dass es so was noch gibt.«

»Ich bin eine Waise«, erwiderte Nathan. »Eine Waise mit einer ganzen Reihe von Pflegeeltern, wenn man das so ausdrücken kann. Ich bin von einer Gesellschaft adoptiert worden.«

»Das geht?«

Nathan zuckte mit den Schultern. »Offensichtlich.«

»Welche Gesellschaft?« Rica fragte, obwohl sie schon eine Ahnung hatte.

»›Weiter Horizont e. V.‹.« Nathan grinste. »Die waren vielleicht sauer, dass ich bei ihrem eigenen Wettbewerb nur auf die Warteliste gekommen bin. Aber die Jury war unabhängig, also konnten sie nichts machen.«

Rica runzelte die Stirn. Das Ganze kam ihr doch ziemlich seltsam vor. Konnte es wirklich so viele Zufälle geben? »Wie ist das, wenn man von einer Gesellschaft adoptiert wird?«

Nathan zuckte wieder mit den Schultern. »Okay. Bisschen seltsam vielleicht, aber ich hab sowieso keine Ahnung, wie es sich anfühlt, in einer richtigen Familie zu leben. Ich wohne halt mit ein paar anderen in einer Art Heim, wir haben einen eigenen Lehrer, und sonst … na ja, machen wir halt, was man so tut.« Er sprach gelassen, ein bisschen gelangweilt, und gab sich ganz offensichtlich Mühe, cool zu wirken, aber dieses Mal war es Rica, die ihn durchschaute. Das Thema war ihm unangenehm. Und er wünschte sich, es wäre anders.

»Eine Familie ist auch nicht immer das Coolste«, meinte sie, und sofort hatte sie wieder das Gefühl, dass Nathan in ihr wie in einem Buch las. Sie war darauf gefasst, eine abfällige Antwort zu bekommen, er lächelte jedoch nur ein wenig, wie um ihre Anstrengung anzuerkennen.

»Kann ich reinkommen? Der Rucksack wird allmählich ein bisschen schwer, und hier auf dem Gang zieht's«, sagte er.

Rica zögerte nicht einen Augenblick. »Klar.« Erst, als sie das Wort ausgesprochen hatte, fiel ihr ein, dass hier Jungenbesuch auf Mädchenzimmern sicher nicht gern gesehen wurde. Aber da war Nathan schon ins Zimmer getreten, hatte seinen Rucksack auf den Boden geworfen und sich kurzerhand auf Ricas Bett gesetzt. Sie blinzelte verwirrt, überlegte einen Moment, ob sie sich nun auf Elizas Bett setzen sollte, beschloss dann aber, dass das doch ziemlich albern wäre. Sie setzte sich neben Nathan, allerdings ein gutes Stück weit von ihm weg. Nicht dass er noch auf falsche Ideen kam.

»Möchtest du was? Schokolade oder so?« Rica begann, in ihrem eigenen Rucksack zu kramen, noch bevor Nathan antworten konnte. Sie wusste, was er sagen würde. Natürlich wollte er Schokolade. Diese Situation schrie nach Schokolade.

Eigentlich hatte sie nach der Tüte mit Mini-Snickers gesucht, die sie noch kurz vor der Abfahrt eingesteckt hatte, aber was ihr als Erstes in die Hand fiel, war eine Schachtel mit Schokoladen-Meeresfrüchten, die Robin ihr auf der Fahrt geschenkt hatte. Rica liebte die Dinger, und als sie sah, dass auch Nathan einen gierigen Blick darauf warf, zog sie die Schachtel einfach heraus, riss die Folie ab und klappte sie auf.

»Danke«, meinte Nathan, schnappte sich die Schachtel und nahm gleich drei kleine Schoko-Muscheln aus der Verpackung.

»Keine Ursache, ich …«, begann Rica, als sie wieder Schritte auf dem Gang hörte. In der Erwartung, dass Eliza mit einem der Betreuer zurückkehrte, sah sie auf, den schuldbewussten Ausdruck schon auf dem Gesicht. Eine Erklärung, warum sie einen Jungen in ihr Zimmer gelassen hatte, lag ihr schon auf der Zunge.

Aber es war keiner der Betreuer.

Es war Robin.

Er wollte gerade durch die Tür treten, als er Nathan auf Ricas Bett entdeckte. Mit der Pralinenschachtel noch in der Hand. Robin hielt inne, als habe ihn ein Pferd getreten, starrte erst Nathan an, dann Rica.

»Hey«, begann Nathan, »ich bin Nathan.«

Robin erwiderte nichts. Er presste die Lippen aufeinander,

drehte sich um und stapfte den Flur entlang in die Richtung, aus der er gerade gekommen war.

»Shit«, meinte Nathan. »War das dein Freund?«

»So was in der Art«, murmelte Rica und stand auf. »Ich laufe ihm besser nach. Und … sorry, aber vielleicht solltest du dir doch einen anderen Platz zum Sitzen suchen. Zumindest, bis ich das geklärt habe.«

»Schon okay«, erwiderte Nathan, legte die Pralinenschachtel weg und erhob sich. »Geh nur. Ich mache mich dann auch dünne.«

Rica schenkte ihm noch einen dankbaren Blick und lief dann Robin hinterher.

Kapitel vier

Piste

Guten Morgen zusammen. Jetzt gibt es erst einmal ein schönes Frühstück, und dann geht es ab auf die Piste. Ich freue mich schon auf unseren ersten gemeinsamen Tag.« Herr Röhling sah unverschämt gut gelaunt aus an diesem trüben Morgen. Das Licht, das durch die Fenster in den Aufenthaltsraum fiel, war blassgrau und nicht sehr einladend. Außerdem war es viel zu früh. Die meisten Schüler hingen noch müde auf den Bänken, und Rica musste immer wieder gähnen. Es hatte eine Weile gebraucht, bis sie am Abend zuvor Robin davon hatte überzeugen können, dass Nathan wirklich keine Konkurrenz für ihn war.

Rica fragte sich, warum eigentlich nicht. Nathan sah gut aus, und er war witzig und Rica auf Anhieb sympathisch gewesen, aber irgendwie fühlte sie sich nicht mehr zu ihm hingezogen als zu einem guten Freund. Ganz im Gegensatz zu Eliza, die neben ihr am Frühstückstisch saß und nicht zu wissen schien, ob sie lieber Torben oder Nathan anhimmeln sollte. Rica wünschte, sie würde sich für Nathan entscheiden. Torben war seit den Ereignissen mit Jo ein wenig seltsam geworden.

Robin saß auf Ricas anderer Seite und schenkte Nathan ebenfalls ab und zu einen Blick. Nur waren diese eher abschätzend und nicht sehr freundlich. Nathan selbst kümmerte sich nicht darum. Er hockte Rica gegenüber, schaufelte mit glücklichem Gesichtsausdruck Müsli in sich hinein und versuchte gleichzeitig, Rica ein Ohr abzuquatschen.

»Du solltest dich mit dem da zusammentun«, meinte Rica und deutete in die Richtung von Herrn Röhling. »Der scheint genau so ein Frühaufsteher zu sein wie du.«

»Ich bin kein Frühaufsteher«, protestierte Nathan. »Aber in den Betten hier kann man ja wohl nicht länger als nötig schlafen. Außerdem will ich raus an die frische Luft. Ich hab mich schon ewig nicht mehr bewegt.«

»Du bist gestern Abend im Dunkeln hier hochgelaufen«, widersprach Eliza. »War das nicht Bewegung genug?«

»Das war gestern Abend. Heute ist heute.«

»Wenn die beiden jungen Damen und der Herr dort mir auch zuhören wollen?«, drang Herrn Röhlings Stimme in ihre Unterhaltung. »Dann könnten wir auch den Tagesablauf besprechen.«

Etwas schuldbewusst drehte sich Rica wieder zur Stirnseite des Tisches um, doch tatsächlich schien der Lehrer ihnen nicht richtig böse zu sein. Er zwinkerte Rica sogar zu, während er weitersprach, den Tagesablauf erklärte und ein wenig zum geplanten Wochenprogramm erzählte. *Vielleicht werden diese Ferien ja gar nicht so schlimm,* dachte Rica. *Klingt nach guter Unterhaltung, Herr Röhling sieht nett aus, und ich brauche auch einfach mal eine Auszeit, um mein Hirn freizupusten.*

Sie wandte sich Robin zu und lächelte ihn an. Erleichtert sah sie, wie er zurücklächelte.

»Ich bin noch nie Ski gefahren«, gestand sie ihm. »Ist das schwer?«

Robin grinste und schüttelte den Kopf. Nachdem er sich kurz versichert hatte, dass Herr Röhling nicht zu ihnen herübersah, wagte er es sogar, Rica einen Arm um die Schultern zu legen und sie kurz an sich zu ziehen. »Wenn du stürzen solltest, fange ich dich auf«, flüsterte er Rica ins Ohr. Sein Atem kitzelte sie am Hals, ein seltsames, kribbliges Gefühl, und Rica musste kichern. Im nächsten Moment fing sie einen Blick von Saskia auf, der einen ganzen See zum Gefrieren bringen konnte. Rica versuchte sich an einem Lächeln, aber Saskia wandte sich nur angewidert von ihr ab.

Bis sie das Frühstücksgeschirr weggespült, alle Skiausrüstungen eingesammelt und sich umgezogen hatten, hatte sich der trübe Morgennebel verzogen. Die Schneefelder lagen in strahlendem Sonnenschein und glitzerten einladend. Rica musste zugeben, dass es sehr hübsch aussah.

Während Herr Muhlmann mit den erfahreneren Skiläufern eine anspruchsvollere Piste suchte und Frau Friebe die wenigen Schüler, die sich an Langlauf versuchen wollten, auf einen Pfad scheuchte, zogen die Anfänger mit Herrn Röhling los. Es waren hauptsächlich jüngere Schüler, Rica stellte wohl überrascht fest, dass sich auch Robin und Nathan der Gruppe anschlossen, gefolgt von Saskia.

»Ich dachte, du könntest schon Ski laufen«, wandte sie sich an Robin. »Du hast doch gesagt …«

»… dass ich dich auffangen will, ja.« Er grinste. »Aber das kann ich ja wohl schlecht, wenn ich auf einer ganz anderen Piste bin als du. Also muss ich wohl den Kinderhang mitfahren.«

Rica zog fragend die Augenbrauen hoch, doch Robin verriet mit keiner Miene, ob er das ernst gemeint hatte. Trotzdem musste sie lächeln.

»Und du?« Rica wandte sich zu Nathan um, und im selben Moment verdüsterte sich Robins Gesicht wieder merklich. Rica verspürte einen kleinen Anflug schlechten Gewissens, schüttelte ihn aber gleich darauf ab. Robin sollte sich nicht so anstellen. Sie würde doch wohl mit einem anderen Jungen reden dürfen.

»Ich kann wirklich nicht Ski laufen«, gab Nathan zu. »Hatte bisher nie die Gelegenheit, es zu lernen.«

Robin gab ein Geräusch von sich, das irgendwo zwischen einem abfälligen Schnauben und einem Lachen anzusiedeln war, aber Nathan ignorierte ihn vollkommen. Rica verdrehte die Augen und griff nach Robins Hand, um sie kurz zu drücken.

»Vergiss nicht, dass du mich auffangen wolltest«, meinte sie mit einem Augenzwinkern. Er sah ein wenig besänftigt aus und gestattete sich sogar ein kleines Lächeln in Nathans Richtung.

Der Vormittag verging wie im Flug. Rica fand es zunächst sehr ungewohnt, auf Skiern zu stehen, aber nach einiger Zeit gewöhnte sie sich daran, und dann begann es sogar, ein wenig Spaß zu machen. Nicht ganz so viel Spaß, wie sie das erste Mal an einer Kletterwand gehabt hatte, doch sie mochte den Fahrtwind im Gesicht und die vorbeiflitzende Landschaft. Zu ihrem Bedauern stürzte sie kaum, und die paar Male war Robin weit und breit nicht zu sehen, um sie aufzufangen.

Als sie sich mit Herrn Röhling und den restlichen Skianfängern auf den Weg zurück zur Hütte machte, um zu Mittag zu essen, war sie außer Atem und ihre Wangen waren gerötet. Jetzt endlich waren sowohl Robin als auch Nathan an ihrer Seite, beide voller Lob über ihre ersten Fahrversuche.

Rica lachte viel, bewarf die beiden mit Schnee und startete damit eine wilde Verfolgungsjagd, die damit endete, dass sie übereinander durch den Schnee rollten und sich gegenseitig die Mützen vom Kopf rissen wie kleine Kinder. Die jüngeren Schüler sahen mit urkomisch ernsthaften Mienen auf sie herab, als würde ihnen nie einfallen, so etwas Albernes zu veranstalten. Das brachte Rica nur noch mehr zum Lachen. Es ging ihr gut. Sie konnte sich nicht daran erinnern, wann sie das letzte Mal so unbeschwert gewesen war. Dass das Mittagessen fürchterlich versalzen war, konnte ihre Laune da auch nicht verderben. Sie saß zwischen Robin und Eliza, hörte sich die Beschwerden der anderen Schüler an und musste immer wieder lachen.

»Ich glaube, die Bergluft ist dir zu Kopf gestiegen«, meinte Eliza, warf dabei aber einen bedeutungsvollen Blick in Robins Richtung. Rica tat so, als habe sie ihn nicht gesehen.

Jemand anderes jedoch hatte ihn durchaus gesehen. Wieder fing Rica einen Blick von Saskia auf, der zu sagen schien, dass die andere sie am liebsten tot sehen würde. Rica schauderte, und ein wenig von ihrer guten Laune verschwand augenblicklich. *Ich muss Robin unbedingt mal fragen, was zwischen ihnen beiden eigentlich vorgefallen ist,* dachte sie, obwohl sie schon eine sehr gute Vorstellung davon hatte. Das wiederum versetzte ihr dann doch einen kleinen Stich der Eifersucht.

Schweigend schaufelte Rica sich den Rest von dem versalzenen Essen in den Mund und warf dann gleich ihre Skijacke über, um nach draußen zu gehen. Schnee und Kälte oder nicht, sie konnte jetzt ein bisschen frische Luft gebrauchen. Sie achtete nicht darauf, ob Eliza oder Robin ihr folgten, einzig Nathan nahm sie einen Moment später an ihrer Seite wahr und war ihm dankbar. Auch dafür, dass er erst einmal nichts sagte.

Als Rica die Tür nach draußen aufstieß, konnte man allerdings nicht gerade von friedlicher Ruhe sprechen. Ein paar der älteren Jungen hatten sich mit einer Handvoll jüngerer zusammengetan und sich um den Jungen geschart, der Rica gestern bei Tisch schon aufgefallen war. Der Junge sammelte gerade seine Skiausrüstung zusammen und tat so, als ob er die anderen überhaupt nicht hörte. Was ihm ganz schön schwerfallen durfte, denn sie sprachen nicht gerade leise.

»Na, Simonchen, wie oft hast du dich denn heute auf die Fresse gelegt?« Einer der Jüngeren war offensichtlich der Wortführer.

»Also, ich habe bis zwanzig mitgezählt, danach wurde mir das zu anstrengend«, antwortete gleich darauf ein anderer. »Echt, wie kann man nur dermaßen *ungeschickt* sein.«

»Du solltest eben nicht immer nur die Nase in Bücher stecken. Aus denen lernt niemand Ski laufen.«

Die jüngeren Schüler spielten sich die Sätze zu, als wären es Pingpongbälle. Die drei älteren begnügten sich damit, einfach nur herumzustehen, dumm zu lachen und Simon den Weg zu versperren.

Simon selbst blieb erstaunlich gelassen. Seelenruhig nahm er Skischuhe, Skier und Skistöcke, schwang sich einen kleinen Rucksack auf den Rücken und ging mit dem gesamten Gepäck in Richtung des Schlittens, auf dem sie heute Morgen ihre Sachen transportiert hatten. Er wirkte so ruhig, als mache er gerade einen Sonntagsspaziergang. Doch er kam nicht weit. Einer der kleineren Jungen sprang vor und rempelte ihn an. Nicht sehr fest, aber es reichte, um den schwer bepackten Simon aus dem Gleichgewicht zu bringen. Er stolperte, schwankte einen Moment und hätte sich sicher wieder gefangen, wenn der andere Knirps ihm nicht in diesem Moment die Skistöcke aus der Hand gerissen hätte. Das brachte Simon nun endgültig aus dem Gleichgewicht, und er fiel in den Schnee.

Schmerzhaft konnte der Sturz nicht gewesen sein, dazu war auch die Schneedecke viel zu dick, aber als Simon sich wieder aufrichtete, war er am ganzen Körper bedeckt von Schnee. Er hatte noch keine Mütze getragen, und in seinen Haaren hingen Schneeklumpen, die langsam tauten und feuchte Spuren über sein Gesicht malten. Noch immer zeigte er keine Gefühlsregung.

Das schien seine Peiniger nur noch mehr anzustacheln. In Windeseile packten sie Schneebälle zusammen, die im nächsten Moment schon durch die Luft flogen und auf Simon einprasselten. Der Junge duckte sich gegen den Ansturm und versteckte sein Gesicht hinter seinen Unterarmen.

Rica und Nathan warfen sich einen kurzen Blick zu. In Nathans Augen las Rica die gleiche Empörung, die sie selbst auch empfand, und sie mussten sich nicht einmal absprechen. Gleichzeitig rannten sie los. Rica packte Marcel, der gerade eine neue Salve Schneebälle starten wollte, und riss ihn hintenüber. Hals über Kopf stürzten sie zusammen in den Schnee, doch dieses Mal war nichts Spielerisches oder Fröhliches dabei. Marcel versuchte, Rica abzuschütteln, schlug um sich und wälzte sich herum, sodass sie aufpassen musste, nicht unter ihm begraben zu werden.

Nathan hatte unterdessen zwei der jüngeren Schüler gepackt, auseinandergezogen und schüttelte einen von ihnen wenig sanft. Den anderen hielt er einfach nur fest, der Junge war erschrocken genug, sich nicht zu wehren.

»Aufhören!«, knurrte Nathan. »Und zwar sofort.«

Die meisten der kleinen Gruppe hatten sich schnell verzogen. Und Marcel hörte auch bald auf, sich durch den Schnee zu wälzen und dabei Rica beinah zu ersticken. Mit einiger Mühe schob sie ihn von sich und kam wieder auf die Beine. Marcel war mindestens zwei Köpfe größer als sie und spielte American Football. Wenn er ernsthaft versucht hätte, sie fertigzumachen, hätte Rica keine Chance gehabt. Jetzt, da er sich von dem Schrecken erholt hatte, wie aus dem Nichts umgerissen zu werden, wirkte er ganz entspannt, irgendwie sogar amüsiert. Er erhob sich ebenfalls, klopfte sich den Schnee von seiner grellgrünen Hose und grinste Rica an.

»Wenn ich gewusst hätte, dass du scharf auf mich bist, Rica, dann hätte ich mir für den Nachmittag etwas anderes vorgenommen.«

»Ach ja, was denn? Etwa was anderes als kleine Jungs fertigzumachen?«, schnaubte Rica, und strich sich eine nasse Haarsträhne aus der Stirn. Irgendwann in dem ganzen Schneegetümmel hatte sie ihre Mütze verloren, und jetzt fühlte sie, wie ihr aus den nassen Haaren eisiges Wasser in den Kragen lief.

»Ach, das war doch nur Spaß.« Marcel winkte ab. Er grinste noch immer Rica an.

»Schöner Spaß.« Nathan hatte die beiden Kleineren losgelassen und trat hinter Rica. »Ihr solltet nicht alle auf einem herumhacken, bloß, weil er kleiner ist als ihr.«

»Simon ist nicht einfach nur kleiner. Er ist seltsam«, erwiderte ein Junge ein wenig trotzig. Dann presste er die Lippen aufeinander, machte einen Schritt auf Nathan zu und sah ihn herausfordernd an.

Seltsam. Rica warf einen Blick zu Simon hinüber, der inzwischen auch aufgestanden war und seinen Skianzug abklopfte. Er wirkte immer noch völlig gelassen, auch wenn seine Augen ein wenig heller funkelten. Aber vielleicht war das auch nur die Reflektion der Schneefelder.

»Das ist noch lange kein Grund, auf ihm herumzuhacken«, gab sie zurück. »Los, macht, dass ihr verschwindet.«

Die kleine Gruppe zögerte noch einen Moment, dann verteilten sich die Schüler leise schimpfend und begannen, ihre jeweiligen Skiausrüstungen zusammenzusuchen.

Nathan bückte sich, um Simons Ski und Stöcke aufzusammeln, während Rica zu dem Jungen hinüberging.

»Alles in Ordnung bei dir?«

»Danke«, sagte er ziemlich gelassen. »Aber ich hätte keine Hilfe gebraucht.« Damit nahm er Nathan seine Ausrüstung aus der Hand, drehte sich um und ging in Richtung Schlitten.

Rica starrte ihm mit offenem Mund hinterher.

»Nicht sehr freundlich, dein kleiner Schützling«, meinte Nathan.

Rica wollte etwas erwidern, doch in diesem Moment trat Herr Röhling aus der Hütte. »Bereit für den Nachmittag auf der Piste?«, rief er in die Runde und strahlte.

Während alle nickten und angemessen freudige Laute von sich gaben, betrachtete Rica Herrn Röhling und fragte sich, wo er vor fünf Minuten gewesen war. Waren die Aufsichtspersonen nicht genau dafür da, solche Geschichten wie eben zu verhindern? Aber Herr Röhling schien nichts gesehen und nichts gehört zu haben. Er lächelte alle Schüler munter an.

Erneut ging es auf zur Skipiste. Während sie am Morgen den Hang noch ganz für sich allein gehabt hatten, hatte es sich nun gefüllt, und ein paar andere Anfänger waren mit ihren Skilehrern unterwegs. Horden von kleinen Kindern, die ohne auch nur irgendwie auf den Weg zu achten, den Hang hinunterrasten, kleine Grüppchen von kichernden Damen, die vor allem darauf Wert zu legen schienen, gegenseitig ihre Markenanoraks zu bewundern und noch eine Handvoll Teenager, die die Neuankömmlinge interessiert beäugten. Mindestens die Hälfte von den letzteren schienen wirklich keine Anfänger zu sein, denn kaum hatten sie einen Blick auf Ricas Gruppe geworfen, schwangen sie herum, um in rasendem Tempo den Berg hinunterzuschießen.

»Pistenrowdies«, murmelte Robin und verzog das Gesicht. »Können froh sein, wenn die uns nicht abdrängen.«

Rica zuckte mit den Schultern. Richtig groß schien ihr die Gefahr nicht zu sein, und außerdem war ihr seit der Geschichte mit Simon die Lust am Skifahren ohnehin vergangen. Da konnten ein paar Durchgeknallte es auch nicht mehr schlimmer machen. Nur mit halbem Ohr hörte sie Herrn Röhlings Erläuterungen zu, während sie sich die Skier an die Füße schnallte.

Als sie dieses Mal herumschwang, um sich der Piste zu stellen, fühlte Rica sich wackelig auf den Beinen und viel unsicherer als am Vormittag. Plötzlich kam ihr der flache, angenehme Hang viel zu steil und viel zu hoch vor, um sich daran zu wagen. Weiter unten durchschnitt ein schneeüberhangener Bach die Landschaft, und dahinter zeichneten sich die ersten Bäume ab.

Was ist, wenn ich in den Bach fahre?, ging es Rica durch den Kopf, doch sie schüttelte den Gedanken gleich wieder ab. *Dann werde ich eben ein bisschen nass. Meine Güte, so schlimm ist das auch wieder nicht.* Ärgerlich über sich selbst wandte Rica sich der Piste zu. Bevor sie es sich anders überlegen konnte, stieß sie sich mit Schwung ab und sauste los.

Im nächsten Moment wusste sie, dass es schiefgehen würde. Kaum dass sie Fahrt aufgenommen hatte, breitete sich ein mulmiges Gefühl in ihrer Magengegend aus, und sie wusste einfach, dass das kein gutes Ende nehmen würde. Sie fuhr eine Schlangenlinie, schwang von einer Seite zur anderen und versuchte zu bremsen, musste aber feststellen, dass sie irgendwie vergessen hatte, wie man das machte. Stattdessen wurde ihre Fahrt nur immer schneller, die Landschaft schoss an ihr vorbei, und der kalte Wind biss in ihre Wangen. Sie konnte nicht mehr sehen, wohin sie fuhr, geblendet von all dem aufstiebenden Schnee und ihrer eigenen Angst.

Ein Schatten huschte an ihr vorbei, dann noch einer. *Sind das schon die Bäume?* Rica versuchte auszuweichen, fuhr eine lange Kurve und wurde dabei ein wenig langsamer. Sie blinzelte, wagte einen Blick und merkte zu ihrer Erleichterung, dass sie gar nicht mehr so schnell fuhr. Sie bewegte sich ein wenig schräg den Hang hinunter, andere Skiläufer wichen ihr fluchend und schimpfend nach allen Richtungen aus, während sie selbst geradewegs auf den hohen Schnee am Rand der Piste zusteuerte.

Einen Augenblick lang war sie versucht, einfach in den Schnee hineinzufahren und sich fallen zu lassen. Viel passieren konnte nicht, und dann war wenigstens ihre Abfahrt erst mal zu Ende. Aber jetzt, wo sie die ganze Sache wieder einigermaßen unter Kontrolle hatte, kam ihr diese Option langweilig und feige vor. Jetzt wollte sie auch den Rest vom Hang hinunterfahren. Rica schenkte dem unberührten Tiefschnee einen letzten Blick und schwenkte um.

Im nächsten Moment gab die Bindung ihres rechten Skis nach. Mit einem leisen Klicken löste er sich von ihrem Fuß und glitt, wie von einem eigenen Willen beseelt, davon. Rica stolperte nach vorn. Ihr linker Fuß, immer noch fest im Ski steckend, rutschte weiter bergab. Einen Moment lang gelang es ihr, Schritt zu halten, dann verlor sie endgültig das Gleichgewicht und stürzte.

Der Aufprall war viel härter, als er bei einem Haufen Schnee eigentlich hätte sein dürfen. Die Welt vor ihren Augen kippte weg, Rica wirbelte herum und streckte ihre Arme nach beiden Seiten aus. Ihre Finger krallten sich in die harte Schneekruste, suchten Halt. Unwillkürlich streckte Rica auch ihre Beine so weit wie möglich aus. Das war eine nur mittelmäßig gute Idee gewesen. Ihr rechtes Bein drehte sich zur Seite weg, und ein scharfer Schmerz durchzuckte ihr Knie. Rica schrie auf, aber tatsächlich wurde ihr Fall abgebremst, bevor auch ihre linke Bindung nachgab und den Ski freigab. Sie rutschte noch ein paar Meter weiter, Schnee stob ihr ins Gesicht, dann blieb sie liegen.

In ihren Ohren dröhnte es, als würde neben ihr ein Flugzeug abheben. Die Welt war dunkel, bis sie die Hand gehoben und den Schneefilm von ihren Augen gewischt hatte.

»Rica! Ist dir was passiert?« Robins Stimme klang aufgebracht. Sie blinzelte und rappelte sich vorsichtig auf. Ihre Seite schmerzte schrecklich, aber ihr schien nichts Ernsthaftes zugestoßen zu sein. Nach einem weiteren Blinzeln klärte sich ihr Blick so weit, dass sie die Piste vor sich erkennen konnte – und Robin, der sich über sie gebeugt hatte und sie besorgt ansah.

»Ich bin so weit in Ordnung, glaube ich«, meinte Rica und tastete vorsichtig ihre rechte Seite ab. Es tat schon nicht mehr ganz so weh, und es wurde auch nicht schlimmer, als sie darauf fasste. Wahrscheinlich war sie also um eine Prellung herumgekommen.

»Das sah schlimm aus.« Robin hielt ihr die Hand hin und half ihr hoch. Ricas Beine fühlten sich etwas wackelig an, und ihr Knie schmerzte auch noch, aber immerhin konnte sie halbwegs problemlos aufstehen.

Schnee spritzte, und neben ihnen kam Herr Röhling zum Stehen. »Alles in Ordnung? Nichts gebrochen?«, erkundigte er sich und musterte Rica beinah erwartungsvoll. Rica biss die Zähne zusammen und nickte.

»Was ist denn mit deinem Ski passiert?«, wollte er wissen. »Hast du an der Bindung herumgeschraubt? Ich habe sie doch heute Vormittag extra eingestellt.«

»Ich habe die Bindung nicht angerührt«, protestierte Rica. »Ich kenne mich doch damit gar nicht aus, warum sollte ich das getan haben?«

»Na ja, jedenfalls ist sie viel zu niedrig. Ein Wunder, dass du den Ski nicht schon vorher verloren hast«, sagte Herr Röhling. Dem Blick nach zu urteilen, den er Rica schenkte, glaubte er ihr nicht.

Rica presste die Lippen aufeinander und versuchte, sich zu erinnern, ob sie vielleicht irgendwie versehentlich an die Bindung gekommen sein konnte.

In diesem Moment schoss Saskia an ihnen vorbei hangabwärts. Ihr Blick huschte nur kurz zu Rica und Robin, doch darin lag blanker Hass.

Kapitel fünf

Funkstille

Ricas Knie tat immer noch weh, als sie endlich wieder an ihrer Unterkunft ankamen. Zwar hatte sie sich die meiste Zeit auf Robin stützen können, aber dennoch war der Weg zurück durch den hohen Schnee zu einer Tortur geworden. Rica hatte das Gefühl, ihre Skischuhe müssten ihr mindestens zwei Nummern zu klein sein, als sie endlich durch die Eingangstür in den Aufenthaltsraum trat. Zudem war sie vollkommen durchgefroren. Sie wollte nur noch zwei Dinge: eine heiße Dusche und ein warmes Abendessen.

In der Hütte roch es verheißungsvoll nach Pizza. Die Langläufer und fortgeschrittenen Skiläufer saßen bereits an den Tischen, unterhielten sich lautstark und warfen immer wieder begehrliche Blicke in Richtung der Durchreiche. Dahinter konnte man das heutige Küchenteam erahnen, das hin und her lief und das Geschirr zusammentrug. Eine Ofentür klappte, und Rica lief das Wasser im Mund zusammen.

Sie machte sich freundlich, aber bestimmt von Robin los, hinkte zur nächsten Bank hinüber und legte ihren Rucksack mit dem Tagesproviant und der Kamera ab.

Eliza sprang von ihrem Platz auf und kam zu ihr herüber geeilt. »Was ist passiert?«

Rica winkte ab. »Nichts Schlimmes. Ich bin gestürzt und habe mir mein Knie ein bisschen verdreht. Aber ich denke, morgen wird es wieder in Ordnung sein.«

Eliza schenkte ihr einen besorgten Blick, nickte und half Rica, die Schuhe auszuziehen.

»Ich brauche eine heiße Dusche«, verkündete Rica dann.

»Okay, und danach sagst du mir, was passiert ist, ja?«, flüsterte Eliza. Sie warf einen vielsagenden Blick in die Runde, und Rica verstand, dass Eliza ihr den einfachen Sturz nicht ganz abnahm. Rica nickte und wandte kaum merklich den Kopf in die Richtung, wo Saskia sich gerade auf eine Bank fallen ließ. Das andere Mädchen schenkte ihnen überhaupt keine Beachtung, Eliza verzog jedoch wissend das Gesicht.

»Eifersüchtig«, flüsterte sie.

Rica nickte und stand vorsichtig auf.

»Brauchst du Hilfe?« Eliza war im nächsten Moment ebenfalls auf den Beinen, doch Rica wehrte sie mit einer Hand ab.

»Geht schon.« Sie brauchte jetzt einfach mal ein paar Minuten für sich und hatte keine Lust auf Gesellschaft. Mühsam hinkte sie zur Rückseite des Raumes und zog die Tür auf, die zu den Duschen führte.

* * *

Eliza sah Rica besorgt nach. Es war klar, dass sie Schmerzen hatte und diese nur zu überspielen versuchte. Wie schlimm war dieser Sturz denn wirklich gewesen? Warum hatte sich noch keiner der Betreuer um Ricas Verletzung gekümmert?

Eliza wandte sich Robin zu, um ihn zu fragen, was denn wirklich passiert war, doch zu ihrer Überraschung fand sie ihn nicht neben sich auf der Bank. Stattdessen stand er jetzt neben Saskias Sitzplatz und redete leise auf das Mädchen ein. Saskia sah ihn gar nicht an, sondern starrte geradeaus auf die Wand. Ab und zu schüttelte sie den Kopf.

Was geht da vor? Eliza reckte den Hals, aber viel mehr gab es nicht zu sehen. *Wenn ich Rica wäre, würde ich mich jetzt an die beiden heranschleichen und sie belauschen.* Eliza blinzelte. Warum eigentlich nicht? Sie musste doch nicht Rica sein, um so etwas durchziehen zu können. Gestern noch hatte sie Ricas Privatsphäre verletzt, indem sie – zwar unbewusst, aber deswegen nicht weniger effektiv – ihre seltsame Gabe der Beeinflussung gegen sie eingesetzt hatte. In Elizas Augen hatte Rica dafür etwas bei ihr gut. Wenn sie herausfinden konnte, ob Saskia wirklich hinter ihrem Unfall steckte und was Robin mit ihr zu schaffen hatte, war das doch schon etwas.

Kurz entschlossen stand Eliza auf. Dass in diesem Moment die Tür zur Küche aufging und die Kochgruppe mit ganzen Blechen voll Pizza hereinkam, machte ihre selbst gewählte Aufgabe nur einfacher. In dem allgemeinen Chaos, das ausbrach, weil jeder sofort ein Stück Pizza haben wollte, gelang es Eliza, sich unbemerkt durch die Schülermenge zu schlängeln. Die ganze Zeit über versuchte sie, möglichst langweilige Gedanken in ihrem Kopf zu wälzen. Sie betete Multiplikationsreihen herunter und versuchte, sich an die Interpretation der *Leiden des jungen Werther* zu erinnern. Sie hoffte inständig, dass ihre Gabe sie auch dazu befähigte, besonders langweilig zu wirken.

Ob das nun erfolgreich gewesen war, oder ob es sich doch nur um einen Zufall handelte – jedenfalls gelangte Eliza unbemerkt an Saskia und Robin heran. Robin hatte sich inzwischen auf die Bank fallen lassen und einen Teller mit Pizza zu sich herangezogen, schob das Pizzastück allerdings nur mit seiner Gabel hin und her. Eliza nahm sich ebenfalls einen Teller, der herrenlos auf dem Tisch herumstand, setzte sich zwischen zwei jüngere Mädchen, die ihr einen feindseligen Blick zuwarfen, und tat so, als wäre sie allein am Essen interessiert.

Es dauerte einen Moment, bis es ihr gelang, das Geschwätz und Geschrei der übrigen Schüler auszublenden und sich ganz auf Robins und Saskias Stimmen zu konzentrieren.

»... doch irgendeine Ahnung haben. Sag nicht, dass du dich in vier Jahren nicht einmal gefragt hast ...« Das war Robin. Der Rest seines Satzes ging leider in einem lauten Wortwechsel zwischen zwei jüngeren Schülern unter, von denen der eine wohl dem anderen Zucker auf die Pizza geschüttet hatte.

»Du weißt gar nicht, wie das ist. Wer bist du, jetzt einfach aufzutauchen und mir Vorhaltungen zu machen? Nach all dem, was wir alle durchgemacht haben.« Obwohl Saskia äußerlich vollkommen gefasst wirkte, klang ihre Stimme verängstigt und so, als müsse sie gerade mit aller Macht die Tränen unterdrücken. »Aber du hast dich einfach vom Acker gemacht.«

»Überhaupt nicht. Ihr wart verschwunden. Ich wollte dich ... Ich wollte euch nicht allein lassen. Ich wollte Felix nicht allein lassen. Aber was sollte ich denn tun?« Robin zögerte. »Ich war doch auch erst vierzehn. Was hast du erwartet? Dass ich auf einem weißen Ross angeritten komme, um die Welt zu retten?«

Saskia zuckte mit den Schultern, griff sich ein Stück Pizza und biss davon ab.

»Was ist passiert?« An Robins Tonfall hörte Eliza, dass er die Frage in diesem Gespräch nicht zum ersten Mal stellte. »Ich habe ein Recht darauf, es zu wissen, verdammt.«

Sakia lachte bitter. »Ein Recht? Wie bitte hast du dir das verdient? Du gehörst nicht zu unserer Familie, falls dir das noch nicht aufgefallen ist.«

Robin senkte den Blick wieder auf sein Pizzastück, doch Eliza bemerkte, dass er insgeheim die Schüler um sich herum musterte. Rasch machte sie sich klein und duckte sich neben eines der jüngeren Mädchen. Die schenkte ihr einen ziemlich seltsamen Blick, sagte aber glücklicherweise nichts.

Entweder hatte Robin sie nicht wahrgenommen, oder er war zu dem Schluss gekommen, dass sie wohl nicht zuhörte, jedenfalls sprach er im nächsten Moment leise weiter. »Felix war doch nicht der Einzige, Saskia. Du weißt nicht, wie vielen anderen es auch so geht. Gerade bei uns an der Schule. Vor einigen Monaten gab es einen Todesfall, und ich weiß immer noch nicht, was ich davon halten soll. Rica meint – «

»Interessiert mich nicht«, unterbrach ihn Saskia sofort. »Und überhaupt – was geht mich das an? Felix ist das Genie der Familie, nicht ich.«

Robin zögerte nur einen Augenblick. »Interessiert dich denn gar nicht, was aus ihm geworden ist?«

Saskia schwieg und sah auf ihren Teller hinunter. Dann zuckte sie mit den Schultern. »Du weißt nicht, wie das ist«, wiederholte sie.

»Dann sag es mir! Vielleicht kann ich ja helfen.« Robin klang ein wenig verzweifelt. »Wenn dir nur irgendwas an dem liegt, was wir ... Was zwischen uns war ... ist, dann – «

Doch in diesem Moment kam Rica wutschnaubend ins Zimmer zurückgestürmt, und Robin sprang so rasch auf, dass Saskia zusammenzuckte. Sie sah sich nach dem Grund für die Störung um, entdeckte Rica und verzog angewidert das Gesicht. Robin wich schnell von ihr zurück, aber Rica achtete ohnehin nicht auf ihn. Sie sah sich kurz im Raum um, entdeckte am Kopfende des Tisches Frau Friebe und stapfte entschlossen auf sie zu. Ihre Verletzung schien sie kaum noch zu behindern, jedenfalls hinkte sie nur noch ganz schwach.

»Das Wasser ist kalt!«, sagte sie so laut, dass bestimmt jeder im Raum sie verstehen konnte. Mehrere Köpfe drehten sich zu ihr um. Einige der jüngeren Schüler begannen zu kichern. Jetzt erst wurde Eliza bewusst, dass Ricas Haar noch ganz nass war und ihr eng am Kopf klebte. Rinnsale liefen ihre Wangen hinunter und verliehen ihr den Eindruck, als weine sie.

Frau Friebe sah ein wenig überrascht und gleichzeitig verlegen aus. »Was sagst du? Das Wasser ist kalt? Vielleicht hast du einfach nicht lange genug gewartet? Ich bin mir sicher, dass es dann warm wird.«

»Im Gegenteil«, schnaubte Rica. Eliza konnte beinah sehen, wie Funken aus ihren Augen sprühten. »Es war warm, bis ich angefangen habe, die Seife abzuwaschen. Dann wurde es kalt. Und es blieb kalt.« Sie funkelte Frau Friebe wütend an. »Wollen Sie jetzt mal etwas dagegen machen, oder haben Sie vor, einfach nur weiter hier zu stehen und in die Gegend zu schauen wie eine Kuh bei Gewitter?«

Frau Friebe zuckte merklich zusammen, und wich einen halben Schritt vor Rica zurück. Inzwischen kicherten auch noch ein paar weitere Schüler. Eliza wurde etwas mulmig zumute. Egal, was passiert war, Rica konnte doch nicht einfach so eine Lehrerin angehen. Sie erhob sich langsam, um zu Rica hinüberzugehen und ihr ein wenig Vernunft zuzusprechen, doch in diesem Moment trat auch Herr Röhling zu den beiden. Besänftigend legte er Rica eine Hand auf die Schulter.

»Es tut mir leid, dass das passiert ist«, meinte er freundlich, aber auch fest. »Wir werden natürlich sehen, was wir machen können. Vielleicht gehst du erst mal zum Essen, und wir kümmern uns darum, einen Hausmeister hierherzubekommen, ja?«

Eliza erwartete eigentlich nicht, dass Rica auf diesen mehr als offensichtlichen Anbiederungsversuch eingehen würde, doch tatsächlich schien sie sich ein wenig zu beruhigen.

»Erst das Essen, danach der Unfall, und dann das hier«, knurrte sie, allerdings nur noch halb so laut wie zuvor. »Ich hatte einfach einen miesen Tag.«

»Verständlich«, erwiderte Herr Röhling. »Hoffen wir, dass es besser wird.«

Rica schenkte ihm eines ihrer patentierten Grinsen, doch Eliza, die sie nun schon ein wenig länger kannte, merkte, dass es nicht ganz echt war. Rica spielte Theater. Sie traute Herrn Röhling nicht, so freundlich er sich auch geben mochte. *Kein Wunder,* dachte Eliza. *Er ist wie Lars. So dumm, dass sie zweimal den gleichen Fehler macht, ist Rica nicht.*

Sie setzte sich ein wenig aufrechter hin, damit Rica sie sehen konnte. Während ihre Freundin immer noch leicht verstimmt auf sie zu schlenderte, überlegte Eliza, ob sie ihr wohl von dem Gespräch zwischen Robin und Saskia erzählen sollte. *Nein*, beschloss sie. *Ich muss sie jetzt nicht noch zusätzlich deprimieren.* Aber ihr war klar, dass sie sich nur davor drückte. Sie wollte nicht der Überbringer einer weiteren schlechten Nachricht sein. Schon gar nicht jetzt, wo Rica sich gerade schon genug aufregte. So setzte sie eine unbeschwerte Miene auf und rutschte auf der Bank ein Stück zur Seite, um Rica Platz zu machen.

* * *

»Saftladen«, knurrte Rica und ließ sich neben Eliza auf die Bank fallen. »Versalzenes Essen, verstellte Skischuhe und nun das hier.« Sie entdeckte Saskia ein Stück weiter am Tisch und warf ihr einen finsteren Blick zu. Beweisen konnte sie es nicht, aber sie war sicher, dass die andere ihre Skier manipuliert hatte. Und wenn sie nicht ein verdammt gutes Alibi haben sollte, war Rica gewillt, ihr auch die Sache mit den kalten Duschen in die Schuhe zu schieben. Es war doch offensichtlich, dass sie Rica hasste, auch wenn sie ihr jetzt gerade demonstrativ keine Beachtung schenkte.

Rica schnappte sich einen Teller und das letzte Stück Pizza vom Blech. Hoffentlich gab es gleich noch mehr. Das fehlte ihr gerade noch, dass sie jetzt auch noch hungrig bleiben musste.

»Wie geht es dem Knie?« Eliza sah so aus, als wolle sie eigentlich etwas ganz anderes fragen.

»Okay«, knurrte Rica. Tatsächlich hatte der Schock des kalten Wassers die Schmerzen im Knie kurzzeitig vollkommen vertrieben, und was nun wieder zurückkehrte, war lange nicht der stechende Schmerz wie vor der kalten Dusche. Außerdem beschäftigte sie etwas anderes viel mehr, das ihr kurz vor dem Duschen aufgefallen war. Um sicherzugehen, zog sie ihr Handy aus der Tasche und schaltete es ein. Bunte Kugeln glitten für einen Moment über das Display, dann zeigte es eines von Ricas aktuellen Lieblingsfotos – den herbstlichen Wald an der Daniel-Nathans-Akademie. Was nichts daran änderte, dass die Verbindungsleiste keinen einzigen Balken aufwies. Der Sendemast blinkte ein wenig.

»Kein Empfang«, meinte Rica und schob Eliza das Telefon hin. Die warf nur einen kurzen Blick darauf und zuckte mit den Schultern.

»Vielleicht sind wir in einem Funkloch«, vermutete sie und kramte nach ihrem eigenen Handy.

Rica schüttelte den Kopf. »Gestern hatte ich noch Empfang. Sogar ziemlich guten, wenn man bedenkt, dass wir hier am Arsch der Welt sind. Ich hab meine Ma angerufen. Da war alles paletti.«

Eliza hatte inzwischen ihr Handy aus der Hosentasche gefischt und schaltete es ebenfalls ein. Rica spähte zu ihr hinüber und konnte sehen, dass sich dort auch kein Balken zeigte.

»Wie kann das sein?«, meinte Eliza. »Ist der Sender ausgefallen oder so etwas?«

»Vielleicht ist es der Schnee.« Rica starrte aus dem Fenster. Draußen war es inzwischen dunkel, aber im Schein der schummrigen gelben Außenbeleuchtung der Hütte konnte man immer noch den andauernden Schneefall sehen. Ein Stück weiter von der Hütte entfernt hatten sich bereits richtiggehende Schneewehen angesammelt. Rica musste einen Anflug von Panik unterdrücken. *Wir werden schon nicht einschneien. Das hier ist doch kein schlechter Horrorfilm.*

»Schnee sollte keinen Einfluss auf den Empfang haben«, widersprach Eliza. Sie runzelte die Stirn und drückte ein paar

Tasten auf ihrem Handy, offensichtlich ohne den geringsten Erfolg. Sie steckte es wieder weg. »Wen wolltest du eigentlich anrufen?«

»Niemanden«, erwiderte Rica. »Ich wollte ins Netz.« Wieder warf sie einen Blick in Saskias Richtung. Wenn sie Eliza jetzt erzählte, dass sie nach ihr und ihrem seltsamen Bruder Felix googeln wollte, dann hörte sie sich sicher an wie eine eifersüchtige Zicke. Dabei war es das gar nicht. Na gut, nicht nur. Natürlich war sie ein bisschen sauer über all die Aufmerksamkeit, die Robin dieser Kuh schenkte, aber ihr Auftauchen hier und das wenige, das sie über ihren Bruder aufgeschnappt hatte, hatten Rica wieder daran erinnert, was sie tatsächlich machen wollte: mehr über die Daniel-Nathans-Akadamie und die seltsamen Vorgänge an der Schule zu erfahren.

Eliza schenkte ihr einen dieser unheimlichen, wissenden Blicke, als könne sie wieder mal direkt Ricas Gedanken lesen, doch sie sagte nichts dazu. »Vielleicht gibt es ein Stück weiter oben am Hang Empfang«, meinte sie stattdessen.

Rica starrte weiterhin das Fenster an. »Die lassen uns heute Abend niemals noch mal raus«, entgegnete sie.

»Warum denn heute Nacht? Du kannst doch genauso gut morgen auf dem Weg zur Piste nachsehen.«

»Ich brauche ein bisschen Zeit«, knurrte Rica. Außerdem wollte sie unbedingt noch einmal raus an die frische Luft. Hier drinnen hatte sie das Gefühl, nicht mehr frei atmen zu können.

»Was ist heute Nacht?« Robin tauchte wie aus dem Nichts auf, scheuchte ein paar kleinere Schüler beiseite und quetschte sich auf Ricas andere Seite.

»Würde ich auch gerne wissen.« Nathan ließ sich neben Robin fallen, beugte sich vor und grinste Rica über den Tisch hinweg an. Sie konnte nicht anders als zurückzugrinsen.

»Ich will ein Stück den Hang hinauf«, antwortete Rica.

»Warum?« Robin warf einen Blick aus dem Fenster. »Ich dachte, du hasst Kälte?«

Rica musste lächeln, weil es ihm gelungen war, sich dieses Detail zu merken, obwohl sie nur einmal darüber gesprochen hatten. »Ich habe grad festgestellt, dass wir hier keinen Handyempfang haben, und möchte sehen, ob es weiter oben besser ist«, erklärte sie. »Nur, falls wir das im Notfall mal gebrauchen können«, fügte sie rasch hinzu, als sie Robins verwunderten Blick sah.

»Die haben hier auf der Hütte doch sicher ein Telefon«, meinte er. »Warum bereitest du dich denn jetzt gerade auf irgendwelche Notfälle vor, wenn ich fragen darf?«

Rica zuckte mit den Schultern. *Das geht dich nichts an,* lag ihr auf der Zunge, aber Robin konnte schließlich nichts für ihre Laune. »Lass es uns einfach machen«, erwiderte sie stattdessen. »Ist doch sicher auch nicht unspannend. Mal sehen, wie weit wir kommen.« *Nicht unromantisch,* hätte sie am liebsten gesagt, aber nicht, wenn Eliza und Nathan direkt neben ihnen saßen und bestimmt noch ein halbes Dutzend jüngerer Schüler neugierig die Ohren aufsperrten.

Robin schenkte ihr einen skeptischen Blick. »Wir werden uns was abfrieren«, meinte er, doch seine Stimme klang schon viel versöhnlicher. »Es ist hundekalt da draußen.«

»Also, ich komme mit«, sprang Nathan ein. »Nachtwanderung im Schnee. Klingt super.« Rica schenkte ihm einen dankbaren Blick, wandte sich aber rasch wieder ab, als sie Robins Gesichtsausdruck sah.

»Ich bin auch dabei«, sagte er schnell. Wahrscheinlich, um Rica nicht allein mit Nathan gehen zu lassen. Rica drehte sich zu Eliza um, doch die schüttelte nur den Kopf.

»Ist mir zu kalt«, gab sie zu. »Sagt mir einfach Bescheid, wenn ihr etwas herausgefunden habt.«

Ein bisschen enttäuscht war Rica schon, aber schließlich

konnte sie Eliza zu nichts zwingen. Sie hätte sich nur wohler gefühlt, wenn sie nicht mit diesen beiden Streithähnen allein unterwegs gewesen wäre.

»Okay«, meinte sie. »Gehen wir gleich, so lange hier noch das Chaos vorherrscht?« Inzwischen war die Küchencrew nämlich mit einer zweiten Ladung Pizzableche hereingekommen, und alle waren wieder in heller Aufruhr.

Nathan warf einen bedauernden Blick in Richtung Pizza, doch Rica packte seinen Arm und zog ihn einfach mit sich. »Ich hab noch ein bisschen was zu Essen dabei, wir können uns nachher zusammensetzen«, meinte sie. »Besser, wir gehen jetzt, wo die Betreuer alle Hände voll zu tun haben.« Mit einem Seufzen gab er nach, und ließ sich zur Vordertür ziehen. Robin folgte ihnen wie ein wachsamer Hund.

Hinter ihnen erklangen die Stimmen von Herrn Röhling und Frau Friebe, die vergeblich die Schüler immer wieder zur Ordnung riefen und zu zivilisiertem Benehmen aufforderten. Ohne besonderen Erfolg. Rica grinste. Schüler waren manchmal so leicht zu durchschauen, dass sie sich fragte, wie überhaupt ein Lehrer mit ihnen Schwierigkeiten haben konnte.

Die Kälte traf Rica völlig unvorbereitet. Sie schlug die Kapuze ihres Parkas hoch und vergrub die Hände in den Jackentaschen. Trotzdem kam es ihr so vor, als müsste im nächsten Moment ihre Nase vor Kälte einfach abfallen. Jeder Atemzug brannte wie Feuer in ihren Lungen.

Sie gingen schweigend bergan. Es war einfach nicht die richtige Zeit und der richtige Ort für lange Unterhaltungen. Der tiefe Neuschnee knirschte unter ihren Schuhen, sonst war kein Geräusch zu hören.

Die winterliche Landschaft hatte etwas Unwirkliches. Alles war so weiß, dass es trotz der Dämmerung wie ein überbelichtetes Foto wirkte. Die Bäume schienen das einzig Dunkle in der ganzen Umgebung zu sein: schwarz und ein wenig bedrohlich. Eine leichte Brise trieb den Pulverschnee über die vereisten Schichten darunter und hüllte alles bis auf Kniehöhe in eine glitzernde Wolke. In der Kälte waren die Geräusche gleichzeitig gedämpft und sonderbar klar. Ricas Atem schwebte in kleinen Wolken vor ihrem Mund.

Die Minuten vergingen. Je weiter sie sich von der Hütte entfernten, desto tiefer und unberührter wurde der Schnee. Bald stapften sie durch kniehohe Wehen, und vom Himmel fiel immer noch mehr herab, lautlos und kalt.

»Wie hoch willst du?« Nathan sprach gedämpft, dennoch ließ der Klang seiner Stimme Rica zusammenzucken. Menschliche Worte schienen nicht in diese eisige, stille Welt zu gehören.

»Keine Ahnung«, erwiderte sie. »Bis ich Empfang habe.« Sie zog die Hände aus den Parkataschen und holte ihr Handy hervor. Noch immer zeigte es keinen einzigen Balken in der Verbindungsanzeige. »Höher«, meinte sie, steckte das Telefon weg und stapfte weiter.

Wieder schwiegen sie eine Weile. Sie erreichten einen Waldrand und blieben einen Moment lang stehen, bevor sie sich weiterwagten. Es war dunkel im Wald. Lange Schatten lagen über dem Schnee und färbten ihn bläulich. Es war so still, dass selbst ihre Schritte kilometerweit zu hören sein mussten. Rica hatte das seltsame Bedürfnis, laut zu singen, um die Stille zu vertreiben.

»Wir müssen hier wirklich am Ende der Welt sein«, murmelte Robin. »Es ist so still wie in einem Grab. Wenn uns hier etwas passiert, bekommen die das im Tal nie mit.«

Rica schüttelte sich. *Musste er das jetzt sagen?* »Was glaubt ihr, die Geschichte mit dem Psychopathen, stimmt die?«

»Wenn hier draußen ein Psychopath ist, dann hat er sich schon längst den Arsch abgefroren.« Nathan klang unbekümmert, als berühre ihn diese unheimliche Situation überhaupt nicht. »So wie wir bald, wenn du dich nicht ein bisschen beeilst. Hast du denn immer noch keinen Empfang?«

Erneut blieb Rica stehen und checkte ihre Anzeige. Nichts. Sie blickte sich um, den Weg zurück, den sie gekommen waren. Ihre Spuren waren die einzigen weit und breit in der unberührten Schneedecke. Sie fragte sich, wie weit sie sich eigentlich schon vom Haus entfernt hatten. Ihr kam es so vor, als seien sie schon ewig unterwegs, aber wahrscheinlicher war, dass sie noch gar nicht so weit gekommen waren.

Sie sah wieder nach vorn. Ein Stück weiter oben am Hang ragte ein riesiger, schneebedeckter Felsblock aus der Erde. Er erinnerte an einen mahnenden Zeigefinger. »Bis dahin noch«, sagte Rica und zeigte nach vorn. »Dann können wir meinetwegen zurück.«

»Ich weiß sowieso nicht, warum dir der Mist so wichtig ist«, brummte Robin. Wenn Rica ehrlich sein sollte, wusste sie das selbst nicht mehr recht. Natürlich, es hatte angefangen, weil sie neugierig gewesen war, und weil sie das Gefühl hatte, unbedingt Internet zu brauchen. Und weil sie den Verdacht hegte, dass hier etwas nicht stimmte. Aber selbst wenn das alles zutraf, blieb immer noch die Tatsache, dass es ziemlich dämlich war, bei Wind und Wetter in den Schnee hinaus zu laufen, nur um nach Handyempfang zu suchen. Sie hätte auf Eliza hören und morgen früh die Verbindung testen sollen. Doch jetzt konnte sie auch nicht mehr einfach so zurück, ohne vor Robin und Nathan das Gesicht zu verlieren. Also stapfte sie weiter bergan, bis der Felsenfinger riesenhaft ihr Gesichtsfeld ausfüllte. Rica atmete erleichtert auf und machte sich daran, ihn zu umrunden, um auf der anderen Seite ein letztes Mal den Empfang zu testen. Da stieß sie auf die Spur.

Wie erstarrt blieb Rica stehen. Eine Fußspur, eindeutig die eines Menschen in schweren Stiefeln, kreuzte ihren Weg, führte vom Felsen schräg den Hang hinunter. Sie war frisch, es war noch kaum Neuschnee darauf gefallen. Außerdem war da das Blut.

Schneewittchen, dachte Rica völlig unangemessen und musste ein hysterisches Kichern unterdrücken. *Reiß dich zusammen!*

»Was ist? Hast du jetzt Empfang, oder … oh.« Robin, der ein Stück hinter ihr gewesen war, hatte Rica eingeholt und blieb an ihrer Seite stehen, als er das Blut sah.

»Kein Psychopath, sagst du?«, flüsterte Rica, als Nathan ebenfalls an ihre Seite trat. »Und wie erklärst du dir das?« Sie zeigte auf die Kette von winzigen roten Pünktchen, die neben der Fußspur entlangführten. Kleine, rote Blutstropfen, da war Rica sich sicher. Ungebeten stieg ein Bild vor ihrem inneren Auge auf: Jo in einem Meer von Blut und Rosenblüten. Sie schüttelte es ab.

»Das ist bestimmt nur ein Jäger gewesen, der hier irgendein Tier gejagt hat«, meinte Nathan beruhigend, aber seine Stimme klang gerade ein wenig zu unsicher, um Rica zu überzeugen.

»Mitten im Schneesturm? Um diese Uhrzeit?« Robin versuchte, spöttisch zu klingen, doch auch seine Stimme zitterte ein wenig. »Komischer Jäger.«

»Das ist viel zu wenig Blut für einen Menschen«, widersprach Nathan.

»Vielleicht hat sie das meiste Blut irgendwo anders verloren«, flüsterte Rica.

»Woher willst du wissen, dass es eine ›sie‹ ist?« Nathan gab so schnell nicht auf. Er griff nach Ricas linker Hand, umfasste ihre Finger mit seinen und ließ nicht mehr los. Ricas rasender Herzschlag beruhigte sich ein wenig.

»Wir sollten hier verschwinden«, murmelte sie. »Scheiß auf den Handyempfang.« Sie drehte sich um und wollte den Hang wieder hinunterlaufen, als sie ihn sah.

Ein Mann stand zwischen den Bäumen. In dem dämmrigen Licht waren lediglich seine Umrisse zu erkennen, dunkel vor hell, seltsam massig durch eine dicke Daunenjacke, Handschuhe und eine Mütze. Aber das Messer in seiner Rechten konnte Rica gut erkennen. Es glitzerte im Mondlicht.

Sie rannte los.

Kapitel sechs

Fragen

Schnee stob unter ihren Füßen weg in alle Richtungen. Ihr Herz raste, ihr Atem pfiff, und Rica musste aufpassen, dass sie auf dem rutschigen Hang nicht den Halt verlor. Hinter ihr knackten Zweige, und schwere Schritte klangen durch die Stille. Rica wusste nicht, ob es sich um Nathan und Robin handelte, oder ob der Mann mit dem Messer die Verfolgung aufgenommen hatte.

Nathan und Robin! Rica stolperte und wäre beinah gestürzt. Sie taumelte, wurde langsamer und kam zum Stehen, indem sie sich mit einer Hand gegen einen Baumstamm abstützte. Sie hatte Nathan und Robin ganz vergessen, als sie losgerannt war.

Rica blickte sich um und entdeckte zu ihrer Erleichterung Robin direkt hinter sich. Doch die Erleichterung löste sich gleich darauf in Nichts auf, als sie Nathan sah. Er befand sich ein gutes Stück über ihr am Hang und war offensichtlich gestolpert und in den Tiefschnee getaumelt. Gerade kämpfte er verzweifelt darum, sich aus der Schneewehe zu befreien. Der Mann mit dem Messer war gar nicht mehr weit von ihm entfernt. Er stand zwischen zwei Baumstämmen und sah auf Nathan herab.

»Rica, lauf!«, rief Robin ihr zu, als er an ihr vorbeistürmte. Doch Ricas Blick hing immer noch an Nathan.

»Wir können ihn nicht einfach dalassen!«, schrie sie zurück und machte sich daran, den Hang wieder hoch zu rennen. Robin lief noch ein paar Schritte, bevor auch er stoppte. Er drehte sich nach ihr und Nathan um.

»Du spinnst«, brüllte er, doch er folgte ihr.

Der Mann mit dem Messer stand ganz still da und beobachtete interessiert, wie sie sich wieder den Berg hinaufkämpften. Als sie sich ihm näherten, konnte Rica erkennen, dass von der langen Klinge Blut in den Schnee tropfte, und musste wieder an die feine Blutspur denken, die neben seinen Fußabdrücken entlanggelaufen war. Aber warum bewegte er sich nicht? Was hatte er vor? Wollte er sie alle drei auf einmal erwischen?

»Mensch, Rica, verschwinde!«, rief Nathan ihr zu, als er bemerkte, wie sie auf ihn zukam. »Bringt euch in Sicherheit!«

Rica achtete nicht auf ihn. Mit einem halben Auge immer auf den Mann konzentriert, stieg sie bis auf Nathans Höhe hinauf und blieb neben der Schneewehe stehen, in der er feststeckte. Gleich darauf war auch Robin an ihrer Seite.

»Ihr seid total verrückt!«, knurrte Nathan. »Wenn er uns nun alle abmurkst, bin ich jedenfalls nicht schuld daran.«

»Kümmere dich um ihn, Rica!«, meinte Robin. »Ich passe so lange auf den Kerl da auf.« Er stellte sich breitbeinig neben Rica, kreuzte die Arme vor der Brust und starrte zu dem Mann mit dem Messer hinauf.

Rica hatte keine Ahnung, was Robin gegen einen Bewaffneten tun wollte, der zudem noch mindestens einen Kopf größer als er selbst war, aber es galt jetzt, keine Zeit zu verlieren. Sie wandte den Blick ab und begann, in die Schneewehe hinein zu waten.

»Vorsicht, hier ist irgendwo dieses verdammte Loch, in dem ich stecke«, warnte Nathan halblaut. Auch er sah zu dem Mann hoch.

Vorsichtig tastete Rica sich voran, fühlte mit dem Fuß erst, wohin sie trat, bevor sie ihr Gewicht darauf verlagerte. Der meiste Schnee unter ihren Füßen war gefroren und trug sie, als sie jedoch näher an Nathan herankam, merkte sie, was sein Problem war. Offensichtlich lief unter dem ganzen Schnee ein Graben oder ein Bachlauf den Berg hinunter, jedenfalls brach der Boden unter ihren Füßen plötzlich steil ab. Gerade noch rechtzeitig warf sich Rica nach hinten, bevor sie ebenfalls in dem Bachlauf endete.

»Beeilt euch!« Rica hörte Robins Stimme an, dass er versuchte, ruhig und souverän zu klingen, aber die Angst klang deutlich mit. Ein kurzer Blick über ihre Schulter sagte ihr, dass der Mann mit dem Messer sich langsam in Bewegung gesetzt hatte.

»Nimm meine Hand!« Rica beugte sich so weit nach vorn, wie es eben ging, ohne den Halt zu verlieren. Den linken Arm schlang sie um ein kleines Bäumchen direkt neben ihr, die Rechte hielt sie Nathan hin.

Nathan streckte sich ihr entgegen, so gut er konnte. Einen Moment lang streiften sich nur ihre Finger. Dann packte sie endgültig zu, und ihre Hände verschränkten sich. Rica begann zu ziehen.

Der Schnee entließ Nathan nur ungern aus seinen Fängen. Beinah als hätte er seinen eigenen Willen, klammerte er sich an seine Beine und Füße und hielt ihn fest. Rica musste all ihre Kraft aufwenden, und dennoch hätte sie es wohl nicht geschafft, wenn Nathan selbst nicht so kräftig gewesen wäre. Er trat und strampelte, dann war er mit einem plötzlichen Ruck frei. Nathan stolperte vorwärts, Rica rückwärts, keiner von ihnen konnte das Gleichgewicht halten, und so stürzten sie gemeinsam in die Schneewehe. Pulverschnee staubte hoch, nahm Rica die Sicht und überzog ihr Gesicht mit einer eisigen Schicht. Nathan lag halb auf ihr, und sein Gewicht drückte sie noch tiefer in den Schnee. Um sie herum war nur noch Weiß. Weiße Wände, weiße Decke. Und trotzdem schien es fürchterlich dunkel zu sein. Der Schnee ließ kein Geräusch mehr durch, die Stille dröhnte in ihren Ohren, und die Wände kamen immer näher auf sie zu.

Sie konnte nichts mehr sehen. Sie konnte nichts mehr hören. Schnee setzte sich in ihren Nasenlöchern fest und verstopfte ihren Mund.

Ich ersticke. Panisch trat Rica um sich, warf sich herum und versuchte, unter Nathan hervorzukriechen. Aber da war nur Schnee, eine massive weiße Wand, die sie nicht durchlassen wollte. Schnee, überall nur Schnee. Ein leises Wimmern erklang von irgendwoher, Rica konnte nicht mehr sagen, ob sie es am Ende nicht selbst ausstieß, jedenfalls klang es unendlich traurig und ängstlich. Rica schloss die Augen und versuchte, sich zu einem möglichst engen Ball zusammenzurollen. *Wenn ich den Schnee nur aussperren kann …*

Das Gewicht verschwand von ihren Beinen, und im nächsten Moment packte jemand ihren Arm und riss sie hoch. Rica versuchte, sich gegen den Griff zu wehren, doch sie merkte rasch, dass sie viel zu schwach war. Das Schneegefängnis hatte ihr alle Kraft geraubt. Auf wackeligen Beinen kam sie zum Stehen, ihre Augen tränten, ihr Blick war verschleiert, doch trotzdem konnte sie den Umriss vor sich gut erkennen. Der Mann hielt mit einer Hand Robin auf Abstand, der verzweifelt versuchte, sich zu Rica vorzukämpfen, mit der anderen hatte er Rica aus der Schneewehe gezogen.

»Was macht ihr hier draußen?«, knurrte er. »Ihr werdet euch noch den Tod holen, so, wie ihr euch anstellt.«

Rica schluckte und versuchte sich an einer Antwort, doch sie brachte keinen Ton heraus.

»Wir sind von der Hütte dort unten«, hörte sie Nathans immer noch ziemlich selbstsichere Stimme sagen. »Wir wollten nur eine kleine Nachtwanderung machen. Dabei sind wir auf Ihre Spur gestoßen.« Er machte eine kleine Sprechpause, und als er schließlich weiterredete, klang er ein wenig peinlich berührt. »Ich fürchte, als wir die Blutstropfen gesehen haben, sind wir ein wenig in Panik geraten. Bei all dem Gerede von wegen eines Psychopathen und so. Sie verstehen?«

Der Mann ließ Rica endlich los. Zitternd hob sie die Hand und wischte sich die Tränen aus den Augen. Als sie nun wieder klarer sehen konnte, bemerkte sie ein Stück hinter dem Mann im Schnee einen dunklen Schatten. Ein toter Hund, wurde ihr gleich darauf klar. Ein kleiner Hund mit Schlappohren. Der Mann wandte sich ebenfalls zu dem Tier um.

»Ich weiß nichts von einem Psychopathen«, brummte er. »Aber irgendjemand hat meinem Carlo das hier angetan. Also könntet ihr vielleicht recht haben.« Er sah wieder zu Rica, Nathan und Robin. »Warum seid ihr hier draußen, wenn hier angeblich ein Wahnsinniger unterwegs ist?«

Sie sahen sich an. Rica spürte, wie ihr das Blut ins Gesicht stieg, und sie starrte verlegen auf ihre Schuhspitzen hinunter.

»Wir wollten ihn überführen«, warf Nathan ein. »Wir dachten, wenn wir seinen Unterschlupf finden …«

Der Mann warf ihm einen so finsteren Blick zu, dass Nathan verstummte. Er musterte sie erneut von oben bis unten, als wolle er sich ihre Gesichter ganz genau einprägen. »Ihr geht jetzt besser zurück«, sagte er schließlich. »Und bleibt das nächste Mal drinnen, wenn ihr nicht wollt, dass euch etwas zustößt. Nicht nur wegen eures Wahnsinnigen. Bei diesem Schnee hier weiß man nie, was noch passieren kann.« Mit einem bezeichnenden Blick auf die Wehe, in der Rica und Nathan immer noch standen, wandte er sich ab und stapfte wieder bergauf auf seinen toten Hund zu.

Rica sah ihm einen Moment lang nach. Als er die Bäume erreichte, bückte er sich und hob den steifgefrorenen, kleinen

Fellkörper behutsam auf, dann noch etwas Glänzendes, vermutlich das Messer. Den toten Hund im Arm, ging er schweigend tiefer in den Wald hinein.

»Was meint ihr, ein Förster?«, fragte Nathan.

Doch Rica schüttelte den Kopf. »Irgendetwas stimmt nicht mit dem Kerl«, meinte sie.

Zu ihrer Erleichterung nickte Robin sofort. »Das ist dir also auch aufgefallen«, sagte er. »An seiner ganzen Geschichte ist etwas ganz schön faul, wenn ihr mich fragt.«

Nathan warf ihm einen Blick zu, der deutlich machte, dass niemand Robin gefragt hatte, aber er zuckte nur mit den Schultern. »Ein Typ, dessen Hund umgebracht wurde, na und? Was ist daran komisch. Es beweist doch nur, dass hier wirklich jemand herumläuft, der nicht ganz richtig im Kopf ist.«

Rica schüttelte den Kopf. Sie konnte selbst nicht ganz den Finger darauf legen, was ihr an der Angelegenheit komisch vorkam. Während sie sich den Schnee von den Kleidern klopfte, dachte sie darüber nach, doch sie kam einfach nicht darauf.

Erst, als sie schon halb wieder den Hang hinunter waren, fiel es ihr ein. Die Erkenntnis traf sie so plötzlich, dass sie überrascht stehen blieb und Robin hinter ihr zum Stolpern brachte. »Was ist denn jetzt schon wieder los?«

»Der Hund«, meinte Rica langsam, weil sie noch dabei war, ihre eigenen Gedanken zu ordnen. »Er war ganz steif.«

»Natürlich war er das. Er war ja auch schon eine ganze Weile tot«, erwiderte Nathan. Er schlang die Arme um seinen Oberkörper und versuchte, ein Zittern zu unterdrücken. »Komm schon, mir ist kalt. Wenn ich noch länger hier draußen bleibe, werde ich auch noch ganz steif.« Er versuchte ein Lachen, aber Rica ging nicht darauf ein.

Robin nickte. »Wenn der Hund schon so lange tot war«, führte er Ricas Gedanken fort, »warum war das Blut dann noch frisch?«

Endlich schien Nathan zu begreifen. Mit einem Mal sah er ziemlich überrascht aus. »Wenn man es recht überlegt«, fügte er hinzu, »warum hatte der Mann überhaupt ein Messer? Ich meine, hat es der Psychopath einfach dagelassen, oder wie muss ich mir das vorstellen?«

Sie sahen sich an. Ein Schauder, der nichts mit der Kälte zu tun hatte, lief durch Ricas Körper. »Das war kein Förster«, flüsterte sie. »Und auch kein harmloser Spaziergänger, der seinen Hund vermisst hat.«

»Das war bestimmt der Mörder selbst.« Robin sprach so leise, dass er kaum zu hören war. Doch die Gewissheit in seiner Stimme ließ Rica erneut schaudern.

»Warum hat er uns dann nichts getan?« Sie sah den Hang hinauf zwischen die dunklen Bäume, aber inzwischen war die Finsternis so vollständig, dass sie nicht weit sehen konnte. Trotzdem hatte sie den Eindruck, als ob Augen zwischen den Bäumen auf sie herunterstarrten.

»Vermutlich war es ihm zu viel, es mit uns allen dreien aufzunehmen«, erwiderte Nathan.

Rica konnte den Blick nicht vom Wald abwenden. Die Geschichte mit dem Psychopathen hatte zuvor noch einen fast romantischen Beiklang gehabt, eine Art Gruselgeschichte halt, wie man sie sich eben in Schullandheimen erzählte. Nichts, was sie wirklich ernst genommen hatte.

Aber das hier war etwas ganz anderes. Die Geschichte war real geworden.

Rica wandte sich ab und griff unbewusst nach Robins Hand. »Gehen wir«, flüsterte sie.

Sie brachten das letzte Stück Weges bis zu ihrer Unterkunft erstaunlich schnell hinter sich. Als das Haus mit den hell beleuchteten Fenstern endlich vor ihnen aufragte, konnte Rica sich eines erleichterten Seufzers nicht erwehren. *In Sicherheit.*

Sie hatte eine Strafpredigt erwartet, als sie die Tür aufstießen und in den Aufenthaltsraum stolperten. Das war ihrer Meinung nach das Mindeste, was ein Lehrer in so einer Situation tun konnte. Aber zu ihrer Überraschung fanden sie nur eine Gruppe der jüngeren Schüler friedlich beim Kartenspielen vor, während Herr Röhling und Herr Muhlmann sich leise in einer anderen Ecke des Zimmers unterhielten. Beide hatten dampfende Kaffeetassen vor sich auf dem Tisch stehen, und keiner von ihnen machte auch nur den Eindruck, als habe er jemanden vermisst.

Rica runzelte die Stirn und gab sich sehr viel Mühe, möglichst lautstark den Schnee aus ihren Kleidern und von ihren Schuhen zu klopfen, doch Herr Muhlmann sah nur kurz auf und nickte ihr freundlich lächelnd zu, bevor er sich wieder seinem Kaffee und seinem Gespräch zuwandte.

»Sollen wir ihnen von dem Psychopathen erzählen?«, fragte Robin und warf einen derart skeptischen Blick auf ihre Betreuer, der vermuten ließ, dass auch er an ihrer Kompetenz zweifelte.

Rica zuckte mit den Schultern. »Es sieht nicht so aus, als würde es sie besonders interessieren«, meinte sie.

Nathan verzog das Gesicht. »Ich rede trotzdem mit ihnen. Kann ja nicht sein, dass wir hier alle in Gefahr schweben und sie nichts davon wissen wollen.«

Rica verzog das Gesicht, sagte aber nichts mehr. Sie beobachtete, wie er zielstrebig zu den beiden Betreuern hinüberging, sich neben sie auf die Bank setzte und begann, leise auf sie einzureden. Dabei deutete er mehrfach in Richtung der Fenster. Beide Betreuer schienen ihm ernst und konzentriert zuzuhören, doch Rica konnte den Unglauben in ihren Gesichtern sehen. *Würde ich es denn glauben, wenn mir jemand so eine wilde Geschichte erzählen würde?*

»Ich glaube, wir sollten in nächster Zeit nicht mehr allein vor die Tür gehen«, sagte sie zu Robin.

»Ich hatte ohnehin nicht vor, dich allein zu lassen«, erwiderte er und legte ihr einen Arm um die Schultern. Rica merkte, wie ein warmes Gefühl der Dankbarkeit und Freude sie durchströmte. Sie genoss die Wärme, die von seinem Körper ausging, und verlor sich für einen Moment in der Illusion von Sicherheit, die sie ihr vermittelte. Dann wurde ihr wieder bewusst, dass Robin allein vermutlich keinen Schutz vor einem Psychopathen bieten konnte, und ihr Blick wanderte wieder zu den dunklen Fenstern. Draußen fiel immer noch Schnee, inzwischen in einem dichten Vorhang, der keinen Blick auf die Umgebung zuließ. Nach allem, was sie wussten, konnte der Kerl dort draußen sein, konnte sie bis zum Haus verfolgt haben und sie nun beobachten.

Kein guter Gedanke. Rica begann wieder zu zittern. Sie sehnte sich nach einer heißen Dusche, aber es war kaum wahrscheinlich, dass die Therme inzwischen repariert worden war.

Robin schenkte ihr einen besorgten Blick. »Lass uns zum Feuer gehen«, meinte er. »Da kannst du dich ein bisschen aufwärmen.« Er wusste vermutlich genau, dass es sich nicht um körperliche Kälte handelte, Rica war ihm dennoch für das Angebot dankbar. Am Feuer angekommen ließ sie sich auf eine Bank fallen, zog die Beine an den Körper und schlang die Arme darum. »Kannst du mir vielleicht einen Kaffee besorgen? Oder einen Tee oder so etwas?«, fragte sie Robin.

»Okay«, meinte er sofort, offensichtlich froh, etwas tun zu können. Im nächsten Moment war er hinter der Tür zur Küche verschwunden, und Rica war allein mit den flackernden Flammen und dem ewigen Schnee vor dem Fenster.

Und mit Simon.

Er war ihr zuvor gar nicht aufgefallen. Das schien überhaupt eines seiner hervorstechendsten Merkmale zu sein: unauffällig sein. Er kauerte auf einem Hocker ganz nah bei den Flammen im Kamin und hatte ein aufgeschlagenes Buch neben sich auf dem Boden liegen. Offensichtlich hatte er gerade noch gelesen. Jetzt saß er nur da und sah Rica von unten herauf an. Das Feuer reflektierte in seinen Augen und verwandelte sie in die eines kleinen Dämons. Er saß völlig still, und sein Gesichtsausdruck war so unbewegt, dass Rica keinerlei Gefühle darin lesen konnte. Zum ersten Mal seit sie hier angekommen war, konnte Rica verstehen, warum seine Klassenkameraden ihn ein bisschen unheimlich fanden.

Sie suchte nach etwas, das sie sagen konnte, aber unter seinem starren Blick und aufgrund seines anhaltenden Schweigens wollte ihr überhaupt nichts einfallen. Also saß sie nur da und starrte zurück, in der Annahme, dass er irgendwann seinen Blick abwenden würde. *Wie kindisch. Wie in einem dieser alten Spiele: Wer als erstes lacht, hat verloren, oder so etwas.* Simon wandte seinen Blick nicht ab. Er schien nicht einmal zu blinzeln.

Robin tauchte so plötzlich neben Rica auf, dass sie zusammenzuckte. Er stellte zwei dampfende Becher mit Kaffee auf den Tisch und sah sie fragend an. »Was bist du so schreckhaft?« Er schaute sich um, und sein Blick fiel auf das Fenster hinter ihr. »Immer noch der Kerl von vorhin?«, flüsterte er.

Rica sah zu Simon, doch der hatte sich von ihr ab- und seinem Buch zugewandt. Es kam ihr lächerlich vor, Robin zu sagen, dass sie sich vor einem kleinen Jungen fürchtete, also zuckte sie nur mit den Schultern.

»Ich glaube, die ganze Sache hat mich ein bisschen nervös gemacht«, meinte sie. »Ich denke, ich muss einfach ins Bett und mich ein bisschen ausschlafen, okay?«

Robin sah ein wenig enttäuscht aus, doch er nickte verständnisvoll. »Wenn es dir hilft«, sagte er. »Nimm wenigstens deinen Kaffee mit.« Er drückte ihr den Becher in die Hand, als sie gerade aufstand, und sie lächelte ihn dankbar an. Am liebsten hätte sie ihm einen Kuss gegeben, nur auf die Wange oder so, aber da fing sie wieder einen dieser unheimlichen Blicke von Simon auf und ließ es lieber sein.

»Was war denn los?« Eliza saß mit überkreuzten Beinen auf dem Bett und las in einem Buch, als Rica hereinkam. Ein Blick in Ricas Gesicht reichte ihr, um zu erkennen, dass etwas nicht in Ordnung war. Sie legte ihren Thriller beiseite. In knappen Sätzen berichtete Rica von ihren Erlebnissen draußen im Schnee. Eliza hörte aufmerksam zu und überlegte dann lange.

»Ich glaube nicht, dass der Kerl euch etwas tun wollte«, meinte sie schließlich. »Auch wenn ich zugeben muss, dass die Geschichte mit dem toten Hund mehr als seltsam ist. Aber ein echter Serienkiller lässt sich doch nicht von drei Jugendlichen abschrecken.«

Rica verzog das Gesicht. Eliza hatte leicht reden, schließlich war *sie* nicht mit dem Wahnsinnigen im Schnee draußen gewesen. Aber dann geriet sie doch kurz ins Grübeln. Vielleicht hatte Eliza sogar recht. Keiner von ihnen war bewaffnet gewesen, Nathan und sie hatten sogar ziemlich hilflos in der Schneewehe festgesessen, eigentlich hätte der Mann ein leichtes Spiel mit ihnen haben können.

»Vielleicht wollte er nicht riskieren, dass wir irgendwem Bescheid gegeben haben, wo wir sind«, meinte sie zögernd. »Wir waren immerhin noch ziemlich nah an unserer Unterkunft. Da hätte er sich selbst in Schwierigkeiten gebracht.«

Eliza zuckte mit den Schultern. »Wenn das so ist, dann dürften wir hier ohnehin ziemlich sicher sein. Ich meine, es wird doch sofort auffallen, wenn jemand fehlt. Und falls er wirklich da draußen durch den Tiefschnee stapft, ist er auch nicht wirklich unauffällig oder schnell von der Bildfläche verschwunden.« Sie lächelte. »Ich glaube, diese ganze Psychopathengeschichte ist ein Ammenmärchen, und der Kerl hat vermutlich seinen Hund wegen irgendwas anderem umgebracht. Vielleicht hatte er Tollwut oder so, und er wollte euch das nur nicht sagen. Oder er wollte euch einen Schrecken einjagen.«

Rica kniff die Augen zusammen und überlegte, ob sie darauf etwas erwidern sollte. *Und was war mit dem frischen Blut an seinem Messer?* Aber solange sie sich selbst keinen Reim darauf machen konnte, wollte sie Eliza nicht auch noch verunsichern. Es war ohnehin seltsam genug, dass sie, die normalerweise Angst vor ihrem eigenen Schatten zu haben schien, jetzt so ruhig und gefasst war.

Sie ließ sich auf ihr Bett fallen und kramte in ihrem Rucksack nach einer Tüte Chips. »Machen wir uns einen Mädchenabend«, meinte sie, und Elizas Gesicht leuchtete vor Freude auf.

* * *

Sie wartete, bis Rica fest eingeschlafen war, bevor sie wieder aufstand. Die Holzbohlen waren kalt unter ihren Füßen, und sie schauderte einen Moment, bis es ihr gelang, mit den Zehenspitzen ihre Hausschuhe zu ertasten und hineinzuschlüpfen. Sie warf einen Blick zu Ricas Bett hinüber. Ihre Freundin hatte sich unter ihrer Bettdecke eng zusammengerollt, wie ein kleines Tier, das sich in seinen Bau verkrochen hatte. Eliza war es ein Rätsel, wie überhaupt jemand so schlafen konnte.

Ganz leise angelte sie ihren Pullover vom Stuhl und streifte ihn über. Rica regte sich nicht, als Eliza an ihr vorbei zur Tür schlich und diese aufzog. Sie huschte auf den Flur hinaus. Einen Moment lang stand sie nur vor Kälte zitternd da und fragte sich, ob das, was sie vorhatte, wirklich eine so gute Idee war. Ob sie nicht doch lieber einfach auf die Toilette und dann zurück ins Zimmer gehen sollte. Nein. Das war zwar die sicherere Variante, aber auch die für Feiglinge. Außerdem würde sie dann nie mehr erfahren,

Leise setzte Eliza sich in Bewegung. Ab und zu blieb sie stehen, um zu lauschen, doch das Haus war ruhig. Offensichtlich waren die meisten Schüler bereits ins Bett gegangen. Der Tag in Schnee und Kälte war ziemlich anstrengend gewesen, und noch hatten sich die beiden Schülergruppen untereinander nicht genügend angefreundet, um zusammen Party zu machen. Eliza erreichte die Treppe und schlich die Stufen hinunter. Unten angekommen, legte sie kurz ihr Ohr an die Tür des Aufenthaltsraums, bevor sie sie aufschob.

Es war dunkel und still, nur im Kamin glommen noch rötlich ein paar Holzscheite. Eliza fühlte sich an einen schlafenden Drachen erinnert, der einen Schatz bewachte. *Aber es ist nicht dein Schatz, den ich suche,* dachte sie und versuchte, ein hysterisches Kichern zu unterdrücken. Sie sah sich im Raum um. Es dauerte einen Moment, bis sich ihre Augen an das Dämmerlicht gewöhnt hatten und sie entdeckte, was sie gesucht hatte. Der dicke blaue Ordner, den Herr Röhling vorgestern Abend zurate gezogen hatte, als er die Schüler vorgestellt hatte. Er lag verloren auf der Theke vor der Durchreiche zur Küche. Herr Röhling hatte nach dem Abendessen darin geblättert und ihn dann wohl einfach vergessen. Kein anderer Schüler hatte sich dafür interessiert – kein Wunder, enthielt er doch vermutlich nur langweilige Unterlagen –, aber Eliza war er aufgefallen, und sie hatte seitdem an nichts anderes mehr denken können. Wenn es irgendwo Antworten gab – Antworten auf die Frage, warum Nathan Rica so unheimlich ähnlich sah, warum ausgerechnet Robins Exfreundin unter den Gewinnern dieses Wettbewerbs war, warum im Wesentlichen nur Schüler von zwei bestimmten Schulen vertreten waren –, dann konnte sie sie vielleicht dort finden. Und sie wusste, sobald Rica mal über die ganze Sache mit Robin und Saskia und dem angeblichen Psychopathen und dem Skiunfall hinweggekommen war, würde es sie auch interessieren.

Eliza warf einen letzten Blick durch den Raum und machte sich dann auf den Weg zur Theke. Unterwegs legte sie sich eine Ausrede zurecht, nur für den Fall, dass irgendjemand doch noch hereinkam und sie fragte, was sie hier machte. Sie konnte natürlich immer behaupten, dass sie noch hungrig war und in der Küche nach Pizza hatte suchen wollen. Allerdings ging das spätestens dann nicht mehr, wenn sie mit dem Ordner in den Fingern ertappt wurde. Vermutlich musste sie sich dann auf eine Antwort wie »den habe ich zufällig entdeckt« und ihre Fähigkeit verlassen. Eine Aussicht, die ihr nicht gerade zusagte.

Der Boden des Aufenthaltsraums war bedeckt von allem möglichen Zeug – liegen gebliebenen Skiklamotten, Chipstüten, Besteck, Apfelresten und heruntergefallenen Karten und Würfeln. Eliza navigierte vorsichtig durch den ganzen Dreck und fragte sich, warum sich keiner die Mühe gemacht hatte, die Schüler zum Aufräumen zu ermahnen. Das war doch normalerweise das Erste, was Lehrer in dieser Situation taten. Aber an diesen Lehrern hier war sowieso einiges merkwürdig.

Eliza erreichte die Theke und blieb stehen. Einen Augenblick lang fixierte sie den Ordner nur, der friedlich und still dalag. Sie hatte ein wenig Angst vor dem, was er enthalten mochte. *Komm schon, Eliza. Nimm dir ein Beispiel an Rica. Die hätte keine Angst.* Kurz entschlossen griff Eliza nach dem Ordner, zog ihn zu sich heran und kletterte auf einen der Barhocker, die an der Theke standen. Dann holte sie tief Luft und schlug den Ordner auf.

Das Erste, was sie sah, war eine Namensliste aller Schüler, die an diesem Skiurlaub teilnahmen, mit dem Namen der Schule dahinter. Und einer zusätzlichen Spalte, in der nur ein Plus, ein Minus, oder in manchen Fällen beides eingetragen war. Eliza wurde nicht ganz schlau aus dieser letzten Spalte, sah aber aus reiner Neugier hinter ihrem eigenen Namen nach und fand ein Plus. *Was auch immer das jetzt heißen mag.* Sie suchte Rica und fand ein Minus. Nun gut. Das brachte ihr nicht viel. Sie suchte nach Nathans Namen, konnte ihn jedoch nicht entdecken. Ebenso fehlte Saskia.

Eliza starrte noch einige Augenblicke auf die Liste. Schließlich schlug sie die Seite um. Das nächste Blatt war eine Kopie des Ablaufs, den Herr Röhling an die Wand des Aufenthaltsraums geheftet hatte. Alle Skiausflüge, die Hüttendisco und alles, was sonst noch auf dem Programm stand, waren säuberlich aufgelistet.

Nächste Seite. Nathans Foto lachte ihr aus einer Ecke entgegen. Das Passbild war mit einer Büroklammer in die linke obere Ecke eines Fragebogens geheftet worden. Auf dem Foto sah Nathan Rica so unverschämt ähnlich, dass jeder die beiden für Geschwister gehalten hätte. Eliza verstand nicht, warum das noch keinem aufgefallen war. Sie überflog den Fragebogen. Es war eine Seite mit Standardfragen. Lieblingsessen, Lieblingsfächer in der Schule, familiärer Hintergrund und so weiter. Nichts besonders Ungewöhnliches – wenn Eliza auch so einen Bogen bekommen hätte. Aber sie selbst hatte keinen solchen Wisch ausfüllen müssen, und sie kannte auch keinen anderen.

Sie blätterte weiter und fand von dem einen oder anderen Schüler ähnliche Datenblätter. Vor allem die jüngeren Schüler von der Avenir-Schule waren darunter. Eliza überflog ein paar der Zettel, bemerkte allerdings einfach nichts Spannendes darauf. Sie fragte sich, warum jemand sich die Mühe gemacht hatte, diese Sammlung von zufälligen Fakten, die einem Meine-Freunde-Buch entstammen könnten, zusammenzutragen. Dann schlug sie eine Seite um und fand sich ihrem eigenen Foto gegenüber. Eliza blinzelte und starrte auf das Bild. Es war keine Porträtaufnahme wie bei Nathan, sondern ein Foto, das Rica vor ein paar Monaten mal geschossen hatte, als sie beide im Park der Daniel-Nathans-Akademie abgehangen hatten. Eliza saß auf einer der Steinbänke, die Beine übereinandergeschlagen, den Blick auf ein aufgeschlagenes Buch gesenkt. Sie konnte sich noch genau an den Tag erinnern, an dem Rica das Foto gemacht hatte. Es war etwa eine Woche nach Lars' Festnahme und Andreas Flucht aus der Schule gewesen, an einem der Tage, an denen es ihnen halbwegs gelungen war, sich zu entspannen. Rica hatte darauf bestanden, ein Bild von Eliza zu machen, eines, das »ihr wahres Wesen« zeigte. Sie hatten ziemlich lange an der Pose herumprobiert, bis sie sie genauso hinbekommen hatten, wie Rica sich das vorgestellt hatte. Das Ergebnis konnte sich wirklich sehen lassen, und Eliza hatte sich sehr über die Aufnahme gefreut. Jetzt starrte sie auf das Foto hinunter und fragte sich, wie es in die Hände ihrer Skiferienbetreuer geraten war. Soviel sie wusste, besaßen nur Rica und sie selbst eine Kopie der Bilddatei. Sie hatte ihre an niemanden weitergegeben, und sie war sich auch sicher, dass Rica nichts dergleichen getan hatte.

Woher hatten die also das Bild?

Die Sache verwirrte sie so sehr, dass sie zuerst überhaupt nicht daran dachte, den Datenbogen zu lesen. Erst, als ihr am Ende der Seite die Worte »Talent vorhanden« ins Auge sprangen, begann sie zu lesen. Wie schon bei den anderen Schülern handelte es sich um eine Sammlung von Daten und Fakten, was Eliza mochte und was nicht, mit wem sie befreundet war und so weiter. Obwohl es alles leidlich banale Tatsachen waren, lief Eliza doch ein Schauer über den Rücken, als sie sie las. Da waren so viele kleine Details, die sie noch keinem verraten hatte, nicht einmal Rica. Ihre Lieblingsplätze im Park der Daniel-Nathans-Akademie. Erlebnisse aus ihrer Kindheit, die sie besonders erschreckt und beeinflusst hatten. So etwas.

Woher wissen sie das alles? Und vor allem: Warum wollen sie es überhaupt wissen? Eliza warf einen Blick über ihre Schulter zurück, weil sie das Gefühl hatte, dass sie Augen aus der Dunkelheit heraus beobachteten. Sie konnte niemanden sehen, aber das hieß vermutlich nichts. Sie hätte auch nicht gedacht, dass sie bei allem anderen in ihrem Leben beobachtet worden war. Anders konnte sie sich nämlich nicht erklären, woher all diese Fakten stammen sollten.

Jemand beobachtet alle meine Schritte. Und nicht nur ihre, wie es schien. Sie blätterte zurück. So viele Datenblätter über Schüler.

Plötzlich schienen die Angaben darauf gar nicht mehr banal und langweilig. Eliza sah die Einträge jetzt mit anderen Augen. *Wetten, dass die auch nicht mit irgendjemandem darüber gesprochen haben?* Eliza blätterte weiter, bis sie tatsächlich ein Blatt mit Ricas Daten entdeckte. Oder besser gesagt, einen Entwurf für Ricas Datenblatt. Im Gegensatz zu den übrigen Zetteln waren hier die Angaben denkbar dürftig, nur die offensichtlichsten Felder waren ausgefüllt worden, zum Beispiel dass ihr größtes Hobby das Fotografieren war, und wo sie zuvor zur Schule gegangen war. Ein Feld fiel Eliza jedoch auf. Eltern: Manuela Lentz, Thomas Rausner, stand da. Hinter den Namen von Ricas Vater hatte jemand ein Ausrufezeichen gemalt.

Thomas Rausner. Eliza überlegte, ob Rica mal etwas über ihn erzählt hatte, konnte sich jedoch nicht erinnern. Nur dass ihr Vater ihre Mutter schon früh verlassen hatte, daran erinnerte Eliza sich. Vielleicht waren die beiden auch gar nicht verheiratet gewesen, sie trugen nicht mal den gleichen Nachnamen. Auch wenn das natürlich nichts heißen musste. Eliza verspürte einen leichten Stich des schlechten Gewissens. Sie sollte nicht einfach so ihrer Freundin hinterherspionieren, schon gar nicht in Bezug auf Angelegenheiten, über die sie von sich aus noch nichts erzählt hatte.

Gerade, als sie weiterblättern wollte, hörte sie die Schritte neben sich. Eliza fuhr zusammen und schlug automatisch den Ordner zu. Mit dem dummen Gefühl, ertappt worden zu sein, wandte sie sich um. Ein blasses Gesicht hob sich vom Dämmerlicht im Raum ab, als würde es in der Dunkelheit schimmern. Durch die seltsame Beleuchtung wirkte es dermaßen verzerrt, dass Eliza einen Moment brauchte, um es zu erkennen.

»Nathan«, flüsterte sie dann. »Was machst du hier?«

»Das Gleiche könnte ich dich fragen.« Seine sonst so freundliche Stimme ähnelte jetzt eher einem Knurren. »Schnüffelst du in den privaten Daten von uns anderen herum?« Er trat ganz dicht neben Eliza und griff nach dem Ordner.

»Ja ... Nein, nicht direkt. Also nicht, wie du denkst.« Eliza verhedderte sich in ihren eigenen Worten. Sie verstand nicht, warum Nathan so sauer schien. Klar, es war nicht gerade die feine englische Art, was sie getan hatte, aber sein Gesichtsausdruck war geradezu erschreckend. Er war so wütend, dass er beinah zu platzen schien. Mit der Rechten hielt er den Ordner weit über seinen Kopf, wie ein Oberstufler, der einem kleineren Schüler den Ball weggenommen hatte.

»Ich nehme das an mich«, stellte er fest. »Und du solltest dir überlegen, was du eigentlich damit bezwecken wolltest.« Er funkelte sie immer noch wütend an. »Das ist kein Spaß, und du kannst nicht einfach im Leben anderer Leute herumkramen, wie es dir eben passt. Das solltet ihr Elitespinner endlich mal einsehen. Ihr seid nichts Besseres, bloß weil ihr auf eine dieser lächerlichen Schulen geht.« Bevor sie noch etwas erwidern konnte, hatte er sich umgedreht und war mitsamt dem Ordner davongestapft.

Verwirrt und mehr als nur ein bisschen verletzt sah Eliza hinter ihm her. *Elitespinner.* Es war ein Wort, das genauso gut aus Ricas Mund hätte kommen können. Doch aus irgendeinem Grund verletzte sie es mehr, dass Nathan es gesagt hatte.

Eliza kaute auf ihrer Unterlippe herum und versuchte, ihre aufkeimende Angst zu unterdrücken. Nathan hatte schrecklich ausgesehen, Furcht einflößend in seiner Wut. War das, was sie getan hatte, tatsächlich so unverzeihlich, dass es ihn derart wütend gemacht hatte?

Kapitel sieben

Fotos

Das Zimmer war ungewöhnlich dunkel, und eine drückende Stimmung lag in der Luft. Rica blinzelte, gähnte und drehte sich auf die Seite, um zu Elizas Bett hinüber sehen zu können.

Sie war nicht da. Die Decke war zurückgeschlagen, und das Bett war leer. Rica stützte sich auf ihren Ellbogen und sah sich im Zimmer um. Niemand. War Eliza schon zum Frühstücken gegangen? Warum hatte sie sie dann nicht geweckt? *Der Psychopath. Wenn er sie nun geholt hatte.* Aber Rica schüttelte über ihre eigene Dummheit den Kopf. Das hätte sie doch gemerkt. Sie sollte aufhören, sich so verrückt zu machen mit diesem Kerl. Bestimmt hatte Eliza recht, und es gab gar keinen Grund, sich vor ihm zu fürchten. Es *war* schon ziemlich wenig Blut gewesen, wenn sie es recht bedachte. Vielleicht hatten sie alle einfach überreagiert.

Rica kämpfte sich aus der Decke und schwang ihre Beine aus dem Bett. Der Fußboden war unerhört kalt. Überhaupt war es ziemlich eisig im Zimmer, als habe jemand über Nacht vergessen, das Fenster zu schließen.

Nicht, dass jetzt auch noch die Heizung ausgefallen ist, dachte Rica und angelte ihre Socken vom Fußende des Bettes, bevor sie endgültig aufstand. Ein paar Schritte brachten sie zum Fenster. Weiße Kristalle bedeckten die Scheibe vor ihr. Die winzigen Sterne hatten sich in den Ecken gesammelt, wo die alten Holzstreben sich kreuzten, und waren von da aus über das halbe Glas gewandert.

Eisblumen, dachte Rica und berührte beinah ehrfürchtig das Fenster mit dem Zeigefinger. Sie hatte noch nie zuvor Eisblumen gesehen. Ihre Mutter sagte immer, das läge daran, dass die Fenster inzwischen viel zu gut isoliert waren. Rica dagegen war der Meinung, dass die Winter früher einfach kälter gewesen sein mussten. Kälter und irgendwie besser, nicht diese grauen Schneematsch-Nebel-Dreck-Winter, die sie kannte. Nun gut, nicht, dass die Eisblumen den Winter so unendlich viel besser gemacht hätten – es war immer noch scheißkalt, und Rica fühlte sich in all der Winterkleidung eingezwängt und ungeschickt –, aber sie waren zumindest hübsch anzusehen. Auch wenn sie natürlich nicht erklärten, warum es im Zimmer so dunkel war.

Rica wischte mit der Handfläche über eine vereiste Stelle. Es dauerte ein bisschen, bis die Eisblumen getaut waren und sie einen Blick nach draußen werfen konnte.

Schnee. Weit und breit nichts als Schnee. Über Nacht mussten noch einige Zentimeter Neuschnee gefallen sein, und noch immer hatte es nicht aufgehört zu schneien. Über der vereisten Landschaft hing eine dichte, graue Wolkendecke, die jegliches Sonnenlicht aussperrte. Dazu schwebten dicke weiße Flocken langsam, aber stetig vor dem Fenster vorbei.

Eigentlich war heute eine Wanderung in den Ort hinunter geplant, doch Rica war nicht sicher, ob die stattfinden würde. Sie wandte sich vom Fenster ab und schlüpfte in ihre Klamotten. Gerade wollte sie die Tür aufstoßen, als jemand klopfte. Rica blieb überhaupt keine Zeit, etwas zu sagen, da wurde die Tür auch schon geöffnet, und Nathan steckte seinen Kopf durch den Spalt.

»Stör ich?« Er grinste breit.

»Nein. Komm rein!«

Sobald Nathan bei ihr im Zimmer stand, wurde sein Gesicht mit einem Schlag ernst. »Hör mal, ich muss mit dir sprechen.«

Verwundert über seinen plötzlichen Stimmungsumschwung, nickte Rica und ließ sich zurück auf ihr Bett fallen. Zu ihrer Erleichterung setzte sich Nathan dieses Mal nicht neben sie, sondern hockte sich mit überkreuzten Beinen auf den Boden zwischen den Betten.

»Was ist los?« Ricas Magen knurrte, und im Grunde wäre sie jetzt gern frühstücken gegangen. »Geht es um den Psychopathen? Hör mal, ich glaube, wir haben da vielleicht was falsch – « Doch Nathan schüttelte so heftig den Kopf, dass Rica ihren Satz nicht zu Ende brachte.

»Das nicht. Nein. Ich bin mir bei ihm auch nicht sicher, aber jetzt geht es um etwas anderes.« Er verzog das Gesicht und sprach dann schnell weiter, bevor sie noch darauf eingehen konnte. »Du bist doch auch nicht von dieser Eliteschule. Nicht richtig, meine ich.« Es war keine Frage, sondern eine Feststellung. »Du hast doch sicher auch gemerkt, dass mit den Schülern hier irgendwas nicht stimmt.«

Rica kaute auf ihrer Unterlippe herum und überlegte lange, bevor sie antwortete. Sie durfte jetzt keinen Fehler machen und einem ihrer Freunde aus Versehen in den Rücken fallen. Dabei wusste sie natürlich selbst, dass mit ihrer Schule was ganz und gar nicht in Ordnung war.

»Na jaaaa«, erwiderte sie schließlich gedehnt. »Es sind immerhin Internatsschüler. Und außerdem – «

»Quatsch«, unterbrach sie Nathan ziemlich unwirsch. »Du kannst mir da nichts vormachen. Ich wette, du wusstest schon an deinem ersten Tag in der Schule, dass irgendetwas anders ist, stimmt's?«

An meinem zweiten, dachte Rica, und wurde ein bisschen rot. Es war ihr unheimlich, wie Nathan ihre Gedanken zu lesen schien. Sie nickte stumm.

»Siehst du«, meinte Nathan zufrieden. »Ich habe das auch bemerkt. Schon, als ich das erste Mal mit deiner Freundin gesprochen habe.«

»Eliza«, warf Rica ein. Es war ihr wichtig, dass er ihren Namen kannte. Sie wollte Eliza nicht einfach nur als Teil der Masse von seltsamen Schülern wissen, es musste Nathan klar sein, dass sie etwas Besonderes war.

»Eliza. Whatever«, sagte Nathan und winkte ab. »Jedenfalls ist sie genauso komisch wie alle anderen hier auch. Es wundert mich, dass du dich mit ihr abgibst.«

»Na hör mal, sie ist meine beste Freundin«, rutschte es Rica heraus. Sie konnte Wut in sich aufsteigen spüren. Wie konnte er hier einfach hereinkommen und Eliza schlechtmachen? Schließlich kannte Rica sie viel länger als Nathan.

Er zuckte mit den Achseln. »Ist auch nicht so wichtig«, gab er zurück. »Was ich dich eigentlich fragen wollte: Ist dir klar, dass sie uns hinterherspionieren?«

»Wer, die Schüler?« Ricas Herz verkrampfte sich leicht, doch dann schüttelte sie den Kopf. »Du spinnst. Und ich dachte, ich hätte Verfolgungswahn.«

»Natürlich nicht die Schüler. Zumindest nicht nur. Die Betreuer hier haben einen ganzen Ordner mit Einzelheiten zu ihren … sagen wir: Lieblingen. Zeug, das niemanden etwas angeht, und von dem ich nicht weiß, woher sie es überhaupt haben.« Nathan rückte ein Stück näher ans Bett heran. Er sprach jetzt sehr leise, und da sich sein Kopf irgendwo in der Gegend von Ricas Knie befand, musste sie sich weit hinunterbeugen, um ihn zu verstehen. »Wenn ich ehrlich sein soll: Ich denke, das hat nicht erst hier angefangen. Ich habe manchmal den Eindruck, dass ich unter ständiger Beobachtung stehe, weißt du?« Er sah zu ihr auf, und auf seinem Gesicht spiegelten sich Erregung und Angst.

Rica schüttelte den Kopf und wich ein Stück vor ihm zurück. Bisher war sie ja eigentlich gut mit ihm zurechtgekommen, aber jetzt? Diese Verschwörungstheorien und sein Verfolgungswahn waren ihr doch eher unheimlich.

»Bist du sicher? Ich meine, das ist schon eine ziemliche –«

In diesem Moment ging die Tür auf, und Eliza trat ein. Sie hatte offensichtlich etwas sagen wollen, doch als sie Nathan auf dem Boden sitzen sah, klappte sie ihren Mund wieder zu und machte riesige Augen wie ein verschrecktes Reh.

Rica sah verwundert zu ihr auf, dann wieder zu Nathan, der nun ebenfalls schwieg. Er erhob sich mit einem Ruck. »Wir sprechen später noch mal«, sagte er und schob sich an Eliza vorbei aus dem Zimmer.

»Was war das denn?«, wollte Rica wissen. »Was hat er denn gegen dich?«

Eliza zuckte mit den Schultern und errötete noch mehr. Einen kurzen Moment lang fragte sich Rica, ob Eliza Nathan ein Liebesgeständnis gemacht hatte. Aber das passte weder zu Eliza noch zu Nathan. Es musste eine andere Erklärung geben.

»Wo bist du gerade gewesen?«, wollte Rica wissen.

»Ich konnte nicht mehr schlafen. Also habe ich nachgesehen, wie das Wetter draußen ist«, erwiderte Eliza. Jetzt erst bemerkte Rica, dass Elizas Skihose nasse Flecken aufwies.

»Und dafür konntest du nicht einfach nur aus dem Fenster sehen? Du musstest in den Schnee hinausspazieren?« Sie warf einen bezeichnenden Blick zu dem vereisten Fenster. »Es ist hundekalt da draußen.«

Eliza sah ebenfalls zum Fenster und zuckte mit den Schultern. »Kommst du runter? Sie wollen besprechen, was wir heute unternehmen. Ich glaube, der Ausflug fällt aus.«

»Dachte ich mir.« Rica stand auf und ging in Richtung Tür. Doch kurz bevor sie auf den Gang hinaustrat, drehte sie sich noch mal zu Eliza um, als wäre ihr gerade erst etwas eingefallen. »Irgendwann erzählst du mir wirklich, was zwischen Nathan und dir passiert ist, ja?«

Eliza machte dieses Mal nicht den Versuch, etwas abzustreiten. Sie nickte nur. »Später. Okay?«

Die Stimmung im Aufenthaltsraum war gedrückt. Die meisten Schüler saßen nur da und starrten finster auf das Schneetreiben vor den Fenstern. An der dem Wind zugewandten Seite reichten die Verwehungen bereits bis zum Glas. Rica war froh über das knisternde Feuer im Kamin.

Dieses Mal ließ sie sich nicht dadurch stören, dass Simon direkt davor kauerte und mit einem Stock in den Flammen herumstocherte, sie ließ sich einfach neben ihn auf den Boden fallen. Er hob kurz seinen Kopf, erkannte Rica und schenkte ihr einen seiner undurchdringlichen Blicke, bevor er sich wieder dem Feuer zuwandte. Wortlos hockte sich Eliza ebenfalls auf den Boden und rutschte so nah wie möglich an die Flammen heran. Gleich darauf tauchte Robin auf und setzte sich neben Rica. Er stellte einen Teller mit zwei Marmeladenbrötchen vor ihr ab.

Rica merkte, dass sie sich das erste Mal an diesem Morgen wirklich entspannte. »Danke«, murmelte sie und biss in eine Brötchenhälfte.

Robin strahlte sie an, als habe sie ihm das beste Kompliment der Welt gemacht. Rica legte ihren Kopf auf Robins Schulter und schloss kurz die Augen, um den Geruch nach Holzfeuer und Robins Waschmittel vollkommen in sich aufzunehmen. *So könnte ich den ganzen Tag hierbleiben.*

»So, Leute, wollen wir mal das Programm für heute angehen?« Es war nicht Herr Röhlings fröhliche Stimme, die das ankündigte. Rica blinzelte, reckte den Kopf und konnte gerade noch Herrn Muhlmanns Gesicht über der Tischkante erspähen. Die anderen beiden Betreuer waren nirgends zu sehen.

»Wie ihr seht, hat es über Nacht ziemlich stark geschneit«, begann Herr Muhlmann, was unter den Schülern ein spöttisches Gemurmel hervorrief. »Wir werden den Ausflug ins Dorf daher lieber absagen«, fuhr Herr Muhlmann fort. »Es kann sein, dass die Wege tief verschneit sind, und vermutlich würden wir nicht besonders schnell vorankommen. Allerdings …« Er machte eine beinah dramatische Pause und blickte sich im Raum um. Ein paar Schüler schenkten ihm ihre ganze Aufmerksamkeit, doch die meisten fuhren mit dem fort, was sie ohnehin gerade getan hatten. »Allerdings brauche ich trotzdem ein paar Freiwillige, die mit Herrn Röhling und Frau Friebe ins Dorf hinuntergehen«, ergänzte Herr Muhlmann unbeeindruckt seine Rede. »Wir mussten leider feststellen, dass einige unserer Lebensmittel verdorben sind, und wenn wir keinen Nachschub besorgen, dann gibt es heute Abend nur trockene Nudeln zu essen.«

Eliza blickte zum ersten Mal auf und runzelte die Stirn. »Wie können die verdorben sein? Ich dachte, die sind extra für die Fahrt hier gekauft worden«, murmelte sie.

»Vielleicht waren sie knapp am Mindesthaltbarkeitsdatum«, vermutete Rica. »Dann sind die oft billiger. Für so eine Klassenfahrt …« Doch sie brachte den Satz nicht zu Ende. Sie merkte selbst, wie seltsam das Ganze war. »Na ja, ich habe jedenfalls nicht vor, stundenlang durch den Schnee zu stapfen«, meinte sie stattdessen.

»Wer nicht mit Frau Friebe und Herrn Röhling geht, kommt mit mir auf die Piste«, redete Herr Muhlmann weiter.

Jetzt wurden allmählich Stimmen laut, und ein paar Schüler deuteten auf die Fenster.

»Bei dem Schnee lohnt sich das doch gar nicht.«

»Können wir nicht drinnen bleiben? Hier gibt es genug Spiele, um einen Tag durchzuhalten.«

»Da draußen kann man doch nicht mal die Skier an den eigenen Füßen sehen.«

Herr Muhlmann schüttelte den Kopf. »Den ganzen Tag drinnen sitzen ist nicht das Richtige für euch. Es ist besser, wenn ihr ein wenig Bewegung bekommt. Sonst reißt ihr euch am Abend noch gegenseitig die Köpfe ab.« Er lächelte. »Kommt schon, es wird doch nicht so schlimm werden.«

»Kein Mensch wird bei dem Wetter draußen sein«, motzte Sarah, aber Herr Muhlmann beachtete sie nicht weiter.

»Herr Röhling und Frau Friebe erwarten diejenigen von euch, die ins Dorf hinuntergehen, draußen vor der Tür. Sie haben bereits zwei Schlitten klargemacht, auf denen wir die Lebensmittel transportieren können. Es ist alles nicht so schlimm.«

Rica verzog das Gesicht. Nicht so schlimm, sagte er. Entweder einen Tag lang auf der tief verschneiten Piste mit ihren Skiern kämpfen oder eine Wanderung durch Eiseskälte das Tal hinunter, und nachher mit einem Haufen Lebensmittel beladen wieder herauf. Na prima.

Im Aufenthaltsraum machte sich nicht gerade Aufbruchsstimmung breit. Die meisten Schüler lümmelten sich demonstrativ auf ihren Plätzen, und die Gruppe jüngerer Schüler setzte unbeirrt ihr Spiel fort.

»Und, wohin zieht es euch?« Nathan tauchte am Kamin auf und musterte Rica und Robin ohne auch nur einen Anflug von Eifersucht. Robins Gesicht jedoch verdüsterte sich sofort wieder.

»Weiß nicht.« Rica beschloss, einfach nicht mehr auf Robins Eifersüchteleien zu achten. »Klingt für mich jetzt beides nicht besonders attraktiv. Was machst du?«

»Ich geh mit ins Dorf«, antwortete Nathan sofort. »Ich kenn den Weg ja schon, und so komme ich wenigstens mal hier raus.«

»Spinnst du? Das sind doch bestimmt Stunden an Fußmarsch«, warf Eliza ein. Sie klang vorwurfsvoll, doch Rica kam nicht umhin, auch ein bisschen Bewunderung in ihren Augen zu lesen.

»Ach, das ist nicht so weit. Und besser zu Fuß bei dem Wetter als auf Skiern. Was meinst du, Rica?« Er strahlte sie erwartungsvoll an.

Gerade eben noch hätte Rica sich vermutlich eher für die Piste entschieden. Da konnte man vielleicht heimlich eine kleine Pause machen und heißen Kaffee aus einer Thermoskanne trinken. Aber jetzt?

»Ich glaube, ich will auch ins Dorf.« Die Worte waren schneller heraus, als sie nachdenken konnte.

Robin sah noch beleidigter aus als zuvor. »Ich gehe auch mit«, sagte er sofort und schenkte Nathan einen giftigen Blick, den dieser mal wieder vollkommen ignorierte.

»Klasse«, erwiderte er nur und sah dann zu Eliza. Die wurde wieder rot, blickte verlegen zur Seite und murmelte etwas, das sowohl Zustimmung als auch Ablehnung sein konnte. Rica musste grinsen. Sie würde ja früh genug sehen, ob Eliza mitkam. Und dann würde sie ein bisschen Energie darauf verwenden, Nathan und sie … nun ja, einander näherzubringen. Eliza konnte jemanden wie Nathan gut gebrauchen, jemanden, der sie aus ihren ständigen Ängsten und Unsicherheiten herausholte.

»Ich nehme die Kamera mit«, beschloss sie. »Vielleicht gibt es ja ein paar lohnende Motive.«

»Bestimmt«, meinte Nathan sofort. »Die Berglandschaft ist umwerfend. Du wirst sehen.«

Rica zuckte mit den Achseln. »Berge sind normalerweise nicht so mein Ding«, gab sie zu. »Aber ich bin bereit, es zu versuchen, wenn du meinst, das taugt was.«

»Ist es okay, wenn ich auch mitgehe?« Die Stimme war leise

und unauffällig, und Rica hätte sie sicher überhört, wenn sich der Sprecher nicht direkt neben ihnen befunden hätte. Sie wandte sich um. Simon musterte sie fragend.

»Klar, warum nicht?« Sie merkte, wie Robin noch mehr das Gesicht verzog, als sie das sagte, aber sie verdrehte nur die Augen in seine Richtung. Wenn er jetzt schon anfing, auf kleine Jungs eifersüchtig zu sein, konnte sie ihm auch nicht helfen.

Simon zeigte den Anflug eines Lächelns. »Schön«, sagte er. »Ich werde euch bestimmt nicht aufhalten. Ich komme gut mit dem Schnee klar.«

»Wenigstens einer von uns.« Rica lachte leise und konnte sich gerade noch davon abhalten, Simon durchs Haar zu wuscheln. Er war so klein und zierlich, dass er gut als ein viel jüngerer Schüler durchgegangen wäre, und die Versuchung, ihn nicht ganz ernst zu nehmen, war groß. Aber Rica konnte sich noch gut erinnern, wie sie selbst es mit zwölf Jahren gehasst hatte, wenn die »Großen« herablassend gewesen waren. Tatsächlich schenkte Simon ihr einen warnenden Blick. Rica hatte den Verdacht, dass er genau wusste, was sie beinah getan hätte.

»Also los, alle miteinander!« Herr Muhlmanns Stimme hatte jetzt einen nicht mehr ganz so freundlichen Ton angenommen. Zögernd erhoben sich die ersten Schüler von den Bänken.

»Wir sind aber noch nicht ganz mit Frühstücken fertig.« Vanessa blieb demonstrativ sitzen und verschränkte die Arme vor der Brust. Auf ihrem Teller lag noch ein halbes Brötchen, und sie sah nicht besonders hungrig aus.

»Ihr hattet Zeit genug. Wer jetzt noch nicht satt ist, kann sich ein Lunchpaket mitnehmen. Auf jeden Fall brechen wir jetzt auf«, meinte Herr Muhlmann. »Die Lunchpakete liegen in der Küche bereit. In fünf Minuten wird die Hütte abgeschlossen.«

»Fünf Minuten?« Vanessas Entsetzen spiegelte sich auf den Gesichtern sämtlicher Anwesender wieder.

»Bisschen wenig Zeit, sich vorzubereiten, was?«, murmelte Nathan und stand auf. »Ich frage mich, was sie damit wieder bezwecken.«

»Sie müssen nicht immer irgendwas bezwecken, oder? Es sind Lehrer«, gab Rica zurück, aber im Grunde musste sie Nathan recht geben. Sie war nun froh, dass sie ihre Winterklamotten schon angezogen hatte, so musste sie nur noch schnell in die Küche laufen und sich durch die Menge von Schülern drängen, die um die Lunchpakete stritten.

»Das reicht doch gar nicht für alle«, maulte Sarah, aber Rica hörte gar nicht recht hin. Sie schnappte sich eines der Pakete und lief dann zur Garderobe. Sie wollte ihren Skianorak anziehen. Es tat ihr zwar um ihren geliebten Army-Parka leid, aber der Anorak war im Endeffekt doch wärmer und wasserabweisend, das kam ihr bei diesem Schneetreiben gerade recht.

Nur, dass der Anorak nicht da war. Rica blieb vor den Haken stehen und musterte die Reihe von Jacken, die dort hingen. Gestern nach dem Skiunfall hatte sie ihre rote Jacke hier aufgehängt, zwischen Nathans nachtschwarzem und Robins giftgrünem Anorak. Aber der Haken war leer.

Verwundert drehte sie sich um und spähte in den Aufenthaltsraum. Vielleicht hatte jemand ihre Jacke versehentlich an sich genommen? Doch die meisten Schüler waren noch nicht einmal in Schneekleidung, geschweige denn in ihren Jacken. Es herrschte immer noch Verwirrung und Gedränge, und ein paar Schüler saßen auch immer noch demonstrativ auf ihren Plätzen. Von einer roten Jacke war weit und breit nichts zu sehen.

Na ja, das klärte sich sicher bald. Und so lange hatte sie ja glücklicherweise ihren Parka. Rica sprintete die Treppe hinauf, um sie aus dem Zimmer zu holen. Als sie wieder unten war und gerade in die wollgefütterten Ärmel schlüpfte, fing sie sich einen verwunderten Blick von Robin und Simon ein, die zusammen an der Ausgangstür standen.

»Meine Jacke ist weg«, erklärte sie nur kurz und stopfte sich das Lunchpaket in die große Parkatasche. Wenigstens das war ein Vorteil – die Taschen waren groß genug. Danach schlang sie sich den Gurt ihrer Kameratasche über die Schulter. »Aber Hauptsache, die hier ist noch da.« Sie grinste, um ihnen zu beweisen, wie wenig ihr das Ganze ausmachte, doch sie fragte sich insgeheim schon, was das sollte. Ihre Skiausrüstung. Ihr Anorak. Was wohl als Nächstes an der Reihe war?

Herr Röhling und Frau Friebe warteten dick eingemummelt draußen im Schnee. Einer von ihnen – vermutlich Herr Röhling – hatte bereits einen kleinen Pfad von der Tür bis zum Fußweg freigeschaufelt, sodass die Schüler jetzt zwischen zwei Schneewänden entlangliefen. Frau Friebe hatte den Kopf zwischen die Schultern gezogen und ihre fliederfarbene, vermutlich selbst gestrickte Mütze tief in die Stirn geschoben. Die Frau sah so unglücklich aus, dass sie Rica richtig leidtat. Warum hatten sich die Betreuer denn entschlossen, ausgerechnet die Älteste von ihnen mit auf diese Wanderung zu schicken?

Weil sie Langlauferfahrung hat, und weil sie glauben, dass die wildesten Schüler hier bleiben werden, um sich einen schönen Lenz zu machen, dachte sie gleich darauf. *Frau Friebe würde sie niemals unter Kontrolle bekommen. Dann schon lieber die braven Schüler, die darauf aus sind, allen zu helfen, indem sie neue Lebensmittel heranschaffen.* Sie schenkte Frau Friebe ein aufmunterndes Lächeln, aber sie glaubte nicht, dass die Lehrerin das wirklich wahrnahm. Sie guckte jedenfalls immer noch verfroren und miserabel in die Landschaft.

»Ein wunderschöner Tag für einen Spaziergang«, verkündete Herr Röhling und strahlte die kleine Schülergruppe an. »Jedenfalls wenn man Schneestürme mag.«

Rica musste gegen ihren Willen grinsen. Im Grunde war Herr Röhling schon in Ordnung. Sie wollte nicht, dass er ihr zu sympathisch wurde, das war richtig, aber er schien auch keine Ambitionen in die Richtung zu haben. *Gar nicht wie Lars,* dachte sie. *Lars wollte immer unser Freund sein.*

»Sind alle da? Dann wollen wir los. Schließlich wäre es schön, wenn wir vor Abendanbruch wieder hier sind«, meinte Herr Röhling. Rica starrte ihn entsetzt an, und sie musste wohl nicht die Einzige gewesen sein, denn er lachte noch mal fröhlich. »War nur ein Scherz. So lange werden wir hoffentlich nicht brauchen. Ihr seid doch alle fit, oder?«

Rica sah sich um. Nathan, Robin, Eliza, Simon und Saskia standen außer ihr um Herrn Röhling herum.

Saskia.

Sie hatte überhaupt nicht mitbekommen, dass sich das Mädchen ihnen angeschlossen hatte. Sie würdigte Rica keines Blickes, sondern himmelte ganz offensichtlich Herrn Röhling an. Dabei stand sie allerdings so nahe neben Robin, dass man meinen konnte, die beiden wären ein Paar. Rica verspürte einen leichten Stich der Eifersucht, aber sie riss sich zusammen. Es reichte schon, wenn Robin jedes Mal ausrastete, wenn sie mit Nathan sprach. Da musste sie nicht auch noch Unruhe in ihre Beziehung bringen.

Wenn sie Herr Röhling gewesen wäre, hätte sie zumindest Simon wieder zurückgeschickt, so klein und zerbrechlich sah er aus, doch offensichtlich war der Lehrer der Ansicht, wer sich den Marsch zutraute, der konnte auch mithalten. Er nickte noch einmal bestätigend und deutete dann auf zwei große, flache Schlitten, die neben ihm im Schnee standen. »Wir wechseln uns mit dem Ziehen ab. Im Dorf unten trinken wir erst mal einen schönen Kaffee und essen Kuchen, dann suchen wir uns jemanden, der die Schlitten mit einem Schneemobil oder meinetwegen auch mit einem Pferd wieder hier raufbefördert.«

Rica musste wieder lächeln. Plötzlich schien aus dem erzwungenen Trip ins Dorf etwas Wildromantisches geworden zu sein, etwas, das aus einem Abenteuerbuch stammen könnte. Sie war gar nicht mehr so sehr verstimmt darüber, zugesagt zu haben. Sie wandte sich Robin zu, lächelte ihn an und griff nach seiner Hand, um ihn zu einem der Schlitten hinüberzuziehen. Er lächelte zurück und drückte ihre Finger leicht.

Es wird ein guter Tag, dachte Rica.

Tatsächlich war der Weg ins Tal eine der schönsten Wanderungen, die Rica je mitgemacht hatte. Zuerst liefen sie zwar fast blind durch das dichte Schneetreiben, aber selbst das hatte seine ganz eigene Romantik.

Nachdem sie den halben Weg zurückgelegt hatten, klarte es merklich auf, und die Sonne schob sich hinter der dicken Wolkenbank hervor. Sofort schien die Landschaft wie ausgewechselt. Die Schneedecke glitzerte, Eiszapfen an Ästen und Brücken schimmerten klar und kalt, die Dächer im Tal lockten wie das Motiv auf einer Weihnachtspostkarte. Rica holte ihre Canon heraus und konnte gar nicht mehr mit dem Fotografieren aufhören. So viele Schneebilder.

Die Wanderung war im Handumdrehen vorbei, und bald saßen sie gut gelaunt bei Kaffee und Kuchen in einem kleinen, gemütlichen Café. Herr Röhling zahlte, und er ließ sich wirklich nicht lumpen. Die Stimmung war gut, Rica lachte und witzelte mit Nathan, Robin und Eliza herum, und selbst Simon und Saskia schienen heute bessere Laune zu haben als sonst. Herr Röhling gab ihnen eine halbe Stunde frei, die Rica, Robin und Eliza für eine weitere ausgiebige Schneeballschlacht nutzten, während Nathan sich kurz verabschiedete, um »etwas zu erledigen«. Er machte ein geheimnisvolles Gesicht dabei und war nicht davon zu überzeugen, mehr zu verraten.

Danach plünderten sie gemeinsam den nächsten Supermarkt. Rica und Eliza luden sich einen Einkaufskorb mit lauter Knabberkram voll, in vollem Bewusstsein, dass ihre Mütter sich darüber fürchterlich aufregen würden, wenn sie davon wüssten. Nathan und Robin begruben für einige Zeit ihre Rivalität und veranstalteten Rennen mit den Einkaufswagen, bis Herr Röhling sie freundlich, aber bestimmt darauf hinwies, dass er sie demnächst allein zum Einkaufen schicken würde, wenn sie so weitermachten.

»Ich lasse euch die Kartoffeln säckeweise den Berg raufschleppen«, meinte er, aber er lachte auch dabei.

Die allgemeine Hochstimmung begann erst nachzulassen, als sie wieder auf die Straße hinaustraten und feststellten, dass es wieder schneite. Dieses Mal nicht in fluffigen weißen Flocken, die an ein Wintermärchen erinnerten, sondern dick und nass. Schnee, dessen Feuchtigkeit sofort durch alle Stoffe zu dringen schien.

Hastig verpackten sie alle Vorräte auf die beiden Schlitten und schnürten die Ladung so gut es ging mit Spanngurten fest, während Herr Röhling sich auf die Suche nach jemandem machte, der ihnen das Zeug den Berg hochzog. Es dauerte lange, bis er zurückkam. Mittlerweile hatte Rica das Gefühl, ihre Füße müssten ihr endgültig erfroren sein. Eliza neben ihr hatte ihren Kopf in die Kapuze zurückgezogen, wie eine Schildkröte in ihren Panzer.

Als Herr Röhling endlich zurückkehrte, hatte er nicht etwa den Fahrer eines Schneemobils bei sich, wie sie alle gehofft hatten, sondern einen älteren Herrn, der zwei noch älter aussehende Pferde am Zügel führte.

»Wie in den guten alten Zeiten«, stellte Herr Röhling mit doch etwas gezwungener Fröhlichkeit fest, während der Mann zusammen mit Nathan und Robin versuchte, die Schlitten halbwegs sinnvoll mit dem Pferdegeschirr zu verbinden.

»Wir werden Stunden brauchen mit diesen Gäulen«, murmelte Saskia.

Sie sollte recht behalten. Die Pferde mochten kräftig genug sein, die Schlitten zu ziehen, aber sie stapften langsam und vorsichtig durch die immer tiefer werdenden Schneewehen, und ihr Besitzer machte auch keinerlei Anstalten, sie anzutreiben. Da Herr Röhling und Frau Friebe darauf bestanden, dass alle beisammen und bei den Vorräten blieben, kamen sie selbst auch nur im Schneckentempo voran. Inzwischen wurde es sogar schon dunkel. Bald war von der wunderbaren Umgebung nichts mehr zu sehen, außer dicht fallendem Schnee und ab und zu mal einem Stück dunkelgrauem Himmel. Die Luft war so kalt, dass sie ins Gesicht biss, und Rica merkte, wie ihr Parka langsam durchweichte. Sie wünschte sich, sie hätte ihren Skianorak gefunden.

Der Anstieg verlief schweigend. Niemand hatte große Lust auf eine Unterhaltung, und sie brauchten ihren Atem dringender als zum Reden. Dann, kurz bevor sie die Hütte erreichten, hörten sie den Schrei.

Ein durchdringendes Kreischen schnitt durch die Winterluft. Es war so schrill, so angsterfüllt, so erbärmlich, dass es Rica direkt in die Knochen fuhr. Sie zuckte zusammen, und der Impuls, sich einfach zur Flucht umzuwenden, war überwältigend. Sie musste sich an Elizas Jackenärmel festklammern, um nicht zu stürzen.

»Was war denn das?« Saskia war totenbleich geworden und zitterte so stark, dass es ein Wunder war, dass sie nicht zusammenbrach. Sie hatte eine Hand auf ihren Bauch gepresst, als habe sie Schmerzen.

»Das war bestimmt nur der Todesschrei von irgendeinem Tier«, versuchte Frau Friebe sie zu beruhigen. Allerdings war sie selbst ziemlich bleich geworden, und in ihren Augen stand Nervosität.

In diesem Moment wiederholte sich der Schrei. Noch schriller, noch ängstlicher. *Todesschrei passt schon,* dachte Rica. *Ich kann nur hoffen, dass es wirklich ein Tier ist.* Sie versuchte verzweifelt, durch das Schneetreiben etwas zu erkennen, aber das war vergeblich. Man konnte nicht einmal sagen, woher der Schrei gekommen sein konnte, jede Richtung sah gleich aus.

»Ich gehe nachsehen«, verkündete Herr Röhling. »Ihr bleibt hier.«

»Was? Sind Sie verrückt?« Eliza wurde noch blasser. »Sollten wir nicht so schnell wie möglich zur Hütte zurückgehen? Wer weiß, was das für Raubtiere sind, vielleicht gibt es hier Bären.«

»Und Tiger und Löwen«, scherzte Herr Röhling. Rica hätte ihm am liebsten eine runtergehauen. Das war doch nun wirklich nicht der richtige Zeitpunkt für Witze. »Keine Angst, in diesen Bergen gibt es nichts Schlimmeres als Füchse und Eulen. Wahrscheinlich ist ein Kaninchen gerissen worden, es würde euch überraschen, zu erfahren, wie laut die schreien können.« Damit schlug er den Kragen seines Anoraks hoch und stapfte wohlgemut in den Schnee hinein, bevor ihm noch jemand widersprechen konnte. Die Schüler blieben mit der verunsicherten Frau Friebe, den nervösen Pferden und dem alten Mann zurück, der so tat, als ginge ihn das alles nicht das Geringste an. Rica beneidete ihn um seine Seelenruhe.

Schnee. Mehr Schnee. Es schien auf der Welt nichts mehr zu geben außer ihnen selbst und dem Schnee, der durch ein ewiges Grau fiel. Nachdem der Schrei verstummt war, war jetzt auch kein Geräusch mehr zu hören, alles war gedämpft, verschluckt, von der Welt gewischt. Rica merkte, dass ihr Tränen die Wange hinunterliefen, aber sie wusste nicht, ob das an dem beißenden Wind lag oder an ihrer Angst.

Denn sie hatte Angst. Sie zitterte am ganzen Körper, und ihr Herz raste wie verrückt. Bisher hatte sie erst einmal in ihrem Leben eine solche Angst gehabt, und sie hatte gehofft, nicht wieder in so eine Situation zu geraten. Aber das war wohl Wunschdenken gewesen.

Was hatte da so geschrien? Wirklich ein Tier? Es hatte nicht wie ein Tier geklungen. War der Mann von gestern Abend noch in der Gegend? Hatte er noch einen Hund umgebracht? Rica musste an das lange Messer denken und begann, noch mehr zu zittern.

Eine Hand legte sich auf ihre Schulter, und Rica zuckte zusammen. Doch im nächsten Moment wurde ihr klar, dass es nur Robin war, der sie beruhigen wollte. »Es war bestimmt nur ein Tier«, murmelte er und zog Rica zu sich heran. Sie verbarg ihr Gesicht an seinem Skianorak und versuchte, einfach alle Geräusche und Bilder von der Welt um sie herum auszublenden. Sie atmete tief und ruhig und merkte, wie sich ihr Herzschlag allmählich beruhigte.

Diesen Moment wählte das Tier, oder was auch immer es war, um zum dritten Mal zu schreien. Dieses Mal klang es so schrill und endgültig, dass niemand einen Zweifel daran hegen konnte, dass es nun vorbei war. Einige Augenblicke standen sie alle nur stumm da, dann tauchte Herr Röhling so plötzlich wieder aus dem Schneetreiben auf, dass Rica zusammenzuckte.

»Ich konnte nichts finden«, meinte er schlicht. »Lasst uns gehen. Ich werde morgen bei Tageslicht mal nach dem Rechten sehen, wenn es euch so beunruhigt.«

Eliza und Saskia nickten erleichtert, aber Rica hatte das Gefühl, sich nicht mehr rühren zu können, geschweige denn etwas zu sagen. Sie ließ sich schließlich von Nathan und Robin mitziehen, die es offensichtlich sehr eilig hatten, zur Hütte zurückzukommen. Doch als sie es wagte, über ihre Schulter zu blicken, meinte sie, eine dunkle Gestalt zwischen den Bäumen stehen zu sehen. Eine dunkle Gestalt mit einem Messer.

»Komm schon, das hast du dir nur eingebildet.« Eliza hatte den Arm um Ricas Schultern gelegt, aber trotzdem zitterte Rica noch immer.

»Ich bin mir sicher, ihn gesehen zu haben. Wie gestern, als er plötzlich zwischen den Bäumen stand.« Rica schauderte. »Ich sage dir: Das ist der Psychopath.«

»Seit wann bist du eigentlich so panisch?«, wollte Eliza wissen und drückte leicht Ricas Schulter. »Du bist doch sonst nicht so. Ich hätte erwartet, dass du da rausgehst und dem Psychopathen einen Tritt in den Hintern verpasst, sobald du von ihm hörst.«

Rica schlang die Arme um die Knie und starrte schweigend in die Flammen. Eine lange Zeit saß sie so da, bevor sie sich zu einer Antwort durchringen konnte.

»Ich habe eine Heidenangst vor Serienmördern«, sagte sie schließlich. »Als ich ein Kind war, gab es eine Entführung in einem angrenzenden Stadtteil. Das Mädchen war so alt wie ich, sieben Jahre. Sie haben sie erst Monate später gefunden, im Park, direkt bei uns um die Ecke.« Sie schwieg einen Moment, weil die Worte immer noch in der Kehle brannten, obwohl so viel Zeit seitdem vergangen war. »Ich muss bestimmt hundert Mal über sie drübergelaufen sein. Sie war unter der Schaukel vergraben.« Sie schauderte. »Ich konnte das Bild, wie sie aus der Erde nach mir greift, noch Wochen nicht abschütteln.«

»Hast du das Mädchen gekannt?«

Rica seufzte. Das war immer die erste Frage, die die Leute stellten, wenn sie die Geschichte erzählte. Sie fand ja, dass ihnen allen dabei das Wesentliche entging.

»Nein. Wir gingen auf ganz unterschiedliche Schulen. Aber ich hätte sie kennen können. Ich hätte sie *sein* können.« Sie suchte nach besseren Worten, fand aber keine. Schweigen breitete sich aus. Dann drückte Eliza noch einmal sanft ihre Schulter.

»Ich versteh dich schon«, meinte sie leise.

Rica verzog das Gesicht und erwiderte nichts. Sie war nicht sicher, ob Eliza wirklich verstand. Sie war sich ja nicht mal sicher, ob sie selbst ihre panische Angst nachvollziehen konnte. »Ich glaube, ich gehe heute früh ins Bett«, murmelte sie und stand auf.

»Ohne Abendessen?« Eliza runzelte besorgt die Stirn.

»Ich habe noch Kekse.« Rica machte eine Geste, die den gesamten Aufenthaltsraum einschloss. »Ich hab einfach keinen Nerv auf all das hier.«

Eliza sah sie lange und besorgt an, dann nickte sie. »Gute Nacht.«

Rica sah sich noch einmal um, suchte nach Nathan oder Robin, doch vermutlich waren die beiden in der Küche. Sie waren mit ein paar anderen der Älteren zum Kochdienst eingeteilt worden und wollten es wohl schnell hinter sich bringen. Rica gab die Suche auf und ging zu den Garderobenhaken hinüber, um ihre Fototasche einzusammeln.

Nur dass sie nicht da war.

Entgeistert starrte Rica auf den Haken, an dem friedlich ihre Parka hing. Vorhin, als sie hereingekommen waren, hatte sie Jacke und Fototasche achtlos aufgehängt, zu aufgeregt, um länger darüber nachzudenken. Sonst hätte sie vermutlich nie ihre Kamera allein gelassen.

Und jetzt war sie weg.

Rica hob versuchsweise ihren Parka an, um darunterzuschauen, obwohl sie sich ganz sicher war, dass die Tasche *über* der Jacke gehangen hatte. Keine Kamera. Sie sah auf den

Boden darunter, ob sie vielleicht jemand weggestellt hatte, aber auch dort war nichts.

Etwas in ihrem Bauch verkrampfte sich, und Panik begann, in ihr aufzusteigen. Ihre Kamera! Ihr wertvollster Besitz! Weg?

Sie drehte sich um und lief in den Aufenthaltsraum zurück, wo die Betreuer gerade versuchten, wieder ein wenig Ordnung herzustellen. Rica steuerte zunächst direkt auf Herrn Röhling zu, doch der war gerade damit beschäftigt, ein paar der jüngeren Schüler von Simon fernzuhalten. Also wandte sich Rica an Frau Friebe, die ein wenig hilflos daneben stand.

»Haben Sie meine Kamera gesehen?« Rica wusste, dass sie eigentlich höflicher sein sollte, aber das Herz klopfte ihr zu stark in der Brust.

»Wie bitte?« Frau Friebe drehte sich schrecklich langsam zu ihr um und schenkte ihr einen verwunderten Blick.

»Meine Kamera. Meine Canon. Ich habe sie vorhin an die Garderobe gehängt.« Rica zeigte in die Richtung, um zu verdeutlichen, was sie meinte. »Jetzt ist sie nicht mehr da. Haben Sie sie vielleicht an sich genommen?«

»Warum sollte ich deine Kamera nehmen?« Frau Friebe lächelte gütig. »Mach dir keine Sorgen, die taucht bestimmt wieder auf.«

»Besser wäre das«, knurrte Rica, »die war nämlich ziemlich teuer.«

»Bestimmt hat sie jemand aus Versehen genommen. Du kannst ja mal herumfragen.« Das Lächeln wich nicht von Frau Friebes Gesicht. Rica sah sich zweifelnd im Raum um. *Aus Versehen genommen, von wegen.* Niemand anderes hier besaß eine Spiegelreflexkamera, die er mit ihrer hätte verwechseln können, und wenn man sich auch nur ein bisschen damit auskannte, sah man auf den ersten Blick, dass das Ding einiges wert war.

»Können Sie nicht herumfragen? Vor dem Abendessen oder so?« Je länger das Gespräch ging, desto weniger Hoffnungen machte sich Rica. Frau Friebe schien einer dieser völlig naiven Menschen zu sein, die immer und überall an das Gute in ihren Mitmenschen glaubten.

»Ich werde die Schüler mal auf dein Problem aufmerksam machen«, versprach Frau Friebe, aber sie hatte sich schon wieder halb abgewendet und war mit den Gedanken offensichtlich ganz woanders. Wieder biss sich Rica auf die Unterlippe, dieses Mal, um die Tränen zurückzuhalten, die unweigerlich in ihr aufzusteigen drohten.

Meine Kamera!

»Was ist los?« Auf einmal war Nathan neben ihr und sah sie besorgt an. Rica deutete stumm auf die Garderobe. Ihr Hals war auf einmal viel zu eng, um zu sprechen.

»Deine Jacke wieder, oder was?« Nathan sah verwirrt von der Garderobe zu Rica. »Was ist denn los?«

»Ihre Kamera.« Eliza trat an Ricas andere Seite und legte den Arm um ihre Schultern. Eine beruhigende Wärme ging von ihr aus, und Rica fragte sich kurz, ob Eliza wieder ihre seltsamen Fähigkeiten einsetzte, aber dann beschloss sie, dass ihr das gerade egal war. Sie fühlte sich allein durch die Gegenwart ihrer Freundin ein bisschen getröstet. Genug jedenfalls, um wieder einen klaren Satz herauszubekommen.

»Sie ist einfach weg. Ich bin mir sicher, dass sie jemand genommen hat.« Zu ihrem Ärger stiegen ihr nun doch Tränen in die Augen. Sie konnte geradezu ihre Mutter schimpfen hören. *Stell dich nicht so an, ist schließlich niemand gestorben.* Aber das war nicht ganz richtig. Es war fast so, als wäre jemand gestorben, ein Teil von Rica, der sich all die Bilder merken konnte, die nicht in ihren Kopf passten.

»Du hast sie nicht zufällig?«

Rica brauchte einen Moment, um zu begreifen, dass Eliza

mit Nathan sprach. Als sie selbst hoffnungsvoll aufblickte, sah sie Nathan den Kopf schütteln. »Ich hätte sie nehmen sollen, verdammt. Ich dachte noch, dass sie an dem Haken nicht gut hängt. Aber dann war da die ganze Geschichte mit diesem Mann und der Küchendienst ...« Er verstummte, als er bemerkte, dass sein Reden Rica auch nicht weiterhalf. »Wir finden die Kamera wieder«, versprach er stattdessen.

»Wie denn?« Jetzt liefen tatsächlich Tränen ihre Wangen hinunter. Rica wischte sie weg und zog die Nase hoch, aber es war schon zu spät. Mehrere Köpfe drehten sich in ihre Richtung, und es war klar, dass die meisten inzwischen etwas mitbekommen hatten. »Der wird die Kamera doch nicht einfach so in seinem Zimmer aufbewahren, wo sie jeder finden kann. Der hat sie bestimmt schon weggeschafft.«

»Wohin denn? Liegt doch überall Schnee. Niemand kann mal eben in den Ort hinuntergelaufen sein, da mach dir mal keine Sorgen«, versuchte Nathan weiter, sie zu trösten. Aber Rica, die einsehen musste, dass er durchaus recht hatte, war schon auf eine andere Idee gekommen.

Was, wenn derjenige gar nicht vorhat, die Kamera zu verkaufen oder auch selbst zu behalten? Was, wenn es einfach darum geht, sie kaputt zu machen? Ihr Blick wanderte zu Saskia, die dicht am Feuer saß – direkt neben Robin. Simon und eines der jüngeren Mädchen saßen vor ihnen auf dem Boden und spielten Quartett. Saskia und Robin schienen sich angeregt zu unterhalten, und Robin hatte – wahrscheinlich als Einziger im ganzen Raum – noch überhaupt nicht mitbekommen, wie dreckig es Rica ging.

»Kleine Ratte«, flüsterte Rica. Sie streifte Elizas Hand von ihrer Schulter ab und marschierte los, auf Saskia und Robin zu.

»Rica, stopp!« Doch sie achtete nicht auf Nathan. Sie biss die Zähne aufeinander, schob das Kinn ein wenig vor, und ließ sich nicht von ihrem Kurs abbringen. Direkt neben Saskia ließ sie sich auf die Bank fallen, sodass ein jüngerer Schüler hastig ein Stück abrücken musste, um nicht unter ihr begraben zu werden.

»Gib sie wieder her!«, herrschte Rica Saskia an.

Das andere Mädchen hob den Kopf und schenkte Rica einen verwirrten Blick. »Was ist los?«

»Gib sie wieder her!«, wiederholte Rica, »Oder ich mache dir das Leben zur Hölle. Du kannst dir gar nicht vorstellen, was jemandem wie mir so einfällt.«

»Rica, beruhige dich!«, versuchte Robin dazwischen zu gehen, aber Rica achtete nicht auf ihn.

»Ich habe keine Ahnung, wovon du sprichst. Bist du jetzt total ausgetickt, oder was?« Saskia stand langsam auf.

»Ich will meine Kamera wiederhaben.« Rica sprach jetzt so laut, dass sich gleich mehrere Schüler in ihrer Umgebung zu ihnen umdrehten. »Sofort!«

»Ich habe deine blöde Kamera nicht. Warum sollte ich?« Saskia stemmte die Hände in die Hüften.

»Weil du vom ersten Augenblick an eifersüchtig auf mich warst. Weil Robin mich lieber mag als dich.« Die Worte platzten einfach aus Rica heraus, bevor sie sie zurückhalten konnte. Sie warf einen unsicheren Blick zu Robin. War es denn tatsächlich so, wie sie sagte? Seit sie hier angekommen waren, hatte er verdächtig oft mit Saskia herumgehangen.

»Rica, reg dich ab! Ich bin sicher, Saskia hat nichts damit zu tun«, fuhr er sie jetzt an.

»Klar, verteidige sie nur«, fauchte Rica. »Du hattest ja keinen Skiunfall. Deine Jacke ist noch da. Und jetzt die Kamera … Das geht zu weit. Gib sie zurück!«

Saskia schüttelte nur den Kopf. »Ich bin reingekommen und hab mich gleich hier hingesetzt, seitdem hab ich mich nicht mehr vom Fleck bewegt. Frag …« Ihr Blick fiel auf Simon. »Frag den Kleinen da!«

Simon nickte, ohne Rica anzusehen. Sie musterte ihn durchdringend, konnte aber nicht feststellen, ob er log. Seine Miene war vollkommen unbewegt. Saskia dagegen lehnte sich zurück und kreuzte die Arme vor der Brust, als wollte sie sagen: »Da hast du es.«

»Komm, Rica, lass uns nach oben gehen!« Eliza trat zu ihr. »Wir überlegen uns, was wir machen, ja? Oben!« Wieder spürte Rica die Wärme, die von Eliza ausging. Sie war ihrer Freundin dankbar, aber gleichzeitig wollte sie nicht einfach nachgeben. Sie wollte Saskia nicht das Gefühl geben, endgültig gewonnen zu haben. Allerdings fiel ihr auch nichts Besseres ein, als sie noch einmal finster anzustarren, bevor sie sich umdrehte und Eliza nach oben folgte.

* * *

Ricas Kamera ...

Eliza konnte es immer noch nicht ganz glauben. Sie lag im Bett und versuchte zu schlafen, aber so hellwach wie gerade hatte sie sich noch nie gefühlt. Sie blinzelte die Decke an und überlegte krampfhaft, wer die Canon genommen haben konnte. Denn Saskia war es nicht gewesen. Eliza war überzeugt, dass sie nicht log. Es bestand zwar kein Zweifel daran, dass sie Rica nicht ausstehen konnte, aber mit dem Verschwinden der Canon hatte sie nichts zu tun.

Es war schwierig gewesen, Rica zum Schlafen zu bewegen. Immer wieder hatte sie aufstehen und nach ihrer Kamera suchen wollen, auch wenn ihr selbst klar sein musste, wie vergeblich dieses Unterfangen war. Eliza hätte sie gern noch mehr getröstet, hätte ihr gern gesagt, dass alles wieder gut werden würde, davon war sie allerdings selbst nicht überzeugt. Außerdem hätte sie zu gern mit Rica über ihre Erkenntnisse von letzter Nacht gesprochen, aber heute waren sie einfach keine Sekunde lang miteinander alleine gewesen, bis zum Abend, und da war Rica dann nicht mehr ansprechbar für irgendwas gewesen.

Was geht hier vor?

Seltsam, bevor Rica Saskia angeschrien hatte, war Eliza überhaupt nicht aufgefallen, wie viel schon in den wenigen Tagen passiert war. Und nicht nur Rica. Gut, sie hatte offensichtlich mehr zu leiden mit ihrem Skiunfall, der Jacke und der Kamera. Da war aber auch noch die Sache mit der Heißwasserversorgung, die offensichtlich nur funktionierte, wenn sie Lust hatte, dem Handyempfang und dem verdorbenen Essen.

Irgendetwas läuft hier gewaltig schief. Und es ist nicht nur der Psychopath im Wald. Was das wirklich war, wusste Eliza auch nicht. Sie hielt es nach wie vor für unwahrscheinlich, dass sich ein Serienmörder bei der Kälte im Wald herumtrieb. Trotzdem waren Rica, Nathan und Robin jemandem begegnet. Und die Schreie vorhin waren auch keine Einbildung gewesen.

Ein Serienmörder lässt sich doch nicht einfach so von seinen Opfern sehen. Wenn ich raten sollte, würde ich sagen, da ist jemand, der uns Angst einjagen möchte. Aber warum?

Eliza drehte sich auf die Seite und starrte die Wand an. Mondlicht fiel durch die halb zugezogenen Vorhänge und malte silberne Streifen auf die Wand. Ab und zu zog eine Wolke vorbei, und die Streifen lösten sich in Dunkelheit auf. Hell, dunkel, hell. Ein ewiger Wechsel. Wie ein Schachspiel. Eliza wurde langsam schläfrig, während sie das Muster an der Wand betrachtete.

Jemand spielt mit uns. Wir sind Figuren auf einem Schachbrett, dachte sie noch, aber da war sie bereits im Halbschlaf.

»Wach auf!«

Jemand schüttelte sie an der Schulter. Eliza versuchte, die Hand wegzustoßen. Wer auch immer es war, sollte später wiederkommen.

Für einen Moment verschwand die Hand von Elizas Schulter.

Dann ließ sich Ricas leise Stimme vernehmen: »Bitte, Eliza! Wach auf!« Sie klang so ängstlich und klein, dass Eliza mit einem Schlag hellwach war. So hatte sie Rica noch nie erlebt. Es war klar, dass etwas Schlimmes passiert sein musste.

»Was ist los?« Sie versuchte, die letzten Reste von Schlaf abzuschütteln, während sie sich im Bett aufsetzte. Es war noch immer dunkel im Zimmer.

»Schau mal!« Ricas Stimme klang immer noch seltsam unterdrückt, und Eliza konnte zuerst nicht verstehen, was sie von ihr wollte. Als sich ihre Augen jedoch halbwegs an die Dunkelheit gewöhnt hatten, konnte sie Ricas Silhouette vor ihrem Bett ausmachen. Sie hielt ihr etwas entgegen. Automatisch streckte Eliza ihre Hand aus und nahm den Gegenstand. Schwer und seltsam vertraut lag er in ihrer Hand.

»Deine Kamera?« Verwirrt wischte sich Eliza mit der freien Hand Schlaf aus den Augen. »Die ist wieder da?«

»Schau dir die Bilder an!«, flüsterte Rica.

»Die Bilder? Warum ... Was für Bilder?«

»Die Bilder auf der Kamera.« Etwas an Ricas Tonfall sagte Eliza, dass es sich nicht einfach um die Aufnahmen der winterlichen Landschaft handelte, die Rica den Tag über gemacht hatte. Sie tastete nach der Menüfunktion und rief die Wiedergabe auf.

Blut.

Das war das Erste, was ihr ins Auge sprang. Dunkelrotes Blut im Schnee. Eine richtige Lache.

»Weiter«, murmelte Rica.

Eliza klickte sich durch die Bilder. Blut. Immer mehr Blut. Tropfen, Lachen, Spritzer. Es leuchtete vor dem weißen Schnee. Eliza wurde ein wenig übel, und sie ließ die Kamera sinken. »Sind die alle so?«

Rica nickte.

Eliza hob die Kamera wieder und zwang sich, das letzte Bild anzusehen. *Woher will ich denn genau wissen, dass es Blut ist?,* fragte sie sich. *Vielleicht hat sich jemand einen blöden Scherz mit Rica erlaubt und Ketchup in den Schnee gespritzt.*

Aber irgendwie sah die Flüssigkeit nicht wie Ketchup aus. Sie war so dunkel. Fast wie Traubensaft. Vielleicht lag das jedoch auch daran, dass die Bilder offensichtlich bei Nacht aufgenommen worden waren. Der Schnee leuchtete nicht so stark wie tagsüber, und die Reflektion des Blitzes war deutlich zu erkennen.

»Die müssen diese Nacht gemacht worden sein«, murmelte Eliza, nur um etwas zu sagen. Sie gab Rica die Kamera zurück. »Was ist mit deinen eigenen Bildern.«

»Gelöscht.« Rica strich mit einem Finger über das Kameragehäuse, als streichele sie ein kleines Tier. Elizas Magen zog sich unangenehm zusammen. So einsilbig kannte sie Rica überhaupt nicht. Es war beinah so, als stehe sie unter Schock.

»Wo war die Kamera denn?«

»Auf meinem Nachttisch. Ich bin aufgewacht, weil ... Ich weiß nicht genau. Jedenfalls habe ich mich umgedreht, und da lag sie. Ich wollte eigentlich nur sichergehen, ob alles damit in Ordnung ist, und habe deswegen die Bilder aufgerufen.« Rica schauderte. Endlich schaffte es Eliza, sich zusammenzureißen. Sie setzte sich auf und zog Rica zu sich auf ihr Bett.

»Das ist bestimmt nur ein blöder Witz«, tröstete sie Rica und griff nach deren Hand. Ihre Finger waren eiskalt, und sie erwiderte den Druck nicht. »Irgendjemand findet das bestimmt wahnsinnig komisch. Vielleicht einer von den jüngeren Schülern.«

»Vielleicht ist es der Psychopath«, flüsterte Rica. »Der weiß, dass ich ihn gesehen habe.« Sie biss sich auf die Unterlippe. »Wahrscheinlich will er mich aus dem Weg räumen.«

»So ein Quatsch.« Eliza drückte noch einmal kräftig Ricas Hand. »Wie soll der denn hier reingekommen sein und deine Kamera geklaut haben, ohne dass ihn jemand dabei gesehen hat? Schon mal darüber nachgedacht? Ein erwachsener Mann in einer Horde Schüler, das fällt doch auf.«

Rica erwiderte nichts, aber ihre Miene hellte sich ein wenig auf. »Meinst du?«

»Klar. Und wenn du mal mit deinem Kopf überlegen würdest, wüsstest du das auch.« Eliza versuchte ein Lächeln. Sie hatte das Gefühl, dass es ihr auf dem Gesicht festfror.

»Woher stammt dann das Blut?« Rica hob die Hand mit der Kamera wieder, als wolle sie sich die Bilder erneut ansehen, ließ es aber glücklicherweise bleiben.

»Keine Ahnung, vielleicht ist es ein Fake. Oder jemand hat sich rohes, noch blutiges Fleisch aus der Küche besorgt oder so was.« Selbst in ihren eigenen Ohren hörte sich die Erklärung ein bisschen weit hergeholt an, aber Eliza wollte Rica auf keinen Fall in dieser düsteren Stimmung behalten. Rica schien sich tatsächlich ein bisschen zu erholen.

»Hast du eine Ahnung, wer es sein könnte?« Doch noch während sie die Frage stellte, konnte Eliza schon in ihren Augen lesen, dass sie sich selbst eine Antwort zurechtgelegt hatte. »Es war bestimmt nicht Saskia«, sagte sie deshalb, doch es war schon zu spät.

Ricas Augen verengten sich zu schmalen Schlitzen. »Sie will mir Robin wegnehmen, schon seit dem Tag, an dem wir hier angekommen sind«, sagte sie. »Nur weil sie früher Nachbarn waren oder so was. Sie ist einfach eifersüchtig.«

Eliza verdrehte ein wenig die Augen. *Mädchen, wenn hier jemand eifersüchtig ist, dann bist du das.* Aber sie war ja schon zufrieden, wenn Rica aufhörte, von einem Psychopathen zu reden. Eliza seufzte. »Meinetwegen können wir morgen noch mal mit ihr sprechen. Aber wenn sich herausstellt, dass sie nichts damit zu tun hat –«

»Dann finden wir schon den Schuldigen.« Rica klang jetzt wieder entschlossen. Viel mehr nach ihrer üblichen Art. »Du hast recht, Eliza. Ich hätte mich nicht so erschrecken lassen sollen.« Sie biss die Zähne aufeinander und schob entschlossen das Kinn nach vorn. »Saskia kann was erleben.«

Eliza seufzte noch einmal. Zu gern hätte sie Rica von ihren Entdeckungen der letzten Nacht erzählt, aber die schien gerade nicht in der Stimmung zu sein, Geheimnissen nachzugehen. Stattdessen sah sie so aus, als hätte sie am liebsten jemandem den Kopf abgerissen.

»Du verrennst dich da in etwas«, murmelte Eliza, aber Rica hatte sich schon wieder ins Bett zurückgekuschelt und die Decke bis an die Ohren hochgezogen.

Kapitel acht

Schnee

Rica fühlte sich ausgeruht und kampfeslustig, als sie am nächsten Morgen aufwachte. Ihr erster bewusster Blick fiel auf die Kamera auf ihrem Nachttisch. *Na warte, Saskia, das wirst du mir büßen.*

Sie stand auf und schlüpfte in ihre Klamotten. Eliza schlief noch. Rica überlegte einen Moment lang, sie zu wecken, entschied sich aber dagegen. Sie wollte Saskia allein stellen.

Im Aufenthaltsraum war noch nicht viel los. Torben saß mit einer Kaffeetasse am Kamin, und Vanessa und Sarah steckten in einer anderen Ecke die Köpfe zusammen. Simon und das Mädchen, mit dem er gestern schon zusammen gesessen hatte, sahen sich Fotos auf einer Digitalkamera an. Der Anblick versetzte Rica einen leichten Stich, weil sie an all die wunderbaren Bilder denken musste, die diese blöde Kuh von Saskia gelöscht hatte.

Sie sah sich im Raum um, konnte Saskia jedoch nirgendwo entdecken. Kurz entschlossen steuerte sie auf Simon zu.

»Weißt du, wo Saskia ist?«

Simon blickte nicht mal vom Display seiner Kamera auf. »Ich glaube, die ist bei Robin«, erwiderte er schlicht. »Jedenfalls habe ich sie vorhin vor seiner Tür gesehen.«

Die ist bei Robin. Rica wurde erst heiß und dann eiskalt. Ihr Magen zog sich zu einem Klumpen zusammen. *Die ist bei Robin.* Sie drehte sich um und stürmte die Treppe wieder hinauf. Dieses Mal bog sie am oberen Ende in die Richtung ab, in der die Jungenzimmer lagen.

Torben und Robin bewohnten gemeinsam ein Zimmer am Ende des Ganges. Der Flur lag still da, es roch nach Holz, Bohnerwachs und vielen Menschen. Rica zögerte kurz. Es kam ihr nicht ganz richtig vor, hier entlangzugehen, fast so, als bräche sie eine heilige Regel.

Blödsinn. Nathan ist ständig in deinem Zimmer.

Die meisten Jungen schienen noch zu schlafen. Hinter zwei der Türen waren leise Unterhaltungen zu hören, ansonsten war alles ruhig. Als Rica die Tür von Robins Zimmer erreichte, empfing sie auch dort Totenstille. Sie blieb stehen und wagte es nicht, die Tür zu öffnen. Was würde sie vorfinden? Und wie war das alles überhaupt gekommen? Robin und diese Tussi? Wie konnten die beiden so schnell zusammenfinden, wenn doch Rica und Robin immer noch nicht wussten, was zwischen ihnen eigentlich war.

Genau das ist es doch, Rica. Er hatte einfach keine Lust, noch länger zu warten. Da hat er einfach eine alte Flamme wieder aufgewärmt. Rica seufzte.

Die ist bei Robin.

Es half nichts. Wenn Rica jetzt wieder umdrehte und kniff, würde sie nie erfahren, ob da etwas Wahres dran war. Sie atmete noch einmal tief durch und drückte die Klinke hinunter.

Im Raum war es warm, dunkel und ein wenig stickig. Vom Flur aus fiel ein Lichtfinger ins Zimmer und beleuchtete zwei Betten und ein Chaos aus Schuhen, Klamotten und Skiausrüstung dazwischen. Auf einem der Nachttische standen zwei halbleere Flaschen. Wodka und Cola. Rica verzog das Gesicht.

Saskia war nicht im Zimmer. Eines der Betten war verlassen, im anderen lag Robin, das Gesicht zur Wand gedreht, die Arme eng an den Körper gezogen, offensichtlich schlafend.

Rica stieß die Luft aus. Sie war sich gar nicht bewusst gewesen, den Atem angehalten zu haben, aber jetzt, wo die Erleichterung überhandnahm, kehrte auch ihre Puste zurück. Saskia war nicht hier. Robin gehörte immer noch ihr allein.

Eigentlich hätte sie jetzt umdrehen und wieder in den Gang hinausgehen sollen. Es gehörte sich absolut nicht, dass sie allein hier im Zimmer eines Jungen herumstand. Andererseits war Torben unten im Aufenthaltsraum, und die Gelegenheit war einfach zu schön. *Nur einen kurzen Blick riskieren*, sagte sich Rica.

Sie trat ins Zimmer, zog die Tür so weit zu, dass nur noch ein schmaler Lichtschein durch den Spalt fiel, und schlich auf Zehenspitzen an Robins Bett heran.

Offensichtlich nicht leise genug. Sie hatte kaum die halbe Strecke zurückgelegt, als sich Robin auf die andere Seite drehte, blinzelte und gähnte.

»Torben?«, murmelte er verschlafen, bevor er seine Augen weit genug geöffnet hatte, um Rica zu erkennen. Dann jedoch riss er sie auf, als habe er ein Gespenst gesehen. »Rica! Was machst du denn hier?«

Rica blieb stehen und biss sich verlegen auf die Unterlippe. »Ich … sorry … ich dachte, du wärest wach, und da wollte ich … keine Ahnung … ich dachte, Saskia wäre hier.« Rums. Da war es. Rica spürte, wie sie knallrot anlief und war nur froh, dass Robin das im Dämmerlicht nicht erkennen konnte. Warum verdammt noch mal musste sie immer so ehrlich sein?

»Warum sollte die denn hier sein?« Robin klang noch immer verschlafen. Er setzte sich in seinem Bett auf und rieb sich den Schlaf aus den Augen. Dabei schien ein bisschen was von seinem Verstand zurückzukehren. »Sag mal, Rica, bist du eifersüchtig?«

Rica starrte den Fußboden an und wünschte sich, sie könne darin versinken. Versuchsweise hob sie die Schultern. »Ein bisschen vielleicht«, murmelte sie.

Zu ihrer Überraschung lachte Robin. »Du bist eifersüchtig«, stellte er noch einmal überflüssigerweise fest. Ehe Rica es sich versah, war er aufgestanden und hatte sie zu sich auf sein Bett gezogen. »Du weißt gar nicht, wie sehr mich das freut«, meinte er, legte einen Arm um ihre Schultern und zog sie an sich. Er roch nach Schlaf, und Ricas Bauch füllte sich mit wild flatternden Schmetterlingen.

»Du bist froh darüber, dass ich eifersüchtig bin?«, murmelte sie, aber im Grunde verstand sie genau, was er meinte. Sie wollte es nur aus seinem eigenen Mund hören.

»Natürlich, du verrücktes Huhn.« Robin flüsterte in ihr Haar, sodass sein Atem ihren Nacken kitzelte. Ein Schauer lief Ricas Rücken hinunter, und die Schmetterlinge tanzten nun Rock 'n' Roll in ihrem Bauch. »Wenn du eifersüchtig bist, weiß ich wenigstens, dass du mich auch ein bisschen gern hast.«

»Ein bisschen, sagst du?« Ricas Stimme zitterte. Sie wollte weitersprechen, aber irgendwie gingen die Worte zwischen ihrem Hirn und ihren Lippen verloren.

»Vielleicht auch ein bisschen mehr?« Robin sprach nur halb im Scherz. Rica konnte spüren, dass er ebenfalls zitterte. Offensichtlich fand auch er nicht die richtigen Worte. *Einer von uns muss jetzt etwas machen, verflixt. Früher war das alles so einfach. Mit Yannick.*

Aber mit Yannick war auch nicht mehr gewesen als Händchenhalten. Das hier fühlte sich anders an. Größer.

»Robin, ich – «

Doch sie kam nicht mehr weiter. Die Zimmertür wurde aufgestoßen, und Torben stand auf einmal vor ihnen.

»Aber hallo!« Er grinste breit über das ganze Gesicht. »Was geht denn hier ab?«

Robin machte keinerlei Anstalten, seinen Arm von Ricas Schultern zu nehmen, aber Rica wand sich unter ihm heraus und rutschte ein Stück weit von Robin ab. Nicht dass es an der Eindeutigkeit der Situation noch viel geändert hätte.

»Störe ich?« Torben hörte nicht auf zu grinsen.

»Tust du«, bestätigte Robin. »Verschwinde.«

»Kann ich leider nicht, der Röhling hat uns aufgetragen, alle zu wecken und nach unten zu schicken«, erwiderte Torben.

Robin runzelte die Stirn, aber Rica war etwas anderes aufgefallen. *Uns?* Sie reckte den Hals und spähte in den Flur. Ein Stück hinter Torben stand noch jemand. Doch bevor sie genau sehen konnte, um wen es sich handelte, hatte er sich schon weggedreht. *Saskia?* Aber es gab keine Möglichkeit, zu erfahren, ob sie es wirklich gewesen war.

Der Aufenthaltsraum war voll von halb ausgeschlafenen Schülern, und niemand sah so richtig glücklich aus. Außer Herrn Röhling natürlich. Er strahlte.

»Wir wollten heute früh raus, um den Morgen auf der Piste zu verbringen. So ein Morgen in den Bergen ist etwas ganz Besonderes.«

Rica sah zum Fenster. Noch immer schneite es dicht, und man konnte durch das Treiben kaum die Bäume sehen.

»Ist das nicht gefährlich?« Eine der jüngeren Schülerinnen sah ebenso besorgt zum Fenster. »Wir können ja gar nicht sehen, wohin wir fahren.«

»Ihr seid doch zum Skifahren hier, oder etwa nicht?«, mischte sich jetzt Herr Muhlmann ein. »Da wird euch doch nicht ein bisschen Schnee abschrecken.«

»Bisschen ist gut«, murmelte das Mädchen und schnitt eine Grimasse, als Herr Muhlmann gerade nicht in ihre Richtung sah. Rica teilte ihre Bedenken und wollte ihr gerade zustimmen, als das Mädchen sich zu der Gruppe älterer Schüler umdrehte, die sich vor dem Kamin versammelt hatte.

»Warum schicken Sie nicht einfach nur die Verlierer da drüben raus«, meinte sie, nun in einem eindeutig giftigen Tonfall. »Die wird bestimmt keiner vermissen.«

»Aber dich schon, oder was?«, giftete Sarah sofort zurück.

Rica musste schlucken. Am liebsten hätte sie der unverschämten Göre eine verpasst, doch momentan sah es so aus, als würde Sarah das in nächster Zeit für sie erledigen.

Das Mädchen warf seine dunkle Mähne in den Nacken und reckte sein Kinn nach vorn. »Du weißt überhaupt nicht, wer ich bin, was?«, fragte sie Sarah in schnippischem Tonfall.

»Wieso? Jemand Berühmtes? Hannah Montana oder so was?« Sarah verdrehte die Augen.

»Ich bin Michelle Kaltenbrunn«, meinte das Mädchen. Als sie sah, dass das keinen Effekt auf die älteren Schüler machte, fügte sie hinzu: »Mein Vater ist Oliver Kaltenbrunn.«

Als würde das irgendwas erklären! Rica sah sich verwirrt um und konnte in den meisten Gesichtern ihrer Mitschüler das gleiche Unverständnis lesen. Eliza allerdings machte ein nachdenkliches Gesicht, und Torben war regelrecht blass geworden.

»Ist mir piepegal, wer dein Vater ist«, meinte Sarah völlig unbeeindruckt. »Das macht dich nicht besser als jeden anderen hier.«

Und das von der Frau, die mir vor ein paar Monaten noch erzählt hat, dass nicht alle Menschen gleich sind. Rica hatte keine Lust auf diese alberne Zankerei. Sie wandte sich ab und suchte Robin. Am liebsten wollte sie sich einfach in seine Arme kuscheln und den ganzen Mist hier vergessen. Die Ferien hätten wirklich schön werden können, wenn man es so bedachte. Wenn das ganze Drumherum nicht wäre.

Aber Robin war nicht da. Zumindest war er nicht im Aufenthaltsraum. Und – wie Rica sofort feststellte – Saskia fehlte ebenfalls.

Also doch!

Rica spürte eine Welle der Enttäuschung in sich aufsteigen. *Erst macht er sich an mich ran, und dann verschwindet er mit Saskia, sobald sich eine Gelegenheit auftut.*

Vorne hielt Herr Röhling einen seiner Motivationsvorträge, während sich hinten Sarah und Michelle weiter angifteten, ohne dass einer der Betreuer darauf reagiert hätte. Eliza starrte immer noch nachdenklich in die Landschaft, und Nathan war jetzt, wo Rica ihn suchte, auch nicht zu sehen. *Da wird es wohl kaum auffallen, wenn ich auch verschwinde.*

Rica schob sich durch die Schüler zur Treppe und dem Gang, der zur Hintertür führte. Robin war direkt vor ihr die Treppe heruntergekommen, dann hatten sie sich irgendwie aus den Augen verloren, als Herr Röhling zu sprechen begonnen hatte. Der einfachste Weg für ihn wäre zur Hintertür gewesen. *Wenn Saskia wirklich vorhin auf dem Gang gewesen war, dann hat sie ihn bestimmt hier abgepasst.*

Rica schlich auf leisen Sohlen den Gang hinunter. Tatsächlich stand die Hintertür einen kleinen Spalt offen, und ein bisschen Schnee war hereingeweht. Leise Stimmen drangen von außen herein, und je näher Rica kam, desto klarer wurde es, dass es sich tatsächlich um Saskia und Robin handelte. Rica hatte es natürlich schon geahnt, aber ihren Verdacht so bestätigt zu hören, versetzte ihr doch einen weiteren Stich. Zu ihrer eigenen Überraschung merkte sie, wie ihr Tränen in die Augen stiegen. *Vermutlich war die Show eben nur ein Ablenkungsmanöver. Und ich bin drauf reingefallen wie ein dummes kleines Mädchen.*

Eigentlich sollte sie jetzt auf der Stelle umdrehen und zu den anderen zurückgehen. Es hatte sie überhaupt nicht zu interessieren, was Saskia und Robin zu besprechen hatten. Sie konnte es sich sowieso schon denken. Aber ihre Füße bewegten sich wie von allein vorwärts, und auf einmal stand

Rica vor der Hintertür und konnte die Stimmen ganz klar verstehen.

»Du musst mir helfen, Robin. Immerhin bist du verantwortlich …«

»Ich verstehe nicht, warum ich für dich verantwortlich sein soll.« Robins Stimme klang härter, als Rica sie kannte. Sie schauderte und hoffte, dass Robin nie in diesem Tonfall mit ihr sprechen würde. Dann erinnerte sie sich wieder daran, dass Robin vermutlich sowieso nie ehrlich zu ihr gewesen war. *Er hat sich damals auch nur mit mir angefreundet, damit er herausfinden konnte, was ich vorhabe. Wahrscheinlich bin ich für ihn nur ein netter Zeitvertreib.*

»Hör mal, du kannst doch nicht leugnen, dass zwischen uns –«

Robin unterbrach Saskia. »Das zwischen uns ist vorbei, das habe ich dir doch gesagt. Du willst es nicht verstehen, oder? Ich interessiere mich nicht mehr für dich und deine Probleme.« Eine kurze Pause, dann etwas sanfter. »Du hast doch selbst gesagt, dass du auf eigenen Füßen stehen willst. Dass du niemanden mehr brauchst. Du warst es doch, die mich abgeschossen hat.«

»Jetzt ist es aber etwas anderes«, widersprach Saskia, und Rica hörte an ihrer Stimme, dass sie den Tränen nah sein musste.

»Was ist anders?«

Pause. Saskia konnte sich ganz offensichtlich nicht überwinden.

»Saskia, was ist los? Ist was mit Felix?«

»Nein, nicht mit Felix.« Die Pause, die jetzt folgte, schien endlos zu sein. »Ich bin schwanger.«

Rica erstarrte. Fast als hätte die Kälte sie in einen Eisblock verwandelt. Sie konnte nicht einmal blinzeln, sie spürte nur, wie ihr warme Tränen die Wangen hinunterliefen. Im nächsten Moment löste sich die Starre, sie wirbelte herum und stürmte den Gang zurück in den Aufenthaltsraum.

Menschen umgaben sie. Schüler schienen von allen Seiten an sie heranzudrängen und ihr die Luft zum Atmen zu nehmen. Am liebsten hätte Rica um sich geschlagen, irgendjemandem wehgetan, aber dann war plötzlich Nathan da, der ihre Oberarme packte und festhielt.

»Was ist denn los? Rica! Antworte mir! Ist dir was passiert?« Nur langsam drangen die Worte in Ricas Bewusstsein vor, dann wurde ihr klar, wie sie aussehen musste – tränenüberströmt und völlig durcheinander. Sie wischte sich mit dem Handrücken über die Augen, schniefte zweimal und wagte es dann, zu Nathan aufzusehen.

»Mir geht's gut.«

»Sieht aber gar nicht danach aus«, erwiderte er. Er betrachtete sie eine kleine Ewigkeit lang, bevor er weitersprach. »Wenn du reden musst, dann bin ich da, ja?«

Rica schniefte wieder, nickte und suchte nach Worten, als sie aus den Augenwinkeln mitbekam, wie Robin und Saskia zurück ins Zimmer kamen. Ohne weiter darüber nachzudenken, schlang sie die Arme um Nathans Hals und barg ihr Gesicht an seiner Schulter. Etwas zögernd legte er seine Arme um sie und zog sie zu sich heran. Er roch anders als Robin. Irgendwie wärmer, vertrauenerweckender, aber auch gleichzeitig wilder. Es war ein Geruch, der ihr irgendwie bekannt vorkam, wie etwas, das sie vor langer Zeit vergessen hatte.

Doch er versetzte ihr keine Schmetterlinge im Bauch. Alles, was sie fühlte, war eine Art warmer Geborgenheit, nicht unähnlich dem Gefühl, das sie zu Hause im Bett hatte, wenn sie gerade aufgewacht war, aber noch nicht aufstehen musste.

Rica blinzelte unter Nathans Armen hervor in Robins Richtung. Er war wie vom Donner gerührt stehen geblieben und starrte sie an. Saskia stand ein Stück hinter ihm und wirkte sehr zufrieden mit sich. Kleine Ratte. Nein. Nicht sie war schuld, sondern Robin. Der hatte Rica immerhin die ganze Zeit etwas vorgemacht.

Ich bin schwanger.

Du kannst doch nicht leugnen, dass zwischen uns …

Seit wann?, fragte sie sich. Sie waren doch erst vor ein paar Tagen hier angekommen. Hatten sich Robin und Saskia zwischendurch gesehen? Robin war über Weihnachten nach Hause gefahren und dann seltsam nachdenklich wieder zurück in die Schule gekommen. Hatte er da Saskia wiedergesehen? Es musste so sein. Wie sonst konnte sie es jetzt schon wissen? Und die ganze Begrüßungsgeschichte hier auf der Hütte? Das musste gut gespielt gewesen sein. Natürlich hatte Robin nicht gewollt, dass Rica von seiner Beziehung zu Saskia erfuhr, weil …

Egal.

Das war alles egal. Saskia war schwanger, das hatte sie gesagt, und es gab ja wohl nur einen Grund, warum sie es Robin erzählt hatte. Rica wandte das Gesicht wieder von den beiden ab und presste sich enger gegen Nathan.

»Hör mal, ich weiß ja nicht, was das hier soll, aber ich möchte nicht als … hmmm … Ersatzmann herhalten, verstehst du?« Nathan murmelte so leise, dass nur Rica ihn verstehen konnte. Bei seinen Worten wurde ihr ganz heiß. Sie schüttelte leicht den Kopf, sodass er es eher spüren als sehen konnte.

»Kein Ersatzmann«, flüsterte sie zurück. »Ganz bestimmt nicht.« *Weil man Robin nicht ersetzen kann und ich von dir ohnehin nichts will. Außer Freundschaft. Außer einem offenen Ohr.* Aber das sagte sie natürlich nicht.

»Dann ist es ja gut«, meinte Nathan, und hielt sie weiter fest. Aber er tat auch nichts anderes. Hielt sie einfach nur umschlungen und schirmte sie, so gut es ging, vom Rest des

Aufenthaltsraums ab. Rica konnte hören, wie Herr Röhling seine Motivationsrede beendete, ein paar Stimmen fragten Nathan, was denn los war, er antwortete jedoch nicht.

»Wenn die Turteltäubchen sich auch einmal trennen würden, können wir auch los«, verkündete Herr Röhling plötzlich direkt neben ihnen. Rica zuckte zusammen. Sie wollte nichts lieber tun, als einfach weiter hier zu stehen, Nathans Arme um sich, seinen Geruch in ihrer Nase. Aber ihre Tränen waren einigermaßen getrocknet, und sie konnte schließlich nicht den ganzen Tag hierbleiben. Vorsichtig löste sie sich von ihm, wischte heimlich ihr Gesicht trocken und atmete tief durch, bevor sie einen Schritt zurücktrat und sich mit einem gespielten Lächeln zu den anderen umdrehte.

Herr Röhling sah mit einem nachsichtigen, freundlichen Gesichtsausdruck auf sie herab, die meisten Schüler blickten überrascht oder grinsten anzüglich, aber in zwei Gesichtern spiegelte sich Wut und Enttäuschung.

Robin stand immer noch da, wo er in den Raum hineingetreten war, und starrte Rica und Nathan an. Rica vermied es, ihn länger anzusehen, und ließ ihren Blick rasch weiterwandern. Das war auch nicht besser, denn jetzt entdeckte sie Elizas Gesicht zwischen den anderen Schülern. Und Eliza sah so enttäuscht und verloren aus, dass es Rica direkt ins Herz schnitt.

Es ist nichts. Nicht das, was du denkst. Überhaupt, du hast ja nicht einmal angedeutet, dass du Nathan irgendwie interessant findest, hätte Rica ihr am liebsten zugerufen. Aber das hätte sicher den Effekt zunichtegemacht, den die ganze Szene auf Robin hatte. Also lächelte sie Eliza nur breit an und zuckte mit den Schultern. *Ich werde ihr später alles erklären müssen.*

Wenn sie dazu kam. Eliza starrte noch einen Moment zu ihr rüber, dann wandte sie sich ab und ging mit Vanessa zu Frau Friebe, die die Schüler um sich sammelte, die langlaufen wollten. Rica biss sich auf die Unterlippe. Sie wollte Eliza nachlaufen, alles aufklären, doch Nathan packte ihre Hand und zog sie zu den übrigen Schülern, die sich um Herrn Röhling versammelten. »Wenn diese Maskerade schon sein muss«, murmelte er, »dann machen wir es auch richtig.«

In diesem Moment hätte sie ihn schlagen können. Sie wollte zu Eliza, und als sie sah, dass Robin und Saskia sich ebenfalls zu den Langläufern gesellten, versetzte ihr das noch einen zusätzlichen Stich. Aber dann rief sie sich ins Gedächtnis, dass sie sich das selbst zuzuschreiben hatte. Sie hatte sich Nathan wortwörtlich in die Arme geworfen, um Robin zu zeigen, dass sie auch ohne ihn klarkam. Das hatte sie nun davon. Widerwillig folgte sie ihm zu den anderen Schülern.

Niemand sah besonders glücklich aus, als sie sich auf den Weg zur Piste machten. Michelle und Sarah warfen sich immer noch giftige Blicke zu, und überhaupt schien der Streit zwischen den beiden Schülergruppen für ziemliche Funkstille gesorgt zu haben. Vielleicht lag es aber auch nur an der allgemeinen Stimmung dieses Tages. Die Wolken hingen tief, und der Schnee fiel unablässig und still. Die Landschaft war vollkommen unter ihm begraben, und die völlige Abwesenheit von Sonnenlicht ließ alles merkwürdig flach und grau aussehen. Mehrmals drehte sich Rica zu der Langläufergruppe um, die auf der anderen Seite der Hütte den Berg hinauf stapften, um ihre Loipe zu erreichen. Sie konnte Elizas Anorak leuchten sehen, aber sonst nicht viel. Sie wusste nicht mal, ob ihre Freundin sich nach ihr umdrehte, so wie sie selbst es tat. Robin konnte sie nicht entdecken.

Sie erreichten die Piste, und wie Rica erwartet hatte, waren sie die Einzigen, die sich bei dem Wetter vor die Tür gewagt hatten. Herr Röhling und Herr Muhlmann schienen sich jetzt auch nicht mehr so sicher zu sein, dass das Ganze eine gute Idee war, jedenfalls beschlossen sie nach einem kurzen

Wortwechsel, dass heute alle Schüler gemeinsam auf der einfachen Piste bleiben würden.

»Wir machen nicht so lange heute«, versprach Herr Röhling, und dieses Mal wirkte sogar sein Lächeln etwas gezwungen.

Rica starrte die tief verschneite Piste an und seufzte. Sie hatte auf nichts weniger Lust, als jetzt da runterzufahren.

»Das ist doch nicht normal, oder?«, murmelte sie in Nathans Richtung, während sie sich die Skier an die Füße schnallte. »Ich meine: Niemand bei klarem Verstand würde bei dem Wetter wirklich Ski laufen.« Sie warf einen Blick zu Herrn Röhling und Herrn Muhlmann, die sich wieder ausgelassen und fröhlich gaben – als Einzige. Die meisten Schüler hatten noch nicht einmal angefangen, ihre Skier anzulegen, und im Moment sah es ganz so aus, als würde es eine große Meuterei geben.

»Was ist hier schon normal?« Nathan beugte sich hinunter und half ihr mit der Bindung. So gut Rica beim Klettern war, mit all den Seilen und Gurten und Handgriffen, so ungeschickt stellte sie sich hier an. Als wollte sich ihr ganzer Körper gegen diese Sportart zur Wehr setzen. »Und wo wir gerade bei normal sind: Was ist denn mit dir und Robin los? Ich dachte, ihr seid zusammen?«

»Nein«, erwiderte Rica nur knapp und machte von der Tatsache Gebrauch, dass ihre Skier schon festgeschnallt waren. Sie gab sich einfach einen Ruck und lenkte auf die Piste hinunter. Sie wollte jetzt nicht reden. Schon gar nicht über Robin.

Die Abfahrt war höllisch. Schnee stach in ihre Augen, und Rica verfluchte sich dafür, ihre Brille nicht aufgesetzt zu haben. Die Landschaft war kaum zu erkennen, sie flog in einem verwischten Grau vorbei, nur teilweise von helleren und dunkleren Flecken unterbrochen. Tränen traten Rica in die Augen, aber auf eine seltsame Art befriedigte sie das. *Das habe ich mir damit verdient, auf Robin hereingefallen zu sein,* ging ihr durch den Kopf, und für einen Moment wünschte sie sich, ihre Bindung würde sich ein weiteres Mal lösen und sie würde erneut stürzen.

Doch im nächsten Moment flachte der Hang ab, und der Tiefschnee bremste Rica aus. Sie stand allein mitten im dichten Schneetreiben, und von den anderen war nichts mehr zu hören oder zu sehen. Als wäre sie allein auf der Welt. Auch das tat ihr ganz gut, bis sie sich an den Psychopathen erinnerte. Wenn der jetzt hier irgendwo im Schnee lauerte …

Unsinn. Der kann hier genauso wenig sehen wie wir auch.

Ein Schatten huschte an ihr vorbei, so nahe, dass Rica nur die Hand hätte ausstrecken müssen, um ihn zu berühren. Sie zuckte zusammen und merkte erst dann, dass es sich wohl um einen der anderen Schüler auf seiner Abfahrt handelte. Offensichtlich hatte er – oder sie – mehr Schwung gehabt als Rica, und seine Fahrt würde erst ein Stück weiter vorn im Schnee enden. Rica zog für einen Moment in Betracht, ihm nachzufahren, aber dann sah sie keinen rechten Sinn darin. Bei ihrem Glück war es diese grässliche Michelle.

Wenn ich nur wüsste, warum sie sich so viel einbildet, dachte Rica, während sie sich mühsam wieder an den Anstieg machte – der Lift ging natürlich nicht bei diesem Sauwetter. *Eliza weiß mehr, das habe ich ihr angesehen, aber jetzt wird es sicher noch eine Weile dauern, bis sie wieder mit mir spricht. Ich muss ihr wirklich sagen, dass ich von Nathan nichts will.*

Ein weiterer Schatten zischte an ihr vorbei, und Rica wurde sich bewusst, dass sie viel zu nahe neben der Piste hochstieg. Wenn sie nicht aufpasste, würde noch einer der anderen sie umfahren. Sie änderte ihre Richtung ein wenig und stapfte auf eine verschwommene dunkle Wand zu, die vermutlich der Waldrand war. Dort würde wohl sicher niemand abfahren.

Unter den Bäumen war es womöglich noch stiller. Hier war der Wind, der über die Piste fegte, gebrochen. Auch der Schnee rieselte nur hier und dort von den Zweigen der Fichten herunter. Ein dämmriges Zwielicht lag zwischen den Bäumen. Noch nie war sie sich so einsam und von allem abgeschnitten vorgekommen. Als wäre sie in ihren eigenen kleinen Kokon aus Stille gehüllt. War das hier der Wald, in dem Robin, Nathan und sie dem Mann mit dem Hund begegnet waren? Rica war sich nicht sicher, sie waren einfach bergan gestiegen, während der offizielle Weg zur Piste viele Schlenker machte. Bei all den Kurven und Serpentinen hatte Rica die Orientierung völlig verloren. Es mochte sein, dass es der gleiche Wald war, oder auch nicht. Es war ohnehin gleichgültig. Sie würde hier keinem Psychopathen begegnen. So viele Zufälle gab es einfach nicht.

Dann hörte sie die Schritte.

Im ersten Moment zuckte Rica so heftig zusammen, dass sie fast das Gleichgewicht verloren hätte. Ihr nächster Impuls war, umzudrehen und den Hang Schuss hinunterzusausen. Doch dann musste sie feststellen, dass sie offensichtlich viel tiefer in die Bäume hineingeraten war, als sie geplant hatte. Wenn sie jetzt einfach losfuhr, standen ihr einige schwierige Ausweichmanöver bevor. Rica tat das, was ihr am Sinnvollsten erschien: Sie stieg langsam weiter bergan.

Die Schritte näherten sich aus dem Wald. Sie waren nicht besonders laut, und wenn es um Rica herum nicht so unheimlich still gewesen wäre, wären sie ihr vielleicht überhaupt nicht aufgefallen. Jemand ging sehr leise, ja schlich beinah über den Schnee unter den Bäumen. Und er kam weiterhin direkt auf sie zu.

Rica war inzwischen fürchterlich heiß geworden, und ihr Atem ging schwer von der Anstrengung, bergauf zu stapfen. Die Schritte schienen jetzt schon ganz nahe zu sein. Entkommen konnte sie ihnen wohl nicht. Also war es das Beste, sich der Gefahr zu stellen.

Wenn es überhaupt eine Gefahr gibt, Dummerchen.

Rica hielt inne, wischte sich mit dem Handrücken den Schweiß von der Stirn und drehte sich in die Richtung, aus der sie die Schritte vernahm. Sie blinzelte und strengte sich sehr an, etwas zu erkennen, trotzdem entdeckte sie den Mann erst, als er fast schon vor ihr stand. Erschrocken fuhr Rica zurück, hatte dabei allerdings die Skier vergessen. Wild mit den Armen rudernd, rang sie um Gleichgewicht, verlor den Kampf jedoch und stürzte nun zum zweiten Mal in drei Tagen in eine Schneewehe. Dieses Mal war sie glücklicherweise nicht ganz so tief wie an dem Abend, als sie dem Psychopathen begegnet waren.

Der Mann blieb einen Moment lang ganz ruhig stehen und sah auf Rica herab. Sie hatte das Gefühl, dass er heimlich über sie lachte, aber sehen konnte sie das nicht. Er trug eine verdunkelte Skibrille und hatte die Kapuze seines Anoraks tief in die Stirn gezogen. Der Verschluss der Kapuze verdeckte die gesamte untere Gesichtshälfte, sodass allein die Nase zu sehen war. Rica rieb sich die Augen, aber tatsächlich konnte sie auch sonst keine besonderen Aussagen über den Mann treffen. Seine Klamotten waren in Schnee-Tarnfarben gehalten, die seinen Umriss irgendwie ständig mit dem Wald verschwimmen ließen. Vermutlich hatte sie ihn deswegen auch erst so spät gesehen. Eines jedoch war ihr klar: Das hier war nicht der Mann mit dem Dackel. Dieser Mann hier war ein Stück größer und breitschultriger.

»Bist du in Ordnung?« Die Stimme des Mannes war eine Überraschung. Warm und freundlich und irgendwie vertrauenerweckend.

»Ich bin okay«, erwiderte sie und kämpfte sich auf die Beine zurück.

»Tut mir leid, ich wollte dich nicht erschrecken«, entschuldigte der Mann sich. Rica hatte auf einmal das starke Gefühl, dass sie diese Stimme schon einmal gehört hatte, konnte sie jedoch nicht einordnen.

»Nicht Ihre Schuld. Ich bin gerade etwas schreckhaft«, gab Rica zu und klopfte sich den Schnee von den Kleidern. »Was machen Sie eigentlich hier?« Sobald die Worte heraus waren, wurde ihr bewusst, dass sie sich grob unhöflich verhielt, aber irgendwie hatte sie das Gefühl, bei diesem Mann damit durchkommen zu können.

Tatsächlich lachte er. »Ich gehe spazieren«, meinte er in einem Tonfall, der klarmachte, dass Rica alles andere nichts anging.

»Bei diesem Wetter? In Tarnkleidung?« Rica legte den Kopf schief und musterte den Kerl vor sich noch mal von oben bis unten. »Das soll ich Ihnen jetzt glauben? Ganz so blöd, wie ich aussehe, bin ich dann doch nicht.«

Wieder lachte der Mann, aber dieses Mal glaubte Rica, so etwas wie leichte Beunruhigung herauszuhören. »Du bist ganz schön clever, das stimmt«, meinte er. Und dann fügte er aus heiterem Himmel einen Satz hinzu, der Rica völlig aus der Bahn warf. »Du bist Ricarda, nicht wahr?«

»Rica …«, stammelte Rica, während sie ihn weiter anstarrte. »Alle nennen mich Rica.« *Na super, was Dämlicheres hätte dir nicht einfallen können, oder?*

»Rica«, wiederholte der Mann. »Freut mich, dich kennenzulernen.«

»Woher wissen Sie meinen Namen?« Rica hatte sich wieder ein bisschen gefangen. Ein ungutes Gefühl breitete sich in ihrer Magengegend aus, als habe gerade jemand mit voller Wucht hineingeboxt. »Beobachten Sie meine Familie oder so was?«

Sie erinnerte sich plötzlich wieder an einen Streit zwischen ihrer Mutter und Frau Jansen, der Schulpsychologin der Daniel-Nathans-Akademie, den Rica Anfang des Jahres belauscht hatte. »Hören Sie endlich auf, uns beobachten zu lassen«, hatte ihre Mutter gesagt. »Er ist nicht hier. Und er hat sich auch nicht bei uns gemeldet. Wenn Sie ihn verloren haben, dann ist das Ihr Problem.«

Der Mann musterte sie nachdenklich. »Wie kommst du auf die Idee?«

Rica zuckte nur mit den Schultern. Von irgendwo weiter oben am Hang hörte sie nun Stimmen rufen.

»Ich muss weg«, sagte sie, halb erleichtert, eine Ausrede zu haben, halb widerwillig. Dieser Mann interessierte sie, und egal wie seltsam es war, dass er ihren Namen kannte – er kam ihr nicht gefährlich vor. Sie spürte einfach oder glaubte sogar zu wissen, dass sie ihm vertrauen konnte. Er war einer der Guten.

Der Mann hob den Kopf und starrte in das Schneetreiben in Richtung der Stimmen. Dann sah er wieder zu Rica, die sich, entgegen ihrer Ankündigung, nicht von der Stelle gerührt hatte. Plötzlich beugte er sich vor, sodass sein Gesicht direkt vor Ricas war. Sie wich einen Schritt zurück und musste sofort wieder um ihr Gleichgewicht kämpfen.

»Du musst aufpassen«, murmelte der Mann. »Die hier sind nicht deine Freunde. Und was sie vorhaben – «

»Rica! Bist du hier irgendwo?« Nathans Stimme erklang ganz aus der Nähe, nur ein kleines Stück weiter den Berg hoch. Der Mann zuckte zusammen, fuhr zurück und starrte den Hang hinauf. Im nächsten Moment drehte er sich um und verschwand zwischen den Bäumen. Einige Augenblicke lang gelang es Rica noch, ihm mit ihrem Blick zu folgen, doch dann blinzelte sie einmal, und er war mit dem Hintergrund verschmolzen. *Er ist richtig gut,* dachte Rica. *Ich wette, das ist ein Geheimagent oder so etwas. Aber was wollte er von mir? Und was genau tut er hier?*

Das Unterholz raschelte, und gleich darauf tauchte Nathan daraus auf. »Da bist du ja.« Er klang erleichtert, aber auch etwas ärgerlich. »Mensch, du kannst doch nicht einfach abhauen. Die machen sich alle Sorgen um dich.« Er machte eine kurze Pause und schob sich die Skimütze ein Stück aus den Augen. »Na ja, wichtiger ist: *Ich* mache mir Sorgen um dich.«

Rica zuckte mit den Schultern und kämpfte sich endgültig aus der Schneewehe heraus. So gern sie Nathan hatte, in diesem Moment wünschte sie sich, er wäre nicht hier. Sie hatte das starke Gefühl, dass der Mann ihr noch mehr verraten hätte, wenn Nathan nicht gerade jetzt aufgetaucht wäre.

Nathan bekam das natürlich sofort mit. »Überschlag dich mal nicht vor Dankbarkeit«, meinte er etwas verärgert, hielt neben ihr und half ihr das letzte Stück aus der Schneewehe heraus.

»Sorry«, sagte Rica. »Aber da war gerade jemand …« Sie suchte nach den richtigen Worten, fand sie allerdings nicht. *Da war gerade ein Geheimagent, und er wollte mir wichtige Informationen verraten,* klang dann doch ein bisschen albern.

»Der Psychopath?«, wollte Nathan wissen. Er bückte sich nach Ricas Skiern und kontrollierte abermals die Bindung.

»Nein, jemand anderes. Er hat mich gewarnt«, meinte Rica zögernd.

»Gewarnt? Wovor denn?« Jetzt schien sie doch seine Aufmerksamkeit erlangt zu haben. Er richtete sich auf, schob die Skimütze noch ein Stück nach oben, sodass seine blonden Fransen zu sehen waren, und musterte Rica interessiert.

»Ich weiß nicht recht. Er klang ein bisschen wie … na ja, wie du gestern Morgen.« Rica war selbst ein wenig überrascht, diese Worte aus ihrem Mund kommen zu hören. Das war nichts, was sie sich bewusst überlegt hatte, aber wenn sie jetzt darüber nachdachte – ja, da gab es definitiv etwas, das Nathan und der fremde Mann gemeinsam hatten. Der Mann hatte mit derselben Eindringlichkeit und demselben Sinn für Dramatik gesprochen, was Rica ein wenig nervös machte, aber auch ein gespanntes Kribbeln in ihrem Bauch hervorrief.

»Niemand ist wie ich, Schätzchen«, entgegnete Nathan, doch er lachte dabei. »Erzähl mir gern alles. Aber lass uns erst einmal zu den anderen zurückgehen. Sonst drehen die noch irgendwann vollkommen am Rad, weil du nicht wieder auftauchst.«

Rica nickte und folgte Nathan den Hang hinauf.

* * *

Eliza, du bist eine Idiotin. Elizas Nase fühlte sich an, als würde sie vor Kälte gleich abfallen, und ihre Finger spürte sie schon lange nicht mehr richtig. Im selben Moment, als die Kälte von ihr Besitz ergriffen hatte, war die Wut über Rica abgeflaut. Ein Blick zu Robin, der mit todtrauriger Miene durch den Schnee zog, sagte Eliza alles. Rica und Robin hatten Zoff. Deswegen hatte Rica sich Nathan an den Hals geworfen. Es war ihre Art, Robin zu zeigen, dass sie ihn nicht brauchte.

Und selbst wenn es nicht so sein sollte, was interessiert dich das? Es ist ja nun nicht so, dass du und Nathan zusammen seid. Nicht einmal so, dass du dich für ihn interessierst. Er macht dir doch Angst. Oder? Eliza hob ihren Blick ein wenig, um die Schüler vor sich besser erkennen zu können. Neben Robin lief Torben dahin und sprach leise auf ihn ein. Torben. Noch vor wenigen Wochen war Eliza schon bei seinem Anblick ganz nervös geworden, aber das hatte sich jetzt vollkommen gelegt. Nicht dass sie ihn nicht immer noch mochte, aber das Kribbeln war verschwunden.

Jetzt ist es also Nathan? Eliza presste die Lippen aufeinander. Sie kannte den Kerl ja nicht mal richtig. Und neulich Nacht hatte er alles dafür getan, ihr Angst zu machen. *Nein, schlag dir Nathan besser aus dem Kopf. Was willst du mit so jemandem? Geheimnis-*

krämerisch, überheblich und einschüchternd. Du hast ja einen prima Geschmack, Eliza.

Sie sollte sich lieber dringenderen Angelegenheiten zuwenden. Zum Beispiel Michelle. Michelle Kaltenbrunn. Oliver Kaltenbrunn. Bei dem Namen hatte Eliza aufhorchen müssen. Sie war sich nicht ganz sicher, wo sie ihn schon einmal gehört hatte, aber etwas daran war wichtig. Irgendwo hatte sie diesen Namen schon einmal gehört oder gelesen, da war sie sich sicher.

»Pass doch auf, wo du hinläufst!« Eliza zuckte zusammen und wollte rasch innehalten, da versetzte ihr jemand schon einen Stoß vor die Brust, der sie taumeln ließ. Sie kämpfte einen Moment lang um ihr Gleichgewicht, bis es ihr gelang, auf den Füßen zu bleiben.

»Sorry. Aber das war ja wohl nicht nötig.« Sie blickte auf. Einer der jüngeren Schüler, ein großer, kräftiger Junge mit struppigen schwarzen Haaren, die unter seiner Skimütze hervorlugten, funkelte sie feindselig an.

»Was war nicht nötig? Wenn du vor dich hin träumst, dann brauchst du halt einen kleinen Weckruf, oder nicht?«, gab er zurück. Er reckte das Kinn in die Höhe, als wolle er Eliza dazu herausfordern, sich mit ihm anzulegen.

»Tut mir leid, ich war in Gedanken.« Etwas regte sich in Elizas Bauch. Wut, merkte sie. Diese kleine Ratte hatte sie einfach geschubst, bloß, weil sie ihm ein bisschen zu nahe gekommen war. »Kein Grund, gleich aggressiv zu werden.« Sie versuchte, ihre Stimme ruhig und besonnen zu halten, auch wenn ihr das gerade im Moment fürchterlich schwerfiel.

»In Gedanken, soso?« Der Junge machte sich noch ein Stück größer. Er wirkte wirklich nicht wie ein Elfjähriger. Mehr wie ein richtiger Teenager. Zusätzlich war er von einer merkwürdigen Aura umgeben. Wild und gefährlich wie ein Raubtier ... Eliza hätte ihm in diesem Moment alles zugetraut. Sie wich ein Stück zurück.

»Ist schon okay«, murmelte sie und hasste sich dafür, so einfach aufzugeben. Aber mit diesem Kerlchen wollte sie sich nicht anlegen.

Doch offensichtlich reichte es ihm nicht, sie zum Rückzug bewegt zu haben. Er glitt auf seinen Skiern ein Stück näher an sie heran. »Ich frage mich, was das für unheimlich wichtige Gedanken sein könnten. Es ist ja nicht so, als ob ihr so besonders wärt. Jeder weiß doch, dass Daniel-Nathans-Schüler nur ein misslungenes Experiment sind. Ihr solltet euch besser vor uns in Acht nehmen. Wir sind die wahren – «

»Yanus!« Eine scharfe Stimme wies den Jungen zurecht. Als Eliza sich nach ihr umdrehte, sah sie Michelle, die Hände in die Hüften gestemmt und mit einem ziemlich ärgerlichen Gesichtsausdruck. Ihre Wangen waren vor Kälte gerötet, und die langen Haare fielen ihr in weichen Wellen über die Schultern. Sie wäre der Traum einer jeden Großmutter gewesen, mit ihrem unschuldigen Mädchencharme, wäre da nicht die Wut gewesen, die aus ihren Augen blitzte. »Halt gefälligst die Klappe!«, meinte sie in Richtung des Jungen, ohne Eliza dabei aus den Augen zu lassen. »Das geht die da überhaupt nichts an.«

»Was geht mich nichts an?«

Michelle schenkte Eliza einen giftigen Blick und antwortete nicht.

Eliza zog die Augenbrauen zusammen. »Hör mal, ich lasse mich doch nicht von euch einschüchtern. Ihr – «

»Los, los, keine Nachzügler, wenn ich bitten darf.« Frau Friebe kam zu ihnen zurückgefahren und hielt neben Michelle. »Ihr könnt euch doch auch unterhalten, während ihr unterwegs seid. Bei diesem Schneetreiben ist es besser, wenn wir alle zusammenbleiben. Wir wollen uns doch nicht aus den Augen verlieren, oder?«

Yanus wandte sich sofort ab und setzte sich in Bewegung. Michelle und Eliza jedoch blieben stehen und funkelten sich über einen unüberwindlichen Abgrund von knapp zwei Metern an.

»Ich will wissen, was hier gespielt wird«, knurrte Eliza. Sie war selbst ein bisschen überrascht über ihren plötzlich entflammten Kampfgeist.

Michelles Blick war nun richtig geringschätzig. »Schätzchen, wenn du das noch nicht weißt, dann musst du es auch nicht wissen.«

Eliza spürte die Wut in sich brodeln. Doch Michelle wütend anzufunkeln, würde ihr auch nicht weiterhelfen. Stattdessen besann sie sich auf etwas anderes. *Warte nur ab, ich kann dich dazu bringen, mit mir zu reden.*

Frau Friebe redete neben ihnen irgendetwas, aber weder Eliza noch Michelle achteten weiter auf sie. Eliza verengte ihre Augen zu schmalen Schlitzen, sodass sie nur noch graues Schneetreiben und einen winzigen Ausschnitt von Michelles Gesicht erkennen konnte. Sie hatte die Erfahrung gemacht, dass ihr das beim Konzentrieren half. Obwohl alles in ihr dem widerstrebte, versuchte sie, von Michelle als einer Freundin zu denken. *Ich mag dich, und du magst mich. Wir sind die besten Freundinnen. Wir passen so gut zusammen.* Es war nicht gerade Magie, mehr so, dass Eliza sich selbst in die richtige Stimmung bringen musste, bis diese dann auf andere Leute überschwappte. *Wir sollten zusammen was unternehmen. Ich und du. Durch dick und dünn.* Sie versuchte, sich einen entspannten Kinoabend zusammen mit Michelle vorzustellen. Stundenlanges Quatschen, wie sie es immer mit Rica tat. Parkspaziergänge.

»Bitte!« Als sie wieder sprach, staunte sie selbst darüber, wie ruhig und freundlich ihre Stimme klang. »Ich meine, wir können doch darüber reden, oder? Es würde mich wirklich interessieren, was du weißt. Ich versuche schon die ganze Zeit, mehr herauszubekommen.« Sie hatte das Gefühl, dieses Mal richtig gut zu sein.

Michelle lachte höhnisch und beugte sich ein bisschen vor, sodass nur Eliza sie verstehen konnte. »Um mich so zu bekommen, musst du noch ein bisschen üben, Mädchen.«

Eliza öffnete die Augen weit und versuchte sich an einem unschuldigen Blick. »Ich habe doch gar nichts gemacht. Ich wollte nur, dass wir gemeinsam – «

Michelle schüttelte den Kopf. »Pass bloß auf, Mädchen. Wenn ich dich noch mal dabei erwische, wie du uns hinterherspionierst, dann wirst du es richtig, *richtig* bereuen.« Damit wandte sie sich ab und lief in den Schnee hinein, ohne sich noch einmal umzudrehen.

Kapitel neun

Unfall

Die Stimmung unter den Schülern war gedrückt, als Rica und Nathan zurückkamen. Rica hatte erwartet, dass sie jetzt eine Standpauke bekommen würde, weil sie sich einfach abgesetzt hatte, aber nichts dergleichen passierte. Herr Röhling und Herr Muhlmann versuchten, ein paar der Schüler zu motivieren, der Rest stand im Wesentlichen herum und starrte finster durch die Gegend. Etwas weiter hinten in der Gruppe zankten sich Sarah, Vanessa und Torben mit ein paar Avenir-Schülern, allerdings so leise, dass die Betreuer davon nichts mitbekommen zu schienen.

»Gut, dass ihr wieder da seid«, war alles, was Herr Röhling zur Begrüßung sagte. »Wir haben gerade beschlossen, dass wir eine kleine Pause machen wollen.«

Jetzt schon? Die Worte lagen Rica auf der Zunge, aber sie sprach sie nicht aus. »Eine Pause mitten hier im Schneetreiben?«, fragte sie stattdessen.

»Es gibt eine Skihütte gar nicht weit von hier, da bekommen wir sicher alle heiße Getränke und vielleicht ein bisschen was zum Knabbern«, gab Herr Röhling zurück und deutete den Hang hinauf. Rica wandte ihren Blick in die gezeigte Richtung, konnte aber außer grauem Schneetreiben nichts erkennen. Sie zuckte mit den Schultern. »Okay.«

Es dauerte, die ganze Gruppe in Bewegung zu setzen. Aber als sich erst die Umrisse der Hütte aus dem Dämmerlicht schälten, gab es plötzlich kein Halten mehr. Die Unstimmigkeiten schienen vergessen, als alle gleichzeitig in den Innenraum zu drängen versuchten.

Drinnen empfing sie ein kleiner Schankraum mit stickiger Wärme. Hinter der Theke stand ein junger Mann, der ganz offensichtlich überrascht war, an einem Tag wie heute Gäste zu haben. Als er sah, wie viele Schüler sich in den Gastraum drängten, rief er ein Mädchen in Ricas Alter zu Hilfe und gemeinsam begannen sie, Bestellungen aufzunehmen.

Rica quetschte sich neben Nathan auf eine lange Bank direkt an der Wand, umschloss ihre Tasse Kakao mit beiden Händen und schlürfte langsam und genüsslich die heiße Flüssigkeit. Sie fühlte sich schon besser, und anscheinend war sie nicht die Einzige, denn der Lärmpegel im Raum stieg merklich. Fröhliches Lachen und Plaudern war von überall her zu hören, die Feindschaft zwischen den Schülern schien vergessen.

Nathan stieß ihr einen Ellenbogen in die Seite. Rica schreckte aus ihren Gedanken hoch und sah ihn verwundert an. Er deutete in den hinteren Teil des Schankraumes, wo gerade Herr Röhling und Herr Muhlmann durch eine Tür verschwanden.

»Ich dachte, nur Mädchen gehen zusammen aufs Klo«, murmelte Rica und grinste.

Doch Nathan schüttelte den Kopf und zog missbilligend die Augenbrauen hoch. »Die beiden führen etwas im Schilde«, meinte er. »Siehst du das nicht?«

Rica zuckte mit den Schultern. »Du leidest wirklich unter Verfolgungswahn. Vielleicht wollen sie nur besprechen, wie sie uns am besten wieder auf die Piste bekommen.«

»Und warum genau ist ihnen das so wichtig?«, gab Nathan zurück. »Ein Blinder würde sehen, dass heute kein guter Tag zum Skilaufen ist.«

»Die Frage ist eher: Warum ist es *dir* so wichtig, das herauszufinden?« Rica nahm noch einen Schluck Kakao, und lehnte sich auf der Bank zurück. Sie wusste, was Nathan im Sinn hatte. Sie konnte es ihm an den Augen ablesen. Er wollte, dass sie die beiden Lehrer verfolgten und belauschten. Und Rica für ihren Teil hatte überhaupt keine Lust, den warmen, gemütlichen Schankraum zu verlassen.

»Du hast sie vorhin nicht gehört«, meinte Nathan, »weil du einfach losgefahren bist. Aber die standen herum und haben die ganze Zeit miteinander geflüstert. Sie haben nicht mal gemerkt, dass du dich abgesetzt hast, bis ich es ihnen gesagt habe.«

Rica seufzte und verdrehte die Augen. Sie nahm noch einen großen Schluck aus ihrer Tasse, bevor sie sie vor sich auf der Tischplatte abstellte. »Also gut.«

Nathan strahlte und stand auf. Rica folgte ihm etwas langsamer. Als Nathan die Tür aufzog, über der überdeutlich »Toiletten« stand, pfiff jemand der anderen Schüler. Rica drehte sich nicht um, sondern schlüpfte hinter Nathan durch die offene Tür.

Sie standen in einem kurzen Gang, von dem vier Türen abgingen. Zwei zu den Toiletten, eine, die mit »Küche« und eine die mit »Privat« beschriftet war. Nirgendwo waren die beiden Lehrer zu sehen.

»Und was soll ich nun machen? Bestimmt sind die beiden auf dem Klo«, meinte Rica. »Ich kann doch nicht einfach auf das Männerklo spazieren.«

»Warte, ich sehe eben nach!«, antwortete Nathan und zog die Tür auf. Er verschwand kurz dahinter und stand gleich darauf wieder neben Rica. »Niemand da«, stellte er fest.

Rica musterte zweifelnd die Tür zur Frauentoilette. »Dort werden sie ja wohl kaum sein«, meinte sie. »Und in der Küche sind die Bedienungen.«

»Also sind sie da rein«, ergänzte Nathan und zeigte auf die Tür mit der Aufschrift »Privat«.

»Warum sollten sie?«

»Weil sie sonst nirgendwo sind.« Nathan ging auf die Tür zu.

»Du bist unmöglich«, meinte Rica, folgte ihm aber dennoch. Die Sache begann, interessant zu werden. »Sollen wir reingehen?«

»Klar.« Nathan schob die Tür auf, hinter der eine steile Treppe zum Vorschein kam. Es roch ein wenig muffig und nach altem Holz. Leise Stimmen drangen aus dem Obergeschoss zu ihnen herunter. Nathan drehte sich kurz zu Rica um, deutete auf die alten, ausgetretenen Holzstufen und legte einen Finger vor seinen Mund. Rica nickte.

Nathan trat ganz an den Rand der Treppe, dort, wo sich das Geländer befand, und setzte vorsichtig den ersten Fuß auf. Ein ganz leises Knarren war zu vernehmen. Eigentlich zu leise, als dass man es oben hätte hören sollen. Dachte Rica jedenfalls.

Doch im gleichen Augenblick brach das Gespräch oben abrupt ab, und eine laute Stimme rief: »Halt! Wer …!« Rica wirbelte herum, packte Nathan am Arm und rannte wieder auf den Gang hinaus. Dort zog sie ihn mit sich in Richtung der Gaststube, stieß die Tür zur Gaststube auf, zerrte Nathan zu ihren Sitzplätzen und schnappte sich ihre Tasse Kakao. Ihr Atem ging stoßweise, und sie musste sich sehr darauf konzentrieren, sich zu beruhigen.

»So anstrengend?«, spottete Vanessa. »Ich möchte wissen, was Robin davon hält.«

»Robin geht das überhaupt nichts an«, fauchte Rica zurück. Sie wollte noch so einiges hinzufügen, aber in diesem Moment ging die Tür zum Flur auf, und Herr Röhling und Herr Muhlmann traten ein. Rica starrte ihnen ängstlich entgegen und fragte sich, wie um Himmels willen sie verbergen sollte, dass sie gerannt war, doch Nathan reagierte blitzschnell.

Auf einmal fand sich Rica in seinen Armen wieder und spürte seine Lippen auf den ihren. Den Bruchteil einer Sekunde lang verspürte sie ein leichtes Kribbeln im Bauch, dann jedoch schrie alles in ihr danach, sich loszureißen. Rica verstand der Versuchung, und kuschelte sich in die Umarmung, als würde sie sie genießen. Ein paar Schüler pfiffen. Vanessa gab irgendeinen hämischen Kommentar ab, aber Rica achtete gar nicht darauf. Sie hatte die Augen geschlossen und hoffte inständig, dass die beiden Lehrer ihre Scharade nicht durchschauen würden.

Es schien eine Ewigkeit zu dauern, bis Nathan sie wieder losließ. Rica rückte vorsichtig ein Stück von ihm ab und vermied es, ihm in die Augen zu sehen. Stattdessen blickte sie sich unauffällig im Raum um. Herr Röhling und Herr Muhlmann standen noch immer vor der Tür zum Flur. Beide sahen zu ihnen herüber, einen schwer zu deutenden Ausdruck auf dem Gesicht. Rica kam es beinah wie Entsetzen vor, und auf einmal war sie sich sicher, dass einer der beiden sie auf der Treppe gesehen haben musste. Gleich würden sie sie zur Rede stellen. Beunruhigt rutschte sie wieder näher an Nathan heran und kuschelte sich in seinen Arm.

Die beiden Lehrer sahen noch einen langen Augenblick zu ihnen herüber, doch dann wandte sich Herr Röhling den anderen Schülern zu.

»Wenn ihr fertig seid, dann gehen wir jetzt raus auf die Piste«, meinte er, und die Heiterkeit war vollkommen in seine Stimme zurückgekehrt. »Bis jetzt haben sich ja noch nicht viele an die Abfahrt gewagt.« Wieder sah er zu Rica herüber.

Protestierende Stimmen wurden laut, aber Herr Röhling winkte ab. Er wollte offensichtlich nichts mehr hören.

»Simon ist noch nicht wieder da!« Die Stimme war so leise, dass sie fast im Gemurmel der anderen Schüler unterging. Rica sah hin und erkannte das Mädchen, das mit Simon vor dem Kamin gesessen hatte. Als sie merkte, dass sich nun alle Schüler zu ihr umwandten, wurde sie rot und senkte ihren Blick zu Boden.

»Jasmin ist verlieeeebt!«, fingen sofort ein paar der jüngeren Schüler an zu singen. Rica war drauf und dran, sie zurechtzuweisen – das junge Mädchen tat ihr wirklich leid –, als Jasmin den Kopf hob und ihre Mitschüler anfunkelte.

Rica erstarrte.

Jasmins Blick erinnerte sie an Eliza, wie sie aussah, wenn sie ihre seltsamen Fähigkeiten einsetzte. Nur war das hier viel intensiver. Ihre Augen schienen gleichzeitig Funken zu sprühen und alle Anwesenden zu Eis erstarren zu lassen. Jasmin sah von einem Schüler zum anderen, und je länger das andauerte, desto ruhiger wurden alle. Nach und nach verstummten die Avenir-Schüler und sahen stumm und betreten auf ihre Tassen hinunter. Einen kurzen Moment lang fiel Jasmins Blick auch auf Rica, und sie fühlte sich, als habe ein Eisklotz sie gestreift. Eine unerklärliche Angst vor Jasmin befiel sie, und am liebsten hätte sie sich unter dem Tisch verkrochen.

Dann sah Jasmin wieder weg, und die unerklärliche Angst ließ ein wenig nach. Rica atmete erleichtert auf und wandte ihren Blick ebenfalls ab. Auf den Gesichtern der Schüler um sie herum zeichnete sich die gleiche Angst ab, aber auf die beiden Betreuer schien das Ganze weniger Eindruck gemacht zu haben. Sie standen immer noch am Kopfende des Raums, die Arme überkreuzt und schauten Jasmin mit einem etwas vorwurfsvollen Gesichtsausdruck an. Nur Herr Röhling sah ein klein wenig beunruhigt aus.

»Wir warten natürlich …«, begann er, doch in diesem Moment öffnete sich die Tür hinter ihm, und Simon schlüpfte in den Raum. Er hatte den Blick zu Boden gesenkt und schien sich extra klein zu machen, doch Rica konnte ein verstohlenes Lächeln auf seinen Lippen sehen, als er zu Jasmin hinüberging.

»Tut mir leid, ich war noch auf dem Klo«, murmelte er. Er sprach niemanden direkt an, aber die übrigen Schüler blieben ruhig, und Herr Muhlmann nickte gnädig.

»Also los dann, auf die Piste! Keine Müdigkeit vorschützen!«

Rica warf Nathan einen fragenden Blick zu, als sie alle in Richtung Ausgang drängten, aber er winkte nur unauffällig ab. *Nicht jetzt!,* sagte sein Blick. *Wir reden später.*

Das Wetter hatte sich nicht gebessert, als sie wieder vor die Tür traten. Eher im Gegenteil. Der Schneefall hatte nachgelassen, dafür lag nun grauer Nebel über den Hängen und machte es unmöglich, weiter als ein paar Meter zu sehen. Rica kam sich vor wie in einem schlechten Geisterfilm, als sie hinter Nathan her durch die Milchsuppe tappte. Die meisten anderen Schüler konnte sie nur hören, und der Nebel schien sogar Geräusche zu schlucken, sodass die Stimmen sehr gedämpft zu ihr drangen.

»Hier sind wir!« Irgendwo weiter vorn erklang Herr Röhlings fröhliche Stimme. »Das wird sicher abenteuerlich, nicht wahr?«

»Ist das wirklich Ihr Ernst?« Das war Tim. »Man sieht ja überhaupt nichts mehr.«

»Die Piste ist breit, und ihr könnt die Markierungen sehen, sobald ihr unterwegs seid«, gab Herr Röhling zurück.

Rica kämpfte sich durch den tiefen Schnee näher an ihn heran. Endlich tauchte sein Schemen aus dem Nebel auf. Sie blieb stehen und begann widerwillig, ihre Skier anzulegen. Durch ihren Kopf geisterte die diffuse Idee, dass sie und

Nathan sich in diesem Dunst gut unterhalten konnten, wenn sie erst einmal beide am Fuß der Piste angelangt waren. Um sie herum wurden immer mehr unglückliche Stimmen laut. Sie fragte sich, wann die Ersten sich einfach weigern würden, loszufahren, und was Herr Röhling dann machen würde.

Ihre Frage wurde im nächsten Moment beantwortet. »Habt euch nicht so!«, rief Herr Röhling. »Ich werde einfach voranfahren. Dann werdet ihr ja schon sehen, dass es gar nicht schwer ist. Ihr solltet das Ganze als eine Art Abenteuer betrachten, statt hier herumzuschimpfen.«

»Abenteuer«, murmelte Nathan neben Ricas Ohr spöttisch. »Würde mich wundern, wenn das, was sie hier veranstalten wollen, nicht gegen die Aufsichtspflicht verstößt. Das ist doch nicht mehr verantwortungsvoll.«

Rica zuckte mit den Schultern. »Wir sollten reden. Lass uns gleich hinter Herrn Röhling her fahren. Dann treffen wir uns unten am Hang am Waldrand. Es dauert bestimmt eine ganze Weile, bis die uns überhaupt vermissen.«

Nathan nickte zum Zeichen, dass er verstanden hatte, und trat in seine Skier. Im nächsten Moment stieß sich Herr Röhling ab und verschwand blitzschnell im Nebel. Rica zögerte nicht lange, schwenkte herum und schoss ebenfalls auf die Piste.

Dieses Mal war sie darauf vorbereitet, dass die Abfahrt grauenhaft sein würde. Vielleicht war das auch der Grund dafür, dass sie es überhaupt nicht so schlimm fand. Die graue Stille hatte etwas Geheimnisvolles, als glitte Rica schwerelos durch eine Zauberlandschaft. Alles war ruhig und friedlich. Die Piste flachte langsam ab, und Rica kam zum Stehen. Sie fragte sich gerade, wie sie in dieser Suppe Nathan wiederfinden sollte, als sie den Schrei hörte.

Es war ein menschlicher Schrei, schrecklich laut und ganz nah. Rica zuckte zusammen und musste den Impuls unterdrücken, sofort die Flucht zu ergreifen. Zitternd blieb sie stehen und lauschte in den Nebel hinein. Der Schrei war verstummt, aber jetzt war ein deutliches Stöhnen zu vernehmen.

Ricas Knie begannen zu zittern und wollten sie nicht recht halten. »Hallo?«, fragte sie. Ihre Stimme klang dünn und schwach und schien kaum in der Lage zu sein, den dicken Nebel zu durchdringen. »Hallo?«

»Hilfe!«, kam eine Stimme zurück.

Rica erkannte sie sofort. »Herr Röhling?«

Doch es folgte keine Antwort. Nur wieder dieses grässliche Stöhnen. Vor Ricas innerem Auge tat sich eine Szene auf, in der der Psychopath mit seinem Messer eine entscheidende Rolle spielte. *Blödsinn. Den würdest du doch hören!* Sie versuchte, sich selbst von diesem Gedanken zu überzeugen, was ihr nur mäßig gut gelang. Trotzdem bückte sie sich, um die Skier abzuschnallen.

Schnee spritzte, als Nathan neben ihr abbremste. »Was ist los? Wer hat da so geschrien?« Sein Gesicht schimmerte weiß unter seiner dunklen Skimütze, seine Augen schienen riesenhaft.

»Herr Röhling.« Ricas Stimme klang immer noch piepsig, und sie hätte sich dafür geschämt, wenn nicht allmählich die Sorge um ihren Betreuer überhandgenommen hätte. »Er ist irgendwo da drüben.« Sie deutete in die Richtung, aus der sie das Stöhnen vernommen hatte. Jetzt war es dort totenstill. Vorsichtig begann sie, sich durch den Nebel zu tasten.

Im nächsten Augenblick schälte sich ein dunkler Schatten aus dem Nebel. Es sah aus wie ein knorriger, ausgerissener Baumstamm, doch als Rica näher kam, erkannte sie die leuchtend blaue Skijacke von Herrn Röhling. Er lag ganz ruhig und gab keinen Laut von sich. Ricas Magen wollte sich umdrehen. Sie fühlte sich fatal an den Sommer erinnert, wo sie unversehens über die Leiche ihrer Freundin Jo gestolpert war.

Doch dann drehte sich der Baumstamm ein wenig, und Rica konnte etwas vom Gesicht des Lehrers erkennen. Er war totenbleich, und eine dicke rote Schramme verlief über seine Stirn. Seine Augen waren offen. Er blinzelte. Er lebte noch.

Schneller als zuvor setzte sich Rica wieder in Bewegung. Sie eilte zu dem Körper und ließ sich neben ihm auf die Knie fallen. Im ersten Moment erkannte sie nicht, was das Problem war, doch das lag daran, dass sie ihre Aufmerksamkeit nur auf den Oberkörper des Mannes gerichtet hatte. Als sie ihren Blick weiter nach unten wandern ließ, konnte sie gar nicht anders, als scharf die Luft einzusaugen. Wieder rebellierte ihr Magen, und Rica musste gegen den sauren Geschmack ankämpfen, der in ihrer Kehle nach oben stieg. Das linke Bein ihres Betreuers war verdreht. Der Ski war offensichtlich an einer Unebenheit hängen geblieben und hatte sich nicht gelöst, sodass Herr Röhling gestürzt war. Heftig gestürzt. Blut lief über das aufgerissene Hosenbein, und aus der Wunde ragte etwas Weißes.

Rica presste die Lippen aufeinander und sah schnell wieder weg. Sie griff nach Herrn Röhlings schlaff herabhängender Hand und drückte sie.

»Wir holen Hilfe!«, flüsterte sie. Sie versuchte, nicht auf das verdrehte Bein zu achten. Warum hatte sich der Ski nicht gelöst? Hatte etwa wieder jemand an der Bindung herumgespielt, wie bei ihr? Eine andere Erklärung konnte Rica nicht finden. Hinter ihr knirschten Schritte. Nathan näherte sich. Auch er holte erschrocken Luft.

»Nicht … weggehen!« Rica zuckte zusammen, als sie Herr Röhlings Stimme vernahm. Sie hatte überhaupt nicht damit gerechnet, dass er noch in der Lage war, zu sprechen.

»Wir müssen Hilfe holen. Sie müssen in ein Krankenhaus«, versuchte sie ihn zu überzeugen. Es war nur teilweise um seinetwillen. Sie wollte hier nicht bleiben.

»Nicht … weggehen«, wiederholte er. Seine Stimme klang schwach und brüchig, aber seine Finger krallten sich mit plötzlicher Entschlossenheit um die ihren, als wollte er sie nie wieder loslassen. »Nicht … allein lassen.«

Hilflos sah Rica zu Nathan auf, der immer noch neben ihr stand und mit erschrockenem Gesichtsausdruck auf sie herunter sah. Er nickte kurz. »Ich beeile mich!« Dann begann er, den Berg emporzustapfen. Gleich darauf war er im Nebel verschwunden. Rica blieb neben Herrn Röhling sitzen und umklammerte immer noch seine Hand. Er sprach nicht mehr, aber er ließ sie auch nicht los. Sein Blick war nach wie vor auf ihr Gesicht gerichtet, er sah sie so hoffnungsvoll an, als könne sie alles wieder gut machen. Rica hatte sich selten so hilflos gefühlt. *Er sollte auf mich aufpassen, nicht umgekehrt,* dachte sie. *Schließlich bin ich die Schülerin und er der Erwachsene.*

»Alles wird gut«, murmelte sie und erwiderte den Druck seiner Hände. »Alles wird gut, alles wird gut.« Die Litanei kam ihr selbst lächerlich vor.

»Es … tut mir leid.« Das Flüstern war so leise, dass Rica es trotz der anhaltenden Stille kaum verstehen konnte. »Es tut mir leid.«

»Das ist doch nicht Ihre Schuld«, widersprach sie. »Sie hatten einen Unfall, das ist alles.«

»Das meine ich nicht.« Herr Röhling sprach jetzt etwas kräftiger. Rica wagte es, wieder einen Blick auf sein Gesicht zu werfen. Trotz der Kälte standen ihm Schweißperlen auf der Stirn. »Ich meine …« Doch dann schien er wieder den Faden zu verlieren, und starrte in den Nebel. Ein leises Wimmern drang aus seiner Kehle, und Rica drückte seine Finger noch einmal. Himmel, wo blieb Nathan? Diese Wunde musste fürchterlich wehtun. Sie riskierte noch einen kurzen Blick. Das Weiße war ganz eindeutig ein Knochen. Rica schauderte. Ob es half, wenn sie Schnee auf das Bein häufte?

»Ich habe ihnen gesagt, dass es keine gute Idee ist.« Es hätte ein Geist sein können, der aus dem Nebel sprach. Rica schauderte erneut. Hoffentlich starb Herr Röhling hier nicht. Konnte man vor Schmerzen sterben? *Unsinn, das ist nur ein Beinbruch. Ein schlimmer Bruch vielleicht, aber daran stirbt man doch nicht.* Im Moment jedoch, in diesem unheimlichen Nebel schien alles möglich zu sein. Vielleicht erfror er ja auch, weil er so lange im Schnee liegen musste. *Wo bleibst du, Nathan?*

»Keine gute Idee …«

Vielleicht war es gut, ihn bei Bewusstsein zu halten. Dann konnte er doch nicht erfrieren, oder? Rica hatte so etwas mal gehört.

»Was ist keine gute Idee?«

»Keine gute Idee …« Herr Röhling schien einen Moment zu überlegen, dann sah er wieder zu Rica, und sein Blick klärte sich ein wenig. »Dieser ganze Urlaub … abgekartetes Spiel.«

Etwas Kaltes durchlief Ricas Adern, und dieses Mal lag es nicht am Schnee. Sie hatte ihn eigentlich nur wach halten wollen, aber jetzt interessierte es sie auf einmal, was er zu sagen hatte.

»Was meinen Sie? Wie abgekartet?«

»Der Wettbewerb … Auswertung … ausgesucht.« Seine Gedanken schienen abzuschweifen, und auch die Kraft seiner Stimme ließ wieder nach. »Bestimmte Schüler … Experiment.«

Rica zog ihre Hand weg. Eine Welle kalter Wut überspülte sie, und am liebsten hätte sie den Lehrer angeschrien, statt ihm weiter Trost zu spenden.

»Was für ein Experiment? Was wird hier gespielt? Was soll das Ganze?« Eine plötzliche Idee durchfuhr sie. »Arbeiten Sie für die Leute, die diese Stipendien vergeben? Hängen Sie in der Sache mit drin? Kennen Sie Frau Jansen?« Der Name kam ihr nur schwer über die Lippen. Ihr Hass und ihr Misstrauen gegenüber der Schulpsychologin waren in den letzten Monaten kaum abgeflaut, auch wenn sich herausgestellt hatte, dass sie anscheinend nichts mit Jos Tod zu tun gehabt hatte.

»Aufpassen … Unfälle … Handys …« Herr Röhling war jetzt wirklich nicht mehr ganz bei sich, sein Blick schweifte immer wieder ab, und sein Gesicht war schmerzverzerrt. »Avenir … gefährlich. Ich habe ihnen gesagt, sie sollen aufpassen.«

Sie hätte gern weiter gefragt, aber dieser letzte Satz schien seine ganze Kraft gekostet zu haben. Er schloss die Augen, und seine Finger wurden schlaff.

»He! Herr Röhling!« Sie griff wieder nach seiner Hand und schüttelte sie sacht. Keine Reaktion. Sein Arm hätte der einer Puppe sein können. »Nein, nicht einschlafen!« Sie schüttelte etwas fester, hatte damit jedoch nicht mehr Erfolg. »Sie müssen mir sagen, was hier vorgeht!«

Stille.

Stille und Nebel und ein lebloser Mann. Rica ließ seine Hand los und musste den Impuls unterdrücken, aufzustehen und wegzulaufen. *Du musst hierbleiben, Rica.*

Im nächsten Moment hörte sie das Geräusch von Skiern auf dem Schnee, und dann spritzten kleine Eisstückchen gegen ihre Kleidung und ihr bloßes Gesicht. Sie blickte auf und sah Herrn Muhlmann, der, gefolgt von Nathan, am Hang gehalten hatte. Mit finsterem Gesicht guckte er auf Rica und Herrn Röhling herunter.

»Er hat die Besinnung verloren.«

Herr Muhlmann musterte sie lange und nachdenklich. Zu lange. Dann endlich ließ er sich auf seine Knie sinken und betrachtete Herrn Röhling.

»Das Bein ist gebrochen«, meinte er und zog ein Handy aus seiner Jackentasche. »Ich rufe den Notdienst.« Und dann, beinah als sei ihm der Gedanke gerade erst gekommen: »Das war vernünftig von euch. Vielen Dank.«

Rica und Nathan sahen sich an. »Ich muss dich sprechen«, formte Rica mit ihren Lippen.

Nathan nickte zum Zeichen, dass er verstanden hatte. »Später«, antwortete er auf die gleiche Weise.

Kapitel zehn

Kriegsrat

»Wir müssen reden.«

Rica machte große Augen, als Eliza sie mit diesem Satz begrüßte. »Genau das Gleiche wollte ich auch sagen.«

Eliza blinzelte, zeigte den leisen Anflug eines Lächelns und nickte. »Komm!« Zielstrebig lief sie zur Treppe. Rica winkte Nathan, ihnen zu folgen, und ertappte sich dabei, wie sie sich nach Robin umsah. Doch der hockte neben Saskia und tat so, als sei Rica überhaupt nicht da.

In stiller Übereinkunft gingen sie auf Nathans Zimmer. Er war, da er zu spät gekommen war, allein einquartiert worden, und hier gab es niemanden, der sie stören würde. Rica und Eliza ließen sich auf dem Einzelbett nieder, während Nathan sich im Schneidersitz auf den Boden kauerte. Er schenkte Eliza einen nachdenklichen Blick. Es lag immer noch ein wenig Misstrauen darin. Als wäre sie überhaupt nicht im Zimmer, wandte er sich an Rica. »Du vertraust ihr?«

Bevor Eliza noch etwas sagen konnte, sprang Rica ein. »Ich würde ihr mein Leben anvertrauen.«

»Sei nicht so dramatisch«, murmelte Eliza, aber sie lächelte dabei erfreut.

Nathan sah sie noch einmal lange an, dann zuckte er mit den Schultern. »Okay?«, meinte er. »Datenaustausch?«

Rica nickte. Dann begann sie, Eliza und Nathan von dem zu erzählen, was Herr Röhling gesagt hatte, bevor das Rettungsteam gekommen war. Die beiden hörten aufmerksam zu, danach ergänzte Eliza das Ganze durch ihr Erlebnis mit Michelle Kaltenbrunn.

»Wer ist diese Kaltenbrunn denn nun?«, wollte Rica nach dem Bericht wissen. »Muss ich die kennen?«

Eliza runzelte die Stirn. »Ich bin mir nicht ganz sicher. Ich kenne den Namen auf jeden Fall, aber ich kann ihn nicht einordnen.«

»Irgendjemand Bekanntes? Ein Promi?« Rica riet wild in der Gegend herum. Sie kannte sich mit Prominenten nicht besonders gut aus.

Eliza schüttelte den Kopf. »Niemand aus der Klatschpresse. Ich habe den Namen irgendwo schon mal gelesen, wenn ich nur wüsste …«

Nathan grinste, stand auf und trat an seinen Nachttisch. Schwungvoll zog er die Schublade auf und holte einen Stapel Papiere heraus.

»Was ist das?« Rica reckte neugierig den Kopf.

Nathan wandte sich zu Eliza und blinzelte ihr zu. »Etwas, das Eliza und ich neulich Abend herausgefunden haben.«

Rica sah zu ihrer Freundin und bemerkte, dass diese schon wieder rot wurde. Um Eliza nicht weiter in Verlegenheit zu bringen, griff sie sich stattdessen das oberste Papier von dem Stapel. »Schülerdaten?«, fragte sie. »Woher hast du die?«

»Aus dem Ordner, aus dem Herr Röhling vorgelesen hat«, meinte Nathan lapidar.

»Den hast du immer noch?«, rutschte es Eliza heraus.

Rica sah stirnrunzelnd zu ihr auf und dann wieder zu Nathan. Was hatte sich zwischen den beiden abgespielt, von dem sie nichts wusste?

»Nein, den habe ich natürlich wieder zurückgelegt«, erklärte Nathan. »Nachdem ich den ganzen Kram kopiert habe, als wir unten im Ort waren.«

Jetzt war auf Elizas Gesicht so etwas wie Bewunderung zu lesen. »Nicht schlecht.«

»Aber was sollen wir damit?«, meinte Rica. Sie blätterte ziellos durch die Zettel.

»Das Schülerzeug ist nicht so interessant«, meinte Nathan. »Aber sieh doch mal hier!« Er nahm Rica den Stapel ab, flippte durch die Seiten und zog dann ein Blatt heraus, das er ihr reichte.

»Geschäftsbericht«, stand darauf, und darunter: »Gesellschaft ›Weiter Horizont‹«.

»Ja, und?« Rica überflog den Zettel, doch da stand nichts besonders Spannendes drauf. Irgendwelche Abrechnungen eben.

Nathan verdrehte die Augen, nahm den Zettel wieder an sich und deutete auf eine Zeile ganz unten auf der Seite. »Sponsoren: Oliver Kaltenbrunn«, las Rica vor. Ein Kribbeln breitete sich in ihrem Bauch aus, und sie blickte auf.

»Michelles Vater«, sagte Nathan stolz. »Wenn das ein Zufall ist, fresse ich einen Besen.«

»Mit dieser Gesellschaft ist ohnehin irgendwas faul«, ergänzte Eliza. »Das hat dir Herr Röhling gesagt.«

»Du bist doch bei denen aufgewachsen.« Rica wandte sich wieder Nathan zu. »Was sind das für Leute? Was haben die vor?« Sie runzelte die Stirn. »Haben die was mit unserer Schule zu tun? Oder mit dieser anderen? Avenir?«

Nathan zuckte mit den Schultern. »Ich weiß es nicht genau. Ich kann dir nur sagen, dass ich mir, seit ich dort bin, beobachtet vorkomme. Als kleines Kind habe ich mir sicher nichts dabei gedacht. Aber spätestens seit ein paar Jahren ist mir bewusst geworden, dass da jemand ist, der alle meine Schritte überwacht.« Er schauderte. »Ich habe inzwischen schon Angst, unter die Dusche zu gehen«, versuchte er das Ganze mit einem Witz zu überspielen, auf seinem Gesicht lag allerdings ein ernster Ausdruck. »Sorry«, wandte er sich an Eliza. »Das war auch der Grund, warum ich neulich Nacht so eklig zu dir war. Ich kann dieses Gefühl, dass mir jemand hinterherspioniert, nicht mehr haben. Das macht mich rasend.«

Rica nickte. Eliza schenkte Nathan ein kleines Lächeln und hob ebenfalls kurz die Schultern. »Schon okay«, meinte sie. »Ist ja nix passiert.«

»Und was jetzt?« Rica sah auf den Geschäftsbericht und dann auf den restlichen Stapel Papier. »Ich habe das Gefühl, wir sitzen hier vor einem Haufen Puzzlestücke und uns fehlt die Vorlage dazu.«

»Oder noch eine Menge anderer Stücke«, erwiderte Nathan. »Vielleicht sollten wir irgendwo aufschreiben, was wir wissen, und das Ganze sortieren.«

»Vielleicht sollten wir all diese Zettel durchlesen«, schlug Eliza vor. »Oder hast du das schon gemacht?«

Nathan schüttelte den Kopf. »Nur überflogen«, sagte er. »Man hat hier ja keine ruhige Minute.«

»Wenn du sie mir überlässt, sehe ich sie durch.« Eliza streckte die Hand nach dem Stapel Papier aus. Rica konnte deutlich sehen, wie Nathan zögerte. Dann zwang er sich dazu, ihr den Stapel zu überreichen.

»Danke.« Eliza nahm das Papier an sich, als sei es ein besonders wunderbarer Liebesbeweis.

»Das mit dem Aufschreiben finde ich eine gute Idee«, meinte Rica. »Fangen wir an?« Sie schnappte sich einen Block und einen Kugelschreiber von Nathans Nachttisch.

Eliza blätterte vertieft durch die Seiten, aber Rica und Nathan gaben sich große Mühe, alles zusammenzutragen, was sie bisher wussten. Als die Liste fertig war, war sie frustrierend kurz.

»Im Grunde wissen wir nur, dass hier etwas oberfaul ist«, murrte Rica und starrte auf ihren Block. Sie hatte »seltsame

Vorfälle«, »Handyempfang«, »Gespräch: Herr Röhling – Herr Muhlmann«, »Psychopath«, »Beobachtung« und »fremder Mann im Wald« notiert. Nathan hatte sich geweigert, Frau Jansen oder überhaupt irgendwas von den Vorfällen an der Daniel-Nathans-Akademie mit auf die Liste aufzunehmen, da er behauptete, das habe vielleicht gar nichts miteinander zu tun. Rica war der Meinung, dass das sehr wohl miteinander zu tun haben könnte, und war dementsprechend verärgert. »Wir müssen mehr herausfinden.«

»Wie denn?« Nathan hatte sich einen Zettel vom Block abgerissen und seine eigenen Notizen gemacht. Darunter: »Wettbewerb manipuliert«, »Unfall Absicht?«, »Oliver Kaltenbrunn« und – aus Gründen, die Rica nicht kannte – »Saskia«.

»Was hat die Ziege denn mit der ganzen Sache zu tun?«, wollte sie wissen und deutete auf Saskias Namen. »Glaubst du, sie steckt mit denen unter einer Decke?« Sie verzog das Gesicht. Nicht dass sie Saskia besonders leiden konnte, eher im Gegenteil, aber sie wirkte nicht wie eine große Verschwörerin.

»Hast du dich denn nicht gefragt, was sie überhaupt hier tut?«, wollte Nathan wissen. »Ich meine, hier sind lauter Eliteschüler von Eliteschulen, und dann ist Saskia die Einzige von einem normalen Gymnasium? Wenn wir davon ausgehen, dass der Wettbewerb manipuliert worden ist, dann müssen sie doch einen Grund haben, sie hierherzubringen.«

Rica blinzelte. Daran hatte sie gar nicht gedacht. Sie war so wütend auf Robin und Saskia gewesen, dass sie keinen Gedanken daran verschwendet hatte. Ein bisschen missmutig nickte sie. »Okay, es ist seltsam. Aber vielleicht liegt das ja an diesem Felix.«

»Felix?« Nathan horchte auf. »Was für ein Felix nun wieder?«

»Saskias Bruder. Wenn ich das richtig verstanden habe, haben die beiden früher neben Robins Familie gewohnt. Robin hat mir mal davon erzählt. Also von Felix, nicht von Saskia.« Rica konnte nicht verhindern, dass sich bei diesen Worten Bitterkeit in ihre Stimme schlich. »Felix ist mit Robin auf die Daniel-Nathans-Akademie gegangen, und dann war er eines Tages weg.«

»Weg?«, echote Nathan. Er sah jetzt äußerst aufmerksam aus. »Wie weg?«

Rica runzelte die Stirn. Sie konnte sich nicht mehr ganz genau an Robins Geschichte erinnern, da war einfach zu viel passiert in der Zwischenzeit.

»Ich glaube, er sagte, Felix habe Ärger gemacht. Hat irgendwelche Artikel für die Schülerzeitung geschrieben, die wohl ein bisschen aufmüpfig waren. Jedenfalls haben sie ihn dann eines Tages abgeholt, und Robin hat nie wieder was von ihm gehört. Als er dann wieder nach Hause zurückgekommen ist, war die Familie weggezogen. Ich glaube, so ungefähr stimmt es.«

Nathan kaute auf seiner Unterlippe herum. »Und dass die Schwester dieses Felix hier auftaucht, ist dir nicht komisch vorgekommen?«

Rica zuckte mit den Schultern.

»Weißt du, was noch seltsam ist?«, wollte Nathan wissen.

Rica schwieg. Momentan war ihr nicht nach noch mehr Unglücksbotschaften zumute.

»Ich kenne einen Felix. Er lebt mit mir in der gleichen Einrichtung.«

Im ersten Moment zuckte Rica zusammen, doch dann schüttelte sie den Kopf. »Der Name ist nicht so selten. Kennst du seinen Nachnamen nicht?«

Nathan verzog das Gesicht. »Leider nein, wir laufen uns nicht so häufig über den Weg. Ich hatte immer den Eindruck, dass dieser Felix Teil eines der Forschungsprojekte ist. Ich dachte, vielleicht hätte er eine exotische Krankheit oder so etwas, davon haben wir nämlich einige Kinder bei uns. Sie leben auf dem Grundstück und nehmen an den Forschungsprojekten teil, die nach einem Heilmittel suchen.«

»Klingt schrecklich«, warf Eliza ein und legte den Stapel Papier zur Seite. »Wie menschliche Versuchskaninchen.«

»Ich glaube, es ist okay«, widersprach Nathan. »Ohne diese Projekte hätten sie ja gar keine Chance, oder?«

Aber Rica musste Eliza im Stillen recht geben: Es klang schrecklich.

»Jedenfalls ist dieser Felix im richtigen Alter«, fuhr Nathan fort, der das Thema offensichtlich nicht weiter vertiefen wollte. »Wenn er mit Robin in die Schule gekommen ist, müssten die beiden ja wohl gleich alt sein.«

»Schätze schon«, meinte Rica. Sie war immer noch nicht ganz überzeugt. »Du meinst also, deine Gesellschaft und die Daniel-Nathans-Akademie stecken unter einer Decke?«

»Nicht unbedingt. Vielleicht weiß ja an der Schule niemand von diesen Manipulationen«, widersprach Nathan, doch Rica schnaubte nur.

»Das kannst du auch nur sagen, weil du noch nie dort gewesen bist.«

»Was ist mit dem Nathans-Institut?«, fragte Eliza leise. Sie sah Rica an. »Du weißt schon, diese Unterlagen, die du damals gefunden hast?«

Rica nickte. Nathan sah sie so lange fragend an, bis sie lachen musste. »Das war nichts Dolles. Papiere über eine künstliche Befruchtung, die schon vierzig Jahre her ist. So etwas. Und Fotos von einem Kerl, der …« Ihre Gedanken schweiften ab. Etwas durchlief sie eiskalt, als sie an diese Fotos dachte. Der große, blonde Mann in seinen Actionposen. Irgendwas an ihm kam ihr auf einmal schrecklich bekannt vor. Und zwar nicht aus der Vergangenheit.

»Ich glaube, er ist hier«, flüsterte sie in die plötzliche Stille des Raums.

»Wer?« Eliza sah sich erschrocken um.

»Der Mann von den Fotos. Ich meine natürlich nicht hier im Sinne von hier im Haus, aber hier in der Gegend. Ich glaube, es ist dieser Wanderer, der mir begegnet ist.« Rica war sich auf einmal ganz sicher. Klar, sie hatte nicht sehr viel von dem Wanderer im Schnee erkennen können, doch etwas an seiner Haltung und an seinem ganzen Auftreten sagte ihr, dass sie recht hatte.

»Hast du die Fotos von dem Kerl noch?« Nathan war aufgesprungen.

Rica schüttelte den Kopf. »Nicht hier. Die habe ich zu Hause gelassen. Wusste ich, dass ich sie hier brauchen würde?«

Nathan verzog missbilligend den Mund und begann, im Raum auf und ab zu laufen wie ein gefangener Tiger. »Weißt du wenigstens einen Namen oder so was?«

Wieder schüttelte Rica den Kopf. Gleichzeitig hatte sie das Gefühl, als ob sie log. Sie hatte bei den Fotos tatsächlich keinen Namen gefunden, aber da war noch etwas. Wieder wie Puzzleteile, die sie einfach nicht auf die richtige Weise zusammensetzen konnte.

»Hey, Abendessen!« Unvermittelt steckte Michelle den Kopf ins Zimmer. »Habt ihr die Klingel nicht gehört? Seid ihr jetzt auch noch taub, nicht nur doof?«

Rica sprang auf, doch noch bevor sie irgendwas unternehmen konnte, war Michelle auch schon wieder verschwunden.

»Zicke«, murmelte sie.

»Lasst uns nach unten gehen«, meinte Eliza und warf einen müden Blick auf den Stapel Papier. »Frau Friebe wollte auch eine Lagebesprechung abhalten. Wer weiß, vielleicht sind wir gar nicht mehr lange hier, dann lohnt sich die Entschlüsselung des Rätsels ohnehin nicht.«

* * *

Die Stimmung im Aufenthaltsraum war gedrückt. Herr Muhlmann war mit Herrn Röhling ins Krankenhaus gefahren, sodass nur noch Frau Friebe übrig blieb. Die meisten Schüler waren ehrlich betroffen über das, was passiert war, und saßen nun ruhig und nachdenklich zusammen. Frau Friebe selbst bastelte mit ein paar der jüngeren Schülern an einer Gute-Besserungs-Karte für Herrn Röhling. Ein paar Leute spielten halbherzig Gesellschaftsspiele, und wieder andere tippten auf ihren Handys herum, obwohl es nach Elizas Wissen hier immer noch keinen Empfang gab. Vielleicht machten sie nur irgendwelche Spiele darauf.

Das Abendessen verlief sehr still. Niemandem schien nach Sprechen zumute zu sein. Die meisten wirkten verunsichert, dass sich Frau Friebe überhaupt nicht zu der Situation äußerte, und dem Rest ging wohl der Schnee auf die Nerven. Eliza hatte das Gefühl, das Essen würde sich Stunden hinziehen, und danach wusste sie nicht einmal mehr, was sie eigentlich gerade gegessen hatte.

Erst, als die ersten Schüler aufstanden und in Richtung der Treppe gingen, erhob sich Frau Friebe schwerfällig von ihrem Platz und räusperte sich.

»Ich weiß, ihr seid alle betroffen über Herrn Röhlings Unfall. Aber ich bin mir sicher, er ist in guten Händen und wird sich schnell wieder erholen. Wir haben noch über eine Woche wunderbaren Skiurlaub vor uns, und den wollen wir uns doch nicht vermiesen lassen, oder?« Ihre Stimme hatte diesen gutmütigen Tonfall angenommen, den Lehrer oft kleinen Kindern gegenüber anschlugen, und offensichtlich fühlte sich nicht nur Eliza davon genervt. Sie sah einige Schüler, die die Augen verdrehten, und ein paar lachten auch höhnisch auf.

»Herr Muhlmann hat mir das Programm für die nächsten Tage hiergelassen«, fuhr Frau Friebe fort, als habe sie nichts gehört. »Sieht so aus, als wollten wir morgen noch einmal auf die Piste, um dann am Nachmittag ein kleines Fest zu feiern. Dafür brauchen wir ein paar Leute, die Kuchen backen können. Wer von euch kriegt das hin?« Sie sah sich hoffnungsvoll im Raum um, und ihre Gesichtszüge entglitten ihr ein wenig, als sie überall nur auf verschlossene Mienen stieß.

»Können wir nicht einfach wieder nach Hause fahren?«, wollte eine der jüngeren Schülerinnen wissen. »Hier geht doch wirklich alles schief. Und wenn wir nicht bald fahren, sind wir eingeschneit.« Sie gestikulierte in Richtung Fenster, vor dem immer noch dicke Flocken herabsegelten.

»Ich habe auch keine besondere Lust mehr«, warf Sarah ein. »Ich dachte, das hier soll Spaß machen, aber wenn die Duschen nicht funktionieren und ständig irgendwelche Unfälle passieren ...«

»Es ist, als treibt hier jemand seine blöden Scherze mit uns«, fügte Vanessa hinzu. »Was soll das Ganze? Ist das ein abgekartetes Spiel?«

Oha, dachte Eliza. *Wir sind nicht die Einzigen, denen der Gedanke gekommen ist.* Sie sah zu Vanessa hinüber, die nun nach Bestätigung suchend durch das Zimmer blickte. Auf ein paar Gesichtern las Eliza Zustimmung, die meisten wirkten jedoch nur verwirrt.

»Ihr habt doch einfach nur Schiss, hierzubleiben.« Eliza konnte nicht sehen, wer das gerufen hatte, aber der Stimme nach war es einer der jüngeren Jungs. »Ihr solltet euch schämen. Immerhin seid ihr die *Großen.*« Seine Stimme troff vor Sarkasmus.

»Bitte, keinen Streit ...«, begann Frau Friebe, aber niemand hörte ihr mehr zu. Torben war aufgesprungen, und auch Robin war auf den Füßen.

»Tut ja nicht so, als wärt ihr was Besseres!«, fauchte Torben.

»Ja, ich kann das nicht mehr hören, diese Angeberei.« Sarah stand ebenfalls auf und trat neben Torben. Zu ihrer Überraschung sah Eliza, wie Sarah nach seiner Hand griff und Torben sie festhielt. *Vor einer Woche noch wäre ich jetzt am Boden zerstört gewesen.* Jetzt allerdings merkte sie, dass sie Sarah und Torben völlig unbeteiligt betrachten konnte, wie ein Pärchen aus einem besonders netten Liebesfilm. *Die beiden passen auch zusammen. Sie sind beide arrogant.* Eliza musste ein Kichern unterdrücken und sah schnell weg. Ihr Blick begegnete dem Ricas. Ihre Freundin sah einen Moment lang besorgt aus, aber als sie bemerkte, dass Eliza ganz entspannt war, lächelte sie.

»Vielleicht sollten wir etwas tun«, murmelte sie. »Bevor –« Doch sie konnte ihren Satz nicht mehr zu Ende bringen, denn nun sprangen auch einige der jüngeren Schüler auf, darunter auch Michelle Kaltenbrunn.

»Wir haben keine Angst vor euch!«, rief ein schlaksiger Junge mit feuerrotem Haar.

»Tatsache, Streichholz?«, höhnte Torben zurück. »Darf ich dich daran erinnern, dass ich ungefähr doppelt so groß bin wie du?«

Der Junge wurde mindestens genauso rot wie seine Haare und ballte die Fäuste. Aber gleich darauf schien er sich ein wenig zu entspannen, und ein Lächeln umspielte seine Lippen. »Das werden wir ja noch sehen.« Es war mehr ein Flüstern, doch inzwischen war es im Aufenthaltsraum so still geworden, dass Eliza jedes Wort verstehen konnte. Der rothaarige Junge drehte sich zu seinen Mitschülern um und begann, mit ihnen zu flüstern. Torben sah sich rasch um und winkte sich ebenfalls Unterstützung heran. Vanessa, Sarah, Tim und Kai und ein sehr zögerlicher Robin traten an seine Seite. Offensichtlich rechneten sie mit allem Möglichen, fühlten sich aber nicht besonders eingeschüchtert. Noch standen sie relaxt und mit überlegenem Lächeln da und sahen zu den jüngern Schülern hinüber.

»Lass uns hier verschwinden!« Zuerst glaubte Eliza, dass Rica gesprochen hatte, aber dann sah sie in Nathans Gesicht, das jetzt weiß wie eine Wand war. Angst. Er hatte Angst, und das nicht zu knapp. Eliza fragte sich, wovor. Nathan war so selbstsicher, so stark und ruhig, sie hätte nicht geglaubt, dass die Aussicht auf eine Prügelei ihn dermaßen in Schrecken versetzte.

»Bitte, dafür gibt es doch gar keinen Grund!« Frau Friebe war neben Torben getreten und hatte ihm die Hand auf die Schulter gelegt, doch er schüttelte sie einfach ab.

»Sorry, Frau Friebe, aber diese kleinen Angeber muss mal jemand in ihre Schranken weisen«, meinte er, ohne die Lehrerin anzusehen.

Nathan griff nach Elizas Hand. »Bitte! Jetzt!«

Sie ließ sich von ihm auf die Füße ziehen, genau in diesem Moment wandten sich die jüngeren Schüler wieder zum Raum um.

Ihre Augen glühten.

Zumindest war es das, was Eliza zunächst glaubte. Alle Kindlichkeit, alle Normalität war aus ihren Gesichtern verschwunden, und sie hatte das Gefühl, in starre Masken zu blicken. Masken mit unheimlichen, lebendigen Augen, deren Blicke jeden im Zimmer zu durchbohren schienen.

Dann spülte die Welle über sie. Eliza hatte von Rica gehört, was im Restaurant passiert war, aber davon zu hören und es selbst zu erleben, waren noch mal zwei vollkommen unterschiedliche Dinge. Eine Woge von Hass und Gewaltbereitschaft durchströmte Eliza. So etwas hatte sie noch nie erlebt. Ihr Blick verschleierte sich, und ihr Hals wurde ganz eng, als säße ein Klumpen darin, den sie nicht herunterschlucken konnte. Rote Wut loderte in ihr, sie war vollständig davon erfüllt, und ihre Fäuste ballten sich ohne ihr Zutun. Sie fühlte sich wie ein Ballon kurz vor dem Platzen und wartete nur auf das richtige Stichwort, um dem Nächsten, der ihr dumm kam, eine reinzuhauen.

Und gleichzeitig wusste sie ganz genau, dass diese Gefühle nicht ihre eigenen waren. Sie konnte fast sehen, wie die Welle von der kleinen Gruppe jüngerer Schüler aus auf sie zuspülte und sie durchfloss. Diese leuchtenden Augen – die gar nicht richtig leuchteten, sondern eigentlich nur sehr starr und unbewegt wirkten –, diese ruhigen Gesichter. Sie schienen die Wut und den Hass in Elizas Herz zu pflanzen.

»Verschwinden …!«, bat Nathan neben ihr. Vielleicht hatte er auch noch mehr gesagt, aber Eliza verstand nur das eine Wort. Einen Moment lang kämpfte ihr Verstand mit ihren Gefühlen. Sie *wusste*, es war richtig, was Nathan ihr vorgeschlagen hatte. Doch ihr Zorn sagte etwas anderes. Sie *wollte* nicht verschwinden. Sie wollte endlich mal jemandem zeigen, dass sie nicht das kleine, schwache Mädchen war, für das sie alle hielten.

»Feigling«, zischte sie und drehte sich zu Nathan um. Sein Gesicht war immer noch weiß vor Angst, aber jetzt lag auch ein Funkeln in seinen Augen, das ihr sagte, dass Nathan mindestens genauso wütend war wie sie selbst. Eliza verspürte plötzlich das dringende Bedürfnis, diese Wut noch weiter zu wecken. Was wohl passierte, wenn sie ihn noch ein bisschen reizte?

»Feigling«, wiederholte sie. »Hast du etwa Angst vor einem Haufen kleiner Kinder?«

»Lass ihn in Ruhe«, knurrte Rica, die plötzlich neben Nathan aufgetaucht war.

»Hast du es nötig, dich von einem Mädchen beschützen zu lassen?«, höhnte Eliza weiter. Sie konnte beim besten Willen nicht sagen, woher diese Worte kamen, es war fast so, als gehöre ihr Körper nicht mehr ihr selbst, als stünde sie, Eliza, draußen und beobachte jemand anderen dabei, wie er für sie redete und handelte.

»Bitte!« Doch Nathan klang nun ebenfalls mehr wütend als ängstlich.

»Feigling!«, wiederholte Eliza zum dritten Mal und grinste über das ganze Gesicht.

Ohne Vorwarnung stürzte sich Nathan auf sie und stieß sie zu Boden. Elizas Kopf schlug hart auf irgendetwas auf, ein scharfer Schmerz durchzuckte sie, dann ebbte die Wut plötzlich ab und die Welt versank in Dunkelheit.

* * *

Der Zorn stieg in Rica hoch wie die Bläschen in einer Colaflasche. Sie gab sich gar keine Mühe, ihn zu unterdrücken. Es war, als habe sie lange auf so eine Gelegenheit gewartet. Mindestens seit dem Zeitpunkt, an dem Saskia Robin ihre Schwangerschaft gestanden hatte. Ohne noch einmal darüber nachzudenken, ohne die geringste Zurückhaltung stürzte sich Rica auf Nathan und riss ihn mit sich zu Boden. Sein überraschtes Gesicht nahm sie noch wahr, danach verschwammen die Eindrücke vor ihren Augen, und nur einzelne Bilder schafften es bis in ihr Gehirn. Nathan, wie er am Boden lag, den Kopf zur Seite gedreht, Blut, das aus seiner Nase lief. Torben, der sich auf eine Gruppe jüngerer Schüler stürzte und von Sarah zurückgerissen wurde. Frau Friebe, hilflos und durcheinander am Kopfende des Raumes. Wild gewordene Schüler, die in blinder Wut aufeinander einprügelten.

Schlimmer als die Bilder waren jedoch die Geräusche. Schreie, selten vor Schmerzen, öfter vor Wut. Es waren tierische Schreie, wie von Raubtieren, die um Beute kämpften. Als hätten sie alle vergessen, dass sie Menschen waren. Dazu das dumpfe Geräusch, wenn Körper auf dem Boden aufschlugen, und einmal sogar ein heftiges Knacken, das Rica den Magen umdrehte. *Brechende Knochen.* Doch obwohl ein Teil von ihr danach schrie, zu fliehen, sich in Sicherheit zu bringen und diesem Wahnsinn zu entkommen, war da der weitaus stärkere Teil, der auch sie nach Blut gieren ließ. Rica schlug wild um sich, es war ihr egal, wen oder was sie traf, es war ihr gleichfalls egal, dass sie selbst Schläge einsteckte, ja, sie spürte sie kaum. Sie wollte nur noch jemandem wehtun. Egal wem. Hauptsache, sie selbst stand am Ende noch.

Ich werde sterben, schoss es ihr durch den Kopf. *Jemand wird mich totschlagen. Aber nicht, ohne dass ich mich wehre.* So schlug sie um sich, trat, biss und kratzte, schmeckte Blut in ihrem Mund und hoffte in einem flüchtigen Moment der Klarheit, dass es nur ihr eigenes war. Ein Dröhnen in ihren Ohren sperrte nun alle anderen Geräusche aus, ein roter Schleier vor ihren Augen ließ alles in einem unwirklichen Licht erscheinen, und das wilde Tier in ihr schrie weiter nach Blut. Blut und Schmerzen.

Dann war es auf einmal vorbei.

Von einem Moment auf den anderen ließ Ricas Wut nach, fiel von ihr ab wie ein abgestreiftes T-Shirt, und ihre Sicht klärte sich ein wenig. Plötzlich wurde sie sich bewusst, dass sie schweißgebadet war und ihr Atem schwer ging. Ihre Haare hingen ihr wirr in die Stirn. Ihre Hände schmerzten, und als sie darauf sah, bemerkte sie, dass sie sich die Knöchel aufgeschlagen hatte. Sie wollte lieber nicht darüber nachdenken, woran. Sie spürte ein warmes Rinnsal ihren linken Arm herunter rinnen, und als sie gedankenverloren darüber hinweg wischte, färbten sich ihre Finger rot.

Erst allmählich begann sie, auch ihre Umgebung wahrzunehmen. Sie war umgeben von Schülern. Die meisten von ihnen standen genauso verwirrt und verloren in der Gegend herum wie Rica. Manche lagen am Boden. Ein paar hatten sich auf den Bänken niedergelassen und die Köpfe in die Hände gestützt. Nicht einer war ohne Verletzungen davongekommen. Rica sah mehrere lange Kratzer und die eine oder andere Bisswunde und schauderte. *Wie die wilden Tiere.*

Sie ließ sich neben Eliza auf den Boden fallen. Ihre Freundin war mit dem Kopf aufgeschlagen und lag bewusstlos da. Rica versuchte verzweifelt, sich daran zu erinnern, was man in so einem Fall zu machen hatte. Stabile Seitenlage? Wie ging die noch mal? Ihr Kopf schmerzte, ihre Gedanken schwirrten, und es fiel ihr schwer, nachzudenken. Sie wollte Eliza gerade auf die Seite rollen, als sie eine Hand auf ihrer Schulter spürte.

»Ich mach schon.« Nathan schob sie vorsichtig beiseite und bückte sich zu Eliza hinunter. Er tastete nach ihrem Handgelenk, dann schob er seine Arme unter sie und hob sie fast mühelos hoch.

»Sollte man sie nicht hierlassen? Verletzte zu bewegen war doch irgendwie nicht ganz so gut, oder?«

Nathan nickte kurz und meinte dann: »Aber hier willst du sie doch bestimmt nicht lassen, oder?«

Rica sah sich erneut im Raum um, dieses Mal mit etwas wacherem Verstand. Nach der kurzen Ruhepause brach jetzt gerade die Hölle los. Jüngere Schüler begannen zu weinen, ältere fauchten sich gegenseitig an, Torben versuchte, sich vor Frau Friebe zu rechtfertigen, während die einfach nur blass und ungläubig dastand und das ganze Chaos betrachtete. Ein paar der bewusstlosen Schüler wachten gerade wieder auf und schienen jetzt erst richtig mitzubekommen, was geschehen war. Jeder versuchte, gleichzeitig zu sprechen, und niemand schien sich um die Verletzten zu kümmern.

»Ich glaube, ein bisschen Ruhe kann sie jetzt mehr gebrauchen als das hier«, meinte Nathan.

»Sollten wir nicht hierbleiben, um zu helfen?« Rica war immer noch unsicher.

»Willst du das denn?«

Rica schüttelte den Kopf. Nein, wenn sie ehrlich war, hatte sie dazu keine Lust. Sie wusste beim besten Willen nicht, was gerade passiert war, aber das Ganze war ihr zu unheimlich. Und sie wollte nicht sehen, was sie selbst für Schaden angerichtet hatte.

»Außerdem scheint das dein Kumpel da ganz gut im Griff zu haben«, meinte Nathan und nickte in Richtung Torben, der offensichtlich bemerkt hatte, dass Frau Friebe nicht gerade in der Verfassung war, ihm zuzuhören. Stattdessen hatte er sie einfach beiseitegeschoben und sich ein paar der Jüngeren

Schüler gekrallt, die in der Nähe standen. Er redete eindringlich auf sie ein und sorgte offensichtlich dafür, dass sie sich nützlich machten.

»Er ist nicht mein Kumpel«, gab sie zurück. »Aber er kann ganz gut organisieren.« Sie folgte Nathan zur Treppe.

Oben war es angenehm kühl und still. Nathan schleppte Eliza schweigend zu ihrem Zimmer und legte sie auf dem Bett ab. Dann machte er sich daran, ihren Schädel abzutasten.

Rica stand neben ihm und kam sich ziemlich blöd vor. »Verstehst du denn etwas davon?«, meinte sie schließlich unsicher.

»Bisschen. Erste-Hilfe-Ausbildung«, murmelte Nathan zurück, aber er wirkte nicht so, als sei er mit den Gedanken ganz bei Rica. »Sei so lieb und lauf in mein Zimmer. Unter meinem Bett liegt ein kleiner Rucksack, da ist mein Erste-Hilfe-Kram drin. Bring den mal her!«

»Okay.« Sie zögerte kurz, bevor sie sich umdrehte. Es erschien ihr irgendwie nicht richtig, Nathan mit Eliza allein zu lassen. *Was ist los mit dir? Bist du plötzlich zu einer Anstandsdame geworden, oder wie?*, rief sie sich selbst zurecht. Kurz entschlossen machte sie sich auf den Weg zu Nathans Zimmer.

Schon als sie in den Flur kam, in dem die Jungenzimmer lagen, wusste sie, dass hier etwas nicht stimmte. Zuerst konnte sie den Finger nicht darauf legen, doch dann fiel ihr auf, dass die Tür zu Nathans Zimmer weit offen stand.

Die haben wir doch vorhin zugemacht, oder nicht? Unwillkürlich wurden Ricas Schritte langsamer und leiser. Auf Zehenspitzen schlich sie über die Holzbohlen auf die Tür zu. Ein leichter Luftzug drang aus dem Zimmer dahinter und bewegte sie leicht hin und her, sodass die Angeln quietschten. Sonst war kein Geräusch zu hören. Das Zimmer schien menschenleer zu sein.

Rica schlich die letzten Meter lautlos und spähte um die Tür herum ins Zimmer. Auf den ersten Blick schien sich nichts verändert zu haben, Nathans Gepäck und Ricas Block lagen immer noch an Ort und Stelle. Aber dann fiel Ricas Blick auf den kleinen Nachttisch, auf dem Eliza vorhin ihren Stapel Papier abgelegt hatte.

Er war leer.

Rica sog heftig die Luft ein und trat ins Zimmer. Obwohl sie schon ahnte, dass sie damit keinen Erfolg haben würde, bückte sie sich und warf einen Blick unter das Bett. Staub und Dunkelheit. Keine Papiere. Rica erhob sich und öffnete den Kleiderschrank. Fächer, angefüllt mit unordentlich gefalteten Klamotten. Keine Papiere. Rica ließ ihren Blick über den kleinen Tisch und das ungemachte Bett schweifen. Keine Papiere. Sie hätte es sich denken können. Jemand hatte die Schlägerei unten genutzt, um ihre Aufzeichnungen zu stehlen. Jemand, dem sie offensichtlich wichtig genug gewesen waren, vielleicht jemand, dem sie auch mehr sagten als Rica, Eliza und Nathan.

Rica seufzte, bückte sich noch einmal und zog Nathans Rucksack unter dem Bett hervor. Die wichtigen Dinge zuerst. Jetzt galt es erst einmal, Verletzte zu versorgen.

Kapitel elf

Fundstück

Frau Friebe berief noch am gleichen Abend eine Besprechung im Gemeinschaftsraum ein, doch von ihnen dreien ging nur Nathan hin. Eliza war inzwischen wieder aufgewacht, klagte aber über fürchterliche Kopfschmerzen und wollte im Bett liegen bleiben. Rica wollte Eliza nicht allein lassen. Außerdem hatte sie nicht die geringste Lust, Robin und Saskia wiederzusehen.

»Wirklich, ich glaube, das ist alles nicht so, wie du denkst«, murmelte Eliza, als ihr Rica ihre Gründe darlegte. Sie lag auf dem Rücken und hatte den Unterarm locker über ihre Augen gelegt. Auf ihrer Haut waren mehrere große blaue Flecken zu sehen. »Robin und du, ihr gehört doch zusammen.«

»Von wem sollte Saskia denn dann schwanger sein, hm?«

»Was weiß ich denn. Von irgendwem.« Eliza rührte sich nicht, aber sie klang genervt.

»Warum sollte sie sich dann ausgerechnet Robin anvertrauen?« Rica wusste, dass sie sich irrational aufführte, aber die schrecklichen Worte wollten einfach nicht aus ihrem Kopf.

»Weil er ihr Exfreund ist und sie sonst niemanden hat?«, schlug Eliza vor. »Hör mal, Rica, ich bin zu müde, ich will schlafen. Versprich mir, dass du wenigstens über diese Möglichkeit nachdenkst, ja?«

Widerwillig nickte Rica. »Schon gut«, willigte sie schließlich ein. Sie musste zugeben, dass sich Elizas Erklärung sehr viel logischer anhörte als ihre eigene. Sie verfluchte sich ja inzwischen selbst dafür, dass sie überreagiert hatte. Aber sie konnte jetzt auch nicht mehr einfach auf Robin zugehen und sich entschuldigen. Wo er doch die ganze Zeit mit Saskia zusammen rumhing.

Vielleicht habe ich ja zu Anfang tatsächlich etwas falsch verstanden, aber inzwischen …

Bevor sie den düsteren Gedanken zu Ende bringen konnte, öffnete sich die Tür, und Nathan trat ein. Er hatte sich in der Zwischenzeit selbst verarztet, an seinem Unterarm prangte ein weißer Verband und auf seiner Stirn ein großes Pflaster. Es ließ ihn ein klein wenig verwegen aussehen, und Rica hätte gelächelt, wenn sein Gesicht nicht so ernst gewesen wäre.

»Wir bleiben hier«, verkündete er.

»Was?« Rica sprach so laut, dass Eliza hochschreckte. Offensichtlich war sie gerade in einen unruhigen Schlaf gefallen. »Sorry. Ich wollte dich nicht wecken.«

»Schon gut.« Eliza stemmte sich mit schmerzverzerrtem Gesicht auf und drehte sich sehr langsam und vorsichtig zu Nathan um. Rica sah, welche Anstrengung es sie kostete, ihre Miene unbewegt zu lassen. »Was denkt sich Frau Friebe eigentlich dabei?«

»Ich glaube nicht, dass sie sich allzu viel denkt«, meinte Nathan und ließ sich neben Rica aufs Bett fallen. »Ich habe nicht den Eindruck, dass sie zu den Planern dieser Tour gehört, wahrscheinlich haben sie sie nur angeheuert, damit eine weibliche Betreuungsperson dabei ist. Sie hat keine Ahnung, wie das hier laufen soll und will jetzt einfach an dem ursprünglichen Plan festhalten. Zumindest, bis Herr Muhlmann wieder hier ist. Ich glaube, sie will einfach nicht die Verantwortung für irgendwas übernehmen.« Er verzog das Gesicht.

»Tolle Lehrerin«, murmelte Eliza.

Rica zuckte mit den Schultern. »An meiner früheren

Schule waren viele Lehrer so. Ich glaube, so wird man einfach mit der Zeit.«

»Bei uns nicht«, widersprach Eliza.

»Bei euch nicht«, stimmte Rica zu. »Aber ihr seid ja auch keine normale Schule.«

»Darf ich dich daran erinnern, dass auch du an unsere Schule gehst?« Eliza klang ärgerlicher, als Rica sie kannte.

Sie verzichtete auf eine Antwort, schon allein deswegen, weil sie wusste, dass sie alle um den heißen Brei herum redeten. Die Schule und ihre Besonderheiten waren nicht das Thema.

»Und was will sie morgen dann unternehmen, mit einem Haus voller Invaliden?«, fragte sie und sah zum Fenster. Draußen war es inzwischen stockfinster geworden.

»Na, Invalide ist vielleicht ein bisschen viel«, begann Nathan. »Die meisten haben nur Kratzer und Beulen, nichts Lebensbedrohliches.«

»Hat sie denn irgendeine Erklärung für das abgegeben, was eben passiert ist? Oder für Herrn Röhlings Unfall?«

Nathan verdrehte die Augen. »Wenn es dich so sehr interessiert, hättest du ja selbst runtergehen können. Zum Unfall hat sie nicht viel gesagt. Die Bindung war wohl verstellt, das war alles. Und was die Streiterei angeht: Sie hält es für einen Lagerkoller und hat peinlich drauf geachtet, die Avenir-Schüler und die Daniel-Nathans voneinander getrennt zu halten. Im Übrigen waren die meisten ohnehin ziemlich friedlich, sogar diese Streithenne Michelle.«

»Klar, wer auch immer es war, hat jetzt, was er wollte«, meinte Rica missmutig. »Deine Papiere.«

»Ist doch gar nicht klar, dass der Streit deswegen angefangen hat«, erwiderte Eliza.

»Vielleicht nicht«, sagte Nathan schließlich langsam und vorsichtig. »Aber ich gebe Rica insofern recht, als dass der

Kerl die Schlägerei genutzt hat, um an die Papiere zu kommen.«

»Dann muss er – oder sie – aber gewusst haben, dass du sie hast.« Eliza schaltete mal wieder auf stur. »Und wer außer uns könnte das gewusst haben.«

»Ach, im Grunde alle, die mit uns im Dorf unten waren«, antwortete Nathan. »Ich schätze, jeder hätte mir zum Copyshop folgen können.«

»Wir müssen den Ordner noch mal klauen«, warf Rica ein. »Dann ist es egal, wer die Kopien hat.«

»Warum seid ihr nur so auf diese Papiere fixiert?«, wollte Eliza wissen. »Könnt ihr das Ganze nicht einfach auf sich beruhen lassen?«

»Nein, weil irgendjemand fand, dass diese Zettel wichtig genug sind, sie zu stehlen«, entgegnete Rica. »Entweder wollte er nicht, dass wir sie lesen, oder er brauchte sie selbst für Nachforschungen.«

»Also, ich finde ja immer noch, dass Simon derjenige ist, der am ehesten in Frage kommt«, meinte Nathan. »Irgendwas stimmt mit dem Kleinen doch nicht.«

Rica zuckte mit den Schultern. »Er ist ein bisschen seltsam«, gab sie zu, »aber er ist doch noch ziemlich klein. Ich weiß nicht, ob er so was durchziehen würde. Ich persönlich glaube, dass Saskia dahintersteckt. Die hatte doch die ganze Zeit schon was gegen mich, da hat sie uns sicher hinterherspioniert. Im Dorf unten war sie auch.«

»Du bist doch nur eifersüchtig«, knurrte Eliza. »Wirklich, Rica, ich bin müde. Ich habe für heute die Schnauze voll von Anschuldigungen und Nachforschungen. Können wir nicht wirklich einfach schlafen gehen und morgen weiterreden?«

Rica wollte etwas Unfreundliches erwidern, aber dann wurde ihr bewusst, wie müde und abgekämpft Eliza aussah.

Sie war sehr blass, und unter ihrem linken Auge begann sich ein beeindruckendes Veilchen auszubreiten.

»Okay«, meinte sie. »Sorry. Okay.« Allerdings warf sie Nathan einen vielsagenden Blick zu. Eliza mochte vielleicht erledigt sein, aber Rica war fest entschlossen, heute Nacht noch den Ordner an sich zu bringen. Und wie sie Nathan kannte, wollte der sicher dabei sein.

In diesem Moment ging das Licht aus.

Ricas erste Reaktion war nur Ärger. »Was ist denn jetzt wieder schief …«, fing sie an, aber dann begann der Tumult auf dem Flur. Eine Mädchenstimme schrie, Füße trampelten über die Bohlen, und irgendjemand rief nach einer Taschenlampe. Eliza stöhnte nur und drehte sich um, offensichtlich nicht gewillt, aufzustehen. Nathan war aufgesprungen und rannte schon zur Tür, als Rica sich erst auf die Füße gekämpft hatte.

»Warte!«, rief sie ihm hinterher, doch er hörte nicht auf sie. Rica fluchte und kramte in ihrem Rucksack nach der kleinen LED-Lampe, die sie als Schlüsselanhänger verwendete. Ihre Finger streiften irgendetwas Pelziges, aber sie achtete nicht weiter darauf. Endlich spürte sie den Schlüsselbund und zog ihn heraus. Irgendwas Schmieriges klebte an ihren Fingern, vermutlich war ihre Schokoladentafel geschmolzen. Darum konnte sie sich nachher kümmern. Ärgerlich über Nathan, der nicht einmal eine Minute hatte warten können, stürmte Rica auf den Flur hinaus.

Vor Sarahs Zimmer hatte sich schon eine beachtliche Menschenmenge versammelt. Es war dunkel, nur hier und dort war der bläuliche Schein von Handydisplays zu sehen. Rica verzog das Gesicht. Niemand hatte mehr eine richtige Taschenlampe. Das nächste Mal würde sie eine mitnehmen.

Sarah war vollkommen aufgelöst. Sie klammerte sich an Vanessa und schluchzte vor sich hin. Immerhin hatte sie aufgehört zu schreien.

»Was ist denn los?« Rica drängte sich durch die übrigen Schüler bis zu Sarah.

»Jemand war in unserem Zimmer«, gab Vanessa zurück. Auch ihre Stimme klang hysterisch, aber sie hatte sich ein bisschen besser unter Kontrolle. Rica richtete ihre Taschenlampe erst auf Sarah und Vanessa, dann auf deren Zimmertür. Es war nichts Auffälliges daran zu erkennen.

»Woher wollt ihr das wissen?«

»Sarah ist in ihn hineingelaufen«, meinte eines der kleineren Mädchen, dessen Namen Rica nicht kannte. Rica spürte, wie es sie kalt durchlief. *Der Psychopath.* Sie versuchte, den Gedanken abzutun, ganz gelang es ihr allerdings nicht.

»Wo ist er hin?«, fragte sie. »Hat er ihr was getan?«

Sarah beruhigte sich weit genug, um mit dem Kopf zu schütteln. »Das Licht war aus, und ich war auf der Treppe«, stieß sie zwischen Schluchzern hervor. »Also bin ich zum Zimmer gelaufen. Ich … ich hab eine Taschenlampe da.« Sie schüttelte sich. »Als ich die Tür aufgemacht hab, war er da. Ein Mann. Ein fremder Mann. Hat mich einfach zur Seite gestoßen.« Wieder fing sie an zu schluchzen.

»Wo ist er hin?«, wiederholte Rica. Sie ließ den Strahl ihrer winzigen Taschenlampe durch den Gang wandern. Der Mann – wenn Sarah ihn denn tatsächlich gesehen hatte – konnte ja nicht weit gekommen sein. Als das Geschrei losging, waren ja sofort die anderen Schüler angekommen. »Und warum hat noch niemand das Licht wieder angemacht?« *Wo zur Hölle steckt Frau Friebe? Sollte sie nicht diejenige sein, die sich um diese Sache kümmert?*

»Ich geh mal nach den Sicherungen sehen.« Saskias Stimme erklang ruhig aus dem Hintergrund.

Rica presste die Lippen kurz aufeinander, brachte dann aber hervor: »Gut, mach das.« Sie selbst trat näher zu Sarah. Seltsam, die andere so vollkommen aufgelöst zu sehen, half ihr selbst, ruhig zu bleiben. »Ist dir was passiert?« Sie legte vorsichtig ihre Hand auf Sarahs Schulter. Die zuckte zusammen, schüttelte aber den Kopf.

»Hab mich nur erschrocken«, murmelte sie. Ihr Schluchzen verstummte allmählich.

»Aber was hat der Kerl in unserem Zimmer gemacht?«, wollte Vanessa wissen. »Wer war das überhaupt?«

Jetzt bloß nicht den Psychopathen erwähnen! Doch in diesem Moment sagte das jüngere Mädchen, das Rica schon zuvor Antwort gegeben hatte: »Das war bestimmt dieser Serienmörder.«

Stille folgte auf ihre Ankündigung. Die Schüler sahen einander entsetzt an. Offensichtlich hatten die meisten die gruselige Geschichte schon wieder vergessen, oder sie hatten sie nicht ernst genommen. Jetzt, in der Dunkelheit auf dem Flur schien das Ganze viel realer zu sein.

»Oh Gott! Wir müssen hier verschwinden«, flüsterte Vanessa.

»Wie denn? Willst du mitten in der Nacht in den Ort hinunterlaufen?«, meinte Torben und sah sich demonstrativ im Flur um. »Wo steckt Frau Friebe?«

»Ich glaube, die schläft«, meinte Jasmin, Simons Freundin, schüchtern.

»Bei dem Krach?« Torben verzog das Gesicht.

»Sie hat eine Schlaftablette genommen«, erwiderte das Mädchen. »Hat gesagt, dass sie das Ganze hier zu sehr aufregt.«

»Na klasse.« Torben drehte sich zu Rica um. »Gibst du mir mal die Taschenlampe? Dann sehe ich im Zimmer nach, ob der Kerl irgendwas angestellt hat.«

Nach kurzem Zögern überreichte Rica Torben die Lampe. Sie selbst sah sich nach Nathan um, doch der war nirgendwo zu sehen. Komisch, dabei war er doch vor ihr aus dem Zimmer gestürmt. Wohin war er wieder verschwunden?

Torben schob die Zimmertür auf und leuchtete mit der kleinen LED herum. »Also, ich kann nichts Außergewöhnliches erkennen«, sagte er, als das Licht wieder anging.

Die plötzliche Helligkeit, als die Glühbirnen in den Lampen aufflammten, blendete Rica für einen Moment. Sie blinzelte, kniff die Augen zu und öffnete sie wieder. Dann warf sie neugierig einen Blick in Sarahs und Vanessas Zimmer. Es sah absolut normal aus. Ordentlich aufgeräumt und sauber. Nicht ein Stück Wäsche lag herum. Auf einem Kopfkissen lag ein Krimi, auf dem anderen ein aufgeschlagenes Tagebuch.

Aufgeschlagen! Rica starrte das Buch an. Kein Mädchen, das sie kannte, ließ ihr Tagebuch offen irgendwo herumliegen. Und tatsächlich, Vanessa drängte sich an ihr vorbei, hechtete auf das Bett zu und riss das Buch an sich.

»Wer war das?«, fragte sie. Sie hielt das Buch fest vor die Brust gepresst, als wolle sie es vor weiterem Schaden bewahren. »Wer hat mein Tagebuch gelesen?«

Fragende Gesichter überall, niemand schien sich angesprochen zu fühlen.

»Wer war das?«, wiederholte Vanessa, und jetzt wurde sie zunehmend hysterisch. Ihre Augen glänzten.

»Rica?« Torben war plötzlich an ihrer Seite und sprach ihr ganz leise ins Ohr. Rica zuckte zusammen. »Ganz ruhig«, meinte er. »Nicht dass hier noch mehr ausflippen. Hast du dir mal deine Hände angesehen? Aber nicht ausrasten, bitte.«

Rica runzelte die Stirn und hob ihre Hände ein Stück, um sie anzusehen.

Trotz Torbens Warnung hätte sie beinah aufgeschrien. Ihre Finger waren rot. *Blut.* Sie erinnerte sich an das klebrige Gefühl in ihrem Rucksack und an ihren Gedanken an die Schokolade.

»Komm besser mit!«, murmelte Torben und packte sie sanft am Arm, während Vanessa fortfuhr, jeden anwesenden

Schüler mit Blicken zu durchbohren. Er führte sie durch die Menge und zog sie ein Stück auf ihr Zimmer zu. Dort erst ließ er sie los. »Was soll das?«, fragte er. Rica sah jetzt, dass seine eigenen Finger auch blutverschmiert waren. Klar. Er hatte die Taschenlampe gehalten.

»Ich … ich weiß nicht. Es war dunkel, als ich die Lampe aus dem Rucksack geholt habe.« Rica starrte das Blut an ihren Fingern an und versuchte, die Übelkeit zu unterdrücken, die in ihr aufstieg. Bilder stiegen vor ihrem inneren Auge auf. Jo, die in einer Lache aus Blut und Rosenblüten lag. Nein. Das hier konnte nicht Jos Blut sein. Das war ein zu verrückter Gedanke.

Reiß dich zusammen, Rica, du tickst hier langsam aus. Dennoch spürte sie, wie ihr Tränen in die Augen stiegen. Es kostete sie riesige Anstrengung, sie wieder hinunterzuschlucken. »Ich habe keine Ahnung, wie das Blut dahingekommen ist«, wiederholte sie.

Torben schenkte ihr einen etwas eigenartigen Blick. »Sehen wir eben mal in deinem Rucksack nach«, schlug er vor.

Sie nickte und führte Torben zu ihrem Zimmer.

Das Licht brannte wieder und zeigte das Chaos, das Rica vor ihrem Bett ausgebreitet hatte, nur zu deutlich. Der Gegensatz zu Sarahs und Vanessas Zimmer war nicht zu übersehen, und ganz gegen ihre Gewohnheit war es Rica ein bisschen peinlich vor Torben. Ihr Rucksack stand vor dem Bett auf dem Boden, und jetzt war auch zu sehen, was ihr in der Dunkelheit vorhin entgangen war. Die Klappe und ein Teil der Klamotten, die obenauf lagen, waren blutverschmiert.

Rica blieb in der Tür stehen und starrte den Rucksack an, als könne er sie im nächsten Moment anspringen und beißen. Wieder stieg das Bild von Jo in ihrem Blut vor Ricas innerem Auge auf. Keine zehn Pferde konnten sie jetzt dazu bringen, zum Rucksack zu gehen und reinzuschauen.

Torben, der hinter ihr stehen geblieben war, gab ihr erst einen aufmunternden Stups in den Rücken, doch als Rica sich nicht rührte, schob er sie sanft, aber bestimmt zur Seite.

»Darf ich nachsehen?«, fragte er, während er sich schon vor dem Rucksack auf den Boden kniete.

Rica nickte steif. Sie brachte kein Wort heraus.

Torben schlug die Klappe vollständig zurück und schob vorsichtig ein paar Klamotten beiseite. Obwohl es angesichts der Situation vollkommen lächerlich war, war Rica doch dankbar dafür, dass sie es wenigstens geschafft hatte, ihre Unterwäsche in den Nachtschrank zu räumen. Alles, was sich jetzt noch im Rucksack befand, waren ein paar T-Shirts und ihre Lieblingsjeans.

Vermutlich ihre ehemalige Lieblingsjeans, korrigierte sie sich in Gedanken gleich darauf, als Torben mit beiden Händen in den Rucksack griff und ein blutverschmiertes Bündel heraus hob.

Es war ein kleiner Hund. Ganz ähnlich dem, den sie bei dem Psychopathen gesehen hatten, irgendeine raufellige Mischung. Nur konnte es nicht das gleiche Tier sein, oder? Der Hund war schon eine ganze Weile tot gewesen, während dieser hier vollkommen verschmiert mit frischem Blut war. Der seltsame Geruch lag nur überdeutlich in der Luft, und Rica musste würgen. *Jo. Immer wieder Jo.* Jemand hatte den kleinen Hund mehr schlecht als recht in ihre Jeans eingewickelt. Die glasigen Augen starrten ausdruckslos an die Decke, als Torben ihn ihr entgegenhielt.

»Ich nehme an, das gehört nicht in deinen Rucksack?«, fragte er leise.

Rica konnte wieder nur mit dem Kopf schütteln.

»Hast du eine Ahnung, wie er hier reingekommen sein könnte? Hat hier jemand was gegen dich?«

Saskia, dachte Rica, aber wieder schüttelte sie den Kopf.

Das hier lag weit von dem entfernt, was sie Saskia zutraute. Außerdem: Wie sollte sie an einen Hund gekommen sein?

»Dann läuft hier jemand rum, der uns böse Streiche spielt«, meinte Torben. Er hielt den Hund immer noch auf seinen ausgestreckten Händen, wie eine Opfergabe, die er gleich einem finsteren Gott darbieten wollte.

Draußen wurden die Stimmen der Schüler wieder lauter. Offensichtlich war Frau Friebe endlich aufgetaucht, und jetzt versuchten alle gleichzeitig, auf sie einzureden. Rica konnte ihre leise, sanfte Stimme über dem ganzen Tumult kaum verstehen.

»Wir sollten das da schnell wegbringen«, murmelte sie. Ihr Mund war so trocken, dass die Worte auf der Zunge wehzutun schienen. Sie konnte den Blick nicht von dem kleinen Bündel losreißen. Der dunkle Pelz, die toten Augen, der fürchterliche Schnitt am Hals … Sie hätte schwören können, dass es der gleiche kleine Hund war wie vor ein paar Tagen, aber das *konnte* nicht sein. Es war eben nur ein ähnlicher Hund, und doch war es ihr vollkommen klar, was das bedeutete. *Er erinnert sich an mich. Er weiß, dass wir ihm seine Geschichte nicht abgekauft haben, und nun will er mir zeigen, dass er weiß, welches mein Zimmer ist. Er hätte genauso gut »Du bist die Nächste« an meine Zimmertür schreiben können.*

Torben schenkte ihr wieder einen langen, nachdenklichen Blick. »Bist du sicher? Wir könnten das hier auch Frau Friebe zeigen, und – «

»Die bekommt doch schon jetzt nichts auf die Reihe.« Plötzlich schlug die Angst in Rica in Wut um. »Die ist zu überhaupt nichts gut. Wenn wir wollen, dass hier etwas passiert, muss sich jemand von uns um die Dinge kümmern.«

Torben zeigte den Anflug eines Lächelns. »Schön, dass du es auch so siehst.«

»Also, bringst du das Ding nun weg, oder nicht? Ich packe

es jedenfalls nicht noch mal an.« Rica starrte kurz auf ihre Hände. Das Blut daran begann zu trocknen, aber die Farbe war noch immer leuchtend. Musste das so sein? Sollte es nicht eigentlich braun werden? Ihr Hirn suchte verzweifelt nach irgendetwas Logischem, an dem es sich festhalten konnte.

»Okay, ist ja gut. Aber danach sollten wir uns dringend unterhalten.« Torben stand auf und wickelte gleichzeitig Ricas Jeans noch fester um das Bündel, bis nichts mehr von dem Tier zu sehen war. »Von allen hier bist du noch diejenige, von der ich glaube – «

Doch Rica wollte ihn nicht aussprechen lassen. Sie wollte sich nicht mehr besprechen. Sie wollte keine Verantwortung übernehmen. Sie wollte nicht, dass Torben sie für fähig hielt. Sie wollte einfach nur ihre Ruhe haben. Und von hier fort. Mehr denn je.

»Bring ihn weg!«, fuhr sie Torben an. »Verschwindet. Alle beide!«

Enttäuschung flackerte über Torbens Züge, doch er nickte, drehte sich um und verließ das Zimmer, ohne ein weiteres Wort zu sagen. Im gleichen Moment, in dem die Zimmertür hinter ihm zuschlug, schoss Rica zum Waschbecken und drehte den Wasserhahn auf. Kühles Wasser strömte über ihre Finger. Rica schnappte sich die Seife und begann, ihre Hände zu schrubben, bis sie ganz rot waren und vor Kälte schmerzten. Selbst unter den Fingernägeln kratzte sie, bis keine Spur von Hundeblut mehr zu sehen war. Die ganze Zeit über kämpfte sie gegen die Übelkeit an, die in ihr aufsteigen wollte. Draußen legte sich der Tumult allmählich, aber Rica achtete überhaupt nicht mehr darauf. Sie ließ sich rücklings auf ihr Bett fallen, verschränkte die Arme hinter dem Kopf und starrte an die Decke. Auch als Eliza völlig übermüdet ins Zimmer zurückgetaumelt kam und ins Bett fiel, reagierte Rica nicht. In ihrem Kopf überschlugen sich die Gedanken.

Dir werde ich's zeigen, du verfluchter Mistkerl! Gleichzeitig hatte sie eine Heidenangst. Und eiskalt war ihr. So kalt, als würde sie nie wieder warm werden.

Erst, als Nathan herein kam, schien etwas in Rica wieder aufzutauen. Sie wandte den Kopf zur Tür und versuchte ein schwaches Lächeln, als er sich neben sie auf die Bettkante setzte.

»Torben hat mir erzählt, was passiert ist«, meinte Nathan leise. »Bist du okay?«

Zu ihrer eigenen Überraschung brach Rica in Tränen aus. Schluchzend warf sie sich in Nathans Arme. »Kannst du heute Nacht hierbleiben?«, brachte sie undeutlich hervor und war unendlich erleichtert, als er nickte.

Kapitel zwölf

Abgeschnitten

Es war eine schlimme Nacht. Rica wäre am liebsten einfach weggelaufen, aber das war auch keine Lösung. Der Kerl wusste, in welchem Zimmer sie schlief, sicher hatte er inzwischen auch ihren Namen und ihre Adresse herausgefunden. War es nicht so, dass Serienmörder ihr Opfer verfolgten und nicht wieder aus den Augen ließen?

Rica wälzte sich von einer Seite auf die andere. Das Haus schien auf einmal nur noch aus Geräuschen zu bestehen, jedes Knarren von Holz, jedes Quietschen einer Bohle, jedes Rascheln von Mäusen unter dem Dach ließ Rica hochschrecken. Jedes Mal, wenn das passierte, beugte sie sich über die Bettkante herunter und sah nach, ob Nathan noch da war. Er hatte sich seine Matratze aus dem Zimmer hierhergeschleppt und sich ein Lager zwischen Elizas und Ricas Gepäck bereitet. Rica beneidete ihn um seinen festen Schlaf, jedenfalls bis sie zum sechsten Mal aufwachte und über die Kante nach unten spähte.

»Kannst du nicht mal Ruhe geben?«, murmelte Nathan, offensichtlich im Halbschlaf. »Wenn hier jemand reinkommt, dann fällt er erst mal über mich. Und ich beiße ihn dann ins Bein.«

Rica musste ein Kichern unterdrücken und zog sich ins Bett zurück. Danach verzichtete sie darauf, jedes Mal nach Nathan zu schauen, wenn sie aufwachte, aber aus Gründen, die sie selbst nicht richtig verstand, schlief sie nun besser. Vielleicht hatte die Müdigkeit sie endlich eingeholt.

Nach dieser langen Nacht schien der Tag gar nicht so recht kommen zu wollen. Während Rica die Augen aufschlug, meinte sie erst, ihr Wecker müsste sich irren, als er neun Uhr anzeigte. Das Licht, das durchs Fenster fiel, war so trüb, dass sie kaum mehr als diese Leuchtziffern erkennen konnte. Sie setzte sich auf, schwang die Beine aus dem Bett und dachte gerade noch rechtzeitig daran, Nathan auszuweichen. *Der würde sich bedanken, wenn ich einfach auf ihn trete.* Auf bloßen Füßen tappte sie zum Fenster. Sie bereute es sofort. Erstens war der Fußboden eiskalt, sodass ihr fast die Zehen abfroren, und zweitens konnte sie draußen das sehen, was sie bereits befürchtet hatte: Schneewehen. Mannshoch und höher, so hoch, dass die Fenster des Aufenthaltsraums unten nicht mehr zu sehen waren. Der verschlungene Weg, die Straße in der Ferne, die eindrucksvolle Berglandschaft – alles war im Weiß verschwunden. Dicke, graue Wolken hingen so tief über den Bergen, dass Rica den Eindruck hatte, sie müsste nur die Hand danach ausstrecken, um sie berühren zu können. Und noch immer fiel Schnee, still, sanft und unerbittlich.

»Fuck.«

Rica hatte es nur gemurmelt, aber offensichtlich reichte das, um Nathan zu wecken. Er stöhnte, wälzte sich auf die Seite und kam langsam auf die Füße. Er taumelte neben Rica ans Fenster und starrte ungläubig in den Schnee hinaus.

»Ich hasse diesen Scheißschnee«, meinte er dann und ließ sich wieder auf seine Matratze fallen.

»Was machen wir jetzt?«, wollte Rica wissen, während sie zum Bett zurücktapste. »Da kommt doch nie jemand zu uns durch.«

Nathan zuckte mit den Schultern und wickelte sich seine Bettdecke um die Füße. »Ach doch, wenn die erst mal ein

Schneemobil haben oder so. Außerdem taut das bestimmt in ein paar Tagen wieder weg.«

Rica verzog das Gesicht. »Du musst nicht versuchen, mich zu beruhigen. Ich bin ein großes Mädchen.«

Nathan zuckte wieder mit den Schultern. »Also gut. Wir werden alle hier sterben. Ist das besser?«

Rica grinste flüchtig, obwohl ihr überhaupt nicht danach war.

»Wenn ihr beide schon die ganze Nacht keine Ruhe gebt, könntet ihr dann jetzt wenigstens still sein?«, maulte Eliza aus ihrem Bett herüber. Sie lag noch immer komplett zugedeckt da und hatte den Kopf in ihrem Kissen vergraben.

Rica bekam sofort ein schlechtes Gewissen. »Bist du okay?«

»Ich bin scheißmüde und hab Kopfschmerzen«, kam die prompte Antwort. »Könnt ihr euch nicht verziehen?«

Nathan und Rica warfen sich einen raschen Blick zu.

»Okay, wir gehen.« Sie sah noch einmal zu Eliza zurück, aber die rührte sich nicht.

Der Aufenthaltsraum war stockfinster. Rica kam sich vor, als würden sie über die Treppe in eine Höhle hinunterstei-gen, jeden Augenblick konnten Tropfsteine auftauchen. Der allgemeine Zustand des Zimmers machte diesen Eindruck nicht besser. Offensichtlich hatte nach der Schlägerei gestern hier niemand mehr aufgeräumt, es lagen immer noch umgestoßene Bänke und Stühle herum, zerbrochenes Geschirr und verloren gegangene Kleidungsstücke. Spielkarten waren dazwischen verteilt wie überdimensional großes Konfetti. Rica suchte sich ihren Weg durch Scherben und Müll bis zum Kamin, nur um dort nichts als kalte Asche vorzufinden. Das letzte bisschen Glut war über Nacht erloschen, weil sich niemand darum gekümmert hatte, abends noch Holz nachzulegen.

»Hier geht alles vor die Hunde«, meinte Nathan. »Komm, Rica, aufräumen!«

»Warum?«, protestierte sie. »Ich hab den Dreck nicht gemacht. Also zumindest nicht allein.«

»Weil es jemand machen muss und außer uns keiner hier ist. Und was meinst du, wie die Stimmung nach letzter Nacht ist, wenn die Ersten hier reinkommen und das Zimmer so vorfinden.«

»Wenn du mich fragst, sollten wir erst mal den Schnee vor den Fenstern wegräumen, das würde das Zimmer gleich viel heller und freundlicher machen«, ätzte Rica, aber sie musste zugeben, dass Nathan recht hatte. Wenig motiviert begann sie, die Bänke wieder aufzurichten, während Nathan in der Küche nach einem Besen suchte.

Tatsächlich merkte Rica, dass Nathans Idee gar nicht so schlecht war. Die körperliche Arbeit tat ihr gut und lenkte sie von ihren finsteren Gedanken ab. Es fiel schwer, an Serienmörder zu denken, wenn man den Dreck von einer ganzen Horde Wilder aufräumen musste.

Bestimmt eine halbe Stunde lang arbeiteten sie schweigend, Rica richtete Möbel, räumte Tische ab und sammelte die Sachen ein, die noch zu retten waren. Nathan fegte, putzte und kümmerte sich um den Müll. Etwa zehn Minuten nachdem sie angefangen hatten, gesellten sich Jasmin und ein weiteres junges Mädchen zu ihnen und halfen mit, ohne ein Wort zu verlieren.

Gemeinsam schafften sie es, das Chaos halbwegs zu beseitigen, und standen danach einträchtig schweigend nebeneinander. Es war der erste Moment, in dem Rica so etwas wie Zuneigung zu den Avenir-Schülern empfand.

»Was jetzt?«, meinte Nathan, und Rica war erstaunt zu sehen, dass er offensichtlich die beiden Jüngeren in die Frage miteinbezog.

»Frühstück?«, schlug Jasmin vorsichtig vor. »Wer hat denn Küchendienst?«

»Keine Ahnung«, erwiderte Rica. »Ich glaube, der Plan ist mit Herrn Röhling ins Krankenhaus gefahren.«

»Ich mach schon«, meinte das zweite Mädchen. »Irgendwer muss ja dafür sorgen, dass hier was läuft.« Sie drehte sich um und marschierte in Richtung Küche.

»Sie hat aber nicht gerade ein kleines Ego, was?«, meinte Rica.

Jasmin verzog das Gesicht. »Sie hat doch recht, oder? Ich meine, ihr seid ja okay, aber die meisten von dieser Nathan-Schule sind doch totale Versager.«

Rica überlegte, ob sie sauer sein sollte, doch Jasmin hatte sich bereits umgedreht und Richtung Küche aufgemacht.

»Vergiss sie«, riet Nathan. »Sag mir lieber, was du vorhast.«

Rica kratzte sich am Kopf und ließ sich auf eine der Bänke fallen. »Genau weiß ich das auch noch nicht«, gab sie zu, »aber ich werde nicht mehr einfach hier rumsitzen und darauf warten, dass dieser Killer hier einen nach dem anderen umbringt.«

Nathan hob fragend die Augenbrauen. »Ist doch gar nicht gesagt, dass er das wirklich will.«

»Warum sonst war er gestern in den Zimmern?«

»Um uns Angst zu machen«, erwiderte Nathan wie aus der Pistole geschossen. »Als Sarah dieses Geschrei veranstaltet hat, bin ich gleich hier runter, um zu sehen, ob man den Kerl noch einholen kann. Ich habe gerade noch gesehen, wie er zur Tür raus ist und den Hang hinauf. Es sah nicht so aus, als hätte er eine Waffe bei sich.«

»Das heißt doch gar nichts.« Rica schauderte bei dem Gedanken an den Mann, gleichzeitig bewunderte sie Nathans Mut. »Serienmörder brauchen ja wohl nicht immer eine Waffe.«

»Aber beim letzten Mal hatte er ein Messer.«

»Vielleicht hat er es ja irgendwo in seiner Jacke versteckt oder so etwas.« Allmählich wurde Rica ärgerlich. Wollte Nathan denn die Gefahr nicht sehen?

»*Ich* würde nicht mit so einem mordsmäßig großen Messer in der Jacke rennen«, widersprach Nathan. Dann seufzte er. »Okay, ich gebe zu, meine Argumente sind nicht so einleuchtend. Dann nenne es eben einfach ein Gefühl. Ich glaube nicht, dass jemand uns wirklich an den Kragen will.«

»Ein Gefühl.« Rica verzog das Gesicht. »Ich dachte, nur Frauen haben so unbestimmte Gefühle.« Sie seufzte ebenfalls. »Okay. Nehmen wir an, er will uns einfach nur Angst einjagen. Gibt es einen Grund, warum er das tun sollte? Und fang jetzt nicht wieder mit deiner Verschwörung an!«

»Dann kann ich ja gar nichts mehr sagen!«, protestierte Nathan. »Egal. Ich habe gesehen, wohin er gelaufen ist. Wollen wir uns heute umsehen, ob wir vielleicht seinen Unterschlupf finden?«

Rica schauderte wieder bei dem Gedanken, nickte aber. Vielleicht hatte Nathan ja recht. Hatte sie sich nicht selbst heute Nacht geschworen, dass sie endlich etwas unternehmen wollte?

Jasmin und das andere Mädchen kamen aus der Küche und brachten Kannen voller dampfend heißer Schokolade mit, während ganz allmählich die übrigen Schüler von oben eintrudelten. Frau Friebe machte sich mal wieder rar, und so fingen sie einfach selbst an, Tagespläne zu schmieden.

»Wenn sie sich nicht um uns kümmert, müssen wir das halt selbst machen«, meinte Sarah, die den Schrecken von gestern Nacht einigermaßen überstanden zu haben schien. »Sollen wir versuchen, ob wir ins Dorf hinunterkommen?«

Sofort brach ein mittlerer Streit darüber aus, was zu tun sei. Die meisten hielten es für zu gefährlich, den Abstieg ins

Dorf zu wagen, doch eine kleine Gruppe, die sich um Sarah geschart hatte, hielt eisern an der Idee fest. »Wir müssen doch Bescheid sagen. Damit jemand den Weg zu uns räumt«, sagte Sarah immer wieder.

»Herr Muhlmann wird schon Bescheid geben«, wiederholte Torben mindestens genauso oft. »Immerhin ist er im Dorf unten, *und* er weiß, dass wir hier oben sind.«

»Wann haben die schon mal irgendwelche tollen Einfälle gehabt?«, gab Sarah zurück. »Alles, was sie gemacht haben, ist, uns auf die Piste zu schicken. Möchte wissen, wer die als Betreuer eingestellt hat.«

»Womit sie gar nicht so unrecht hat«, murmelte Nathan Rica ins Ohr. »Komm, lass uns aufbrechen. Das hier dauert noch eine Weile.«

Rica, die den Streit einigermaßen gespannt verfolgt hatte, verzog enttäuscht das Gesicht. Insgeheim hatte sie gehofft, dass Nathan seinen Plan vergessen würde. Sie selbst wäre gern mit Sarah und den anderen in den Ort gegangen. Nicht unbedingt, um ein Schneemobil »anzufordern«, wie Sarah es ausdrückte, aber zumindest, um außer Reichweite dieses Verrückten zu sein.

»Ich hole Eliza«, meinte Rica und stand vom Tisch auf. »Sie muss noch oben im Bett sein. Ich hoffe, sie ist wieder einigermaßen okay.«

* * *

Ihr Kopf schmerzte höllisch, und inzwischen war sie nicht mehr sicher, ob das nur auf die Schlägerei von gestern zurückzuführen war. Als Eliza in den Spiegel über dem kleinen Waschbecken sah, starrte ihr ein Gespenst mit weißem Gesicht und dicken schwarzen Augenringen entgegen. Sie sah schrecklich aus. Und so fühlte sie sich auch.

Von unten drangen erregte Stimmen an ihr Ohr, und Eliza verdrehte die Augen. *Streiten die schon wieder?* In diesem Urlaub gab es nichts als Streit und Schmerz und Angst. Eliza suchte ihr Schminkzeug heraus, und begann, aus sich wieder einen einigermaßen ansehnlichen Menschen zu machen. *Nathan darf mich nicht so sehen.* Sie versuchte, den Gedanken abzuschütteln, aber das ging nicht. Es war, als habe sich Nathan in ihrem Kopf eingenistet und dort Wurzeln geschlagen. Wenn Eliza die Augen schloss, sah sie sein Gesicht vor sich, das Rica nun gar nicht mehr ähnlich zu sehen schien. Nein, wenn man genau hinsah, dann erkannte man alle möglichen Züge, die sich von Rica unterschieden. Seine Nase war länger. Das Haar ein bisschen heller. Die Augen größer.

Es klopfte. Eliza ließ vor Überraschung ihren Lidschatten ins Waschbecken fallen und drehte sich halb zur Tür um. Ihr Herz raste wie nach einem Dauerlauf, und sie konnte sich nur schwer von der Vorstellung befreien, dass da bestimmt Nathan vor der Tür stand.

Nur weil du gerade die ganze Zeit an ihn gedacht hast? Klar, Eliza, träum weiter!

Wieder klopfte es, und erst jetzt wurde Eliza bewusst, dass da jemand auf eine Antwort wartete. »Ja?«, brachte sie mit ein wenig zittriger Stimme hervor.

Die Tür schwang auf und enthüllte nicht Nathan, sondern Robin, der mit betretenem Gesicht im Flur stand und nach den richtigen Worten suchte.

»Rica ist nicht hier«, sagte Eliza unfreundlicher, als es nötig gewesen wäre.

»Ich weiß. Sie ist unten. Mit ... Nathan«, meinte Robin und trat verlegen von einem Fuß auf den anderen. »Ich wollte mit dir sprechen.«

»Mit mir? Warum?«

»Rica hört mir ja nicht zu.«

»Vielleicht hast du es noch nicht richtig versucht.« Doch Eliza gelang der vorwurfsvolle Tonfall nicht ganz. Sie kannte Ricas Sturkopf, und hatte sie ihr nicht selbst dazu geraten, mal mit Robin zu sprechen? »Komm rein!«, sagte sie und ging selbst mit weichen Knien zu ihrem Bett hinüber. Ihr Kopf hämmerte immer noch fürchterlich.

»Geht's dir nicht gut?« Robin blieb verlegen vor dem Bett stehen und schien nicht recht zu wissen, was er machen sollte.

»Kopfweh«, gab Eliza zurück. »Was gibt es jetzt?«

»Ich kann dir eine Paracetamol holen, wenn du möchtest.« Robin war schon wieder auf halbem Weg zur Tür, doch Eliza schüttelte den Kopf. Sofort fühlte es sich so an, als ob eine mittlere Blaskapelle durch das Zimmer marschiert wäre und ihr Musik direkt in die Ohren getutet hätte.

»Du lenkst ab«, meinte sie. »Was ist los?«

»Ich möchte, dass du mit Rica sprichst. Für mich. Also, dass du ihr ein paar Sachen erklärst.« Robin stammelte herum und ließ seinen Blick so verzweifelt durchs Zimmer wandern, als suche er etwas, woran er sich festhalten konnte. »Ich habe ... Ich weiß ... Ich hab euch nicht alles erzählt, musst du wissen.«

»Du hast ihr nichts von Saskia erzählt«, gab Eliza zurück. »Meinst du das?«

Robin schüttelte den Kopf. »Nein ... Nein, nicht nur. Ach, verdammt, ich weiß nicht, wie ich das ausdrücken soll. Du weißt doch, dass ich einen Bruder habe, oder?«

»Bisher war mir das nicht bekannt.« Eliza runzelte die Stirn.

»Habe ich jedenfalls«, sagte Robin. »Die Sache ist die – «

Die Tür wurde aufgestoßen. »Nathan und ich wollen los, um – « Rica hielt mitten im Satz inne und schenkte Robin einen finsteren Blick. »Was machst du denn hier? Das ist ein Mädchenzimmer.«

Robin warf einen bezeichnenden Blick auf Nathans Matratzenlager, drehte sich dann aber schweigend um und marschierte aus dem Zimmer.

»Er wollte mir gerade etwas erklären«, protestierte Eliza,

jedoch nur schwach, weil inzwischen auch ihr Hals angefangen hatte wehzutun.

»Ach ja? Wie er und diese Schlampe zu einem Kind kommen?« Rica war unerbittlich. »Egal. Nathan und ich wollen losziehen und den Unterschlupf des Serienmörders suchen. Kommst du mit?«

Was ist das jetzt wieder für ein Unsinn? Die Worte lagen Eliza auf der Zunge, aber sie sprach sie nicht aus. *Nathan ist dabei. Und ich muss doch aufpassen, dass die beiden sich nicht in Schwierigkeiten bringen. Das können sie nämlich außerordentlich gut.*

Und obwohl ihr Kopf und Hals immer noch höllisch schmerzten, nickte Eliza.

* * *

Ricas Laune war schon vorher nicht besonders gut gewesen, aber nach Robins Auftauchen war sie endgültig im Keller. Eliza war offensichtlich verstimmt, als sie gemeinsam die Treppe hinuntergingen, und warf Rica immer wieder finstere Blicke zu, aber Rica wollte nicht reden. Nicht über Robin. Frau Friebe war inzwischen im Aufenthaltsraum angekommen und versuchte, gegen die allgemeine Unruhe anzureden. Rica und Eliza gingen direkt zu den Kleiderhaken. Ricas Skijacke hing dort, als wäre sie nie fort gewesen, aber auch das nahm sie einfach nur zur Kenntnis. Schweigend begannen die drei, sich anzuziehen.

»Und wohin wollt ihr jetzt, bitte schön?« Frau Friebes Stimme war erstaunlich laut geworden.

»Raus«, meinte Nathan knapp.

»Wir wollen ein bisschen frische Luft schnappen.« Eliza klang verschnupft, und jetzt bemerkte Rica auch, dass ihre Wangen glühten.

»Bist du sicher, dass du mitkommen willst? Du siehst nicht gesund aus«, flüsterte Rica.

Eliza verzog das Gesicht. »Ich komme mit. Geht schon.«

»Wir wollten gerade planen, was heute zu tun ist«, meinte Frau Friebe. Jetzt klang sie schon gar nicht mehr so entschlossen, sondern einfach nur noch unsicher.

»Sie können uns ja in Kenntnis setzen, wenn wir zurückkommen«, erwiderte Nathan und streifte seine Handschuhe über.

Rica versuchte es mit einem entschuldigenden Lächeln. Die Frau tat ihr einfach nur leid. »Wir sind nicht lange weg. Einfach nur ein bisschen die Beine vertreten. Mal hier rauskommen. Sie wissen schon.«

»Aber der Schnee – «

»Wir gehen nicht weit«, unterbrach Nathan. Im gleichen Moment öffnete er die Tür und schob Rica vor sich her. »Bald wieder da.«

Rica konnte sich Frau Friebes verzweifeltes Gesicht nur vorstellen, als sie in die Kälte hinausstolperten.

Kaum dass sie ein paar Schritte weit gegangen waren, wurde Rica bewusst, welches Glück sie gehabt hatten. In den letzten Tagen war immer einer von ihnen zum Schneeräumen vor der Eingangstür verdonnert worden, und das hatte sie davor bewahrt, vollkommen eingeschneit zu werden. In jedem anderen Fall hätten sie die Tür vermutlich überhaupt nicht mehr aufbekommen. Schon ein paar Schritte von der Tür entfernt wurden die Wehen so hoch, dass sie Rica bis über die Hüfte reichten.

»Da kommen wir nie durch«, sagte sie missmutig. »Das mit dem Spurensuchen können wir knicken.«

»Ich bin mir sicher, ein Stück vom Haus entfernt wird es besser«, entgegnete Nathan. »Wenn der Wind kein Hindernis hat, um solche Wehen aufzutürmen.«

Eliza schniefte. »Wir könnten die Skier nehmen«, schlug sie vor. »Die Langlaufskier. Damit müsste es eigentlich gehen. Immer noch schwer, aber vielleicht besser als so.«

»Ich hab das noch nie gemacht«, protestierte Rica.

»Ist nicht so schwer.« Eliza klang ungeduldig. »Willst du nun den Kerl verfolgen, oder nicht?«

Rica spürte einen Streit in der Luft. Am liebsten hätte sie Eliza angeschrien oder wäre einfach umgekehrt und zum Haus zurückgegangen, sie war sich allerdings auch bewusst, dass der Knoten in ihrem Hals und der Stein in ihrem Magen nichts mit Eliza zu tun hatten. *Robin. Verdammt!* Rica unterdrückte ihren Ärger und nickte. »Meinetwegen.«

Tatsächlich war es immer noch furchtbar anstrengend, aber immerhin besser, als durch den Tiefschnee zu stapfen. Nathan ging voran und bahnte den Weg, Eliza folgte ihm, und Rica bildete das Schlusslicht, damit sie wenigstens eine einigermaßen ebene Strecke hatte. Trotzdem kam es ihr so vor, als bewegten sie sich in Zeitlupe voran, und schon nach kurzer Zeit begannen ihre Gelenke zu schmerzen, und ihr Atem ging schwer. Dazu kam noch die Kälte. Die Luft brannte regelrecht, wenn sie sie einatmete, und trotz ihrer Handschuhe fühlten sich ihre Finger schon nach kürzester Zeit taub an. Ihre Augen tränten, und manchmal fiel es ihr schwer, Eliza direkt vor sich zu erkennen. Der dicke Neuschnee war pappig, klebte wie die Hölle an den Skiern fest und ließ sich einfach nicht abstreifen. Rica hatte das Gefühl, gleich mehrere Kilo in Schneeklumpen mit sich herumzuschleppen. *Nie, nie wieder Skiurlaub,* schwor sie sich. *Wenn ich es mir einmal leisten kann, fliege ich jeden Winter in die Karibik und lege mich an den Strand.*

Es dauerte gefühlt Stunden, bis sie den Waldrand erreichten. Hier begann das Gelände steiler anzusteigen, und Nathan hielt inne, um sich einen Überblick zu verschaffen. Rica stoppte neben Eliza und starrte ebenfalls den Hang hinauf. »Da komme ich nie hoch«, meinte sie. Sie wollte eigentlich nicht so verzagt klingen, aber genau so fühlte sie sich im Moment. Sie hatte keine Ahnung, wie sie mit Skiern an den

Füßen so einen Hang bezwingen sollte. Da rutschte man doch sicher immer wieder runter.

Nathan sah vom Hang zu Rica und dann wieder zurück. »Okay«, sagte er dann. »Im Wald ist es sicher nicht so schlimm mit dem Schnee, das schaffen wir auch ohne Skier. Wir können sie ja einfach hierlassen.«

Eliza sah nicht begeistert aus. »Ich hoffe, ihr beiden wisst überhaupt, wo ihr hinwollt.«

Rica und Nathan warfen sich einen Blick zu. »Ungefähr«, erwiderte Rica ausweichend. »Wir haben den Kerl dort oben im Wald getroffen, und ich weiß auch noch, in welche Richtung er gegangen ist.«

Eliza verdrehte die Augen, sagte aber nichts dazu. Ihre Wangen waren jetzt noch stärker gerötet, und trotz der Kälte und obwohl sie die beste Langläuferin der Gruppe war, standen ihr Schweißperlen auf der Stirn.

Also schnallten sie schweigend die Skier ab, lehnten sie gegen einen dicken Baum und machten sich an den langen Anstieg. Obwohl Rica es nicht für möglich gehalten hätte: Es war noch schlimmer als beim letzten Mal. Der Schnee lag so hoch, dass jeder Schritt unnötig anstrengend war, er klebte an ihren Stiefeln und versuchte, sie festzuhalten. Dazu kam noch, dass sich aus den Bäumen über ihnen ständig dicke Schneeplatten lösten und herabstürzten – vorzugsweise direkt auf ihre Köpfe oder zumindest in ihren Weg. Und Eliza kam überhaupt nicht gut mit. Sie ging inzwischen am Ende ihrer kleinen Gruppe, hatte den Kopf gesenkt und atmete schwer. Rica begann, sich ernsthaft Sorgen zu machen, doch ein Blick in Elizas Gesicht genügte, um zu wissen, dass sie jede Hilfe und jedes Mitleid ablehnen würde.

Unter den Bäumen war es so dämmrig, als wäre bereits wieder Abend. Obwohl hier der Schnee nicht ganz so hoch lag wie am Haus, reichte es dennoch, um die Landschaft vollkommen zu verfälschen. Alles hatte sich in weiche, weiße Hügel und dunkle, senkrechte Linien verwandelt.

Rica hätte die Stelle, an der sie dem Mann begegnet waren, sicher nicht wiedererkannt, wären da nicht die Spuren gewesen. Eine Reihe Fußstapfen und Skispuren kreuzten ihren Weg und verloren sich linker Hand zwischen dicht stehenden Tannenschößlingen. Viele der Abdrücke waren zugeschneit und nur noch als undeutliche Mulden im Schnee auszumachen, doch es gab auch eine ganze Reihe frischer Spuren.

»Wie oft läuft er hier hin und her?«, wollte Rica wissen. »Das ist ja gruselig.«

»Das heißt aber auch, dass er wirklich hier irgendwo einen Unterschlupf hat«, meinte Nathan. »Wir sind auf der richtigen Spur.«

»Ja, und wenn wir da sind, wird er uns sein Messer in den Bauch rammen und uns skalpieren oder so etwas«, murmelte Rica.

»Ach was«, widersprach Nathan. »Ich sage dir doch: Der soll uns nur Angst machen. Der tut uns nichts.«

»Der will nur spielen, was?« Rica verzog das Gesicht. »Okay. Wir gehen da lang. Aber nicht weit. Ich hab die Nase voll von diesem Räuber-und-Gendarm-Spiel.«

Eliza sagte weiterhin nichts, sie sah müde und abgekämpft aus, und ihr Blick hatte keinen richtigen Fokus. Rica überlegte noch einmal, ob sie Eliza ansprechen sollte, ließ es aber bleiben. *Sie muss schon selbst auf sich Acht geben.*

Den Fußspuren zu folgen, erwies sich als viel einfacher als der Weg durch den Wald. Der Schnee war hier so niedergetrampelt, dass auch der ganze Neuschnee ihm nichts hatte anhaben können. Ihr Weg führte sie stetig weiter bergan, schlängelte sich zwischen jungen Schonungen und dichtem, schneebedecktem Brombeergestrüpp hindurch, vorbei an einem Hochstand, und weiter aufwärts. *Wir werden noch auf einem der Gipfel landen,* dachte Rica und sah sich wieder besorgt nach Eliza um. Doch die gab keine Klage von sich, sondern stapfte nur stetig weiter, völlig in den Rhythmus ihrer Schritte versunken.

Plötzlich wichen die Bäume rechts und links von ihnen zurück und gaben den Blick auf eine weite, offene Fläche frei, die stetig weiter anstieg. Der Schnee war hier so frisch und weiß, dass Ricas Augen zu tränen begannen. Die Fußspuren führten geradewegs über die freie Fläche auf etwas zu, das auf den ersten Blick wie ein unförmiger Hügel aussah. Aber als Ricas Augen sich ein wenig an die blendende Helle gewöhnt hatten, konnte sie am Fuß dieses kleinen Hügels einen dunklen Fleck ausmachen, der verdächtig wie eine Tür aussah.

»Ein Unterstand.« Zum ersten Mal seit Langem meldete sich Eliza wieder zu Wort. Sie starrte über die Fläche auf den Hügel, und ihre Stimme klang fast ein wenig hoffnungsvoll.

»Das ist mehr als ein einfacher Unterstand«, meinte Nathan. »Wenn er sich hier vor dieser Scheißkälte verkriecht, muss das schon eine echte Luxusunterkunft sein. Vor allem, wenn er sich wirklich schon seit Wochen hier herumtreiben sollte.«

In seiner Stimme lag so viel Zweifel, dass Rica ihn fragend ansah. »Ich glaube immer noch, dass ihn irgendjemand nur unsertwegen hierhergeschickt hat«, erklärte er. »Und dass er kein Psychopath ist.«

»Und was machen wir jetzt?«, wollte Eliza wissen. Sie starrte immer noch sehnsuchtsvoll in Richtung des Unterstands. »Ich meine, wenn er da ist und wir einfach über diese freie Fläche spazieren, dann sieht er uns doch sofort.«

Rica blickte ebenfalls auf den Unterstand. Aus dem Schnee ragte ein kurzes, dickes Rohr, über das sie sich erst einmal ein wenig den Kopf zerbrach, bis sie auf seine Funktion kam. »Ein

Schornstein«, sagte sie. »Er raucht nicht. Meint ihr nicht, dass er in seiner Hütte Feuer machen würde, wenn er da wäre.«

Nathan runzelte die Stirn. »Also für besonders sicher halte ich diese Annahme – « Aber Rica ließ ihn nicht zu Ende sprechen. Kurz entschlossen trat sie auf die Schneefläche hinaus. Sie hatte es satt, hier herumzustehen, und vor allem hatte sie es satt, wie ein Schäfchen hinter Nathan her zu laufen und sich seiner Führung zu überlassen.

Einen Augenblick lang erwartete sie beinah, einen Schuss zu hören, oder eine Sirene, die ihre Annährung ankündigte, irgendetwas. Doch nichts passierte, der Unterstand lag still und unschuldig da. Also gab sie sich einen Ruck und marschierte los, so schnell es der Schnee zuließ. Jetzt, wo sie einmal hier war und diesen Unterschlupf gesehen hatte, war ihre Angst auf einmal wie weggeblasen. Sie war sich fast sicher, dass Nathan recht hatte. Welcher Serienmörder baute sich schon so eine Unterkunft, nur in der Hoffnung, dass bald Opfer für ihn in der Nähe auftauchen würden?

Sie achtete nicht darauf, ob die anderen ihr folgten, aber schon bald hörte sie den Schnee hinter sich knirschen und konnte sich einer gewissen Erleichterung nicht erwehren. Sie war nicht allein. Sie hatte Freunde. Was auch passieren sollte, sie würden es zusammen durchstehen.

Der Weg zum Unterstand war kürzer, als es vom Wald aus den Anschein gehabt hatte, und ziemlich gut geräumt. Je weiter sie kamen, desto seltsamer kam Rica die Sache vor. Das hier war alles viel zu korrekt. Als wäre ein Stadtplaner oder ein Architekt am Werk gewesen.

Der Unterschlupf erwies sich als so etwas wie ein Bunker, vielleicht tatsächlich ein Überbleibsel aus irgendeinem Krieg, das dann umgebaut worden war. Eine Betonwand mit einer massiv aussehenden Metalltür erhob sich vor ihnen aus einer Schneewehe, darüber türmte sich der Schnee auf einem halbrunden Dach, aus dem der Schornstein ragte. Sonst war von dem Gebäude nicht viel zu sehen, offensichtlich war ein guter Teil davon in den Hang hineingebaut. Fenster gab es keine, aber über der Tür war das unverwechselbare »Auge« einer Kamera zu erkennen. Rica starrte entsetzt hinauf.

»Wir versuchen reinzukommen«, meinte Nathan, der ihrem Blick gefolgt war. »Bestimmt werden die Aufnahmen drinnen aufgezeichnet, vielleicht können wir sie löschen.«

»Du glaubst doch selbst nicht, dass wir da einfach so reinspazieren können«, erwiderte Rica, doch noch bevor sie den Satz ganz zu Ende gesprochen hatte, hatte Eliza sich schon an ihr vorbeigedrängt und eine Hand auf die Klinke gelegt. Lautlos schwang die Tür auf und gab den Blick in einen dämmrigen Innenraum frei.

Rica blinzelte verwirrt, doch Eliza wartete gar keine Reaktion ab, sondern trat einfach ins Innere. *Jetzt ist auch alles egal,* dachte Rica und folgte ihr.

Dunkel. Das war ihr erster Eindruck. Dunkel und bedrückend. Muffige Luft schlug ihnen entgegen. Es roch wie in einem alten Keller nach feuchten Klamotten, Beton und Heizung. Im dämmrigen Licht war kaum etwas zu erkennen, nur große dunkle Umrisse vor einem wenig helleren Hintergrund. Ein leises Klicken und Summen sagte Rica, dass hier irgendwo ein Computer lief.

Licht flammte auf, und die plötzliche Helligkeit ließ Rica blinzeln.

»Hey!« Sie drehte sich zum Eingang um und sah, dass Nathan seine Hand an einem Lichtschalter hatte. »Wenn uns nun jemand sieht?«

»Hier ist doch niemand. Oder glaubst du, der sitzt hier im Dunkeln und wartet nur auf uns?«

»Kann man doch nie wissen.« Rica wandte sich wieder ab, bevor Nathan das Grinsen auf ihrem Gesicht sehen konnte.

Der Raum wirkte beleuchtet nicht weniger trostlos als zuvor. Er wurde bewohnt, das war klar, das konnte man schon an dem schmalen Bett, dem Klapptisch voller schmutzigem Geschirr und der vor dem Bett verstreuten Campingausrüstung sehen. Aber dennoch wirkte er irgendwie unfreundlich.

Es war ziemlich beengt, das Bett und der Tisch waren zwischen eine lange Tischreihe an der Stirnseite und ein Stahlregal an der Rückseite geklemmt worden. Auf den Tischen standen ein Desktoprechner und ein Laptop und summten vor sich hin. Der Bildschirm des Rechners zeigte eine Ansicht von der verschneiten Ebene draußen, der Laptop einen Bildschirmschoner. Nathan trat sofort an den Rechner und versuchte, die Kameradatei zu finden. Eliza wanderte unterdessen ziellos durch das kleine Zimmer und blieb dann schließlich vor dem Stahlregal stehen. Es stand voller Ordner.

»Hier sind unsere Namen drauf«, sagte Eliza.

»Nur unsere?« Rica trat neben sie und sah dann, was sie meinte. Zu jedem Schüler, der unten in der Skihütte war, gab es einen Ordner, säuberlich mit Vor- und Nachnamen beschriftet. Rica lief es kalt den Rücken hinunter, als sie den Ordner mit »Ricarda Lentz« darauf erblickte. Er war etwas dünner als die anderen, so als existiere er noch nicht ganz so lange, oder als gäbe es eben nicht ganz so viel Material. Rica schauderte, und wagte es nicht einmal, die Hand nach den Papieren auszustrecken.

Eliza schien nicht ganz so viel Skrupel zu haben. Sie griff sich kurzerhand den Ordner mit ihrem Namen darauf, zog ihn heraus und trug ihn zu der Tischreihe hinüber. Rica warf einen zögernden Blick auf ihren eigenen Ordner und folgte dann Eliza. Sie wagte es einfach nicht, zu lesen, was dieser Psychopath – der vermutlich gar keiner war – über sie wusste.

Eliza schlug den Ordner auf, ohne auch nur im Geringsten auf Nathan oder Rica zu achten. Sie schien in eine Art Trance gefallen zu sein, sobald sie die Ordner zu Gesicht bekommen hatte.

»Also das Zeug hier ist das Gleiche wie in dem Ordner unten«, murmelte sie, offensichtlich mehr zu sich selbst, als um gehört zu werden. Dabei blätterte sie einige Seiten um, die einen kurzen Fragebogen und offensichtlich Eckdaten enthielten. Rica stellte sich auf die Zehenspitzen, um ihr über die Schulter sehen zu können.

Fotos folgten. Eine ganze Reihe von Fotos, angefangen von Bildern eines Säuglings über ein rothaariges Kleinkind, das immer älter wurde, bis zu Bildern von Eliza, wie sie jetzt aussah. Eines der Fotos kam Rica schrecklich bekannt vor, Eliza auf einer Bank im Park der Daniel-Nathans-Akademie.

»Ist das nicht …?«

Eliza nickte nur und blätterte mit verbissenem Gesichtsausdruck weiter. Die nächsten Seiten trugen den Aufdruck »Nathans-Institut für genetische Forschung und Verbesserung«. Rica hatte es schon einmal gesehen, in der Akte, die sie Frau Jansen abgeluchst hatte. Damals hatte die Aufschrift jedoch nur ganz unverbindlich »Nathans-Institut« geheißen.

»Genetische Forschung und Verbesserung.« Elizas Lippen formten die Worte, aber sie waren kaum zu hören. »Verbesserung.«

Rica biss sich auf die Unterlippe. Am liebsten hätte sie Eliza den Ordner aus der Hand gerissen und ihn weggeworfen. Sie wollte nicht, dass Eliza das las, was jetzt kam. Zwar wusste sie nicht genau, was in den Papieren stehen würde, aber es konnte einfach nichts Gutes sein.

Aber Rica riss sich zusammen. *Es ist ihr Leben. Eliza soll selbst entscheiden können, was sie über sich erfährt.*

»Ich hab die Videodatei«, murmelte Nathan neben ihnen,

und sowohl Eliza als auch Rica zuckten zusammen. Sie hatten tatsächlich vollkommen vergessen, dass er da war. »Ich versuche mal, den Teil zu löschen, wo wir drauf sind.«

»Wird das nicht auffallen? Ich meine, wenn da einfach ein Stück vom Film fehlt?«, wollte Rica wissen.

»Sicher. Aber ich muss das Ding eh ausschalten, damit wir ungesehen wieder rauskönnen. Dann wird er wissen, dass jemand hier gewesen ist. Alles, worauf wir hoffen können, ist, dass er nicht weiß, wer es war.« Nathan sah vom Bildschirm auf zu Eliza und Rica herüber. Als er den Ordner erblickte, runzelte er die Stirn, dann wandte er sich an Rica. »Sei so gut und such hier alles ab, ob es noch eine zweite Kamera gibt, ja?«

»Aber ...«, begann Rica. Sie wollte ihm sagen, dass sie Eliza beistehen wollte, dass sie ihre Freundin nicht allein ihre grausigen Entdeckungen machen lassen wollte. Doch ein Blick sagte ihr, dass er das sehr genau wusste. Und dass er es nicht guthieß.

»Okay«, sagte Rica und ließ Eliza mit dem Ordner allein.

Den Raum zu durchsuchen, war keine große Sache. Er war ja wirklich nicht groß. Rica entdeckte in der dunklen Ecke neben dem Stahlregal noch eine Tür und öffnete sie versuchsweise, doch sie führte nur in ein winziges Badezimmer mit Toilette. Dann kehrte sie zum Tisch zurück und begann, die Schubladen eines Rollcontainers zu öffnen, der darunter stand.

»Hier ist ein Ablaufplan von unserem Urlaub«, meinte sie und zog den Zettel heraus. »Und darauf sind Anmerkungen, wann er was machen soll. Seht nur: Totes Tier am Dienstag. Auftauchen am Mittwoch. Eindringen in die Unterkunft: Freitag.« Sie schauderte. Am liebsten hätte sie den Plan zerrissen und die Fetzen weggeworfen.

»Also entweder ist er ein sehr organisierter Serienmörder, oder es stimmt, was ich gesagt habe«, stellte Nathan fest. »Er ist von den Typen hier angeheuert worden, um uns Angst zu machen.«

»Aber warum?« Rica stöberte weiter in der Schublade und stieß auf ein paar Plastikbeutel, die mit einer roten Flüssigkeit gefüllt waren. Erschrocken wich sie zurück. »Blut!«

»Lass sehen!« Nathan war sofort an ihrer Seite, nahm einen der Beutel und hob ihn hoch. »Ich glaube, das ist nur Kunstblut.«

»Sicher?« Rica betrachtete die schwappende Flüssigkeit misstrauisch. »Es sieht verdammt echt aus.«

»Das soll es auch, Mensch.« Nathan klang ein wenig ärgerlich, aber Rica war nicht ganz überzeugt. Sie musterte das angebliche Kunstblut misstrauisch, dann zuckte sie mit den Schultern. »Meinetwegen. Das macht den Kerl jetzt allerdings nicht wesentlich weniger unheimlich.«

»Das habe ich auch nicht behauptet«, meinte Nathan. »Okay, was sollen wir jetzt machen? Hast du deinen Fotoapparat dabei? Kannst du Aufnahmen machen?«

Rica zuckte zusammen. Normalerweise war eine Frage wie: »Hast du deinen Fotoapparat dabei« bei ihr vollkommen überflüssig. Sie hatte ihn immer bei sich. Zumindest vor diesem Urlaub. Seit er mit diesen ekelhaften Fotos drauf wieder aufgetaucht war, hatte sie ihn nicht mehr angerührt, sondern die Tasche ganz weit unter ihr Bett geschoben. Da stand sie immer noch. Rica ertappte sich dabei, dass sie sich nicht mal große Sorgen darum machte. Sie schüttelte den Kopf.

»Dann müssen wir vielleicht ein paar der Papiere mitnehmen. Eliza, steht da irgendwas drin, was wir der Polizei zeigen könnten?«

Nathan drehte sich zu Eliza um, die immer noch über ihren Ordner gebeugt dastand. Es schien so, als hätte sie sich, seit Rica auf ihren Rundgang gegangen war, nicht mehr bewegt. Mit starrem Blick sah sie auf die Seiten vor sich herunter.

»Eliza?« Rica trat zu ihr. »Was ist los?«

Eliza war vollkommen weiß im Gesicht. Selbst ihre Lippen waren unnatürlich blass. Sie sah aus, als würde sie im nächsten Moment umkippen.

»Eliza!« In Ricas Stimme schlich sich Panik. »Hörst du mich nicht?«

* * *

Die Gedanken kreisten so schnell in ihrem Kopf, als wäre sie in einen Wirbelsturm geraten. In ihrem Schädel hämmerte es, und die Kopfschmerzen wurden noch schlimmer. Eliza las die Seiten vor sich, als wäre sie in einem Traum.

»Genetische Verbesserung« stand da als fette Überschrift über einem Formular. Die ersten Zeilen des Formulars hießen: »Namen der Eltern. Kinderwunsch seit. Gewünschtes Geschlecht des Kindes. Verbesserungen vorgeschlagen.« Eliza blinzelte und las die Namen der Eltern immer und immer wieder. Daniela und Lionel Tellers. Tellers. Daniela. Lionel. Wieder blinzelte Eliza, als könnte sie dadurch die Namen ihrer Eltern von dem Formular verschwinden lassen. Einfach auslöschen, so wie man sich früher als Kind die Augen zugehalten hatte, damit einen niemand anderes sehen konnte. Aber natürlich funktionierte das nicht. Hatte es nie. Schon damals nicht.

Die Namen blieben stehen, in Schönschrift auf dem Formular eingetragen. In der Kinderwunsch-seit-Zeile stand ein Datum ein paar Jahre vor Elizas Geburt. Gewünschtes Geschlecht des Kindes war mit »weiblich« beschriftet. Und dann kamen die grässlichen Zeilen mit vorgeschlagenen Verbesserungen. Eliza las sie immer wieder durch einen Schleier aus Tränen, der sich vor ihre Augen gelegt hatte. Da stand etwas von sprachlicher Begabung, von Sozialkompetenz, von einem generell hohen IQ. Sie verstand natürlich die einzelnen Zeilen. Dinge, die sich ihre Eltern an einem Kind gewünscht hatten. Züge, die sie in ihrer Tochter gern entwickelt wussten. Eliza las »sprachliche Begabung«, und ihr kam der Tag in den Sinn, an dem ihr Vater sie so stolz angesehen hatte, als sie ihm verkündet hatte, dass sie ihren dritten Fremdsprachenkurs belegen wollte. Sie war neun Jahre alt gewesen. »Du bist so geschickt mit Sprachen«, hatte ihr Vater bewundernd gesagt, und Eliza erinnerte sich daran, wie sehr sie sich gefreut hatte.

Jetzt nicht mehr.

Ihr Vater hatte sie für etwas gelobt, das er für sie bestellt hatte. Wie ein Punkt auf einer Pizzakarte. »Ach, ich hätte gern die sprachliche Begabung und extra Käse.«

Eliza wurde sich bewusst, dass jemand auf sie einredete. Rica. Rica sprach mit ihr. Es konnte ihr nicht gleichgültiger sein. Eliza blätterte eine Seite weiter, stieß auf eine lange Liste von »vorgeschlagenen Behandlungsmethoden«, die ihr nicht viel sagten. Da war von Gen-Replacement die Rede, und von Sequenzaustausch. Es reichte, um eine ungefähre Vorstellung davon zu bekommen, was da abgelaufen war. Irgendjemand hatte in ihrer DNA, ihrem genetischen Code herumgepfuscht, und zwar lange bevor Eliza geboren worden war.

Das Schlimmste aber war die unterste Zeile des Formulars. Unter einer Widerrufsbelehrung, die sich las wie die auf einer Internet-Shopping-Seite, stand: »Unterschrift der Eltern.« Und dort fand Eliza die beiden bekannten Schriftzüge wieder, die seit jeher auf ihren Zeugnissen, unter ihren Entschuldigungen und unter den Schulaufsätzen aufgetaucht waren. Die weit geschwungene Handschrift ihrer Mutter mit den vielen Schleifen und Bögen. Die spitzen, akkuraten Buchstaben ihres Vaters.

Sie haben mich gekauft, dachte Eliza. *Sie haben mich nach einem Bausatz zusammengestellt wie ein verdammtes Regalsystem. Und da habe ich geglaubt, meine Eltern lieben mich.* Vermutlich taten sie das auch. Immerhin hatten sie – in ihren Augen – ein Erfolgsrezept zusammengestellt.

»Eliza! Hörst du mich nicht?« Ricas Stimme klang wie aus weiter Ferne. Eliza konnte die Worte nicht mit dem vereinbaren, was ihr gerade durch den Kopf ging. Erst, als etwas sie an der Schulter berührte, schreckte sie zusammen. *Jetzt sind sie gekommen, mich abzuholen,* schoss es ihr durch den Kopf. *Ich habe ihr Geheimnis herausgefunden, und jetzt holen sie mich ab.* Im nächsten Augenblick wurde ihr bewusst, wie lächerlich der Gedanke war. Dennoch klopfte ihr Herz wie wild, als sie sich umdrehte.

Nathan sah sie mit besorgtem Gesichtsausdruck an. Glücklicherweise sah er davon ab, sie zu fragen, ob sie okay war. Wenn er das getan hätte, wäre sie ihm vermutlich an die Kehle gesprungen.

»Was steht drin?«, wollte er stattdessen sehr leise wissen. »Schlimm?«

Eliza nickte nur und schlug den Ordner zu. Als hätte sie damit irgendwie den Rest ihres Körpers wieder eingeschaltet, merkte sie jetzt erst, wie übel und schwindelig ihr war. Ihr Kopf hämmerte, als sei jemand mit dem Presslufthammer darin unterwegs, und ihr war irgendwie heiß und kalt gleichzeitig.

»Sollen wir den Ordner mitnehmen?«, fragte Rica vorsichtig von der anderen Seite. »Vielleicht hilft es, wenn – «

»Jetzt nicht.« Elizas Ohren dröhnten, und der Raum drehte sich vor ihren Augen, aber tatsächlich brachte sie es noch irgendwie fertig, klar zu denken. *Kein Wunder. Meine Eltern haben einen extra hohen IQ bestellt. Dafür sollte ich ihnen bei Gelegenheit mal danken.* »Wir kommen nicht ins Tal runter. Momentan sind wir hier nur eingebrochen. Vielleicht lässt er das ja noch durchgehen. Immerhin riskiert er viel, wenn er bei uns auftaucht. Aber wenn wir jetzt Sachen mitnehmen und nicht gleich zur Polizei können, dann kommt er bestimmt und stöbert uns auf.« Sie schüttelte den Kopf, und wieder verschwamm das Zimmer vor ihren Augen. »Wir müssen noch mal wiederkommen. Wenn weniger Schnee liegt.« *Und wenn es mir besser geht.*

Rica sah nicht überzeugt aus, aber es stand auch Sorge in ihren Augen. »Okay, wenn du meinst.« Sie streckte kurz die Hand aus, als wolle sie Eliza stützen, ließ es dann aber doch sein. »Dann lass uns machen, dass wir zurück…«

Schritte knirschten draußen im Schnee. Sie näherten sich eindeutig dem Unterschlupf.

Kapitel dreizehn

Verloren

Rica warf einen panischen Blick zu Nathan und sah ihre eigene Angst in seinem Gesicht widergespiegelt. Eliza schwankte leicht und schien zu überhaupt keiner Regung mehr fähig zu sein. Rica selbst fühlte sich wie erstarrt. Ganz egal, ob der Kerl hier nun von der Stiftung angestellt worden war oder ob es sich doch um einen echten Serienmörder handelte – er durfte sie hier nicht finden.

»Kommt! Schnell!« Sie packte Eliza am Arm und zog sie in den hinteren Teil des Raums zu dem kleinen Bad. Nathan folgte ihr. Zu dritt quetschten sie sich in das winzige Zimmer, und Rica zog hinter sich die Tür zu.

Es war schrecklich eng. Der ganze Unterstand war nicht für mehr als eine Person gemacht, und das Badezimmer war entsprechend winzig. Zwischen Duschkabine und Toilette war kaum Platz zum Stehen. Eliza war auf die Toilette geklettert und hielt sich mit einer Hand an der Duschvorhangstange fest, Nathan stand in der Duschwanne, was Rica den Platz an der Tür freihielt. Trotzdem hatte sie sofort das Gefühl, dass ihr jemand die Luft abdrückte. Sie hasste enge Räume. Sie hasste es, eingesperrt zu sein. Mit Gewalt unterdrückte sie das Bedürfnis, schreiend um sich zu schlagen. Es half nichts. Sie brauchte Luft.

»Bist du wahnsinnig?«, zischte Nathan, als Rica die Klinke drückte und die Tür einige Millimeter aufschob. Sie antwortete ihm nicht, denn in diesem Moment öffnete sich die Vordertür des Bunkers, und der Mann trat ein. Es war der Kerl von der Skipiste. Rica konnte ihn deutlich erkennen. Insbesondere, weil ihr erst jetzt auffiel, was für einen Fehler sie begangen hatten.

»Das Licht ist noch an«, zischte sie erschrocken.

Nathan legte den Finger auf die Lippen und zog Rica ein Stück weiter zurück. »Jetzt ist es zu spät«, flüsterte er. »Vielleicht …« Aber er brachte den Satz nicht zu Ende. Was hätte er auch sagen sollen? Vielleicht merkt er es nicht? Das war dann doch zu unwahrscheinlich.

Rica sah sich in dem winzigen Raum um und suchte nach einer Fluchtmöglichkeit. Vergebens. Wie in dem ganzen Bunker gab es hier keine Fenster, nur eine winzige Lüftungsklappe mit Schlitzen, durch die nicht einmal ein Eichhörnchen entkommen konnte.

»Wenn er die Tür öffnet, müssen wir alle gleichzeitig auf ihn losgehen«, flüsterte sie.

Nathan nickte von seinem Platz, aber Eliza klammerte sich an die Duschvorhangstange und sah bleich und apathisch aus. Rica war sich nicht sicher, ob sie sie überhaupt gehört hatte. Na ja. Dann musste sie sich eben auf Nathan verlassen. Rica trat wieder näher an die Tür heran und legte ihr Auge an den schmalen Schlitz zum Hauptraum.

Der Mann war kurz hinter der Tür stehen geblieben und kämpfte mit dem Verschluss seiner Skijacke. Gleichzeitig sah er sich im Raum um, als habe er ihn noch nie im Leben gesehen. Rica beobachtete ihn verwundert.

»Patrick? Bist du hier?« Die Stimme des Mannes hallte unheimlich durch den Raum. Als er keine Antwort bekam, wandte er sich nach links den Computern zu. Wie Nathan zuvor, beugte er sich über die Tastatur des Desktop-PCs und begann, darauf herumzutippen.

»Ich glaube nicht, dass das der Kerl ist, der hier wohnt«, murmelte Nathan. Rica schüttelte nur stumm den Kopf.

»Was macht er dann hier?«, wollte sie wissen. Nathan zuckte mit den Schultern und legte erneut warnend einen Zeigefinger vor seine Lippen. Rica richtete ihre Aufmerksamkeit wieder auf den Mann – und erschrak, als er sich unvermittelt zur Badezimmertür umdrehte. Unwillkürlich wich sie einen Schritt zurück und wäre beinah über den Rand der Duschwanne gestolpert, wenn Nathan sie nicht festgehalten hätte. Panisch sah sie, wie der Kerl sich in Bewegung setzte – direkt auf sie zu. Auf einmal kam ihr die Idee, ihn anzugreifen, völlig lächerlich vor. Was sollten sie schon gegen ihn ausrichten? Er war doch viel stärker als sie und vielleicht sogar bewaffnet.

Schwere Schritte näherten sich der Tür. Rica presste sich eng gegen Nathan und versuchte, so leise wie möglich zu atmen. Auch wenn es wohl schon längst zu spät war, es war klar, dass der Kerl sie gehört haben musste.

Dann hielten die Schritte inne, und ein schabendes Geräusch erklang. Rica hätte am liebsten vor Erleichterung laut aufgelacht, als ihr klar wurde, was da geschah. Der Mann war vor dem Regal mit den Ordnern stehen geblieben und hatte einen davon herausgezogen. Gleich darauf erklang Papierrascheln und ein unwilliges Murmeln. Offensichtlich gefiel dem Kerl nicht, was er da sah.

Rica presste die Knöchel ihrer rechten Hand fest gegen ihre Zähne. Sie fühlte sich, als müsste sie gleich losheulen oder lachen oder hysterisch kreischen.

»Mistkerl!« Die Stimme erklang so laut und so unmittelbar neben ihnen, dass Rica abermals zusammenzuckte.

Der Kerl draußen fluchte noch einmal leise, gleich darauf erklang das Geräusch von reißendem Papier. Dann wurde der Ordner wieder ins Regal geschoben, und die Schritte entfernten sich. Rica erwartete jeden Moment, die Tür klappen zu hören, aber stattdessen erklang noch einmal die Stimme des Mannes.

»Hör mal, Patrick, ich weiß, ich arbeite nicht mehr für euch, aber muss das hier wirklich sein? Es sind nur Kinder, verdammt, besondere Begabung hin oder her. Ihr könnt sie nicht so einem Stress aussetzen und erwarten, dass sie das alles brav hinnehmen. Wenn ihr so weitermacht, wird euch das ganze Experiment noch um die Ohren fliegen, darauf möchte ich wetten.« Eine kurze Pause folgte, als überlegte der Mann, was er noch sagen wollte.

»Mit wem redet er?«, flüsterte Rica.

Nathan hob warnend die Augenbrauen, doch als Rica fortfuhr, ihn fragend anzustarren, murmelte er: »Vermutlich hat er sich vor eine Kamera gestellt. Oder er macht über den Rechner eine Audioaufnahme.«

Der Mann sprach weiter, ein wenig gelassener als zuvor. »Habt ihr nicht allmählich genug davon, an Menschen herumzuspielen? Nein, ich schätze nicht. Aber eines möchte ich dir noch sagen, und das gilt ganz unabhängig von allem anderen und ist eine ganz persönliche Angelegenheit.« Wieder eine Pause, dieses Mal war Rica sicher, dass er sie zu dramatischen Zwecken einlegte. »Halte dich von meiner Tochter fern!«, sagte er abschließend. Seine Stimme klang eiskalt und entschlossen.

Dann folgte eine kurze Pause, und schließlich hörten sie, wie sich die Schritte in Richtung der Eingangstür begaben. Gleich darauf wurde die Tür geöffnet und geschlossen, und es war wieder still in dem Zimmer, vom Summen der Rechner einmal abgesehen.

»Puh«, meinte Nathan und versuchte sein patentiertes Grinsen. »Das war knapp. Was der hier wohl wollte? Und wer er wohl war?«

Rica umklammerte den Türrahmen so fest, dass ihre

Knöchel weiß hervortraten. »Ich kann dir nicht sagen, was er wollte«, flüsterte sie. »Aber ich weiß, wer er ist. Das war mein Vater.«

Stille.

Rica hätte genauso gut eine Bombe in das winzige Badezimmer werfen können, die Überraschung hätte nicht viel größer sein können. Nathan starrte sie mit offenem Mund an. Eliza schien aus ihrer Lethargie erwacht zu sein und musterte Rica mit einem nachdenklichen Gesichtsausdruck.

»Natürlich«, meinte sie dann. »Ich wusste doch, dass er mir bekannt vorkam letzten Sommer.«

»Letzten Sommer?«, wollte Nathan wissen. »Was geht hier ab? Ich verstehe gar nichts mehr. Rica, wie kann das dein Vater sein, bist du dir sicher?«

»Ich bin mir sicher«, antwortete Rica und schob die Tür auf, um der klaustrophobischen Enge des Badezimmers zu entkommen. Sie hatte schon auf der Piste das seltsame Gefühl gehabt, den Mann zu kennen, aber jetzt, wo sie ihn ohne seine Skimütze gesehen, seine Bewegungen verfolgt und seine Stimme gehört hatte, war sie sich ganz sicher. Das war ihr Vater.

»Ich dachte, dein Vater wäre abgehauen«, meinte Nathan und kletterte aus der Duschwanne.

»Ist er auch«, meinte Rica. »Vor langer Zeit.«

»Und wie … Ich meine, was tut er hier, und was war nun mit letztem Sommer?« Nathan sah so ehrlich verwirrt aus, dass Rica hätte lachen müssen, wenn ihr nicht irgendwie gleichzeitig nach Weinen zumute gewesen wäre. Sie versuchte zu antworten, aber die Worte blieben ihr in der Kehle stecken.

»Letzten Sommer ist bei uns an der Schule ein Mädchen ums Leben gekommen«, sprang Eliza mit sanfter Stimme ein. »Dann sind diese Kerle aufgetaucht, und haben einen anderen Schüler mitgenommen. Ricas Vater war dabei. Er kam mir damals schon so höllisch bekannt vor, aber da Rica nichts gesagt hat, bin ich überhaupt nicht auf den Gedanken gekommen, dass es ihr Vater sein könnte.«

»Wie hätte ich denn auch etwas sagen sollen?«, erwiderte Rica. »Ich kenne ihn ja nicht einmal.«

»Und woher …«, begann Nathan, doch dann winkte er ab. »Ich verstehe schon. Weibliche Intuition und so.«

»Nicht nur«, entgegnete Eliza sanft und sah Nathan direkt an. »Ist dir nicht aufgefallen, dass die beiden sich absolut ähnlich sehen?«

»Findest du?« Rica und Nathan hatten die Worte fast gleichzeitig ausgesprochen, und wieder musste Rica ein hysterisches Kichern unterdrücken.

»Aber ja. Und da ist noch mehr.« Eliza lächelte ganz schwach. »Aber lasst uns erst mal von hier verschwinden, bevor wir das weiter besprechen. Nicht, dass der wirkliche Besitzer des Unterstands plötzlich auftaucht.«

Rica fluchte, als sie vor die Tür traten. Während sie im Unterstand gewesen waren, hatte es erneut zu schneien begonnen. Und nicht nur das, inzwischen fegte auch ein beißender Wind über die freie Fläche und schlug Rica sogleich ins Gesicht. Instinktiv duckte sie sich gegen den Schnee und den Wind, aber es war, als könne die Kälte jedes noch so winzige Schlupfloch finden.

»Scheißkälte«, schimpfte Nathan. »Beeilen wir uns.«

Doch an Beeilen war nicht zu denken. Zwar kamen sie auf dem geräumten Weg vor dem Unterschlupf ganz gut voran, aber Eliza ging es alles andere als gut. Ihre Klarheit, bevor sie aufgebrochen waren, schien ein letztes Aufflackern gewesen zu sein, kaum waren sie vor der Tür, ging es ihr rapide schlechter. Sie schwankte unter dem Ansturm des eisigen Windes, und Rica fürchtete schon, sie könnte zusammenklappen. Doch irgendwie gelang es ihr, auf den Füßen zu bleiben und sich langsam in Bewegung zu setzen. Allerdings bewegte sie sich so steif wie ein Roboter, hatte den Blick auf den Boden gesenkt und schien von ihrer Umgebung nichts mehr wahrzunehmen. Immer wieder hielt Rica inne, um auf sie zu warten, aber selbst das schien Eliza nicht zu bemerken.

Als sie den Waldrand erreichten und auf den niedergetrampelten Pfad wechselten, wurde es noch schlimmer. Elizas Beine gaben immer wieder nach, und mehr als einmal stürzte sie in den hohen Schnee. Zuerst ließ sie sich von Rica und Nathan immer wieder hochziehen, doch als sie die Stelle am Hang erreichten, wo sie sich von der Spur trennen mussten, setzte sie sich einfach in den Schnee, schlang die Arme um die Knie und legte die Stirn darauf.

»Lasst mich!«, murmelte sie undeutlich, als Rica ihren Arm packte und versuchte, sie wieder auf die Füße zu ziehen. »Will nicht mehr. Bin doch sowieso nur ein Stück Pizza.«

»Du spinnst total.« Rica stemmte die Hände in die Hüften und funkelte Eliza wütend an, doch da diese nicht einmal zu ihr aufsah, bekam sie das gar nicht mit. »Ich glaube, du hast Hallus.«

»Glaube ich auch«, murmelte Eliza. »Hoffe ich. Lasst mich einfach. Mir ist nicht kalt.«

»Damit du hier sitzen und erfrieren kannst?« Nathan ließ sich neben Eliza in den Schnee fallen. »Okay, dann bleibe ich auch hier.«

Zuerst schien Eliza gar nicht wahrzunehmen, was Nathan da gesagt hatte, dann blinzelte sie verwirrt und hob zum ersten Mal ihren Kopf.

»Du erfrierst, wenn du hier sitzen bleibst«, stellte sie ganz sachlich und mit viel klarerer Stimme als zuvor fest.

»Du etwa nicht?«, gab Rica zurück, bevor Nathan noch was sagen konnte.

»Mir ist warm genug«, antwortete Eliza. »Guck!« Sie zog

sich ihre Mütze vom Kopf, und schleuderte sie entschlossen in den Schneesturm hinein. Elizas rote Haare begannen, im frischen Winterwind zu wehen.

»Du spinnst total«, meinte Rica, trat wieder auf Eliza zu und packte ihren Unterarm. »Komm jetzt mit, und wenn ich dich tragen muss.«

»Du hast keine Chance«, beharrte Eliza und machte sich schwer. »Lass mich einfach in Ruhe.«

Nathan kaute auf seiner Unterlippe herum. »Sieh es mal so: Wenn du sitzen bleibst, bleibe ich auch sitzen. Und selbst wenn *du* nicht erfrieren solltest, mir ist nicht besonders warm.« Er schauderte, wie um seinen Punkt zu unterstreichen.

»Ja und?«, fragte Eliza, sie machte jedoch ein betretenes Gesicht.

»Na ja, wenn du selbst erfrierst, ist das deine Sache. Aber für meinen Tod wärst du dann auch verantwortlich, oder?« Nathan sah Eliza direkt in die Augen. Rica konnte geradezu sehen, wie irgendetwas, das keine Worte brauchte, zwischen ihnen hin- und herschwebte.

»Das ist ein Scheißargument«, sagte Eliza. »Das würdest du nie tun. Und abgegriffen ist es sowieso.« Doch sie kämpfte sich auf die Füße zurück und blieb zitternd stehen.

»Aber es hilft, oder nicht?« Nathan sprang ebenfalls wieder auf. Obwohl er in seinem gewohnt lockeren Tonfall sprach, deutete alles in seinem Gesicht auf große Sorge hin. »Ist es okay, wenn ich dich ein bisschen unterstütze beim Abstieg? Ich meine – und das ist nicht persönlich gemeint oder so –, du siehst echt fertig aus.«

»Ich bin fix und fertig«, wimmerte Eliza leise. »Fix und fertig zusammengestellt und frisch vom Fließband.« Rica blinzelte. Sie fragte sich, ob ihre Freundin fantasierte. Außerdem erwartete sie, dass Eliza das Angebot abschlagen würde. *Dafür ist sie doch viel zu stolz.*

Aber zu ihrer Überraschung nickte Eliza nach kurzem Überlegen. »Warum nicht? Eh alles egal!« Sie hatte den Blick wieder auf den Boden gesenkt und sah auch nicht mehr auf, als Nathan ihren Arm griff und sie bergab führte. Ein leichter Stich der Eifersucht durchfuhr Rica, aber sie war sich nicht ganz sicher, auf wen sie nun eifersüchtig war. Auf Nathan, weil er ihr ihre beste Freundin abspenstig machte? Auf Eliza, weil sie es irgendwie mit dieser verdammten Hilflosigkeitsmasche schaffte, einen gut aussehenden Kerl abzuschleppen? Auf beide, weil zwischen ihnen etwas passierte, was Rica kurz zuvor verloren hatte? *Wenn wir zurück sind, rede ich mit Robin,* beschloss sie. *Vermutlich hat Eliza recht, und alles war nur ein Missverständnis. Zumindest hoffe ich das.*

Danach ging es ein wenig schneller voran, wenn auch immer noch nicht wirklich schnell. Der Schnee raubte ihnen allen die Sicht, aber glücklicherweise mussten sie nur bergab laufen, da blieb nicht viel Spielraum, sich zu verirren.

Das Weiß nahm sie gefangen. Hatten sie beim Aufstieg noch die schwarzen Stämme der Bäume sehen können, so war nun alles, was auch nur ein paar Meter entfernt war, in Weiß versunken. Wirbelnde Flocken schienen es auf Ricas Augen abgesehen zu haben, stachen wie kleine Eissplitter in ihre Haut und verklebten ihre Wimpern. Allen Regeln der Logik nach hätten sie von Ricas Körperwärme schmelzen müssen, aber vermutlich hatte das noch niemand den Schneeflocken erzählt. Sie klammerten sich hartnäckig an ihr fest, und arbeiteten daran, Rica in einen lebendigen Schneemann zu verwandeln. Ihre Nase lief in einem fort, und irgendein zutiefst sarkastischer Teil von ihr sorgte dafür, dass ihr fortwährend »Rudolph the red nosed reindeer« durch den Kopf ging. Rica versuchte, die Melodie abzuschütteln, aber vergeblich.

Ihre Beine waren schwer, ihre Knie schmerzten, und ihre Ohren dröhnten vor Stille. Sie bewunderte Nathan dafür, dass er Eliza auch noch auf den Beinen halten konnte, sie selbst hätte das nicht gekonnt. Alles, was sie fertigbrachte, war, sich nicht auch noch in den Schnee zu setzen und von Nathan bedauern zu lassen.

Als sie endlich – nach Stunden, wie es Rica vorkam – ihre Langlaufski wieder erreicht hatten, hatte keiner von ihnen die Kraft, sie noch einmal anzuschnallen.

»Wir lassen sie einfach stehen«, meinte Nathan. Er atmete inzwischen schwer. Eliza stützte sich auf ihn. Ihre Augen waren halb geschlossen, und sie sah nicht so aus, als wäre sie noch wirklich bei Bewusstsein.

Rica nickte und machte sich ungefragt daran, einen Weg durch den tiefen Schnee zu bahnen. Ihr war klar, dass sie das Nathan auf gar keinen Fall auch noch zumuten konnte.

Der Aufenthaltsraum war gerammelt voll, als sie hereinkamen. Überall saßen Schüler herum, selbst auf dem Boden. Brett- und Kartenspiele waren zwischen ihnen verteilt, ein paar saßen mit einem Laptop oder Netbook auf dem Schoß da. Es hätte das Sinnbild einer friedlichen, schulfreien Szene sein können, wenn da nicht der Unmut gewesen wäre, der im ganzen Raum deutlich zu spüren war.

»Hol Frau Friebe«, sagte Nathan zu Rica und ließ Eliza auf eine der Bänke gleiten.

»Okay!« Rica bahnte sich einen Weg durch die versammelten Schüler, die ihr nur widerwillig Platz machten. Frau Friebe hatte sich an die Stirnseite des Raumes zurückgezogen und die Nase in ein Buch gesteckt. Es hätte nicht deutlicher sein können, dass sie sich wünschte, ganz woanders zu sein.

»Frau Friebe? Wir brauchen Ihre Hilfe. Eliza ist krank.« Die Worte sprudelten einfach so aus Rica heraus, bevor sie sich bewusst wurde, dass Frau Friebe da vermutlich gar nicht viel machen konnte. Aber vielleicht hatte sie wenigstens eine Hausapotheke dabei.

»Krank?« Man musste Frau Friebe zugutehalten, dass sie sofort ihr Buch weglegte und aufsprang. »Wo ist sie?«

Rica führte die Lehrerin zu der Bank am Eingang, wo Eliza immer noch zusammengesunken neben Nathan saß. Entweder sie selbst oder Nathan hatten es geschafft, sie von ihrer dicken Skijacke zu befreien. Nun saß sie da und zitterte am ganzen Leib.

Frau Friebe kniete sich vor Eliza auf den Boden und betrachtete sie ernst. Sie fühlte kurz ihre Stirn und nickte dann. »Kannst du sie ins Bett bringen?«, fragte sie Nathan. »Am besten nimmst du ein Einzelzimmer, wenn noch eines frei ist, nicht dass sich noch jemand ansteckt.« Sie wandte sich zu Rica um. »Du bist mit ihr auf einem Zimmer, nicht? Fühlst du dich gut?«

Rica nickte wie betäubt. »Was machen wir denn jetzt?«

»Sie erst mal ins Bett stecken und ihr Ibuprofen geben. Dann sehen wir weiter.« Frau Friebe stand auf. »Ich hole die Reiseapotheke.« Mit großen Schritten entfernte sie sich, aber Rica hörte sie noch murmeln: »Wenn wir doch wenigstens Handyempfang hätten.«

»Hilf mir, wir bringen sie in mein Zimmer«, sagte Nathan und zog Eliza von der Bank hoch.

»Und wo schläfst du?« Rica griff sich Elizas anderen Arm.

»Bei dir natürlich. Und jetzt mach schon!«

Rica presste die Lippen aufeinander. *Robin wird das aber nicht gefallen,* ging ihr durch den Kopf, aber dann rief sie sich zur Ordnung. Es gab Wichtigeres als Robins Zustimmung.

Etwas später saßen Nathan und sie gemeinsam in einer Ecke des Aufenthaltsraums. Angenehm war es hier nicht gerade, noch immer lag der Schnee hoch vor den Fenstern, und durch die Menge an Schülern wirkte es fürchterlich gedrängt. Die Stimmung rutschte einem weiteren Tiefpunkt entgegen.

»Was machen wir jetzt?« Rica wagte nur zu flüstern. Sie hatte das Gefühl, dass zu viele Ohren ihnen zuhörten, obwohl die anderen Schüler alle laut redeten und lachten. Selbst das Lachen war falsch und hörte sich bedrohlich an.

»Ich weiß nicht.« Nathan sah auf seine gefalteten Hände hinab. Es sah aus, als wolle er beten. Rica blinzelte verwirrt. Es passte so gar nicht, dass Nathan keine Idee hatte.

»Bist du okay?«, fragte sie vorsichtig und betrachtete ihn von der Seite. Er sah blass aus, fast so blass wie Eliza.

Nathan zuckte mit den Schultern. »Denke schon.« Dann schien er zu überlegen und schüttelte schließlich den Kopf. »Nein, eigentlich nicht. Die ganze Sache hier geht mir ziemlich an die Nerven.« Er warf einen Blick zu dem zugeschneiten Fenster. »Und ich hasse es, eingesperrt zu sein.«

Rica konnte ihn nur zu gut verstehen. Sie fühlte sich genauso eingesperrt und hilflos wie er. Und es war ja nicht so, dass ihre Expedition heute irgendetwas gebracht hatte. Gut, vielleicht sollten sie tatsächlich nicht die Opfer eines Psychopathen werden, aber sonst hatte das Ganze ihr nur noch mehr Fragen geliefert.

Mein Vater.

Sie konnte nach wie vor nicht sagen, woher sie das wusste. Vielleicht hatte sie es irgendwie gespürt. Seine Bewegungen, seine Art zu sprechen hatten irgendetwas in ihrem Inneren berührt, eine Erinnerung aus der Zeit, in der er noch bei ihnen gewesen war. Auch wenn sie von damals überhaupt keine Bilder mehr im Kopf hatte. Sein Auftauchen hier stürzte sie in ziemlich verwirrende Gefühle. Sie freute sich irgendwie, aber gleichzeitig hatte sie auch Angst. Sie kannte diesen Mann nicht, sie wusste nicht, wozu er fähig war, und warum er ihre Mutter damals verlassen hatte. Und außerdem hing er irgendwie mit dieser ganzen Sache hier zusammen, und auch das machte ihr Angst. Warum arbeitete er mit diesen Arschlöchern zusammen? Oder tat er das überhaupt noch? Seine Ansprache in dem Unterstand ließ darauf schließen, dass dem nicht mehr so war. Aber sicher konnte sie sich nicht sein.

Am meisten verwirrte sie aber die Tatsache, dass sie kein bisschen überrascht über sein Auftauchen war. Es war, als habe sie es geradezu erwartet, seit sie hier angekommen waren und die unterschwellige Gefahr Gestalt angenommen hatte. Als hätte sie irgendwie gewusst, dass ihr Vater sie unterstützen würde, wenn es hart auf hart kam.

Rica schüttelte verwirrt den Kopf. Das war alles ein bisschen zu viel für sie.

»Wir sollten versuchen, in den Ort hinunterzukommen«, meinte sie. Der Vorschlag kam einfach so über ihre Lippen, ohne dass sie lange darüber nachgedacht hatte.

Nathan horchte auf. »Warum das denn?«

»Wir könnten berichten, was wir oben im Unterstand gefunden haben. Und vor allem könnten wir Hilfe für Eliza holen.« Rica wurde sich bewusst, dass diese Gedanken schon lange in ihrem Kopf kreisten. Spätestens, seit sie den Unterschlupf verlassen hatten. Aber jetzt erst waren sie so klar geworden, dass sie sie auch ausformulieren konnte.

Nathan sah sie nachdenklich an. »Das wird aber eine ziemlich harte Tour, wenn wir das wirklich versuchen wollen«, meinte er. »Bist du schon einmal durch Tiefschnee gewandert?«

Rica schüttelte den Kopf. »Meinst du, es ist viel schlimmer als das, was wir heute getan haben?«

»Es ist weiter«, gab Nathan zurück. »Und steiler. Skier können wir auch keine benutzen. Und wenn wir Pech haben und das Wetter sich verschlechtert, besteht die Gefahr, dass wir vom Weg abkommen.«

Rica versuchte ein Grinsen, das ihr aber gründlich misslang. »Klingt spannend«, meinte sie. »Lass uns das versuchen.«

»Frau Friebe wird das sicher nicht erlauben.«

»Wen kümmert schon Frau Friebe. Die bekommt doch selbst nichts gebacken. Wir fragen sie einfach nicht.« Rica versuchte, ihre Stimme besonders entschlossen klingen zu lassen, obwohl sie eine Heidenangst hatte. Eingeschneit. Verschollen im Schnee. Allein der Gedanke schüchterte sie mehr ein, als sie es sich zugestehen wollten.

»Wir machen das«, wiederholte sie, mehr um sich selbst zu überzeugen. »Aber jetzt sollten wir erst einmal schlafen gehen. Wenn wir morgen früh aufbrechen wollen, brauchen wir sicher allen Schlaf, den wir bekommen können.«

* * *

Durch ihre Gedanken trieben Farben und Formen, schemenhafte Gestalten wie bunte Geister. Immer wieder tauchten Bilder auf, die Eliza nicht verstand. Manchen von ihnen zeigten ihre Eltern, aber ihre Gesichter waren seltsam entstellt und vernarbt wie Frankensteins Monster in diesem uralten Film. Dann gab es erleuchtete Flure, die sie an ein Krankenhaus erinnerten, Menschen in weißen Kitteln, Spritzen, Lichter. Und dann wieder nur Farben. Immer wieder tanzende, wirbelnde Farben, die mal freundlich und mal bedrohlich wirkten, ohne dass sie sagen konnte, woher das kam.

Sie wünschte sich, die Farben würden verschwinden. Selbst die freundlichen machten ihr Angst. Und tatsächlich verblassten sie und lösten sich auf.

Zurück blieb Dunkelheit. Dunkelheit und Stimmen.

»Sie müssen telefonieren.«

»Wir haben keinen Empfang. Wenn ich ihr nur helfen könnte.«

»Ich weiß, wo Sie Empfang haben. Ich war vorhin draußen. Nur ein Stück den Hang hinauf.«

»Bist du dir sicher? Ich kann euch doch nicht einfach allein lassen.«

»Ich bin mir sicher. Ich zeige Ihnen, wo es ist, wir werden im Handumdrehen wieder zurück sein. Es dauert ganz sicher nicht lange.«

»Aber außer mir …«

»Wollen Sie ihr nun helfen? Vielleicht ist es morgen früh schon zu spät …«

Die Stimmen verloren sich in der Dunkelheit, ohne dass Eliza herausgefunden hatte, was sie bedeuteten. Die Farben kehrten zurück. Tiefes, bedrohliches Rot, das Eliza Angst machte. Beruhigendes Blau wie das Wasser eines tropischen Ozeans. Sonnengelb, so intensiv, dass es sie in die Augen stach. Und ein dunkles Violett, das sie irgendwie traurig machte. Eliza betrachtete die Farben und hatte das Gefühl, dass sie beinah verstand, was sie bedeuten sollten. Irgendetwas war wichtig daran, das wusste sie. Wenn sie nur lange genug hinsah, würde sie alles verstehen. Alle Zusammenhänge. Alle tiefen Bedeutungen. Den Grund, warum sie so anders war als die anderen.

Doch bevor sich ihr das alles erschließen konnte, nahm die Schwärze sie wieder gefangen, und sie dämmerte weg.

* * *

Schreie. Schon wieder. Rica schreckte aus dem Schlaf hoch und blinzelte verwirrt ins Dämmerlicht. Einen Augenblick lang glaubte sie, die Schreie nur geträumt zu haben, doch dann wiederholten sie sich.

»Er ist hier, er ist hier!« Eine hysterische, überschnappende Mädchenstimme.

»Was ist denn nun schon wieder los?« Neben ihr kämpfte Nathan gegen die Müdigkeit an.

»Klingt so, als sei unser Psychopath wieder einmal hier gewesen«, murmelte Rica. Am liebsten hätte sie sich in ihre Bettdecke eingewickelt und weitergeschlafen, sie wusste ja, dass keine Gefahr bestand. Aber das war bei dem Geschrei nicht möglich.

Immer noch schlaftrunken, gelang es Rica, sich aufzurichten. Sie war so müde, dass es ihr zunächst schwerfiel, das Gleichgewicht zu bewahren. Nathan knurrte unverständlich und drehte sich in Elizas Bett auf die Seite, um sich wieder eine Decke über den Kopf zu ziehen. Offensichtlich war er nicht gewillt, der Sache auf den Grund zu gehen.

Sie konnte spüren, wie die Gänsehaut ihre Beine hinaufkroch, als sie ihre Beine unter der Bettdecke hervorstreckte. Rica griff nach ihrer Jacke, die vor dem Bett auf dem Boden lag, und zog sie über. Dann machte sie sich auf den Weg in Richtung des Geschreis, das jetzt ein wenig abgeebbt war. Inzwischen war wieder einmal lautes Stimmengewirr zu vernehmen, und ein paar Schülerinnen schienen zu weinen.

Rica folgte dem Lärm den Gang entlang zu den Mädchenduschen. Vor ihnen hatte sich eine kleine Gruppe Schülerinnen versammelt, vor allem jüngere Mädchen, aber auch Vanessa und Sarah. Ein paar Jungs standen herum, und taten so, als ob sie das Ganze nichts anginge. Allein Simon hatte es gewagt, sich durch den schützenden Ring aus Mädchen zu drängen, und stand nun neben seiner Freundin Jasmin.

Das Mädchen schluchzte und hatte sich gegen die Wand neben der Tür gelehnt. Ihr Gesicht war tränennass, die Augen rot unterlaufen, und außerdem hatte sie einen nervösen Schluckauf. Sie sah aus wie die personifizierte Angst, und als Rica näher kam, konnte sie die Furcht auch spüren. Es war wieder wie unten im Aufenthaltsraum oder in der Gaststätte. Jasmins Gefühle schienen sich auf die anderen Schüler zu übertragen, ohne dass diese das richtig mitbekamen. Wenn Rica nicht Elizas beste Freundin gewesen wäre, wäre es ihr sicher auch nicht aufgefallen. Aber sie hatte dieses Phänomen nun schon zu oft am eigenen Leib verspürt, und allmählich konnte sie es einordnen. Was sie nicht wusste, war, ob Jasmin das absichtlich machte. Es sah nicht so aus. Jeder konnte sehen, dass das Mädchen völlig am Ende war. *Oder sie ist eine verdammt gute Schauspielerin.*

»Was ist passiert?«, wollte Rica von Sarah wissen, doch die zuckte nur mit den Schultern. Dabei machte sie ein völlig gleichgültiges Gesicht. Offensichtlich wollte sie zeigen, wie wenig sie am Wohlergehen der Avenir-Schüler interessiert war.

Rica schob ein paar Mädchen beiseite und trat zu Jasmin und Simon. »Was ist denn los?«, wollte sie erneut wissen.

Jasmin gab keine Antwort, und Simon deutete nur stumm auf die Tür zu den Duschen. Rica seufzte und trat ein.

In den Duschen war es dunkel, und als Rica den Lichtschalter betätigte, flammte gerade mal eine der vier Leuchtstoffröhren an der Decke auf. Als sie kurz nach oben sah, bemerkte sie, dass jemand die anderen drei aus ihren Halterungen geschraubt und offensichtlich mitgenommen hatte. Die übrig gebliebene Lampe flackerte auch schon ziemlich, vielleicht hatte der Übeltäter es nicht mehr geschafft, sie komplett herauszudrehen.

Oder er hatte es des dramatischen Effekts wegen getan. Als Rica ihren Blick wieder sinken ließ, sah sie die Bescherung. An der rechten Seite des Zimmers befanden sich die Waschbecken in einer langen Reihe und darüber – natürlich – eine Spiegelwand. Rica konnte ihr eigenes, bleiches Gesicht im flackernden Lampenlicht immer wieder auftauchen sehen, eine Geistergestalt mit hohlen, dunklen Augen. Die roten Buchstaben leuchteten vor ihrem Abbild, als wollten sie sie auslöschen.

»Ich bin euch auf der Spur. Bald seid ihr dran!« stand in dicken, roten Buchstaben quer über die gesamte Spiegelwand geschrieben. Die Buchstaben waren hoch und spitz und offensichtlich mit einem Lippenstift oder etwas Ähnlichem auf das Glas gemalt worden. Unter der Botschaft prangte die krude Zeichnung eines Totenkopfs.

Rica starrte die Schrift an und spürte, wie ihr das Blut aus dem Gesicht wich. *Ich bin euch auf der Spur.* Wenn sich das mal nicht darauf bezog, dass sie bei diesem Kerl eingebrochen waren. Ihr Herz begann zu jagen, so schnell, dass Rica Angst hatte, es würde ihr die Brust sprengen. Am liebsten hätte sie sich umgedreht und wäre geflohen. Scheiß auf Nathan und seine Theorie, dass es sich nicht um einen Psychopathen handelte. Wie wollte er das hier erklären?

Doch Rica zwang sich zur Ruhe, zwang sich dazu, stehen zu bleiben, die Schrift genau zu lesen und ihre Angst in Zaum zu halten. Dort draußen vor der Tür standen schon genügend panische Mädchen herum, ohne dass sie selbst auch noch Angst verbreitete.

Er ist nicht mehr hier. Er will uns nur Angst machen. Und vielleicht ist die Botschaft ja auch tatsächlich nur an uns gerichtet, weil wir bei ihm eingebrochen sind. Er will uns einschüchtern. Vielleicht hofft er, dass wir nicht noch mal dorthin gehen und Beweise sammeln.

Es gelang ihr fast, sich zu überzeugen, aber nur fast. *Und woher will er wissen, dass Mädchen dabei waren? Es hätten doch auch Jungen sein können, die bei ihm eingebrochen sind. Das ist sogar wahrscheinlicher. Warum hat er die Botschaft also in der Mädchendusche hinterlassen? Weil er ein Psychopath ist, der es auf junge Mädchen abgesehen hat, deswegen.*

Rica schloss die Augen und versuchte, tief und ruhig zu atmen. Nur nicht den Kopf verlieren. Im Moment war niemand hier, und wenn sie jetzt ruhig blieb, fiel ihr bestimmt eine Lösung ein.

Ohne noch einen Blick auf die unheimliche Schrift zu werfen, drehte sie sich um und verließ die Duschen. Draußen hatte sich Jasmin ein klein wenig beruhigt, aber Simon hatte immer noch den Arm um sie gelegt. Er blickte so hoffnungsvoll zu Rica auf, als könne sie alle Probleme der Welt lösen.

»Jemand muss Frau Friebe holen«, meinte Rica. »Ich glaube, dass das hier nur ein dummer Scherz war. Möchte vielleicht jemand etwas dazu sagen?«

Um sich herum sah sie nur betretene Gesichter mit unbehaglichen Lächeln. Niemand schien sich angesprochen zu fühlen. Rica erhaschte einen Blick auf Michelle Kaltenbrunn, die genauso betreten wie die anderen Mädchen aussah. Seltsamerweise war es dieser Anblick, der Rica wieder ein bisschen Fassung zurückgewinnen ließ. Wenn es schon Miss Großmaul die Sprache verschlagen hatte, musste jemand die Führung übernehmen.

»Ehrlich, es wird hier schon genug Panik verbreitet. Das hier hilft nicht.« Sie deutete auf den Eingang zu den Duschen.

»Du hast recht.« Im ersten Moment glaubte – hoffte – Rica, dass es Robin war, der an ihre Seite trat. Aber als sie aufblickte, sah sie Torben. »Wir können es uns nicht leisten, in Panik zu verfallen«, redete Torben weiter. Er sah zwar Rica dabei an, aber sie hatte das starke Gefühl, dass seine Worte eigentlich an all die anderen Schüler gerichtet waren. Und er hatte Erfolg. Wo die meisten Rica nur irritierte Blicke geschenkt hatten, wandten sich ihm jetzt fast alle Gesichter zu.

Er ist ein guter Anführer, dachte sie nicht zum ersten Mal und spürte die Welle von Autorität, die von ihm ausging, wie zuvor die Angst von Jasmin.

»Was ist da drin wirklich los?«, murmelte er in ihre Richtung.

»Blöde Todesdrohung. Mit Lippenstift geschrieben«, antwortete Rica. Ihr Blick flog über die versammelten Schülerinnen und Schüler und suchte unwillkürlich Saskia. Sie war nicht da. Robin fehlte ebenfalls, und wieder einmal musste Rica gegen ihre Tränen ankämpfen. *Dummes Huhn!*, schimpfte sie sich.

»Kannst du vielleicht Frau Friebe holen? Von denen hier fühlt sich, glaube ich, keiner angesprochen«, meinte Torben.

Die Mädchen standen immer noch ehrfürchtig vor ihm, aber keine rührte sich auch nur. Ein paar der Jungs kamen jetzt näher. Wo die ganze Angelegenheit nun in »männlicher« Hand war, schienen sie sie auch ihrer Aufmerksamkeit für würdig zu erachten.

»Okay«, sagte Rica und fragte sich, wie oft sie an diesem Tag wohl noch zu der Lehrerin geschickt werden würde. Sie drängte sich zum zweiten Mal durch die Menge der Mädchen und lief zur Treppe, die zum Aufenthaltsraum und den Lehrerunterkünften hinunterführte. Ihre Hand tastete nach dem Lichtschalter, doch als sie ihn drückte, passierte gar nichts. Das Licht war mal wieder ausgefallen. Vielleicht hatte jemand an den Sicherungen gespielt, oder die gleiche Person, die sich das im Bad geleistet hatte, fand es besonders witzig, den Nervenkitzel auf diese Weise noch zu erhöhen. Vermutlich sollte die Dunkelheit ihnen allen noch mehr Angst machen.

Bei Rica jedenfalls funktionierte es. Ihr Herz klopfte ihr bis zum Hals, als sie sich Stufe um Stufe die finstere Treppe hinuntertastete. Sie hätte zurücklaufen und ihre Taschenlampe holen sollen, das war klar, aber nach der Geschichte mit dem toten Hund hatte sie wirklich keine große Lust mehr, in ihrem Rucksack herumzukramen.

Die Stufen knarrten unter ihren Schritten. Ein Quietschen. Und noch eins. Jeder Schritt, den sie machte, musste im ganzen Haus zu hören sein.

Endlich erreichte sie den Fuß der Treppe und tastete abermals nach dem Lichtschalter. Wieder nichts. »Scherzkeks«, grummelte Rica, und begann, sich durch den Aufenthaltsraum zu manövrieren.

Wenigstens hatte hier offensichtlich jemand aufgeräumt. Tische und Bänke standen an ihrem Platz, und auf dem Fußboden lag auch nichts herum. Rica kam gut voran. Jedenfalls, bis sie gegen das *Ding* stieß.

Sie hatte den dunklen Schemen nicht gesehen, bevor es zu spät war. Eine große, menschliche Gestalt schälte sich unvermittelt aus der Dunkelheit vor ihr und sprang sie an. Rica spürte den Aufprall und roch den muffigen Geruch von alten Kleidern. Sie wurde beinah von den Füßen gerissen. Entsetzt machte sie einen Satz rückwärts, fiel über einen Stuhl und schlug der Länge nach hin.

Fluchend rappelte sie sich wieder auf und machte sich bereit zur Flucht. Der dunkle Schemen war immer noch da, hatte sich aber nicht mehr bewegt. Er schien zu lauern. Wartete offensichtlich darauf, was Rica tun würde.

»Verschwinde von hier!«, rief sie und ärgerte sich im gleichen Moment darüber, wie sehr ihre Stimme zitterte. »Du machst uns keine Angst. Wir sind viel zu viele für dich.«

Keine Reaktion. Der dunkle Mann blieb stehen und schien Rica anzusehen. Er schwankte ganz leicht hin und her, als ob er betrunken wäre, aber er gab keinen Laut von sich.

Über ihr quietschte eine Diele, und Rica zuckte erneut zusammen. »Was ist denn da unten los?«, wollte eine Stimme wissen.

»Hier ist …«, begann sie, doch dann fiel ihr Blick auf die Beine des Mannes. Besser gesagt, auf die fehlenden Beine. Irgendwo unterhalb der Hüfte endete die Gestalt ganz plötzlich. Sie stand nicht auf dem Boden. Sie hatte keine Beine. Ricas Blick wanderte nach oben, und jetzt konnte sie selbst in der Dunkelheit die Linie erkennen, die vom Hals des »Mannes« bis zur Decke verlief.

Es war überhaupt kein Mensch. Jemand hatte hier einen Sack oder etwas Ähnliches aufgehängt, irgendwas, das mit etwas Schwerem gefüllt war und das in der Dunkelheit und Ricas wachsender Panik menschenähnlich gewirkt hatte. Vermutlich war auch genau das seine Absicht gewesen.

»Arschloch«, murmelte Rica verärgert, mehr über sich und ihre Angst als über den unbekannten Witzbold. »Ist alles okay, ich hole jetzt Frau Friebe«, rief sie nach oben.

»Beeil dich!«, kam die Antwort zurück, dann quietschten wieder die Dielen, als sich Schritte entfernten.

Rica fühlte sich auf einmal schrecklich allein. »Mistkerl«, murmelte sie noch einmal in die Dunkelheit, dann ging sie langsam vorwärts, schob sich an der Vogelscheuche vorbei und tapste weiter durch den dunklen Raum, bis sie die Tür erreichte, hinter der der kurze Flur mit den Lehrerzimmern begann.

Rica schob sie auf und tastete automatisch nach dem Lichtschalter. Obwohl sie überhaupt nicht mehr daran geglaubt hatte, flammte tatsächlich das Licht auf. Rica blinzelte in die plötzliche Helligkeit und konnte nicht umhin, sich noch einmal umzudrehen. Das Licht, das aus dem Gang in den Aufenthaltsraum fiel, reichte aus, um die aufgehängte Puppe ein wenig zu beleuchten.

Es war ein Kartoffelsack, den jemand mit einer Schicht Kleider versehen hatte. Frauenkleider. Keine Mädchenkleider. Ein geblümtes Hauskleid, das Rica schon einmal an Frau Friebe gesehen hatte, und ihre Skijacke. Ein Teil des Kartoffelsacks war abgeschnürt und bildete einen »Kopf«. Auf diesen Kopf hatte der Unbekannte eine Art Perücke aus Schaffell gesetzt. Krause, gelblich weiße Locken, die der Frisur von Frau Friebe zum Verwechseln ähnlich sahen.

Rica stand einfach nur da und starrte das Ding an. Dann wirbelte sie herum und rannte zur Tür von Frau Friebe. Mit zitternden Knien kam sie davor zum Stehen und begann, mit den Fäusten dagegen zu hämmern.

»Frau Friebe! Frau Friebe! Kommen Sie, schnell!« Ricas Stimme schlug vor Panik in ein helles Quietschen um.

Doch hinter der Tür blieb es ruhig. Frau Friebe antwortete nicht.

Kapitel vierzehn

Kälte

Ricas Herz raste, und ihre Augen brannten. Sie konnte den Heulkrampf in der Kehle aufsteigen spüren und schluckte ihn gewaltsam herunter. Noch konnte das alles ein blöder Scherz sein, vielleicht hatte Frau Friebe wieder ein Schlafmittel genommen und so die ganze Aufregung einfach nicht gehört. *Vielleicht liegt sie aber auch blutend in ihrem Bett.*

Rica schüttelte den Gedanken ab und drückte die Klinke herunter. Die Tür schwang auf und gab den Blick in ein dunkles Zimmer frei. Ein schmaler Streifen Licht fiel aus dem Flur hinein und zeichnete die Umrisse eines schmalen Bettes, eines Kleiderschranks und eines Schreibtisches in der Dunkelheit ab.

Im Bett lag keine Leiche. Im Bett lag überhaupt niemand. Eine Tagesdecke war sorgfältig darüber gebreitet und glatt gezogen worden, neben dem Bett standen ein Rollkoffer und Frau Friebes Handtasche neben ihren Hausschuhen.

Das Zimmer war leer.

Rica blinzelte in die Dunkelheit, schaltete das Licht ein, um sich zu vergewissern, dass auch wirklich niemand da war, und trat einen Schritt in den Raum hinein. Es fühlte sich seltsam an, in das Zimmer eines Lehrers zu gehen, auch wenn er gar nicht da war.

»Hallo?«, fragte sie mit zitternder Stimme. Sie ging noch

ein Stück weiter und sah hinter die Tür. *Dummes Huhn! Als ob Frau Friebe sich zum Spaß hinter der Tür versteckt hält.*

Rica merkte, dass sie zitterte. Es war eisig in dem kleinen Raum, aber es war nicht allein die Kälte. Dieses leere Zimmer machte ihr eine Heidenangst. Zwar war Frau Friebe ein bisschen willensschwach und langweilig gewesen und hatte sich nicht gerade mit Ruhm bekleckert, was die Betreuung anging, aber sie war immerhin eine Erwachsene gewesen. Jetzt war sie weg.

Natürlich, Rica konnte noch auf der Toilette nachsehen oder nach draußen gehen, um festzustellen, ob Frau Friebe vielleicht heimlich rauchte, doch das unberührte Bett sprach eine so deutliche Sprache, dass Rica sich das wohl sparen konnte. Die Lehrerin war verschwunden.

Und wenn du dich geirrt hast und die Figur, die im Aufenthaltsraum hängt, ist gar kein Kartoffelsack, sondern Frau Friebe selbst?

Unsinn! Rica biss die Zähne aufeinander. Es war nur eine dumme Puppe gewesen. *Die alles Mögliche aussagen kann, Liebchen. Wahrscheinlich bedeutet sie, dass deine Lehrerin nicht mehr unter den Lebenden weilt.*

Noch immer stand Rica wie gelähmt da. Was sollte sie jetzt tun? Zurück zu den anderen gehen und sagen, dass Frau Friebe verschwunden war? Das würde sie nur noch mehr in Panik versetzen, aber letztendlich gab es keinen Weg daran vorbei.

Na dann setz mal deinen Arsch in Bewegung, Schätzchen, und häng auf dem Weg gleich mal diese grässliche Puppe ab. Wenn die anderen das sehen, ticken sie sonst ganz aus.

Unendlich langsam setzte sich Rica wieder in Bewegung. Leise, fast so, als ob sie eine schlafende Person nicht stören wollte, zog sie die Zimmertür hinter sich zu und trat auf den Gang hinaus. Noch bevor sie sich zum Aufenthaltsraum umwenden konnte, entdeckte sie an der Wand ihr gegenüber einen grauen Metallkasten.

Sicherungen, dachte sie. Dann fiel ihr ein, dass das Licht im Aufenthaltsraum und auf der Treppe nicht funktionierte. Sie trat an den Kasten und öffnete ihn. Zwei der vielen Schalter waren nach unten gekippt. *Na also. Billiges Effektheischen.* Sie legte die Schalter wieder um und hörte ein leises Knacken. Hinter ihr wurde es heller, als das Licht im Aufenthaltsraum anging. Erst in diesem Moment wurde ihr bewusst, dass sie vermutlich jetzt alle Fingerabdrücke verwischt hatte, die sich vielleicht auf den Stromschaltern befunden hatten. *Fassen Sie nichts an!* War es nicht das, was sie immer in den Fernsehserien sagten?

Rica fluchte lautlos. Dann bemerkte sie, dass sie ganz offensichtlich Zeit schinden wollte. Nur nicht zu den anderen zurückgehen und ihnen erzählen müssen, was hier passiert war. Nur nicht noch einmal an dieser grausigen Puppe vorbei.

Und was willst du tun? Ewig hier vor dem Stromkasten stehen bleiben und meditieren? Setz dich endlich in Bewegung!

Rica wandte sich ab und ging langsam zurück zum Aufenthaltsraum. Er war hell erleuchtet, und in diesem Licht konnte man deutlich sehen, dass die menschenähnliche Figur nur eine Attrappe war. Jemand hatte sie mit einem Stück Wäscheleine aus der Waschküche an einen Deckenbalken gehängt. Immer noch unendlich langsam ging Rica zur Küche, holte ein scharfes Messer, schob einen Stuhl neben die Puppe und stieg darauf.

Sie schnitt die Wäscheleine durch, und der Kartoffelsack plumpste auf den Boden. Das Gewebe riss an einer Stelle, und Kartoffeln kullerten über den Boden. Rica kletterte wieder von dem Stuhl herunter und nahm sich die Zeit, die Perücke und das Kleid zu entfernen und auf einen Stuhl zu legen.

Jetzt sah das Ganze nicht mehr halb so unheimlich aus, und jemand anderes konnte sich darum kümmern.

»Rica?« Schritte näherten sich die Treppe herunter. Gleich darauf tauchte Vanessa auf. Sie entdeckte Rica neben dem Kartoffelsack und stutzte. »Was ist los? Wo ist Frau Friebe.«

»Weg.«

»Wie weg?« Vanessa machte große, runde Augen. »Sie kann doch nicht einfach weg sein.«

»Ist sie aber.« Rica hatte keine Lust auf Diskussionen. Sie begann, in Richtung der Treppe zu gehen. »Keine Ahnung, vielleicht ist sie ins Dorf hinuntergegangen, um Hilfe zu holen.« Es war eine magere Ausrede, und sie wusste das auch.

Vanessa war auch nicht blöd genug, um ihr das zu glauben. »Mitten in der Nacht? Im Schneesturm? Und lässt uns hier allein?«

Rica schob sie beiseite und begann, die Treppe hinaufzusteigen. Vanessa drehte sich um und lief ihr hinterher. »Weißt du, was ich glaube? Dieser Kerl hat sie erwischt«, sagte sie, nicht ohne einen gewissen Ton von gruseliger Genugtuung in der Stimme. Rica wurde beinahe schlecht. Glaubte Vanessa, dass sie sich hier in einem Horrorfilm befanden, oder was?

Noch bevor sie etwas erwidern konnte, drängte sich Vanessa an ihr vorbei und nahm die letzten paar Stufen immer zwei auf einmal. »Frau Friebe ist verschwunden!«, rief sie, so laut sie konnte, den Gang entlang. »Der Psychopath hat sie geholt! Wir sind allein hier!«

Aufgeregte Schreie folgten Vanessas Ankündigung. Die Ordnung, die Torben mühsam aufgebaut hatte, brach von einem Moment auf den anderen zusammen, und alle schrien wieder durcheinander. Rica konnte Torbens Stimme hören, wie er versuchte, gegen die Unruhe anzureden, aber offensichtlich hörte ihm niemand zu.

»Ich will nach Hause!«, jammerte eine Mädchenstimme.

»Wir müssen uns bewaffnen«, kam von einem Jungen. Es klang nach Alex. Typisch. Der war immer wild darauf, mit seinen Muskeln anzugeben.

»Das hilft doch nichts. Er wird uns alle kriegen!« Ein weiterer Junge – einer von den Kleineren offensichtlich –, dessen Stimme vor Hysterie ganz hoch klang. Mehrere Schüler begannen zu weinen.

Rica verdrehte die Augen und schleppte sich die letzten Stufen hoch. Sie fühlte sich unendlich müde und wünschte sich nichts mehr, als zu Hause in ihrem Bett aufzuwachen und festzustellen, dass alles nur ein böser Traum gewesen war.

Oben stieß sie auf eine aufgebrachte Menge. Jeder schien panisch nach einer Lösung zu suchen. Rica entdeckte nun doch Nathan am Rand der Gruppe, aber er schien sich überhaupt nicht einmischen zu wollen. Er stand mit unbewegter Miene da und beobachtete das Chaos unbeteiligt. Als er Rica sah, trat er einen Schritt auf sie zu und wollte sie offensichtlich beiseitenehmen, doch Torben war schneller. Er drängte sich durch die aufgebrachten Schüler und packte Rica am Arm.

»Ist das wahr? Frau Friebe ist verschwunden?«

Rica nickte. Sie brachte kein Wort heraus.

»Warum bist du dann nicht gleich zu mir gekommen? Jetzt hat Vanessa hier Panik verbreitet, und ich kann sehen, wie ich das wieder in den Griff bekomme.« Er zog wütend die Augenbrauen zusammen und wandte sich von Rica ab, bevor sie etwas erwidern konnte. Sie wusste auch nicht, was sie ihm hätte antworten sollen. Vanessa war nicht in diese schaurige Puppe hineingelaufen, Vanessa hatte nicht solche Angst ausgestanden wie Rica. War es ein Wunder, dass sie wie gelähmt gewesen war?

Vielleicht schon, dachte sie. Manchmal kam sie sich gegenüber den Daniel-Nathans-Schülern dermaßen dumm vor, dass sie sich überhaupt nichts mehr zutraute.

Eine Hand packte sie am Arm, und Rica zuckte zusammen. Nathan zog sie zu sich. »Was war noch los?«, wollte er wissen. »Du siehst schrecklich aus.«

»Na danke«, erwiderte Rica beinahe automatisch. »Gleichfalls.«

»Ehrlich: Was war los?«

Rica erzählte im Flüsterton von der unheimlichen Puppe und, da sie gerade dabei war, von der Botschaft im Duschraum.

»Ich bin mir langsam nicht mehr so sicher«, meinte sie schließlich. »Diese Puppe und dass Frau Friebe so einfach verschwunden ist … Bist du dir *sicher,* dass der Kerl dort oben im Unterstand kein Psychopath ist?«

Nathan machte ein nachdenkliches Gesicht. »Ich war mir ziemlich sicher«, gab er zurück. »Aber du hast schon recht, das alles hört sich schon sehr bedrohlich an.« Er runzelte die Stirn. »Es *passt* einfach nicht zusammen.«

»Erklär das denen hier!«, erwiderte Rica und machte eine weitausholende Geste, die alle Schüler um sie herum einschloss. Noch immer war mindestens die Hälfte von ihnen ziemlich aufgelöst, andere verschwanden gerade in ihren Zimmern, vielleicht um sich anzuziehen, vielleicht auch, um der Aufforderung nachzukommen, sich zu bewaffnen. Rica traute ihnen im Moment alles zu.

»Wir sollten auf jeden Fall auf alles gefasst sein«, meinte Nathan.

In diesem Moment brach der Streit los. »Lass mich los, du dumme Zicke!« Eine Mädchenstimme kreischte schrill.

»Du warst doch als Letzte in der Dusche!«, schimpfte ein anderes Mädchen. »Hast du das Zeug da an den Spiegel geschrieben?«

»Was ist denn nun schon wieder los?«, murmelte Rica.

»Ich nehme an, alle Nerven liegen ziemlich blank im

Moment«, gab Nathan zurück. »Es war abzusehen, dass sie einander an die Kehle gehen würden.«

»Für dich vielleicht.« Rica versuchte, sich durch die Menge zu drängen, zu der Stelle, woher die Stimmen kamen. Doch die Schüler standen dicht an dicht und bildeten einen festen Ring um die Streitenden.

»Torben! Sie hat bestimmt was mit diesem Psychopathen!«, rief das zweite Mädchen wieder. Jetzt erst erkannte Rica Vanessas Stimme. »Sie war in der Dusche, kurz bevor das alles losging. Und sie hat auch gesagt, dass sie die ganze Sache hier irgendwie cool findet. Sie hat ihn hier reingelassen.«

»Sag mal, spinnst du jetzt vollkommen?« Obwohl die Stimme des anderen Mädchens auch schrill verzerrt war, meinte Rica jetzt, Sarah zu erkennen. *Was ist denn da passiert?* Seit sie sie kannte, waren Vanessa und Sarah die engsten Freundinnen. Man sah nie die eine ohne die andere, sie hielten immer und überall zusammen, und manchmal konnte man meinen, man habe Klone vor sich. Sie frisierten sich sogar gleich und trugen die gleichen Klamotten.

»Der Kerl ist schließlich in unser Zimmer eingebrochen, hast du das schon vergessen?«, keifte Sarah.

»Und warum? Sicher nur, um sich mit dir zu treffen.« Vanessa klang triumphierend. »Sag schon: Wer ist der Kerl, und wo hältst du ihn versteckt?«

Nathan verdrehte die Augen. »Wir sollten was machen«, murmelte er, doch noch bevor er oder Rica eingreifen konnten, bahnte sich Torben einen Weg zu den beiden keifenden Mädchen.

»Ruhe jetzt!«, schrie er. Erstaunlicherweise kehrte tatsächlich Ruhe ein. Alle Blicke wanderten zu ihm. »Niemand hat den Kerl hier reingelassen, kapiert?«, schnauzte er Vanessa an.

»Aber sie hat doch …«, begann Vanessa, verstummte aber schnell, als sie einen bösen Blick von Torben auffing. »Ich dachte ja nur«, stammelte sie. »Irgendwie muss er doch hier reingekommen sein und Frau Friebe rausgeholt haben. Wir haben die Türen doch alle verschlossen.«

»Deswegen muss es ja noch lange nicht Sarah sein, oder?«, meinte Torben ein wenig freundlicher. »Geratet mal nicht in Panik, Leute. Wir haben Probleme genug, ohne dass wir jetzt anfangen, uns gegenseitig zu beschuldigen.«

Leises Murmeln, halb Zustimmung, halb Unwillen machte die Runde, aber Torben brachte alle mit einer Handbewegung zum Schweigen. »Genug jetzt. Frau Friebe ist verschwunden. Das ist schlecht. Aber wir kommen auch allein hier zurecht, bis Hilfe aus dem Tal kommt. Wir haben genug zu Essen und können eine Weile aushalten. Brennmaterial für den Kamin müsste auch da sein. Zur Not haben wir Skier und können so vielleicht ins Dorf hinunter, wenn uns gar nichts anderes übrig bleibt. Wir müssen nur die Ruhe bewahren.«

»Aber was sollen wir machen, wenn der Psychopath wiederkommt?«, wollte einer der jüngeren Schüler wissen. Sein Gesicht war verweint, und man sah ihm deutlich an, dass er sich dafür schämte.

»Ihr habt doch sicher alle irgendwas dabei, mit dem ihr euch wehren könnt«, meinte Torben selbstgefällig. »Messer oder meinetwegen Nagelscheren. In der Küche gibt es auch Zeug. Wir bewaffnen uns, und wenn der Kerl zurückkehren sollte, hat er keine Chance gegen uns. Außerdem sollten wir nur noch mindestens zu zweit unterwegs sein. Sicherheitshalber.«

»Moment mal.« Nathan schüttelte den Kopf und drängte sich durch die Schüler zu Torben. »Du kannst doch hier keine kleine Armee aufstellen. Das ist scheißgefährlich.«

Torben schenkte ihm einen eisigen Blick. »Wenn du unbedingt umgebracht werden willst, dann kannst du es ja lassen«, meinte er. »Ich würde nur jedem anderen raten, sich zu bewaffnen. Gibt's sonst noch irgendwelche Einwände?« Der

Blick, mit dem er die versammelten Schüler maß, sagte ihnen deutlich, dass sie besser keine Einwände haben sollten.

Doch so leicht ließ Nathan sich nicht abspeisen. »Lass wenigstens die Kleinen aus dem Spiel!«, sagte er erstaunlich ruhig. »Sie können sich ohnehin nicht gegen einen Erwachsenen wehren, und wenn hier jetzt alle bewaffnet herumlaufen, kommt es nur zu mehr Unfällen.«

»Willst du meine Autorität in Frage stellen?« Torben richtete sich kerzengerade auf, sodass er mindestens doppelt so groß wirkte als sonst. Nathan war zwar auch nicht gerade klein, aber doch etwas jünger als Torben, und jetzt machte sich das bemerkbar. Erstaunlicherweise stand er immer noch vollkommen ruhig da und sah unbewegt zu Torben auf.

»Stimmt, das will ich«, meinte er. »Ich kann mich nicht erinnern, dass wir einen Anführer gewählt hätten, oder so etwas.«

Torben blinzelte und wirkte einen Moment lang verwirrt. Dann holte er ohne Vorwarnung aus und stieß Nathan vor die Brust. Der Stoß war so fest, dass Nathan rückwärts stolperte, den Halt verlor und zu Boden stürzte. Rica hätte ihm gern geholfen, aber es standen zu viele Schüler zwischen ihr und Nathan, die jetzt alle neugierig das Geschehen betrachteten. Die Angst schien vollkommen gewichen zu sein.

»Ihr tut am besten, was ich euch gesagt habe!«, fauchte Torben sie an. »Wenn sonst niemand eingreifen will, muss ich es eben tun. Ich weiß, was das Beste ist.«

Rica starrte ihn ungläubig an, dann drängte sie sich durch die Schüler und half Nathan auf die Füße. »Du spinnst«, sagte sie zu Torben. »Was soll das Ganze hier?«

Einen Augenblick lang sah es so aus, als wolle Torben ihr auch eine runterhauen, aber dann wandte er sich einfach ab. »Holt euch das Zeug, wie ich es gesagt habe!«, meinte er zu den anderen Schülern.

Keiner von ihnen wagte zu widersprechen, tatsächlich schienen einige von ihnen sogar über die Maßen eifrig, seinen Befehl zu befolgen. Der Flur leerte sich allmählich, bis nur noch Nathan, Rica, Torben und – zu Ricas Überraschung – Robin und Saskia übrig waren.

»Es geht schon«, murmelte Nathan und befreite sich von Ricas Hand. Er schenkte Torben einen so verächtlichen Blick, dass Rica sich schon darauf vorbereitete, dass er noch mal auf Nathan losging, doch glücklicherweise hielt er sich zurück.

Robin sah beunruhigt von Rica und Nathan zu seinem Freund Torben und schien sich nicht sicher, ob er eingreifen sollte. »Hör mal, Torben. Das geht doch wirklich ein bisschen zu weit, oder?«, versuchte er einen vorsichtigen Vorstoß. »Ich meine, Nathan hat recht, wenn hier die kleinen Kinder mit Waffen rumlaufen – «

»Es sind doch keine richtigen Waffen. So fühlen sie sich wenigstens sicher.« Torbens Stimme klang auf einmal honigsüß.

Robin runzelte die Stirn und sah nicht überzeugt aus. »Aber – «, begann er, doch Rica fiel ihm ins Wort. Seine Worte hatten sie mehr ermutigt, als sie sich hätte vorstellen können. »Was soll das Ganze?«, wollte sie von Torben wissen. Sie hatte ihn nie besonders sympathisch gefunden und nicht verstanden, was Eliza an ihm fand, aber so hatte sie ihn wirklich noch nie erlebt. »Wenn du hier eine Diktatur aufziehen willst – «

»Habe ich nicht vor!«, schnitt ihr Torben das Wort ab. »Irgendjemand muss hier die Dinge in die Hand nehmen. Hast du nicht gemerkt, wie durcheinander hier alle sind? Wenn jetzt eine Panik ausbricht, kann wer weiß was passieren.«

»Und du bist der Mann, das zu verhindern?« Aus Nathans Stimme klang eisiger Spott.

»Ja«, erwiderte Torben einfach.

»Na dann viel Spaß. Komm, Rica, wir beide haben noch Wichtigeres zu tun, als Mister Größenwahnsinnig hier zuzuhören.«

»Ja, verzieht euch nur auf euer Zimmer!«, spottete Torben zurück. »Wir wissen ja, was da so abgeht.«

Nathan drehte sich zu ihm um und zeigte ihm den Mittelfinger, aber als Rica ebenfalls zurücksah, merkte sie, dass Robin auf halbem Weg gewesen war, ihnen zu folgen. Jetzt war er wieder stehen geblieben und sah Rica mit einem so verletzten Gesichtsausdruck an, dass es ihr in der Seele wehtat.

»Er schläft bei dir im Zimmer?«, wollte er wissen.

»Nur weil Eliza ein Einzelzimmer braucht«, begann Rica zu erklären, aber sie sprach zu hastig, und ihre Zunge schien über die Worte zu stolpern. »Da ist nichts, wirklich.«

»Ja klar, deswegen hängen die beiden auch schon die ganze Zeit aneinander wie die Klammeraffen«, höhnte Torben, dem die ganze Situation Spaß zu machen schien. »Vergiss es, Robin, die hat dich doch gar nicht verdient.«

Robin sah Rica mit großen Augen an. Der Kummer darin brach ihr beinah das Herz. Saskia, die die ganze Zeit still dabei gestanden hatte, trat zu ihm und ergriff seine Hand. »Komm«, sagte sie leise. »Lass uns einen Tee trinken gehen.«

Rica biss sich auf die Unterlippe, um nicht loszuheulen, als Saskia und Robin gemeinsam die Treppe nach unten stiegen. Beinah wünschte sie sich, sie hätte die grausige Puppe hängen lassen, sodass die beiden wenigstens einen ordentlichen Schock bekamen, aber das war natürlich albern und kindisch.

»Komm, Rica!«, wiederholte Nathan überraschend sanft. »Wir reden gleich.«

Widerstrebend ließ sich Rica von ihm aufs Zimmer ziehen. Die ganze Zeit musste sie die Tränen unterdrücken, die in ihrer Kehle aufsteigen wollten.

»Setz dich erst mal!«, meinte Nathan und drückte Rica

sanft auf ihre Bettkante. Sie ließ es geschehen, auch dass er sich vor sie auf den Boden hockte und ihre Hände in seine nahm. »Hör mal zu: Robin mag dich, das ist sonnenklar. Wenn ihr nicht immer aneinander vorbeireden würdet und wenn du nicht so einen verfluchten Sturkopf hättest und wenn dieses Arschloch von Torben dir jetzt nicht reingeredet hätte, dann wäre die ganze Sache schon längst ganz anders verlaufen«, begann Nathan.

Rica wusste nicht, ob sie lachen oder weinen sollte. Die Wärme von Nathans Händen tat ihr gut, aber sie hatte ein bisschen Angst, dass er es falsch vestehen würde, wenn sie es weiter zuließ, dass sie Händchen hielten. »Und das stellst du alles ganz selbstlos fest«, murmelte sie und versuchte, ihm ihre Hände zu entziehen. Er hielt sie fest und drückte sie ein wenig.

»Ja, das tue ich«, erwiderte er und überlegte einen Moment. »Tatsächlich will ich ganz bestimmt nichts von dir, Rica, wenn dir das hilft. Ich meine, nichts gegen dich, du bist sehr nett. Also, um genau zu sein, gehörst du zu den coolsten Leuten, die ich je kennengelernt habe, aber sonst …« Ihm schienen die Worte auszugehen, und er lächelte verlegen. »Jetzt bist du bestimmt beleidigt. Sorry. Dabei habe ich das ganz bestimmt nicht so gemeint.«

Rica lächelte, schniefte gleichzeitig und schüttelte den Kopf. »Nein, ich verstehe dich schon. Geht mir ja ähnlich. Ist komisch, was?« Sie versuchte noch mal ein Lächeln, aber es gelang ihr nur schief. Dieses Mal ließ sie die Hände, wo sie waren.

»Das mit Robin und dir kommt schon wieder in Ordnung«, tröstete Nathan sie.

»Bestimmt?«

»Bestimmt. Wenn dieser ganze mistige Urlaub vorbei ist. Versprochen. Und wenn ich selbst mit dem Kerl reden muss.«

Er lachte leise. »Warum du dir auch ausgerechnet so ein Sensibelchen aussuchen musstest, verstehe ich allerdings nicht.«

Rica musste auch lachen. Sie fühlte sich, als sei eine große Last von ihren Schultern genommen worden. Ganz plötzlich konnte sie ein wenig freier atmen. Auch wenn die Situation eigentlich kein Stück weniger beschissen war als zuvor.

»Und was machen wir jetzt?«, wollte sie wissen.

»Erst mal schlafen«, gab Nathan zurück. »Morgen versuchen wir herauszufinden, wer hinter dem ganzen Mist steckt. Ich bin mir fast sicher, dass es jemand aus dem Haus ist.«

»Du glaubst, jemand von uns hat Frau Friebe … weggeschafft?« Rica brachte es nicht über sich, »umgebracht« zu sagen. Das hörte sich so schrecklich endgültig an, auch wenn sie sich durchaus vorstellen konnte, dass das zutraf.

»Kann sein, dass sie jemand weggelockt hat. Ich glaube eigentlich nicht, dass sie tot ist«, antwortete Nathan.

Tot.

Ein schreckliches Wort. Rica schauderte. Sie konnte es gar nicht recht glauben, dass Nathan es wirklich ausgesprochen hatte, und sie wollte es auch gar nicht hören.

Tot.

Nein. Frau Friebe war sicher nicht tot.

»Warum ist sie weg?«, wollte Rica wissen. »Sie mag ja nicht besonders fähig gewesen sein, aber sie würde uns doch nie hier allein lassen.«

»Hast du schon mal rausgeschaut? Draußen schneit es wie verrückt. Ich würde mich nicht wundern, wenn sie sich bei dem Schneetreiben irgendwie verlaufen hat oder so etwas.« Nathan drückte Ricas Hände noch einmal. »Es wird alles gut, das verspreche ich dir.«

»Ehrlich?«

»Nein, eigentlich will ich nur, dass du dich beruhigst«,

witzelte er. Rica bemerkte allerdings, dass er nur halb im Spaß sprach. »Schlafen wir jetzt besser. Morgen sehen wir, was wir machen können.« Nathan ließ Ricas Hände los und richtete sich auf. »Es ist lausekalt hier. Nicht mal die Heizung funktioniert in dieser Bude richtig.«

Rica grinste schwach und kroch unter ihre Bettdecke. *Vermutlich hat er recht. Wir können jetzt sowieso nichts tun.* Und auch, wenn sie geglaubt hatte, nie einschlafen zu können, war sie bald schon weggedämmert.

Rica erwachte davon, dass ihre Nasenspitze eiskalt war. Sie versuchte, ihre Decke höherzuziehen, aber dann ragten ihre Füße ins Freie, und Eiseskälte kroch an ihre bloßen Zehen. Sie rollte sich so eng wie möglich zusammen und zog die Decke über sich. *Ich möchte noch nicht aufstehen. Ich möchte nie mehr aufstehen.*

»Psst, Rica!«

Sie kniff die Augen zusammen und versuchte, die drängende Stimme zu ignorieren. »He, Rica, ich weiß, dass du wach bist!«

»Was ist denn los?« Rica wagte es, ihr Gesicht wieder unter der Decke hervorzustrecken, und blinzelte. Nathans Gesicht schwebte im blassgrauen Licht des Zimmers. Er hatte seine Skijacke angezogen, und vor seinem Mund standen Atemwölkchen.

»Die Heizung ist aus«, flüsterte er.

»Was?« Auf einmal fühlte sich Rica hellwach. Sie setzte sich kerzengerade im Bett auf, aber so bot sie der Kälte nur noch mehr Angriffsfläche. Schaudernd zog sie die Decke um ihre Schultern. Nathan griff neben sich auf den Stuhl und warf Rica ihren Parka zu.

»Die Heizung ist aus«, wiederholte er. »Eiskalt. Keine Spur von Wärme.«

Rica streifte sich dankbar ihren Parka über. Viel half es nicht, denn die Kälte schien ihr jetzt schon bis in die Knochen gekrochen zu sein. »Wie kann die Heizung aus sein?« Sie ersparte es sich, zu fragen, ob er denn am Regler gedreht hatte. Nathan war schließlich kein Idiot.

»Da muss was mit dem Kessel nicht stimmen«, meinte Nathan. »Vielleicht ist er ausgefallen. Oder jemand hat ihn abgestellt.«

»Aber …«, begann Rica, unterbrach sich jedoch gleich. Sie hatte fragen wollen, wie jemand den Kessel ausschalten konnte. Sie selbst hatte keine Ahnung davon, doch bei den ganzen kleinen Genies hier gab es sicher den einen oder anderen, der das ziemlich schnell ausgeknobelt hätte. »Können wir ihn wieder anschalten?«, wollte sie stattdessen wissen.

»Das hatte ich vor«, antwortete Nathan. »Aber du weißt schon, Torben hat gesagt, dass wir immer zu zweit unterwegs sein sollen.« Seine Stimme triefte vor Sarkasmus. Gleich darauf schüttelte er den Kopf. »Sorry. Aber tatsächlich wollte ich nicht ganz allein gehen. Momentan erscheint es mir besser, ein zweites Paar Augen um mich zu haben.«

Rica nickte. »Okay«, stimmte sie zu. »Vermutlich gar nicht schlecht. Weißt du denn, wo der Heizkessel ist?«

Nathan zuckte mit den Schultern. »Draußen gibt es einen Schuppen, ich vermute mal, da. Wenn wir Glück haben, können wir vielleicht sogar noch Spuren finden. Wer auch immer das Ding abgestellt hat, muss doch durch den Schnee gelaufen sein.« Er blinzelte schelmisch. Rica hatte das Gefühl, dass diese Spurensuche eigentlich der Hauptgrund war, warum er sich dazu entschlossen hatte, mitten in der Nacht den Heizungsschuppen aufzusuchen.

»Na gut.« Rica seufzte und angelte nach ihrer Skihose. Sie versuchte sich, so gut es ging, unter der Bettdecke anzuziehen, nicht so sehr, weil sie sich vor Nathan genierte, als weil sie der

Kälte keinen Angriffspunkt bieten wollte. Dennoch begann sie zu zittern, sobald sie das Bett verließ. Es war klar, dass sie die Heizung tatsächlich wieder zum Laufen bringen mussten. Sonst würden sie ein echtes Problem bekommen.

Das Haus war still, als sie beide leise zur Treppe gingen. Alles schien wie sonst. Im Aufenthaltsraum lag immer noch der Kartoffelsack herum, um den sich niemand gekümmert hatte. Rica machte auf dem Weg zur Hintertür einen großen Bogen darum. Sie fand ihn immer noch ziemlich unheimlich.

»Das kann doch nicht wahr sein!« Nathan fluchte leise, als sie in den kleinen Flur traten, der zur Hintertür führte. Die Tür stand sperrangelweit offen, und ein eisiger Wind blies Schnee ins Haus. Es war so kalt, dass er nicht einmal wegtaute, sondern eine kleine Schneewehe hinter dem Eingang bildete. »Was ist denn da passiert?«

»Meinst du, das war der, der die Heizung ausgestellt hat?«, wollte Rica wissen, aber Nathan schüttelte den Kopf.

»Er möchte ja, dass wir an diesen Psychopathen glauben. Nein, die Tür hat jemand anderes offen gelassen. Ich frage mich, warum.« Langsam ging er auf die Tür zu und sah hinaus ins Schneetreiben. »Lange kann das noch nicht so sein. Sonst läge der Schnee hier viel höher.«

»Vielleicht ist schon jemand vorausgegangen in den Schuppen«, schlug Rica vor. »Wir müssen ja nicht die Ersten sein, die die Idee hatten.«

Wieder warf Nathan einen Blick aus der Tür. »Ich kann niemanden sehen«, murmelte er. Auf einmal schien er überhaupt nicht mehr begeistert von dem Gedanken zu sein, in den Schnee hinauszustapfen.

»Was ist los? Angst?« Rica verzog das Gesicht. Jetzt hatte er sie schon aus dem Bett geholt und zu dieser blöden Aktion überredet, und nun traute sich der Kerl nicht vor die Tür.

»Dann geh ich eben.« Bevor Nathan noch etwas erwidern konnte, trat Rica über die Schwelle in den Schnee hinaus.

Einen Augenblick später war Nathan an ihrer Seite. »Sorry«, murmelte er, »manchmal gehen halt die Nerven auch mit mir durch. Bei der Vorstellung, dass hier draußen jemand ist …« Er brachte den Satz nicht zu Ende, sondern zuckte so heftig zusammen, dass Rica ebenfalls erschrak. »Was ist?«

»Da liegt jemand!« Nathan deutete vor sie in die Dunkelheit.

Rica kniff ihre Augen zusammen, um besser sehen zu können, erkannte aber nur einen dunklen Schemen vor dem wenig helleren Schnee. »Bist du dir sicher?«

Nathan antwortete nicht, sondern sprintete vorwärts. Im nächsten Moment kauerte er neben dem Schemen und hob ihn vorsichtig hoch.

»Das ist Simon«, rief er Rica zu. »Schnell, komm her!«

Rica rannte zu ihm. Tatsächlich konnte sie jetzt auch die kleine, schmale Gestalt in Nathans Armen erkennen. Simon war nur in Schlafanzug und Skijacke gekleidet und hatte Hausschuhe an den Füßen. Seine braunen Haare hingen ihm wirr und nass ins Gesicht, und seine Augen waren geschlossen. Rica konnte sehen, dass er am ganzen Körper zitterte, obwohl er nicht bei Bewusstsein zu sein schien.

»Was ist passiert?«, fragte sie, wurde sich jedoch gleich bewusst, dass das jetzt nicht der richtige Zeitpunkt für so eine Frage war. Hastig zog sie ihren Parka aus und reichte ihn Nathan. »Bring ihn wieder rein, und mach Feuer im Kamin!«, meinte sie. »Ich lauf zur Heizung. Wir brauchen Wärme. Und heißes Wasser.«

Nathan widersprach nicht. Er wickelte Simon in Ricas Parka und hob ihn hoch, als wöge er nicht viel mehr als ein Kätzchen. Dann stapfte er ohne ein weiteres Wort in Richtung der Hintertür.

Rica drehte sich um und rannte, so gut es ging, den Weg zum Schuppen entlang. Der tiefe Schnee ließ es allerdings mehr wie ein Stolpern aussehen, und die ganze Zeit biss der Wind sich unangenehm durch ihr Pyjamaoberteil. Schneeflocken schmolzen auf ihrer Haut, und als sie den Schuppen erreichte, war sie vollkommen durchnässt und klamm. Als sie jedoch die schwere Metalltür aufstieß, schlug ihr dankbare Wärme entgegen. Offensichtlich war hier noch alles in Ordnung.

Das Licht im Schuppen brannte, ein eindeutiges Zeichen, dass vor Kurzem noch jemand hier gewesen sein musste. Simon vielleicht? Hatte er es schon geschafft, die Heizung wieder anzustellen? Rica sah sich um. Sie brauchte einen Moment, um die verschiedenen Elemente der Heizung erkennen zu können. Da gab es den Ofen und einen Heizkessel – und glücklicherweise gleich daneben ein digitales Bedienungsfeld. Rica trat heran, und scrollte sich durch eine lange Liste von Einträgen wie »Warmwasser«, »Heiztemperatur«, »Urlaubseinstellung« und solchen Kram. Ganz schlau wurde sie nicht daraus, vor allem, weil sie keine Ahnung hatte, was da eingestellt sein sollte. Kurzerhand stellte sie alles, was sie auf »Aus« fand, auf »Ein« um und schloss das Bedienungsmenü wieder. Neben ihr erwachte der Brenner brummend zum Leben. Vermutlich hatte sie schon irgendwas richtig gemacht. Ohne weiteres Nachgrübeln drehte sie sich um und rannte zum Haus zurück.

Aus dem Aufenthaltsraum schlugen ihr Licht und angenehme Wärme entgegen. Das Knacken von Holz und ein leichter Geruch nach Harz und Rauch sagten ihr, dass Nathan den Kamin angemacht hatte. Als sie eintrat, sah sie Simon auf einer Decke auf dem Boden ausgestreckt direkt vor dem Kamingitter liegen. Nathan hatte ihm Ricas Jacke wieder ausgezogen und war gerade dabei, seine Arme und Hände mit einem Handtuch abzureiben.

»Sollen wir ihn nicht einfach unter eine heiße Dusche stellen? Wir müssten jetzt gleich warmes Wasser bekommen«, meinte Rica.

Nathan sah kurz auf und schüttelte den Kopf. »Ich habe mal gehört, dass man das nicht machen sollte. Ist ein zu großer Schock für den Körper. Lieber abreiben und so. Und versuchen, ihn wach zu bekommen.«

Wie auf ein Kommando hin flatterten Simons Augenlider. Er blinzelte, sah verwirrt von Nathan zu Rica und versuchte sich an einem schwachen Lächeln.

»Hey«, sagte er. »Was ist passiert?«

»Das wollten wir eigentlich dich fragen«, meinte Nathan. »Warum warst du draußen im Schnee?«

Simon blinzelte wieder und versuchte, die Hand zu heben, war aber offensichtlich zu schwach dazu. »War ich das?« Er runzelte die Stirn. »Stimmt. Ich bin aufgewacht. Die Heizung war aus. Also habe ich mir gedacht, dass sie vielleicht jemand abgestellt hat. Ich bin runter und wollte in den Heizungsschuppen sehen.« Ein jämmerlicher Hustenanfall schüttelte ihn, und einige Augenblicke lang konnte er überhaupt nicht sprechen. Als er sich schließlich wieder beruhigt hatte, standen ihm Tränen in den Augen, und er sah sehr blass und abgekämpft aus. »Ich bin raus. War schweinekalt, aber ich dachte, ich bin ja gleich beim Schuppen. Aber dann ist hinter mir die Tür zugeknallt. Ich hab sie ins Schloss fallen hören.« Er schauderte, und die Tränen in seinen Augen drohten, über seine Wangen zu laufen. Energisch wischte er sie fort. »Da bin ich zurück zur Tür und hab versucht, sie aufzubekommen. Doch sie war verschlossen. Ich hab eine Weile dran gezogen, aber es war so eiskalt, da dachte ich, ich gehe besser in den Schuppen, wo es warm ist.« Er schniefte. »Irgendwie bin ich nicht da angekommen, oder?«

Nathan schüttelte den Kopf und sah besorgt zu Rica auf.

»Wir haben dich im Schnee gefunden. Es war ganz schön leichtsinnig von dir, einfach so allein rauszugehen.«

»Ich weiß«, meinte Simon kleinlaut und begann wieder zu husten. »Torben hat ja auch gesagt, dass wir das nicht sollen. Aber ich dachte, nur eben zum Schuppen ...« Der Husten überwältigte ihn abermals und raubte ihm die Sprache.

Rica runzelte die Stirn. Simon sah jämmerlich aus, das war richtig, aber irgendwas an der Geschichte kam ihr ziemlich komisch vor. »Als wir unten angekommen sind, stand die Tür offen«, stellte sie fest. »Sie war nicht verschlossen.«

Nathan schenkte ihr einen vorwurfsvollen Blick. »Vielleicht hat, wer auch immer es war, sie wieder geöffnet«, gab er zurück.

»Warum sollte er das tun?«, fragte Rica. »Damit hat er doch fast sichergestellt, dass jemand nach draußen geht und nach dem Rechten sieht. Wenn er Simon wirklich hätte schaden wollen ...« Doch eine ärgerliche Handbewegung von Nathan schnitt ihr das Wort ab. »Wie wäre es, wenn du dich mal um etwas Heißes zu Trinken kümmerst. Der Kleine hier muss sich aufwärmen. Wir können froh sein, wenn er sich nichts Schlimmes eingefangen hat.«

Simon hustete wieder wie auf Kommando. Entweder hatte er den unterschwelligen Vorwurf in Ricas Worten überhaupt nicht mitbekommen, oder es kümmerte ihn nicht, was hier geredet wurde, jedenfalls starrte er nur apathisch auf das Feuer im Kamin und sagte gar nichts.

Rica zögerte noch. »Nathan, was ...«

Nathans Augenbrauen zogen sich bedrohlich zusammen. Es war offensichtlich, dass er kurz vor einem Wutausbruch stand. Hastig wandte Rica sich um und lief in die Küche, um den Wasserkocher anzuwerfen.

Während das Wasser neben ihr brodelte, grübelte sie über Nathan nach. Sie verstand nicht, warum er Simons Geschichte so überhaupt nicht hinterfragte. Irgendetwas stimmte daran doch hinten und vorne nicht. Simon hatte sich bisher nicht gerade durch Heldenmut hervorgetan, und nun wagte er sich freiwillig nachts allein in den Schnee hinaus? Und dann die Geschichte mit der Tür. Es gab wirklich keinen Grund, warum jemand, der Simon schaden wollte, sie offen stehen lassen sollte, nachdem er zusammengebrochen war. Außerdem hätte das Ganze nur wenige Minuten vor Nathans und Ricas Ankunft ablaufen müssen, und wohin sollte der- oder diejenige verschwunden sein?

Das Wasser kochte. Rica nahm eine Schachtel mit Teebeuteln aus einem Schrank, hängte einen von ihnen in einen Becher und goss den Tee auf. Das Wasser nahm sofort eine blutrote Farbe an, die ihr unangenehm war. Vorsichtig griff sie den Henkel und trug den Becher zurück in den Aufenthaltsraum.

Nathan hatte es Simon inzwischen bequemer gemacht. Er hatte ein paar Decken aus den Banktruhen geholt und dem Jungen ein Lager bereitet, ihm das Pyjamaoberteil ausgezogen und ihn in eine weitere Decke gewickelt. Simon sah immer noch blass aus, aber irgendwie auch sehr zufrieden mit seiner Lage.

Ich bin mir sicher, er wollte sich einfach nur interessant machen. Vielleicht ist er wirklich rausgegangen, um die Heizung wieder anzuschmeißen, aber dann hat er uns kommen hören und die Gelegenheit ergriffen, auf armes kleines Opfer zu machen. Rica reichte Simon die Tasse und musterte ihn scharf. Das Lächeln, das er ihr schenkte, war so dankbar, offen und ehrlich, dass sie fast an sich zweifelte. Aber eben nur fast. *Warum nur glaubt Nathan ihm so unbesehen?*

»Bist du jetzt okay? Geht es dir besser?«, wollte Nathan wissen. »Kein bleibender Schaden?«

Simon nippte an seinem Tee und schien zu überlegen. »Ich

glaube nicht«, meinte er dann und hustete noch mal. »Ihr seid wohl gerade noch rechtzeitig gekommen.« Wieder lächelte er. Dieses Mal fiel Rica noch etwas auf. Wenn er lächelte, schien eine kleine Sonne in seinem Gesicht aufzuleuchten. Sein Lächeln beinhaltete alles, was man sich von einem Kinderlächeln wünschen konnte. Charme, Wärme, Vertrauen, großäugiges Staunen. Es war ein Ausdruck, der Erwachsene nostalgisch stimmen konnte, und nicht nur sie. Auch Rica wünschte sich für einen Augenblick, einen kleinen Bruder zu haben. Genau so einen wie Simon. Als Simon jedoch seinen Blick wieder auf den Becher senkte, verflog das Gefühl so schnell, wie es gekommen war. Rica war sich sicher, dass alles, aber auch alles an Simons Lächeln geplant war. Bis in den kleinsten Effekt. Dabei wirkte es nicht einmal künstlich, kein Werbelächeln wie die Kinder in den Werbespots. Nein, es war genauso perfekt wie falsch.

Sie wollte etwas sagen, wollte Nathan darauf aufmerksam machen, damit sie den Kleinen in die Mangel nehmen und die Wahrheit aus ihm herausquetschen konnten, doch ein Blick auf sein Gesicht sagte ihr, dass zumindest bei ihm Simon vollen Erfolg gehabt hatte. Nathan sah ihn so weich und freundlich an, als handele es sich tatsächlich um seinen kleinen Bruder, den er sehr liebte.

»Bleib so lange am Feuer, wie du willst«, sagte er jetzt gerade. »Wärm dich so richtig auf. Können wir sonst noch etwas tun?«

Simon schüttelte den Kopf. »Nein, mir geht es schon wieder gut. Wirklich.« Wieder dieses Lächeln, doch dieses Mal weigerte sich Rica, auch nur für eine Sekunde darauf hereinzufallen. »Ich sitze hier einfach noch ein bisschen, und wenn ich mich aufgewärmt habe, gehe ich ins Bett. Danke. Ohne euch …« Er ließ das Satzende dramatisch in der Luft hängen, als wäre er in einem schlechten Horrorfilm.

Rica verdrehte die Augen, aber Nathan klopfte ihm kumpelhaft auf die Schulter, bevor er sich erhob. »Das wird schon, Kleiner«, meinte er. »Wir beide gehen jetzt auch wieder ins Bett. Es sei denn, du willst, dass wir dableiben.«

»Nein, schon okay. Ich bin gerne allein hier.« Dieses Mal richtete Simon seinen gesamten Charme auf Rica, aber die versuchte, ihn an sich abprallen zu lassen.

»Lass uns gehen«, sagte sie ziemlich schroff zu Nathan und wandte sich von dem kleinen Lügner ab. Sie wartete nicht auf Nathan, sondern stapfte die Treppe hoch, dass die Stufen lautstark knarrten. Es war ihr egal, wen sie dabei aufweckte.

Nathan holte sie am oberen Ende der Treppe ein und packte sie am Arm. »Sag mal, spinnst du?« Er versuchte nicht einmal, leise zu sprechen. Rica hörte jemanden im nächstgelegenen Zimmer ärgerlich knurren. »Warum bist du so fies zu dem Kleinen?«

Rica riss ihren Arm los. »Die Frage ist mehr: Warum führst du dich auf wie die letzte Glucke? Ich meine, seine Geschichte ist nun mehr als seltsam, und du kaufst ihm das alles ab? Echt, sonst siehst du immer und überall nur Verschwörungen, aber jetzt …« Sie schüttelte den Kopf und wandte sich ab, um zum Zimmer zurückzugehen.

»Könnt ihr da draußen nicht mal die Klappe halten?«, schimpfte eine Stimme.

Rica trat ins Zimmer, ging zum Heizkörper und legte die Hand daran. Fast hätte sie sich die Finger verbrannt. Das Ding schien zu glühen.

Na wenigstens etwas, das geklappt hat, dachte Rica und begann, die Skiklamotten wieder auszuziehen. Sie war bereits wieder unter die Bettdecke geschlüpft und wollte sich gerade auf die Seite drehen, als Nathan ins Zimmer kam. Etwas betreten blieb er im Türrahmen stehen.

»Sorry«, murmelte er. »Ich glaube, du hast recht.« Er schüttelte den Kopf. »Ich weiß auch nicht, was in mich gefahren ist. Irgendwie hat mir der Kleine plötzlich so leidgetan.«

»Schon okay«, knurrte Rica. Irgendwie war sie immer noch sauer, aber gleichzeitig konnte sie Nathan ja auch gut verstehen. Sie hatte ungefähr dasselbe empfunden, nur schien es sie nicht so stark erwischt zu haben.

»Nein, ist nicht okay. Du hast nämlich recht: Seine Geschichte *ist* dünn. Wir sollten noch mal runter und ihn befragen.«

»Hat auch Zeit bis Morgen«, erwiderte Rica und wickelte sich weiter in ihre Decke ein. Sie hatte keine besondere Lust, jetzt aufzustehen. »Ich glaube, dass er sich einfach nur interessant machen wollte. Das können wir auch später noch klären, oder nicht?«

Nathan zögerte, dann nickte er. »Du glaubst auch nicht, dass Simon es war, der die Heizung sabotiert hat, oder?«, wollte er wissen.

Rica runzelte die Stirn. Sie musste zugeben, dass ihr dieser Gedanke noch gar nicht gekommen war. Doch er kam ihr auch nicht sehr plausibel vor. Die Heizung war schon länger aus gewesen, warum hätte Simon noch einmal nach unten gehen sollen?

»Nein, glaube ich nicht«, murmelte sie. »Können wir jetzt schlafen?«

»Okay.« Nathan schlüpfte ebenfalls unter seine Bettdecke. »Hoffen wir einfach, dass morgen ein besserer Tag wird, ja?«

Kapitel fünfzehn

Chaos

»Jetzt wird erst einmal gefrühstückt.« Torben sah sich mit unverkennbarem Stolz im Raum um. Bis auf Eliza waren alle zum Frühstücken nach unten gekommen, und alle Blicke ruhten auf Torben. Es gab kein Getuschel und kein Motzen.

Rica ließ sich möglichst weit weg von Torben nieder und durchsuchte den Raum mit ihren Augen, bis sie Simon entdeckte. Er kauerte ganz vorn, in der Nähe des Kamins, und sah schon viel besser aus als in der Nacht.

»Er hat sein Abenteuer im Schnee aber gut überstanden«, murmelte Rica Nathan zu.

Torben teilte Schüler zum Küchendienst ein und andere zum Schneeschippen. »Wir müssen versuchen, wenigstens die Wege auf dem Gelände hier frei zu halten«, meinte er. »Wenn jemand hierherkommen sollte, hat er es dann leichter.«

»Willst du nicht auch gleich ein Signalfeuer auf dem Berg anzünden und eine Jägergruppe gründen?«, fragte Nathan, aber er sprach so leise, dass nur Rica ihn hören konnte. Sie musste grinsen. Sie hatten *Herr der Fliegen* im letzten Schuljahr gelesen, und Rica verstand genau, worauf Nathan anspielte. Wieder wanderte ihr Blick zu Simon. Er schien eifrig zuzuhören und war offensichtlich ganz Torbens Meinung.

»Vielleicht wollte er sich einfach nur einschleimen«, meinte sie. »Ganz allein die Heizung reparieren würde seinem Image sicher gut tun.«

Nathan zuckte mit den Schultern. »Das mag sein. Aber jetzt ist nicht die Zeit, über Simon nachzudenken, oder? Wir sollten lieber herausfinden, wer wirklich die Heizung abgedreht hat. Du hast nicht zufällig irgendwelche Spuren gesehen, als du beim Schuppen warst?«

Rica schüttelte den Kopf. »Ich hatte keine Zeit, auch noch auf Spuren zu achten, sorry.« Sie überlegte kurz. »Im Grunde könnte es jeder gewesen sein. Der Ofen war nicht so schwer zu bedienen, und ich hab nur kurz draufgesehen. Jeder, der sich ein bisschen Zeit nimmt, kann das Ding abschalten, würde ich sagen. Und abgeschlossen war der Schuppen auch nicht.«

»Du bist doch wohl nicht wieder der Meinung, dass es dieser Kerl vom Institut ist, oder?«

Rica zuckte mit den Schultern. »Weiß nicht. Nein. Eigentlich glaube ich, dass es ein Mädchen war. Lippenstift und so.« Wieder ließ sie ihren Blick wandern, bis er schließlich an Saskia hängen blieb. Sie sah blass aus an diesem Morgen, so als hätte sie nicht besonders viel oder besonders gut geschlafen.

Nathan war ihrem Blick gefolgt. »Ach, komm schon«, meinte er. »Du kannst doch nicht *alles* auf Saskia schieben. Es mag sein, dass sie deine Kamera geklaut hat und dass sie an deinen Skiern rumgespielt hat, aber doch nur, weil sie eifersüchtig war. Jetzt, wo du keine Gefahr mehr bist, hat sie doch keinen Grund, weiterzumachen. Vor allem: Was sollte sie denn gegen Frau Friebe und gegen die restlichen Schüler haben?«

Rica zuckte wieder mit den Schultern. »Vielleicht macht der ganze Psychoterror ihr auch einfach nur Spaß«, vermutete sie.

Nathan verdrehte die Augen. »Und wie willst du ihr das nachweisen?«

»Keine Ahnung. Vielleicht findet sich ja in ihrem Zimmer etwas. Wir müssen einfach nur eine passende Gelegenheit abwarten. Vielleicht teilt Torben sie ja zu irgendwas Lustigem ein.«

Nathan seufzte. »Okay. Aber versprich mir, dass du wenigstens auch andere Schüler in Betracht ziehst. Ist ja nicht so, dass sie das einzige Mädchen hier ist, oder?«

Rica nickte. »Versprochen.«

Die ersten Schüler kamen mit Tabletts voller Frühstücksgeschirr, Brot und Müsli herein. Rica stand auf, um sich eine Schüssel Müsli und etwas Milch zu holen. »Lass uns zu Eliza gehen«, schlug sie vor. »Sie muss schließlich auch etwas essen.«

* * *

Die schlimmen Träume waren vorbei, aber ihr Kopf fühlte sich immer noch an wie in Watte gepackt. Irgendwo am Rande ihres Bewusstseins nahm sie wahr, dass Rica auf sie einredete, und da war noch eine weitere Stimme. Eliza konnte sie nicht zuordnen, vielleicht gehörte sie einem Lehrer, oder ihrem Vater?

Daddy? Was machst du hier?

Dann fiel ihr ein, dass sie ja wütend auf ihren Vater war. Wütend, weil er nicht einfach nur ein Kind hatte haben wollen, sondern offensichtlich ein ganz besonderes Kind. Ein Kind nach seinen eigenen Vorstellungen.

Daddy. Du bist ein Verräter.

Etwas wurde ihr in den Mund geschoben. Ein Löffel, merkte Eliza. Milch floss ihre Kehle hinunter, seltsam süß und angenehm kühl. Sie versuchte, sich ganz auf dieses Gefühl zu konzentrieren, als könne sie es in dieser Welt festhalten, die Träume und finsteren Gedanken verscheuchen.

Vergebens.

Die Stimmen verklangen irgendwo im Hintergrund. Stattdessen kehrten die Bilder zurück, kurze Szenen, die vor ihrem Auge abliefen wie Trailer im Kino. Es waren Bilder aus Elizas Kindheit und andere, die sie nicht so eindeutig einordnen konnte. Sie alle waren vage beunruhigend, wenn nicht gleich Furcht einflößend.

Sie sah ihre Eltern miteinander reden. Das Bild war so unscharf und undeutlich, dass Eliza nicht einmal sagen konnte, von wann diese Erinnerung stammte, es musste lange her sein. Ihr eigener Blickwinkel auf ihre Eltern war irgendwie verschoben, schräg von unten herauf, wie von einem kleinen Kind, das auf dem Boden sitzt. Gesprächsfetzen drangen zu ihr, unvollständig und schwer verständlich.

»... nicht geplant.«

»... Institut anrufen.«

»Besser, wir sagen nicht ...«

»... finden sie es sowieso ...«

Dann drehten sich beide Eltern zu Eliza um und sahen sie besorgt an. Eliza begann zu weinen, sie wollte nicht, dass ihre Eltern traurig waren. Ihre Mutter kam zu ihr geeilt, und Eliza wurde hochgehoben. Wärme und Zuneigung durchfluteten sie, aber im Hintergrund war da noch immer die Sorge, die an ihrer Mutter nagte. Eliza konnte sie deutlich spüren.

Ein neues Bild. Der Spielplatz hinter dem Haus. Eliza spielte mit einem anderen Mädchen, das lange blonde Haare hatte. Mit untrüglicher Sicherheit wusste Eliza, dass es sich um Vanessa handelte, auch wenn sie Vanessa erst auf der Daniel-Nathans-Akademie kennengelernt hatte.

Das hatte sie zumindest immer geglaubt.

Wieder redete ihre Mutter. Dieses Mal mit einer hochgewachsenen blonden Frau, die Vanessa so ähnlich sah, dass sie nur ihre Mutter sein konnte. Eliza konnte keine Worte verstehen, aber die beiden sahen immer wieder zu ihnen herüber.

Es interessierte Eliza auch wenig. Vanessa hatte ein schönes neues Spiel erfunden. Es ging darum, einen Marienkäfer dazu zu kriegen, in das eigene Tor zu krabbeln. Eliza versuchte es erst mit

Stöckchen und Steinchen, die sie dem Käfer in den Weg legte, aber Vanessa begann zu lachen.

»Nicht *so!*«, sagte sie. »Du musst ihn dorthin *denken!*«

Eliza versuchte es, und der Käfer krabbelte direkt auf ihr Tor aus kleinen Stöcken zu. Ihre Mutter kam angestürmt.

»Guck mal, Mama, was ich ...«

Ihre Mutter riss sie vom Boden hoch und schleppte sie von Vanessa fort.

Weiß.

Eine weiße Umgebung. Kacheln an den Wänden, auf dem Fußboden. Metalltische. Glasflaschen. Kabel und Geräte, die Eliza nicht kannte. Flache Schalen, die sich auf einem Tisch stapelten.

Ein fremder Mann führte sie an der Hand. Eliza wollte sich gern alles genau ansehen, aber er zog sie einfach weiter. Dann kamen sie in ein Arztzimmer, und Eliza wurde auf eine Liege gehoben.

»Das ist Eliza.« Der Mann ließ sie endlich los, und Eliza rieb sich ihr schmerzendes Handgelenk.

»Primärer Inhibitor?«, fragte ein anderer Mann in einem Arztkittel. »Wie bei den anderen?«

»Genau.« Der Mann drehte sich um und verließ den Raum.

Der Arzt beugte sich zu Eliza vor. »Ich werde dir jetzt eine kleine Spritze geben, Eliza. Das piekst vielleicht ein bisschen, aber nicht doll. Und danach geht es dir besser.«

»Aber ich bin nicht krank.«

»Doch, du bist krank, Eliza. Du weißt es nur nicht. Es ist eine sehr, sehr seltene Krankheit.«

»Muss ich sterben?«

Der Arzt lachte, aber es klang künstlich. Eliza wusste, dass es nicht ehrlich war. Von dem Mann gingen kalte blaue Wellen aus, die eindeutig sagten, dass er nicht einmal ehrlich zu sich selbst war. »Du musst nicht sterben. Nicht, wenn wir das verhindern können.« Er wandte sich ab, nahm ein Glasröhrchen mit einer klaren

Flüssigkeit aus einer Schublade und stach eine Spritze durch den Deckel. Während er begann, die Flüssigkeit aufzuziehen, versuchte Eliza, ihn fortzudenken.

Geh weg, geh weg und komm nicht wieder. Stich mich nicht mit dieser Nadel. Ich habe Angst vor Nadeln.

Einen Augenblick lang zögerte der Mann. Sein Blick huschte zur Zimmertür, als überlege er tatsächlich, zu gehen. Dann drehte er sich zu Eliza um und lächelte.

»Du bist richtig gut«, murmelte er leise. »Keiner von den anderen ist so gut. Es ist eine Schande, dass wir das zunichte machen müssen.« Die Wellen, die von ihm ausgingen, waren jetzt dunkelrot und wütend. Aber darunter gemischt war auch ein trauriges Grün. Eliza hätte ihn gern getröstet. Aber sie wollte auch weglaufen. Wenn sein Blick nur nicht so stechend gewesen wäre, dass sie sich wie gelähmt fühlte. Der Mann kam auf sie zu, und bevor sie ausweichen konnte, hatte er ihren Arm gepackt und die Spritze hinein gestochen. Eliza wurde schwindelig.

Wieder ein anderes Bild.

Irgendetwas stimmte nicht. Die Farben waren falsch. Sie war zu Hause, lag in ihrem Bett, aber etwas stimmte nicht. Eliza begann zu weinen.

»Was ist denn, Schatz?« Die Stimme ihrer Mutter klang aus weiter Ferne zu ihr.

»Die Farben.«

»Was ist mit den Farben?«

»Sie sind weg.«

Ihre Mutter trat ins Zimmer, eine dunkle Silhouette vor einem helleren Rechteck. »Was meinst du, Eliza? Welche Farben? Du brauchst doch jetzt deine Buntstifte nicht.«

Eliza begann, heftiger zu weinen. Dieses Mal vor Wut, weil ihre Mutter sie überhaupt nicht verstehen wollte. »Alle Farben. Die Farben von den Menschen. Sie sind weg.«

Ihre Mutter kam zu ihr und setzte sich auf ihre Bettkante. Das beruhigende Violett, das sie sonst umgeben hatte, war nicht zu sehen. Aber auch sonst nichts.

»Du hast geträumt, Schatz. Wie sollen denn die Farben weg sein? Schau, ich mache das Licht an, dann sind sie alle wieder da.«

Eliza weinte und schüttelte den Kopf. »Der Mann mit der Spritze hat die Farben weggenommen.«

Sie sah, wie ihre Mutter sich versteifte. »Vergiss diesen Mann, Eliza. Hörst du? Vergiss ihn. Er ist nicht wichtig. Du hast ihn nie gesehen.«

»Aber er hat die Farben weggenommen.«

Ihre Mutter verzog das Gesicht und strich Eliza sanft über das Haar. »Diese Farben waren schlecht für dich, Eliza. Sie haben dir geschadet.«

Eliza wollte widersprechen, doch ihr wurde wieder schwindelig.

Die Bilder verschwammen. Eliza versuchte, sie festzuhalten, auch wenn sie unheimlich waren. Sie glaubte daran, dass die Bilder wichtig waren. Dass sie ihr etwas sagen konnten. Dass sie zu der Lösung dieses Rätsels beitragen konnten, das ihr Leben und das der anderen Schüler war.

Aber als sie nach den Bildern suchte, war da nur Schwärze.

* * *

»Aber sie muss doch etwas essen!« Rica war am Rand der Verzweiflung. Sie hatte versucht, Eliza zu wecken, aber die reagierte überhaupt nicht auf Ansprache oder Berührung. Still wie eine Tote lag sie im Bett, das Gesicht schweißbedeckt, die Stirn glühend heiß. Sie hatten es gerade mal geschafft, ihr ein paar Löffel Müsli einzuflößen, bevor Eliza zu husten begonnen hatte. Danach hatte sie sich weggedreht. Nichts auf der Welt schien sie dazu bewegen zu können, etwas zu sich zu nehmen.

Und als ob das alles nicht schon schlimm genug wäre, war da die Welle von Angst, die von Eliza ausging. Rica konnte sie spüren, riechen, musste an sich halten, um dieser Furcht nicht nachzugeben und zu fliehen. Es war, als habe Eliza eine Mauer aus Angst um sich errichtet, die niemanden durchließ. Selbst Nathan wich unwillkürlich ein paar Schritte zurück, wenn er zu nahe an ihr Bett trat.

»Vielleicht geht es ihr nachher schon wieder ein bisschen besser«, meinte Nathan. »Dann kann sie ja etwas essen.« Er griff nach einer Packung Ibuprofen, die noch von gestern Nachmittag auf dem Nachttisch lag. »Versuch mal, ihr ein paar davon zu geben.«

»Wie viele?« Rica betrachtete die Packung misstrauisch.

Nathan zuckte mit den Schultern. Rica blätterte sich durch die Packungsbeilage, fühlte sich danach jedoch auch nicht schlauer als zuvor und entschied sich schließlich für zwei Tabletten.

Zu gern wäre sie am Bett sitzen geblieben, um Eliza beizustehen, einfach nur ihre Hand zu halten. Aber das kam nicht in Frage. Das würde niemandem helfen, den Saboteur zu finden.

Von unten drangen leise Stimmen zu ihnen herauf, als sie die Treppe hinuntergingen. Die meisten Schüler saßen friedlich im Aufenthaltsraum zusammen, unterhielten sich, lasen oder spielten. Aus der Küche war Geschirrgeklapper zu hören und fröhliches Lachen. Torben hockte mit ein paar anderen zusammen, mehrere Zettel vor sich auf dem Tisch verteilt, und kritzelte eifrig vor sich hin.

»Der General bei seinem Schlachtplan«, murmelte Rica. »Als Nächstes organisiert er vermutlich eine Expedition runter ins Dorf.«

Nathan sah sie von der Seite an. »Wollten wir das nicht auch? Ins Dorf runter?«

Rica schüttelte den Kopf. »Also ja, eigentlich schon, aber ich möchte Eliza nicht allein lassen. Wer weiß, wann wir wieder hier sind, und ob sich von denen hier einer um sie kümmert.« Sie verzog das Gesicht. »Ich hätte sie schon nicht auf die letzte Expedition mitschleppen sollen, vermutlich hat das ihre Krankheit erst so richtig zum Ausbruch gebracht.«

»Blödsinn, Fieber bekommt man nicht so mir nichts, dir nichts«, widersprach Nathan. »Das hat sie schon länger mit sich herumgeschleppt. Also gut. Keine Expedition. Dann doch Spurensuche?«

Rica sah sich im Raum um. Niemand schien sie zu beachten. Vielleicht lag das an ihrem gestrigen Streit mit Torben, aber Rica konnte das nur recht sein. Solange sich niemand für sie interessierte, konnten Nathan und sie tun und lassen, was sie wollten. Sie entdeckte Saskia, die in einer Ecke hockte und ziemlich unglücklich aussah. Am liebsten wäre sie gleich zu ihr hinübergegangen und hätte sie zur Rede gestellt, doch hier vor allen anderen war das vermutlich keine so gute Idee.

»So lange sie noch hier sitzt, können wir vielleicht wirklich in ihr Zimmer gehen und dort nachsehen«, schlug sie vor. »Wenn ihre königliche Majestät Torben der Erste dafür nicht auch noch Einverständnis geben muss.«

Glücklicherweise war Torben viel zu sehr in seine Zettel vertieft, um sie zu hören. Rica fragte sich kurz, was er da wohl veranstaltete, dann wischte sie den Gedanken beiseite. Wenn Torben sich hier als Anführer aufspielen wollte, war das seine Sache. Sollte er doch. Wenn es ihm Spaß machte. Spätestens wenn Hilfe aus dem Tal kam, wäre es damit sowieso vorbei.

Hoffte sie.

Sie drehte sich zu Nathan um. In diesem Augenblick drang ein Schrei aus der Küche, der alle hochschrecken ließ. Im nächsten Moment kam Tim aus der Küche gestürmt, weiß wie eine Wand. Rica sog erschrocken die Luft ein. Tims Hand schimmerte rot, und Blut tropfte stetig auf den Boden.

Sofort waren alle auf den Füßen. Ein paar Schüler schrien ebenfalls, andere wichen erschrocken zurück, wieder andere sahen sich panisch nach einer Fluchtmöglichkeit um. Irgendjemand rief etwas von dem Psychopathen, der hier eingedrungen war.

»Wenn das mal nicht die Folge von ›Alle sollen sich bewaffnen‹ ist«, murmelte Nathan. Er griff nach Ricas Hand und zog sie mit sich. Er hätte sich gar nicht die Mühe machen müssen. Tim schrie nun los, so laut, dass es auch der Letzte im Aufenthaltsraum noch verstehen konnte.

»Wenn ich diese Ratte erwische, die das gemacht hat!« Er streckte seine blutige Hand anklagend Torben entgegen. »Siehst du das? Das tut scheiße weh.«

Dafür sieht er aber noch erstaunlich gefasst aus, dachte Rica.

Auch Torben reagierte erstaunlich gelassen. Er nahm Tims Hand in seine, ohne darauf zu achten, dass er sich ebenfalls vollständig mit Blut beschmierte, und sah sie sich an. »Ein böser Schnitt«, meinte er ziemlich ruhig. »Kai, hol mal Verbandszeug, es hängt ein Kasten im Flur neben dem Stromkasten.«

Kai sprang auf und rannte in Richtung Flur, während Torben noch immer Tims Hand festhielt. »Was ist passiert?«, wollte er wissen. »Ruhig und der Reihe nach, bitte, du wirst hier schon nicht verbluten.«

Rica sah das Blut auf den Boden tropfen und war sich nicht so sicher, ob Torben mit seiner Aussage recht hatte. Es sah gruselig aus, und wenn sie zu lange hinsah, das wusste sie, würde sie wieder an Jo denken müssen. Rica wurde ein bisschen schlecht, und sie wandte sich ab.

Tims Antwort konnte sie trotzdem hören.

»Eine Scheißmausefalle«, knurrte er zwischen zusammengebissenen Zähnen hervor. Wahrscheinlich setzten gerade die Schmerzen ein. »Jemand hat ein Messer an den Bügel montiert. Das Ding stand im Geschirrfach.«

Rica biss sich auf die Unterlippe und schüttelte sich unwillkürlich bei der Vorstellung, ihre Hand in den Schrank zu stecken, und dann so etwas …

»Was gedenkst du jetzt zu tun?«, fragte Tim, offensichtlich krampfhaft um Fassung bemüht. »Das war Absicht, das ist doch klar. Und es war einer von hier. Vorhin stand das Mistding nämlich noch nicht im Schrank.«

Kai kehrte mit dem Verbandskasten unterm Arm zurück. Torben öffnete ihn ganz ruhig und begann, Desinfektionsmittel und Verbandsmull herauszusuchen. »Wir finden raus, wer es war«, meinte er ruhig. »So viele Leute werden wohl nicht in der Küche gewesen sein. Es sollte nicht weiter schwierig sein, den Schuldigen zu finden.«

Nathan zupfte Rica am Ärmel. »Lass uns schnell raufgehen, bevor Torben alle hierbehält, um sie zu befragen. Ich bin mir sicher, er würde die Gelegenheit für eine schlechte Krimiszene nicht auslassen.«

Rica nickte zustimmend. Noch während Torben begann, eine Befragung zu organisieren, huschten sie unbemerkt die Treppe hinauf und standen kurz danach vor Saskias Zimmertür.

»War Saskia heute in der Küche?«, flüsterte Rica, während sie die Zimmertür aufstieß.

Nathan zuckte mit den Schultern. »Ich war auch bei Eliza, schon vergessen?«

Sie traten in das Zimmer, das sich Saskia mit Hannah teilte. Beide Betten waren sorgfältig gemacht, auf Hannahs Nachttisch lagen ein Tagebuch und ein Krimi, Saskias war leer.

»Und? Was willst du nun hier finden?«, fragte Nathan und drehte sich demonstrativ einmal um seine Achse. »Hier ist doch nichts.«

Rica trat ebenfalls ganz ins Zimmer, und begann, die Schubladen von Saskias Nachttisch aufzuziehen. Bücher, ein bisschen Schminkzeug, ein gerahmtes Foto. Rica nahm es heraus, um es anzusehen, aber es zeigte nichts Ungewöhnliches. Eine junge Saskia und ein etwas älterer strohblonder Junge, die sich gegenseitig die Arme um die Schultern gelegt hatten und frech in die Kamera grinsten. Vermutlich handelte es sich bei dem Jungen um Felix, dachte Rica. Der Rahmen des Bildes war abgestoßen und ein wenig dreckig, als ob Saskia das Bild immer und überall mit sich herumschleppte. Rica bekam ein wenig Mitleid mit ihr. *Was würde ich machen, wenn mein Bruder einfach verschwindet?* Aber Rica hatte keinen Bruder. Sie konnte sich das Ganze nicht mal vorstellen.

Unter Saskias Bett fand sie einen Rucksack, nicht unähnlich ihrem eigenen Wanderrucksack, und darin nur Klamotten, noch mehr Bücher, einen iPod und zwei Packungen Kekse. Nichts Auffälliges eben.

»Gib's doch auf. Ich bin mir echt nicht sicher, dass sie es überhaupt ist«, meinte Nathan. Er klang schon ein wenig entnervt. Kurz entschlossen trat er vor und nahm das gerahmte Bild in die Hand. »Sie sieht eigentlich ganz nett aus«, stellte er fest. »Sie ist dir ein bisschen ähnlich, weißt du?«

»Quatsch«, widersprach Rica. Sie schob den Rucksack unter das Bett zurück und fischte eine Mil-Tec-Umhängetasche heraus, die mit allerhand Aufnähern versehen war. »Ha!«

»Klar, darin wirst du jetzt bestimmt die Lösung für alles finden«, spottete Nathan. »Gib doch zu, dass du einfach nur eifersüchtig bist, und wir können uns der Suche nach dem richtigen Täter zuwenden.«

Rica achtete nicht auf ihn. Sie schlug die Klappe der Tasche zurück und wühlte sich durch den Inhalt.

Es waren ein paar Zeichenblöcke und eine Stiftemappe darin – Rica flippte kurz durch die Bilder auf den Blöcken, konnte aber nichts Verdächtiges entdecken, nur erstaunlich gute Fantasy-Zeichnungen, ein Geldbeutel und – ganz unten – ein Brief in einem gefütterten gelben Umschlag. Rica zog ihn hervor und betrachtete ihn. Er war an Saskia adressiert, und der Absender war ein gewisser Hendrik Schachmann. Irgendwie sah der Brief seltsam aus. Wichtig. Rica öffnete die Klappe des Umschlags, doch im nächsten Moment hatte Nathan ihn ihr schon aus der Hand gerissen.

»Spinnst du? Du willst doch nicht etwa ihre Post lesen?«

»Warum nicht?« Rica haschte nach dem Umschlag und versuchte, ihn wiederzubekommen. »Vielleicht steht was Wichtiges drin. Polizisten tun das schließlich auch ständig, wenn jemand verdächtig ist.«

»Du bist aber keine Polizistin, und so etwas wie einen Durchsuchungsbefehl hast du auch nicht.« Nathan hob den Umschlag so hoch über seinen Kopf, dass Rica nicht herankam. »Das hier gehört zu Saskias Privatsphäre, das geht dich überhaupt nichts an, verstanden?«

Rica starrte wütend zu ihm auf, aber im Grunde wusste sie natürlich, dass er recht hatte. Sie konnte nicht einfach Saskias Post lesen. Wenn da nur nicht diese verdammte Neugier gewesen wäre.

»Also gut«, meinte sie. »Gib schon her, ich stecke ihn zurück.«

Nathan sah sie misstrauisch an, doch offensichtlich überzeugte ihn ihr Tonfall davon, dass sie es wirklich ernst meinte. Er reichte ihr den Umschlag.

Gerade als Rica ihn in die Tasche zurückschieben wollte, rutschte etwas heraus. Rica fing es auf und hob es hoch, bevor sie es sich noch anders überlegen konnte. Es war ein Streifen Passfotos wie aus einem dieser Automaten, die an den Bahnhöfen herum standen. Die Fotos zeigten Saskia und einen deutlich älteren Mann – vielleicht Mitte bis Ende Zwanzig, schätzte Rica. Die beiden wirkten sehr glücklich, aber auf der Rückseite der Fotos stand unter einer durchgestrichenen Zeile in krakeliger Handschrift: »Interessiert mich nicht. Kannst du wiederhaben.«

Rica starrte auf die knappen Worte. Sie konnte sich nicht helfen, Saskia tat ihr noch mehr leid, als sie das las. Sie hatte eine ziemlich genaue Vorstellung, wovon der Brief handelte. Sie schob den Streifen Fotos wieder zurück in den Umschlag und steckte diesen in die Umhängetasche.

»Komm, wir gehen«, sagte sie zu Nathan. »Ich glaube, dass du recht hast. Saskia ist nicht unsere Frau.«

Nathan atmete erleichtert auf, und gemeinsam kehrten sie in den Aufenthaltsraum zurück.

Von der entspannten Stimmung beim Frühstück war nicht mehr viel übrig geblieben. Tim saß mit verbundener Hand in einer Ecke und starrte alle finster an. Torben und sein kleines Gefolge hatten es sich am Kopfende des Tischs bequem gemacht. Sie sprachen gerade ernsthaft mit Jasmin, die vor ihnen stand und noch kleiner und zerbrechlicher wirkte als sonst. Rica war überzeugt davon, dass sie diesen Effekt absichtlich hervorrief.

Als Nathan und sie eintraten, fiel Torbens Blick auf sie. »Da seid ihr ja«, meinte er wenig amüsiert. »Warum seid ihr einfach abgehauen? Wir haben hier eine wichtige Untersuchung durchzuführen.«

»Sorry, mir war nicht klar, dass du hier ein Standgericht abhalten möchtest«, erwiderte Rica und schlenderte zu ihm hinüber. »Wenn ich mich richtig erinnere, war ich heute noch gar nicht in der Küche. Und Nathan auch nicht. Wie sollen wir da eine Mausefalle aufgestellt haben?«

Torben durchbohrte Rica mit Blicken. »Ihr beide seid vorhin schon einmal verschwunden. Woher sollen wir wissen, dass ihr euch nicht in die Küche geschlichen habt.«

»Wir waren oben bei Eliza!«, brauste Rica auf. »Irgendjemand muss sich schließlich um sie kümmern. Von euch scheint ja keiner an sie gedacht zu haben.«

Einen Augenblick lang sah Rica einen betroffenen Ausdruck auf Torbens Gesicht, dann verhärtete sich seine Miene wieder. »Ihr könnt mir viel erzählen. Überhaupt macht ihr hier die ganze Zeit Extratouren. Kann ich vielleicht wissen, wohin ihr gestern tagsüber verschwunden seid?«

»Nein«, antwortete Nathan.

»Das geht niemanden etwas an«, ergänzte Rica.

Torben kniff die Augen zusammen. »Und warum nicht, wenn ich fragen darf? Habt ihr euch vielleicht mit diesem sogenannten Psychopathen getroffen und – «

»Ach, red doch keinen Unsinn!«, unterbrach Rica. »Warum sollten wir denn so etwas tun? Wir haben einen kleinen Spaziergang gemacht, das ist alles.«

»In diesem Schneesturm?« Torben zog die Augenbrauen hoch.

»Wir mögen eben frische Luft.« Nathan verschränkte die Arme vor der Brust.

»Das ist doch der größte Bullshit.« Kai, der bisher neben Torben gesessen hatte, sprang auf. »Die verarschen dich doch, Torben.«

»Das weiß ich.« Torben verschränkte ebenfalls die Arme vor der Brust. »Also gut, noch kann ich nicht beweisen, dass ihr irgendwas damit zu tun habt, aber ich behalte euch von jetzt an im Auge, dass ihr das nur wisst. Wenn noch etwas passieren sollte …«

»… weißt du, dass wir nichts damit zu tun haben können, weil du uns ja im Auge behältst«, vervollständigte Nathan den Satz. Ohne auf Torbens Erwiderung zu warten, drehte er sich um und ging davon. Rica folgte ihm schweigend.

Kaum hatte sie sich zu Nathan an den Tisch gesetzt, kam

von der anderen Seite Tim und setzte sich ihnen gegenüber. Er hielt eine Kaffeetasse in seiner unverletzten Hand und ein Buch in seiner anderen. Demonstrativ schlug er das Buch auf und begann, zu lesen. Dabei kam er nicht besonders schnell voran, was vielleicht auch daran lag, dass er immer wieder einen Blick auf Rica und Nathan warf.

Rica sah zu Nathan und zog die Augenbrauen hoch. Unter diesen Umständen waren keine Extratouren möglich, das sah sie selbst. Wahrscheinlich war es besser, die ganze Sache erst einmal auf sich beruhen zu lassen. Vielleicht beruhigte sich die ganze Stimmung ja wieder.

Rica seufzte und griff sich selbst ein Magazin von der Ablage hinter sich. Es war ein Hochglanz-Modeding, das sie normalerweise nicht einmal angesehen hätte, aber im Moment erschien es ihr das Unverfänglichste, was sie tun konnte. Also blätterte sie ziellos darin herum.

Nathan warf ihr einen skeptischen Seitenblick zu, zog ein Notizbuch aus der Tasche und fing an, darin herumzukritzeln.

Der Tag verging unendlich langsam. Es gab überhaupt nichts zu tun, und der Mangel an Bewegung und die allgemeine Enge setzten allen ziemlich zu. Schon am frühen Nachmittag waren die meisten Schüler überreizt und aggressiv, einige von ihnen bestanden darauf, nach draußen zu gehen, obwohl dort der Schneesturm immer noch tobte. Sie kamen vollkommen schneebedeckt, jedoch mit ein wenig besserer Laune zurück. Sarah und Vanessa gingen alle halbe Stunde duschen, jedenfalls kam es Rica so vor. Ständig kam eine von ihnen mit nassen Haaren aus den Duschräumen. Torben schien weiterhin damit zufrieden zu sein, an seinem Kopfende zu sitzen und alles zu koordinieren, aber er war auch der Einzige, der glücklich aussah.

Rica und Nathan war es nicht möglich, sich auch nur ein kleines Stück fortzubewegen, ohne dass ihnen einer von Torbens ausgewählten »Offizieren« folgte. Selbst aufs Klo lief Vanessa Rica hinterher. Rica fühlte sich wie bei *Big Brother*.

Ja, klasse. Dann lass bitte genug Leute anrufen, dass ich hier rausfliege. Ich kann mir was Schöneres vorstellen, als hier festzuhängen.

Doch dann geschah etwas, das Rica und Nathan zugute kam – wenn auch niemand anderem: Das Licht fiel mal wieder aus.

Ein paar Schüler im Aufenthaltsraum schrien auf, aber Torbens Stimme übertönte sie alle: »Bleibt ruhig! Da hat wieder jemand am Stromkasten gespielt, möchte ich wetten!« Rica hörte, wie Stühle gerückt wurden, dann flammte eine Taschenlampe auf. Geisterhaft schälten sich die Umrisse der anderen Schüler aus der Dunkelheit im Zimmer. Es war ein bisschen wie in einem Wachsfigurenkabinett bei Nacht. Niemand wagte sich zu bewegen, und überall, wohin der Lichtstrahl fiel, sah man nur bleiche, ängstliche Gesichter.

»Sarah, geh die Sicherung wieder anschalten!«, wies Torben an. Der Strahl seiner Taschenlampe wanderte weiter und blieb an Rica und Nathan hängen, die immer noch am anderen Ende des Tischs saßen. Keiner von ihnen sagte etwas, aber Rica konnte spüren, wie Torbens Blick sich in sie bohrte. Es schien eine Ewigkeit zu dauern, bis der Lichtstrahl weiterwanderte, und obwohl sie überhaupt nichts getan hatte, konnte Rica sich eines erleichterten Aufseufzens nicht erwehren. Sie hasste dieses Gefühl, wie ein Schwerverbrecher behandelt zu werden.

»Wo bleibt das Licht?« Torben klang deutlich ungeduldig. In diesem Augenblick flammten die Deckenlampen kurz auf, nur um gleich darauf wieder zu erlöschen. Sarah stieß einen kurzen spitzen Schrei aus. Ein paar Schüler machten Anstalten, in den Flur zu laufen, doch Torben hielt sie mit einer Handbewegung davon ab und stand selbst auf. Mit einem letzten Blick auf Rica und Nathan ging er mit großen, selbstbewussten Schritten zu der Tür hinüber. Das hätte er sich sparen können, denn Sarah tauchte mit bleichem Gesicht in der Tür auf, ihre Hand vor sich ausgestreckt, ganz ähnlich wie Tim zuvor. Der Strahl von Torbens Taschenlampe holte ihre Gestalt geisterhaft aus der Dunkelheit heraus.

»Was …«, begann Torben.

»Stromschlag«, unterbrach ihn Sarah. »Jemand hat an den Sicherungen herumgespielt. Ich hatte Glück, dass es mich nicht schlimmer erwischt hat.« Sie hielt immer noch die Hand ausgestreckt, als könne sie sie nicht mehr recht bewegen.

Torben sah sie lange an und schaute sich dann wieder im Raum um. Abermals blieb sein Blick an Rica und Nathan hängen.

Da kann er sich noch so sehr bemühen, das kann er uns nicht anhängen. Rica musste aufpassen, dass sie nicht grinste. Das war der Situation wirklich nicht angemessen.

»Okay. Ich kümmere mich um den Strom. Robin, du kommst mit. Alle anderen bleiben bitte ruhig und auf ihren Plätzen. Kai, kümmere dich bitte um Sarah. Nicht dass sie sich noch ernsthaft verletzt hat.« Wieder wanderte der Strahl seiner Taschenlampe durch den Raum. Noch immer schien sich niemand vom Fleck bewegt zu haben. »Hat jemand außer mir eine Taschenlampe? Dann holt sie gefälligst!« Ein paar Schüler sprangen auf und liefen die Treppe hoch. Rica zog kurz in Betracht, ihre LED-Lampe zu holen, ließ es aber bleiben. Handydisplays leuchteten jetzt auf, und die allgemeine Dunkelheit wurde von einem matten blauen Leuchten abgelöst.

»Wenn wir wollen, können wir uns jetzt absetzen«, murmelte Nathan so dicht neben Ricas Ohr, dass sie zusammenzuckte. »Sorry«, fügte er gleich darauf hinzu.

»Und was machen wir, wenn wir uns abgesetzt haben?« Rica war selbst ein bisschen erstaunt über ihren patzigen Tonfall. Sie hatte Kopfschmerzen, und die Anspannung den ganzen Tag über hatte nichts dazu beigetragen, ihre Laune zu heben. »Wir haben immer noch keine Spur. Wo sollen wir anfangen zu suchen?« Sie presste die Lippen aufeinander. »Am liebsten würde ich alles hinwerfen. So kommen wir doch nicht weiter.«

Nathan schwieg eine lange Zeit. Das Licht flammte auf, und Torben und Robin kamen mit stolzen Mienen zurück ins Zimmer. Ein paar der jüngeren Schüler klatschten Beifall.

»Morgen gehen wir ins Dorf runter«, flüsterte Nathan. »Wir brechen ganz früh auf, bevor die anderen aufgestanden sind. Torben wird uns ja wohl kaum eine Wache vor die Tür stellen. Vor allem, weil wir mit dieser Stromgeschichte nun wirklich nichts zu tun haben können.«

»Aber Eliza …«, begann Rica.

Nathan schüttelte den Kopf. »Ich lasse sie auch nicht gern allein. Aber im Grunde ist es für sie doch auch besser, wenn wir gehen. Überleg doch mal: Momentan weiß niemand, dass wir hier oben allein sind. Herr Muhlmann nimmt vermutlich an, dass Frau Friebe noch bei uns ist. Er wird sich keine allzu großen Sorgen machen, wenn nicht endlich jemand Bescheid gibt. Und wir können auf dem Weg im Unterstand vorbeigehen und alles einsammeln, was uns unter die Finger kommt. Wird Zeit, dass jemand die Polizei einschaltet.«

»Die Polizei …« Rica war ein wenig mulmig zumute. Die Polizei hatte im letzten Sommer nichts getan, um Jos Tod aufzuklären. Zumindest war das ihr Eindruck gewesen. Sie hatte das starke Gefühl, dass, wer auch immer hinter alldem steckte, die Polizei vollkommen im Griff hatte.

»Es sind Leute zu Schaden gekommen«, meinte Nathan. »So ein Stromschlag hätte tödlich ausgehen können, und die Geschichte mit der Mausefalle war auch nicht ungefährlich. Ich glaube allmählich, dass das hier eine Nummer zu groß für uns beide ist. Wir sollten zumindest jemandem Bescheid geben.«

»Hast du etwa Angst?«

Nathan zuckte mit den Schultern. »Nicht direkt. Vielleicht ein bisschen. Aber du hast doch selbst gesagt: Es gibt nichts, was wir hier tun können. Also lass es uns auf eine andere Art und Weise versuchen, okay?«

Rica nickte zögernd. Natürlich hatte er recht. Das änderte aber nichts daran, dass ihr überhaupt nicht wohl bei dem Gedanken war, Eliza hier zurückzulassen. Oder die Ermittlungen jemand anderem zu übergeben. Schon gar nicht der Polizei.

Aber manchmal gelang es sogar ihr, auf die Stimme der Vernunft zu hören. »Okay«, brummte sie. »Meinetwegen.«

»Wir brauchen Leute für den Küchendienst«, erklang Torbens Stimme. »Wer war denn noch nicht dran? Ach, okay, Rica, Nathan, Laura, Malte. Ihr vier.«

Rica blinzelte. Sie hatte das Gefühl, für etwas bestraft zu werden, das sie gar nicht verbrochen hatte. Aber wahrscheinlich hatte Torben sie einfach immer noch im Visier.

»Ich kann überhaupt nicht kochen«, protestierte sie. »Ich meine, abspülen ist für mich okay, aber wenn ihr nicht alles angebrannt haben wollt …«

»Du wirst es ja wohl schaffen, ein paar Würstchen zu braten«, meinte Torben unerbittlich. »Stell dich nicht so an. Kann ja jemand anderes die Kartoffeln übernehmen.«

Nathan zog die Augenbrauen hoch und schenkte Rica einen bezeichnenden Blick. *Lieber die Klappe halten,* sagten seine Augen. Rica seufzte.

Die beiden jüngeren Schüler waren schon eifrig aufgesprungen und auf halbem Weg in die Küche, als Nathan und Rica ihnen langsam folgten.

Kapitel sechzehn

Mob

Während die anderen sich begeistert auf den Sack mit Kartoffeln stürzten und sie zu schälen begannen, ließ Rica sich damit Zeit, an den Kühlschrank zu gehen und ein Päckchen Würstchen nach dem anderen herauszunehmen. Bloß möglichst lange vom Herd fernhalten.

Herde hassten Rica. Sie hatte sich schon mehrfach übel an Backblechen verbrannt, und wann immer ein Herd kaputt gehen konnte, tat er es garantiert, wenn Rica in der Nähe war.

Das hier waren auch noch uralte Gasherde, bei denen man mit offenen Flammen kochte, das war Rica erst recht unheimlich. Außerdem kam sie sich vor, als verschwende sie hier ihre Zeit. Am liebsten wäre sie mit Nathan sofort aufgebrochen, aber draußen wurde es bereits dunkel, und es hätte wohl wenig Sinn gehabt, sich jetzt noch in die Finsternis hinauszuwagen. Ganz so lebensmüde war sie dann doch nicht.

Laura, Malte und Nathan stritten sich in einer Ecke der Küche spielerisch darum, wer die am seltsam aussehendste Kartoffel finden konnte. Rica fragte sich, wie Nathan in dieser Situation überhaupt noch zum Scherzen aufgelegt sein konnte, und verzog das Gesicht. Sie merkte, dass sie eifersüchtig war auf seine unbeschwerte Art, mit den Dingen umzugehen. *Irgendwann habe ich das auch mal gekonnt,* dachte sie bei sich. *Wann ist mir das eigentlich verloren gegangen?*

»Seid ihr bald so weit?« Eine Schülerin steckte den Kopf in die Küche. Rica sah sich nicht nach ihr um.

»Wartet es gefälligst ab«, knurrte sie zurück und verdrehte die Augen. Das war nicht die Erste, die ungefragt in die Küche marschiert war. Rica kam das Zimmer inzwischen vor wie ein Hühnerstall: Ständig huschte jemand rein, ging ungefragt an den Kühlschrank, durchstöberte die Schränke nach Knabberkram oder fiel dem Küchenteam auf die Nerven. *Soll Torben doch hier mal für Ordnung sorgen, das wäre wirklich eine größere Hilfe, anstatt sich draußen als kleiner Diktator feiern zu lassen.*

»Wir haben aber Hunger«, quengelte das Mädchen. Rica seufzte, nahm ihren Stapel mit Bratwurstpackungen und schleppte sie zum nächsten Herd. Dann machte sie sich auf die Suche nach einer Pfanne und dem Gasanzünder.

Das Ding war nirgendwo zu entdecken. Rica war sicher, es eben noch gesehen zu haben, ein Funkenfeuerzeug an einem langen Stiel, aber jetzt war es verschwunden. Vermutlich hatte es wieder einer der kleineren Schüler mitgenommen, um es als Laserschwert zu verwenden oder so etwas. Rica presste ärgerlich die Lippen aufeinander und fischte ein älter aussehendes Feuerzeug aus einer Schublade mit Besteck.

»Rica?« Gerade als sie sich dem Herd auf Armeslänge genähert hatte, schreckte sie Robins Stimme auf. *Robin!* Rica wirbelte herum und sah Robin und Saskia im Eingang der Küche stehen. Robin hatte einen betretenen Gesichtsausdruck, während Saskia trotzig aussah. »Können wir mit dir sprechen?«, fuhr Robin fort.

Ricas Gefühle schwankten zwischen überschäumender Freude und Ärger. Robin konnte jederzeit mit ihr reden – wenn er bereit war, sich bei ihr zu entschuldigen. Aber dass er auch gleich noch Saskia mitbringen musste … Mit ihr wollte Rica ganz bestimmt nicht sprechen. Selbst wenn sie nicht hinter den ganzen fiesen Streichen steckte, mochte Rica sie trotzdem nicht besonders.

»Ich muss kochen«, murmelte sie und wandte sich wieder dem Herd zu. Sie hob das Feuerzeug und wollte es gerade probeweise anzünden, als von der Tür her ein Schrei erklang. »Nicht!« Im nächsten Moment rammte etwas Ricas Seite, so stark, dass sie beinah hinfiel. Sie taumelte, ruderte wild mit den Armen und ließ das Feuerzeug los. Bevor sie jedoch endgültig stürzen konnte, packten sie zwei starke Hände an den Schultern und richteten sie wieder auf. Rica blinzelte und sah direkt in Saskias Gesicht. Das Mädchen sah jetzt nicht mehr ärgerlich aus, ihre Augen waren vor Panik geweitet. »Nicht anzünden!«, flüsterte sie.

»Spinnst du?« Grob befreite sich Rica aus ihrem Griff und bückte sich nach dem Feuerzeug. »Hast du Feuerangst oder so? Dann solltest du dich nicht in der Küche herumtreiben, also ehrlich.«

Saskia packte ihre Hand und entwand Rica das Feuerzeug. Dann deutete sie auf den Gasherd. »Schau!«

Rica starrte den Herd an. Das Metallgitter darauf war dreckverkrustet, und einige rote Sprenkel zogen sich über seine weiße Oberfläche, aber sonst konnte sie nichts Besonderes daran erkennen.

»Was soll das?«, fragte sie unfreundlich.

Saskia verdrehte die Augen und deutete wieder auf den Herd. Dieses Mal auf die Gasregler. Rica spürte, wie ihr das Blut aus dem Gesicht wich, als sie verstand, was Saskia meinte. Die Regler waren alle aufgedreht. Bis zum Anschlag. Diese Gasherde waren so alt, dass sie nicht einmal eine Sicherung besaßen, die genau das verhindern sollte. Jetzt, wo Rica darauf achtete, konnte sie auch das leise Zischen von Gas über dem Geplapper und Gelächter von den anderen Schülern hören.

»Wenn ich das Feuerzeug angezündet hätte …«, flüsterte sie, doch die restlichen Worte fehlten ihr. Um ehrlich zu sein, wusste sie nicht, was dann passiert wäre. Eine große Explosion? Eine Stichflamme? Egal, jedenfalls wäre es wahrscheinlich gefährlich gewesen.

»Endlich kapierst du«, meinte Saskia. Sie hielt sich die Nase zu, trat zum Gasherd, und drehte die Regler alle wieder zurück. Zu spät erinnerte sich Rica daran, dass Saskia ja schwanger war.

»Das solltest du nicht …«, begann sie, wusste aber nicht weiter. War Saskia überhaupt klar, dass Rica von dem Baby wusste?

»Wir müssen hier lüften«, meinte Saskia und wandte sich vom Herd ab.

»Wie denn, die Fenster sind zugeschneit.« Rica hatte das Gefühl, heute überhaupt nichts Konstruktives beitragen zu können.

»Ich glaube, die Küche hat eine Extralüftung«, erwiderte Robin. Er sah sich kurz um und entdeckte dann eine Reihe Schalter an der Wand. Kurz darauf begann tatsächlich etwas zu rauschen, und Rica verspürte einen leichten Luftzug.

Jetzt erst schienen Nathan und die beiden Kleineren zu merken, dass etwas passiert war. Sie drehten sich verwundert zu Rica, Robin und Saskia um. Nathan zog fragend seine Augenbrauen hoch, als er sie sah. Rica deutete stumm auf den Herd und formte mit den Lippen das Wort »Sabotage«. Nathan runzelte die Stirn und nickte. Dann ließ er die Kartoffeln liegen und kam zu ihnen herüber.

»Ich glaube, ihr drei müsst mal reden«, schlug er vor und bückte sich nach Ricas Feuerzeug. »Ich kümmere mich um die Würstchen, sobald das Gas abgezogen ist. Seht ihr nur zu, dass ihr nicht Torben über den Weg lauft.«

»Danke«, meinte Robin, und das Lächeln, das er Nathan

schenkte, war fast so offen und ehrlich wie früher. »Kommst du, Rica?«

Rica fühlte sich immer noch wie erstarrt. Sie konnte den Blick nicht vom Herd lassen. Erst, als Saskia sanft ihren Arm ergriff, erwachte sie aus ihrer Starre.

»Du hast mich gerettet«, murmelte sie.

Saskia lachte. »Das ist nun doch ein bisschen dramatisch.«

Rica schüttelte den Kopf. »Nein, das ist die Wahrheit. Ich weiß nicht genau, was passiert wäre, aber ziemlich sicher hätte ich das nicht unbeschadet überstanden.« Sie sah Saskia direkt in die Augen und bemühte sich um einen ernsthaften Tonfall. »Danke.«

Saskia legte den Kopf schief und schien nachzudenken. Dann lächelte sie Rica an. »Ist schon okay«, meinte sie. »Wenn du ein Loch in die Küche sprengst, kommt nur noch mehr Schnee rein. Da hab ich keinen Bock drauf gehabt.«

Rica musste lachen. Saskia schien gar nicht so übel zu sein. Wenn sie nicht irgendwie mit Robin verbandelt wäre, hätte sich Rica sicher gut mit ihr verstanden.

»Okay. Wir müssen reden«, wiederholte Robin. Er stand immer noch in der Küchentür und trat verlegen von einem Fuß auf den anderen. »Wohin gehen wir?«

Saskia und Rica sahen sich an. Beinahe zeitgleich sagten sie: »Mädchenklo.« Rica musste wieder lachen, und Saskia grinste. Als Robin knallrot im Gesicht wurde, musste Rica noch mehr lachen. »Wir können auch aufs Jungenklo gehen«, meinte sie versöhnlich. »Aber viel anderes bleibt uns wohl kaum übrig, draußen ist es saukalt, und wenn wir in ein Zimmer gehen wollen, müssen wir durch den Aufenthaltsraum an Torben vorbei.«

»Ist ja gut«, brummte Robin. »Aber ihr passt auf, dass keiner reinkommt.«

»Keine Ahnung, wie wir das anstellen sollen«, meinte Saskia. »Komm schon, sei kein Weichei, Robin.« Sie packte Ricas Arm, und zog sie zur Küchentür. »Ist ja nicht für lange.«

Unter Murren und Grummeln ließ sich Robin zur Mädchentoilette führen. Aber als Rica die Tür aufschob und sie eintraten, sah er sich doch neugierig um.

»Tu nicht so, als ob du noch nie auf einem Mädchenklo warst«, meinte Saskia, »das kaufe ich dir nicht ab.« Sie ging zu der Reihe von Waschbecken und lehnte sich locker dagegen. »Du hattest was zu sagen, Robin?«

Robin verzog das Gesicht. »Ich dachte, du wolltest zuerst was klarstellen.«

Einen Augenblick lang funkelten die beiden sich wütend an, dann seufzte Saskia und wandte sich an Rica. »Hör mal, Rica, es tut mir leid, dass ich so eklig zu dir war. Es war ein ganz schöner Schock, erst Robin wiederzusehen und dann noch zu erfahren, dass er … na ja, jemand Neuen gefunden hat.« Sie atmete tief durch und sprach dann schnell weiter, als habe sie Angst, die Nerven zu verlieren. »Ich glaube, du hast ja schon mitbekommen, was mit mir los ist.« Sie berührte ganz flüchtig ihren Bauch, obwohl dort noch gar nichts zu sehen war. »Meine Gefühle spielen ein bisschen verrückt seitdem. Sorry.«

Rica lächelte verlegen. Ihr wurde gerade klar, dass sie sich auch nicht gerade vorbildlich verhalten hatte.

»Jedenfalls, also falls du das gedacht haben solltest, das Kind ist nicht von Robin oder so«, fuhr Saskia fort. »Geht ja auch gar nicht. Wir haben uns hier erst wiedergesehen, seit über vier Jahren das erste Mal.« Sie warf einen Blick auf Robin. »Ich dachte eigentlich, ich wäre schon lange über ihn hinweg. Aber na ja … Eifersucht eben. Jedenfalls tut es mir leid. So.« Sie verschränkte die Arme vor der Brust und sah nun fast herausfordernd aus. Als sollte Rica es ja nicht wagen, ihre Entschuldigung in Zweifel zu ziehen.

Rica räusperte sich. »Schon okay«, brachte sie schließlich heraus. »Ich bin auch nicht gerade fair gewesen. Und eigentlich hätte ich mir das denken können. Also, im Grunde muss ich mich genauso bei euch entschuldigen.« Sie sah von Saskia zu Robin. Der betrachtete konzentriert seine Schuhspitzen. Ricas Mund war ganz trocken. Verflixt, warum fiel es ihr immer so schwer, sich zu entschuldigen? »Sorry«, murmelte sie. »Ehrlich, ich hab mich ziemlich idiotisch aufgeführt.«

Robin sagte immer noch nichts. War er noch sauer? Reichte ihm die Entschuldigung nicht? Rica kaute auf ihrer Unterlippe herum und wagte einen fragenden Blick zu Robin. Der sah sie nicht an.

Saskia räusperte sich. »Ich glaube, wir haben uns jetzt genug gegenseitig entschuldigt«, meinte sie. »Wie wäre es, wenn du deinen Text loslässt, Robin?«

Robin lächelte verlegen, räusperte sich ebenfalls und sah dann endlich Rica direkt in die Augen. In diesem Moment war es wieder da, das Gefühl von Schmetterlingsflügeln in Ricas Bauch, und nichts, aber auch nichts, was Robin getan oder gelassen hatte, konnte daran etwas ändern. Am liebsten hätte sie ihm das hier und jetzt gesagt, aber ihr war klar, dass sie ihn damit vermutlich nur noch verlegener machen würde. Also wartete sie ruhig ab.

»Es tut mir auch leid«, murmelte Robin, hielt dann inne und atmete einmal tief durch. »Es tut mir leid«, sagte er lauter. »Ich glaube, ich habe den größten Mist von uns allen gebaut. Und wahrscheinlich bin ich deswegen mit schuld an manchem, was hier passiert ist.« Er warf einen Blick zu Saskia, die ihm aufmunternd zunickte, dann sah er wieder zu Rica. »Ich hab dir was nicht gesagt«, meinte er unsicher. »Etwas, das ich dir vermutlich hätte sagen sollen.«

»Nun mach schon und rede nicht die ganze Zeit um den heißen Brei herum!« Saskia klang inzwischen ziemlich genervt.

Robin seufzte. »Ich hab dir doch von meinem Bruder erzählt, Rica«, meinte er. »Dem Genie?«

Rica erinnerte sich dunkel. Sie nickte.

Robin atmete noch einmal tief durch. »Simon ist mein Bruder«, sagte er dann.

Rica blinzelte verwirrt. Sie glaubte, sich verhört zu haben. Robin konnte einfach nicht gesagt haben, was sie geglaubt hatte, zu hören.

»Simon? Unser Simon hier?« Sie schüttelte den Kopf.

Robin nickte verlegen. »Jupp, dieser Simon.«

»Aber, du hast nichts gesagt. Und er auch nicht. Ihr seid Brüder, und ihr benehmt euch nicht mal so?«

Robin sah noch verlegener aus. »Wir hatten Zoff, bevor wir nach den Weihnachtsferien wieder zurück zur Schule sind«, meinte er. »Richtig großen Zoff. Er muss einfach immer alles besser wissen, und das ist mir auf die Nerven gegangen. Und irgendwie bin ich ihm wohl auch auf die Nerven gegangen. Dazu noch der ganze Familienscheiß so an Weihnachten, du weißt schon …«

Rica schüttelte den Kopf. Sie hatte nicht genug Familie, um »Familienscheiß« an Weihnachten zu haben.

»Na, jedenfalls habe ich ihm so was gesagt wie, dass ich nichts mit ihm zu tun haben will und dass es mir lieber wäre, wenn er gar nicht mein Bruder wäre. Und er meinte, okay, das sei ihm auch recht.« Robin fuhr sich mit den Fingern einer Hand durchs Haar. »Ich hatte das schon alles wieder vergessen und vergeben, bis wir hier ankamen. Ich hab nicht gewusst, dass Simon bei dem Wettbewerb auch mitgemacht hat. Als ich ihn hier gesehen habe, war ich ganz schön überrascht. Deswegen habe ich zuerst nichts gesagt. Aber als er dann so getan hat, als ob er mich nicht kennt, dachte ich, dass er wohl noch sauer ist. Und irgendwie … wollte ich dann auch nichts sagen. Dann hat er auch geschwiegen, und irgendwie hat sich das gegenseitig hochgeschaukelt. Irgendwann habe ich mich nicht mehr getraut, etwas zu sagen.«

Robin schwieg, und eine lange Zeit suchte auch Rica einfach nur nach Worten. Sie konnte nicht wirklich sagen, dass sie Robin verstand, aber irgendwie passte es auch zu ihm.

»Warum hast du dich nicht getraut, was zu sagen?«, wollte sie schließlich wissen. »Was ist denn so schlimm daran? Und was hast du vorhin gemeint damit, dass du vielleicht an ein paar Sachen schuld bist, die hier vorgehen?«

Robin verzog das Gesicht, wich ihrem Blick jedoch nicht aus. Er ging sogar ein Stück auf sie zu und streckte die Hand aus, als wolle er sie berühren, wagte es allerdings nicht. »Ich glaube, Simon steckt zumindest hinter ein paar von den Streichen«, sagte er leise.

»Warum?« Aber Rica war lange nicht so überrascht, wie sie es erwartet hätte.

Saskia mischte sich ein. Sie stieß sich von ihrem Waschbecken ab und begann, ruhelos hin und her zu laufen. »Weil Simon ein kleines, egozentrisches Arschloch ist, darum«, meinte sie. Und als Robin ihr einen vorwurfsvollen Blick zuwarf, zuckte sie nur mit den Schultern. »Tut mir leid, Robin, aber wenn du es nicht sagen willst, dann tue ich es eben.« Sie drehte sich zu Rica um. »Ich kenne Simon noch von früher, als Robin und er neben uns gewohnt haben. Früher war er ganz in Ordnung. Ein schrecklicher kleiner Klugscheißer, der immer alles besser wusste, aber irgendwie auch okay. Ganz cool. Wir hingen immer zu viert rum, Felix, Robin, Simon und ich. Haben eine Menge Scheiß gebaut. Und Simon hatte manchmal die besten Ideen. Was eigentlich komisch war, weil er so viel jünger war als wir. Aber niemand hat je infrage gestellt, dass er mit uns rumgezogen ist. Es war halt einfach so.« Sie seufzte. »Dann sind Robin und ich irgendwie in so was wie eine Beziehung reingeschlittert.«

Es gab Rica trotz allem wieder einen kleinen Stich, das zu hören. Umso mehr, als Saskia dabei Robin einen zärtlichen Blick zuwarf. Aber Saskia gab ihr gar keine Zeit, zu protestieren. »Wie man das halt so nennt. Er war vierzehn, ich zwölf. Wir haben Händchen gehalten. Ich glaube, wir haben uns auch so was Albernes wie ewige Liebe geschworen. Ich weiß nicht, wie Simon das mitbekommen hat, eigentlich war er noch viel zu klein, um zu kapieren, was da eigentlich vorging, aber irgendwann stand er vor uns, und fragte: ›Ihr liebt euch, oder?‹ Wir haben halt Ja gesagt, und seitdem war er wie ausgewechselt. Ich meine nicht, dass er das nicht gut fand. Im Gegenteil. Er war begeistert. Er hat Pläne geschmiedet. Wenn wir ihn gelassen hätten, hätte er unsere Hochzeit organisiert, glaube ich.« Saskia lachte. »Es war ganz schön unheimlich. Ich glaube, Simon war von dem Gedanken, dass Robin und ich ein Paar sind, viel begeisterter, als wir beide es je selbst waren.«

Langsam begann Rica zu verstehen, wohin das Ganze führte. »Also, als er euch dann beide hier wiedergesehen hat …«, begann sie.

»… hat er sich in den Kopf gesetzt, aus uns wieder ein Paar zu machen«, ergänzte Robin den Satz. »Jupp, genau das.« Er spielte verlegen mit dem Bund seines Sweatshirts. »Ich bin mir ziemlich sicher, dass Simon hinter der Sache mit deinen Skiern steckt. Und mit der Kamera. Er hat schon zu Weihnachten unsere Mutter mit Theaterblut zu Tode erschreckt.« Robin schüttelte den Kopf. »Simon war stocksauer auf dich. Natürlich. Er wollte keine Konkurrenz für Saskia.«

Rica atmete noch einmal tief durch. Sie musste sich echt am Riemen reißen, um nicht aus dem Mädchenklo zu stürmen, Simon zu suchen und dem kleinen Mistkerl die Meinung zu geigen. »Okay«, sagte sie schließlich, bemüht, ganz ruhig zu bleiben. »Dein kleiner Bruder ist ein ganz schöner

Psychopath, ist dir das klar? Ich meine: Es hätte sonst was passieren können.«

Robin nickte verlegen. »Ich fürchte, das hat er in Kauf genommen«, meinte er. »Wenn Simon etwas will, dann kann er ziemlich rabiat werden.«

»Das ist noch gar kein Ausdruck«, murmelte Rica. Sie überlegte. »Bist du dir sicher, dass Simon hinter alldem steckt?«

»Nicht hundertprozentig«, meinte Robin. »Also, sicher nicht hinter allem. Simon würde zum Beispiel keine Tiere töten. Er liebt Tiere. Ich kann mir gerade noch vorstellen, dass er ein totes Tier findet und in deinen Rucksack steckt …« Er fing Ricas fragenden Blick auf und lächelte verlegen. »Torben hat mir davon erzählt«, gestand er. »Also, das kann ich mir noch vorstellen. Aber er würde keinen kleinen Hund umbringen. Niemals. Und ich glaube auch nicht ganz, dass er etwas mit dem Kerl im Wald zu schaffen hat. Was der hier zu suchen hat …«

»… wissen wir selbst inzwischen«, meinte Rica. »Ich erkläre dir das später. Aber sonst traust du ihm das meiste zu?«

Robin dachte nach. »Fast alles von dem, was gegen dich ging, ja«, antwortete er. »Vom toten Hund abgesehen. Und die Spiegelgeschichte sieht ihm auch ähnlich. Ich glaube, er muss wohl auch Frau Friebe in den Schnee hinausgeschickt haben. Jedenfalls habe ich gesehen, wie die beiden miteinander gesprochen haben, an dem Abend.« Er machte ein betretenes Gesicht. »Und die Heizung, da bin ich mir nicht sicher. Vielleicht wollte er sie wirklich wieder anstellen. Vielleicht hatte er noch was anderes vor und ist deswegen noch mal rausgegangen. Aber es sähe ihm auch ähnlich, sich als kleiner Held aufspielen zu wollen. Er leidet sehr darunter, dass seine Klassenkameraden ihn als Freak sehen.«

Einen Moment lang schwiegen sie alle drei. Keiner schien jetzt noch so recht zu wissen, was zu sagen oder zu tun war.

Rica dachte an den Gasherd, daran, was hätte passieren können. Sie dachte an die Puppe und an die arme Frau Friebe draußen im Schnee. Bis jetzt wussten sie immer noch nicht, was mit ihr geschehen war. Ihr konnte gut etwas zugestoßen sein. Sie konnte sogar tot sein, nach allem, was sie wussten. Rica wurde ganz kalt.

»Das muss aufhören«, flüsterte sie, »so schnell wie möglich. Wir müssen den anderen sagen, was hier vorgeht. Robin, du stehst doch hinter mir, oder?«

Robin zögerte keinen Moment. »Natürlich«, meinte er. »Und Saskia auch.«

»Wir sagen Nathan Bescheid«, meinte Rica. Sie rechnete es Robin hoch an, dass er nur ganz leicht blinzelte, als sie den Namen sagte. »Damit du das nicht falsch verstehst«, fügte sie trotzdem rasch hinzu. »Ich will nichts von Nathan, und er nichts von mir. Das haben wir schon lange geklärt. Zwischen uns läuft rein gar nichts. Er ist einfach nur ein guter Kumpel.« Sie zuckte mit den Schultern. »Ich kann dir das nicht beweisen, oder so. Schätze, du musst es einfach glauben.«

Robin sah immer noch ein klein bisschen skeptisch aus. Dann schüttelte er den Kopf. »Nein, beweisen musst du gar nichts. Niemand sollte irgendwas beweisen müssen, finde ich. Ist es nicht das, was … na ja, sein sollte? Vertrauen?«

Rica spürte, wie sich ihr Magen zusammenzog. Ihr Hals wurde ganz eng, und irgendwie wollten keine Worte herauskommen. Was vielleicht auch ganz gut war, denn sie hätte ohnehin nicht recht gewusst, was sie sagen sollte.

Saskia sah von Rica zu Robin und zurück. Sie seufzte. Es hörte sich ein klein bisschen enttäuscht an, aber ihre Stimme war heiter, als sie meinte: »Ich gehe Nathan Bescheid sagen. Ihr beide habt, glaube ich, noch mehr zu besprechen, bei dem ich nicht dabei sein muss.« Sie ging zur Tür und drehte sich noch mal um. »Aber macht nicht zu lange. Denkt dran, wo ihr seid?« Sie kicherte leise und schlüpfte dann aus dem Raum.

Rica biss sich verlegen auf die Unterlippe. »Und was machen wir jetzt? Rumknutschen auf dem Mädchenklo?« Sie kicherte nervös. »Ich dachte, aus dem Alter wäre ich raus.«

Robins Lächeln war mindestens genauso verlegen. Und genau wie sie versuchte er, es zu überspielen. »Was, aus dem Alter für Mädchenklos oder aus dem Alter fürs Herumknutschen?«

Wieder musste Rica kichern. Sie konnte spüren, wie ihr das Blut in den Kopf stieg. Ihre Fingerspitzen kribbelten, und irgendwie wollte ihr Blick überall hingehen, nur nicht auf Robins Gesicht.

Wieder standen sie einen Moment stumm da, jeder offensichtlich überzeugt davon, dass der andere gleich irgendetwas machen würde. *Was denn? Fliehen? Ihm um den Hals fallen?* Rica spürte leichte Panik in sich aufsteigen. Was tat man eigentlich, wenn man den Menschen, in den man verliebt war, seit Tagen falsch verdächtigt hatte, und jetzt plötzlich alles wieder eingerenkt war. *Warum gibt es dafür nur keine Lebensberater? »Was Sie tun müssen, wenn ihr Freund doch keine andere geschwängert hat«.*

Dann stand Robin plötzlich vor ihr. Der vertraute Geruch nach Weichspüler und Duschgel war so überwältigend, dass er Rica die Tränen in die Augen trieb, und auf einmal fragte sie sich, wie sie jemals Robin hatte verdächtigen können, wie sie überhaupt an ihm hatte zweifeln können.

»Ich bin eine Vollidiotin!«, sagte sie und brach in dem Moment in Tränen aus, in dem Robin seine Arme um sie schlang und sie an sich zog. Sie legte ebenfalls ihre Arme um ihn, drückte ihr Gesicht an seine Schulter, atmete tief den warmen, weichen Geruch ein und spürte, wie sein Shirt unter ihren Tränen nass wurde. »Sorry. Ich bin so vollkommen blöd«, schluchzte sie und bekam zu allem Überfluss auch noch einen Schluckauf. »Wenn du mich jetzt hasst …«

»Sch!« Robin drückte sie kurz, aber fest. »Ich hasse dich ganz bestimmt nicht. Auch wenn du ein ganz klein bisschen recht hast mit dem blöd sein.«

»Hey!«, protestierte Rica, ließ ihn aber nicht los. Ihre Tränen trockneten bereits wieder, und in ihr breitete sich eine Wärme aus, wie sie sie schon lange nicht mehr gespürt hatte.

»Keine Bange. Ich bin auch ein bisschen blöd«, murmelte Robin in ihre Haare. Sein warmer Atem kitzelte sie im Nacken, und Rica lief ein Schauder über den Rücken. Die Schmetterlinge in ihrem Bauch spielten inzwischen dermaßen verrückt, dass sie vermutlich gleich den großen Ausbruch in die Freiheit wagen würden.

»Ich glaube, das ist eben so, wenn man verliebt ist«, flüsterte sie.

Sie spürte, wie Robin ganz leicht zusammenzuckte. »Sagst du das noch mal?«, bat er dann.

Rica ließ ihn vorsichtig los und trat einen winzigen Schritt rückwärts, um ihn in die Augen sehen zu können. Ihr Herz raste wie verrückt, und sie hatte das irre Bedürfnis zu fliehen. »Ich bin in dich verliebt!«, sagte sie, bevor sie noch einmal über die Wörter stolpern konnte.

Robin sah sie an. Eine ganze, unendliche Sekunde lang. Dann beugte er sich vor und zog Rica zurück in seine Arme. Dieses Mal verbarg sie nicht ihr Gesicht. Dieses Mal sah sie ihm in die Augen, bis sie ihre eigenen doch schließen musste, weil sie es nicht mehr aushielt.

Seine Lippen berührten ihre. Ganz sacht zuerst wie das sanfte Streicheln einer Feder über ihrer Haut. Rica drückte sich an ihn, reckte sich ihm entgegen, erwiderte den Kuss. Eine Welle aus Wärme und Freude durchflutete sie, sie fühlte sich beinah schwerelos, völlig losgelöst, frei. Es dauerte Stunden. Tage. Und es war viel zu schnell vorbei.

Als Rica die Augen öffnete, sah sie direkt in Robins. Keiner von ihnen sagte etwas, sie sahen sich nur an. Nach einer halben Ewigkeit hob Robin die Hand und berührte ganz leicht Ricas Wange und ihre Lippen.

»Und ich in dich«, flüsterte er.

Wäre es nach Rica gegangen, hätte dieser Moment ewig andauern können. Aber ganz davon abgesehen, dass sie immer noch auf dem Mädchenklo herumstanden, hatten sie noch anderes zu tun. So löste sich Rica mit großem Bedauern aus Robins Armen, trat ein Stück zurück und atmete tief durch.

»Wir finden schon noch irgendwann Zeit«, flüsterte sie. »Versprochen.«

Robin versuchte, seine Enttäuschung mit einem Lächeln zu überspielen, ganz gelang ihm das allerdings nicht. »Du hast vermutlich recht«, meinte er trotzdem. »Lass uns gehen. Auch wenn ich wirklich, wirklich keine Lust habe, meinem kleinen Bruder ins Gesicht zu sagen, dass er Mist gebaut hat.«

»Ach, deswegen also ...«, begann Rica scherzhaft, doch ein gespielt strenger Blick von Robin brachte sie zum Schweigen.

»Denk nicht mal dran, das zu denken«, sagte er. »Ich wollte ganz bestimmt nicht nur Zeit schinden.«

Rica grinste. Ihre Verlegenheit war noch nicht ganz von ihr gewichen, und eine spöttische Antwort lag ihr auf der Zunge. Aber sie hielt sich zurück. »Komm!«, meinte sie stattdessen. »Bringen wir es hinter uns. Hat ja keinen Sinn, zu warten.«

Vor der Tür stießen sie beinahe mit Saskia und Nathan zusammen. Nathan zog schmunzelnd die Augenbrauen hoch, und auch Saskia musste ein Grinsen unterdrücken, auch wenn sie gleichzeitig ziemlich traurig aussah. Auf einmal tat sie Rica richtig leid. Sie hätte ihr das gern irgendwie gesagt, aber alles, was ihr einfiel, hätte irgendwie herablassend und fies geklungen. Also schwieg sie lieber und legte Saskia nur kurz eine Hand auf den Arm. Saskia sagte ebenfalls nichts, doch Rica hatte das Gefühl, dass sie die Geste verstanden hatte.

»Haben wir einen Plan?«, wandte sich Rica an Nathan.

»Wir gehen rein, springen auf den Tisch und verkünden, was wir wissen«, meinte er. »Nein, im Ernst, nicht so richtig. Wir sehen mal, was sich ergibt. Aber besser, wir machen das jetzt, bevor dieser kleine Spinner sich noch etwas Neues ausdenkt.«

»Okay«, meinte Rica. »Ziehen wir es durch.«

Es war nur ein sehr kurzer Weg den Gang entlang zum Aufenthaltsraum, doch Rica kam er endlos vor. Je näher sie der Tür kamen, desto wackeliger fühlten sich ihre Knie an. *Irgendwas stimmt nicht.* Der Gedanke setzte sich in ihrem Kopf fest und ließ sich nicht mehr abschütteln. *Irgendwas ist hier ganz und gar nicht in Ordnung.*

Das Gefühl wurde immer stärker. Rica hielt sogar einmal kurz inne und lauschte. Aus dem Aufenthaltsraum drangen erregte Stimmen, mehrere Leute redeten durcheinander, und ein paar von ihnen schienen wütend zu sein. All das erschien ihr nicht ungewöhnlich, schließlich waren sie alle den ganzen Tag über schon gereizt gewesen. Aber etwas in den Stimmen schien auch anders zu sein. Aggressiver. Ängstlicher. Und es waren nicht nur die Stimmen. Es fühlte sich so an, als kröche die Angst unter der Tür hindurch in den Gang und sickere langsam in ihr Bewusstsein.

Rica griff unwillkürlich nach Robins Hand. Er umschloss ihre Finger mit den seinen und drückte leicht zu. Als sie aufsah, um in sein Gesicht zu blicken und sich Mut zu machen, erkannte sie, dass er mindestens genauso große Angst hatte wie sie selbst. Und als sie Nathan und Saskia ansah, bemerkte sie die gleiche Angst und Sorge auch bei ihnen. *Also bilde ich mir das nicht nur ein. Es ist wirklich etwas nicht in Ordnung.*

Als sie die Tür erreicht hatte, blieb sie stehen und starrte die Klinke an, als sei es eine Schlange, die sie jeden Moment beißen konnte. Die Stimmen hinter dem Holz waren inzwischen so laut und durcheinander, dass Rica keine einzelnen Worte daraus verstehen konnte. Sie warf noch einmal einen unsicheren Blick zurück über ihre Schulter, dann streckte sie kurz entschlossen die Hand aus und drückte die Klinke herunter.

Die Tür schwang auf.

Der Raum dahinter glich einem Hexenkessel, und sobald sie ihn betreten wollte, brach die Hölle los. Rica konnte gar nicht mehr schnell genug reagieren, da fielen sie auch schon über sie her.

»Da sind sie!«, war der erste Ruf, mit dem Rica empfangen wurde. »Da sind sie! Schnappt sie euch! Lasst sie nicht entkommen!«

Alles, was sie sah, waren Gesichter. Wütende Gesichter. Obwohl vielleicht nur zehn, zwölf Schüler im Raum waren, hatte Rica das Gefühl, sich einer aufgebrachten Menschenmenge gegenüber zu sehen. Zornige Augen hatten sich auf sie gerichtet. Finger zeigten auf sie. Münder öffneten sich anklagend. Stimmen schrien.

»Mörder!«

»Wahnsinnige!«

Leute stürmten auf sie zu. Plötzlich war sie von anderen Schülern umringt. Erbarmungslos wurde sie zurückgedrängt, gegen die Wand des Ganges gestoßen und dagegengepresst. Hände griffen nach Rica, krallten sich in ihre Kleidung, rissen an ihren Haaren. Körper drängten sich so eng an sie, dass sie beinah keine Luft mehr bekam. Rica rang nach Atem, versuchte zu schreien, versuchte, die anderen um sie herum wegzustoßen, aber es kamen immer neue nach.

»Was habt ihr mit Frau Friebe gemacht?«

»Das soll euch eine Lehre sein!«

»Bringt sie zu Torben.«

»Wir sollten ihnen richtig wehtun.«

Schon vor einer Ewigkeit, so kam es Rica vor, hatte sie Robins Hand verloren. Sie konnte auch nicht erkennen, wo er sich befand. Sie konnte keinen der anderen sehen oder hören, alles, was sie wahrnahm, waren wütende Gesichter und wütende Stimmen. Und die grässliche Hitze und die Atemnot. Immer weiter wurde sie gegen die Wand gepresst, ein scharfer Schmerz durchzuckte ihren Brustkorb, und sie glaubte, ihre Rippen brechen zu spüren.

Ich werde zerquetscht!

Rica schloss die Augen und war kurz davor, sich ihrem Schicksal zu fügen. *Dann ist wenigstens alles schnell vorbei, und ich kann mich endlich ausruhen.* Doch dann trat ihr jemand schmerzhaft auf den Fuß – ein schwerer Stiefel gegen ihren einfachen Turnschuh –, und der stechende Schmerz, der ihre Zehen durchfuhr, brachte sie wieder zur Besinnung. Mit einem Schrei stieß sie sich von der Wand ab. Unter einem ihrer Ellbogen spürte sie etwas Weiches und rammte zu. Ihr war es egal, was sie traf, egal, ob sie vielleicht bleibenden Schaden anrichtete, sie wollte nur noch hier raus.

Jemand schrie auf, der Druck ließ für einen Moment nach, und Rica warf sich noch mal vorwärts. Um sie herum nur gedrängte Leiber, Menschen überall, sie umgaben sie, nahmen ihr die Luft zum Atmen, wollten sie zerquetschen, zermalmen, zerstören. Rica schrie und schlug um sich. Sie unterschied nicht mehr zwischen Gesichtern, nur zwischen Enge und Freiheit. Sie schlug, boxte, trat und biss. Und sie traf dabei. Schreie um sie herum, ihre Finger gruben sich mehr als einmal in weiches Fleisch, der Geschmack von Waschmittel füllte ihren Mund. Immer noch wollten die anderen nicht verschwinden. Immer noch drängten sie sich nahe und immer näher.

Rica wurde zusammengedrückt, die Arme an ihren Körper gepresst. Fingernägel kratzten über ihre Wangen. Schwarze Flecken begannen, vor ihren Augen zu tanzen, die Gesichter der nächsten Schüler waren nur noch verschwommen zu erkennen. Ihr wurde schwindelig. Sie verlor den Halt, versuchte noch, sich auf den Beinen zu halten, und stürzte auf Hände und Knie, zwischen Dutzende, nein Hunderte von Beinen.

Und hier endlich hatte sie Luft. Hier endlich konnte sie wieder etwas erkennen, ein Stück freien Ganges zwischen ihr und einer einfachen Holztür.

Der Hinterausgang. Ganz nah.

Über ihr brüllten die Schüler immer noch, einige bückten sich, und versuchten, sie zu packen und auf die Füße zu ziehen, doch dieses Mal reagierte Rica schnell genug. Sie begann zu krabbeln. Füße traten nach ihr, Hände griffen in ihre Haare und zogen, aber Rica riss sich los, wand sich zwischen den vielen Beinen hindurch, und auf einmal war sie frei. Nur eine kurze Strecke lag zwischen ihr und der Hintertür. Rica kam auf die Füße und sprintete los, ohne weiter nachzudenken. Ein eisiger Windhauch schlug ihr entgegen, als sie die Tür aufriss. Es war ihr gleich. Sie musste einfach nur weg hier. Raus. Rica stürmte geradewegs in das Schneetreiben hinein, ohne sich noch einmal umzusehen.

Sie rannte. Die Landschaft um sie herum verschwamm. Rica hatte das Gefühl, nicht mehr klar denken zu können, und mit ihrem Verstand schien sich auch ihr Sehvermögen verabschiedet zu haben. Alles um sie herum erinnerte sie an ein altes Schwarzweißfoto. Helle und dunkle Flächen, verschwommen vor dem Abendhimmel. Schnee drang durch ihre Turnschuhe, und ihre Socken waren binnen kürzester Zeit vollkommen durchnässt. Die Kälte biss sich durch ihr Sweatshirt und die Jeans, aber Rica spürte sie kaum. Hauptsache sie kam fort.

Irgendwann merkte sie, dass die Stimmen hinter ihr verklungen waren. Gleich darauf wurde ihr klar, wie erschöpft sie war. Ihre Beine schmerzten vom Laufen, und ihr Atem ging schwer. Rica kam taumelnd zum Stehen, beugte sich vornüber und stützte die Hände auf den Knien ab. Jeder tiefe Atemzug brannte in ihrer Kehle, ihre Augen waren feucht, ihre Wangen eiskalt. Es fühlte sich so an, als ob im nächsten Moment ihre Finger und Zehen abfielen.

Aber sie war in Sicherheit.

Die Enge, die vielen Menschen, all das war verschwunden. Rica war sich nicht sicher, ob die Tränen in ihren Augen noch von der Angst oder schon von der Erleichterung herrührten. Am liebsten hätte sie gejubelt, wären da nicht die anderen gewesen.

Die anderen.

Nathan, Robin, Saskia. Eliza. Sie waren im Haus zurückgeblieben. Hatte keiner von ihnen es zum Hinterausgang geschafft?

Rica richtete sich langsam wieder auf. Scharfe Stiche durchzuckten ihre Seite bei jedem Atemzug, doch sie versuchte, sie zu ignorieren. Sie blinzelte die Tränen fort, wischte sich mit dem Handrücken die Augen und sah sich um. Sie war gar nicht so weit gelaufen, wie sie zuerst gedacht hatte. Das Haus lag ein Stück über ihr am Hang, halb verdeckt durch eine Baumreihe. Rica konnte ein paar Fenster im oberen Stockwerk gelblich durch die Dämmerung leuchten sehen, der Aufenthaltsraum war immer noch durch dicke, hohe Schneewehen verdeckt.

Du solltest zurückgehen. Du solltest nachsehen, wie es den anderen geht. Man lässt seine Freunde nicht einfach so im Stich.

Rica starrte den Hang hinauf. Sie wusste, was sie tun sollte, aber ihre Beine wollten sich einfach nicht bewegen. Zurück zum Haus hieß zurück zu den anderen, zu dem Mob, zu der

Enge, zur Angst. Das konnte sie einfach nicht. Nie im Leben. Aber sie musste den anderen auch helfen.

Rica saß zitternd im Schnee und wusste wirklich nicht mehr, was sie machen sollte.

Kapitel siebzehn

Angst

Die Bilder verschwammen langsam und machten einem sanften, hellen Licht Platz. Eliza mochte das Licht. Zum ersten Mal seit langer Zeit wurde sie nicht mehr von ihren Erinnerungen und den Bildern gequält. Sie hätte stundenlang daliegen können und sich von dem Licht bescheinen lassen. Wenn da nicht die Stimme gewesen wäre.

»Bist du wach?«

Eliza blinzelte. Das angenehme, warme Licht verwandelte sich in ein grelles Leuchten, das ihr in die Augen stach. Am liebsten hätte sie die Augen gleich wieder geschlossen, aber da war noch die dunkle Gestalt vor dem hellen Lichtschein.

»Bitte, wach auf. Es ist wichtig.« Die Stimme kam ihr vage bekannt vor, eine Stimme, mit der sie viel Gutes verbunden hatte. Jedenfalls früher einmal. Wieder blinzelte sie, dieses Mal allerdings vorbereitet auf das helle Licht. Langsam klärte sich ihre Sicht.

Sie lag im Bett in einem schmalen, holzgetäfelten Zimmer, an das sie keine besonderen Erinnerungen hatte. Sie brauchte einige Momente, bis sie darauf kam, dass sie sich wohl immer noch in den Skiferien befand. Stimmt. Hatten sie da nicht solche Zimmer gehabt?

»Bist du wach?«, wiederholte die Stimme. Dieses Mal klang sie schon wesentlich ungehaltener.

Eliza richtete sich langsam auf. Für einen Moment wurde ihr

schwindelig, dann klärte sich ihr Kopf wieder ein wenig, und sie konnte sehen, wer da in ihrer Zimmertür stand.

»Torben?« Ihr Mund fühlte sich schrecklich trocken an, und das Wort kam nur als ein Krächzen heraus. Eliza räusperte sich, entdeckte ein Glas Wasser auf dem Nachttischchen neben ihrem Bett und griff danach. Dankbar stürzte sie die kühle Flüssigkeit hinunter. »Was machst du hier?«, fragte sie. »Was ist überhaupt passiert?«

»Wir brauchen dich.« Torben trat ins Zimmer, ohne auf ihre Fragen einzugehen. Jetzt konnte Eliza erkennen, dass er ungewöhnlich ernst aussah. Seine Miene war finster.

»Brauchen? Wer, wir? Und wofür?« Elizas Gedanken kreisten wirr umeinander. Sie schüttelte den Kopf, um ein bisschen klarer denken zu können, doch das war wohl ein Fehler gewesen. Ihr wurde übel. Sie tastete nach ihrer Stirn und bemerkte, dass sie von einem kalten Schweißfilm bedeckt war. Riechen tat sie auch nicht besonders gut. Wie lange hatte sie hier gelegen? »Wo ist Rica?«, fragte sie.

Torben ging nicht auf ihre Frage ein. »Kannst du stehen? Gehen?«

Eliza kniff die Augen noch mal zusammen. Ihr Kopf schmerzte, und bei jeder kleinen Bewegung drohte die Übelkeit wieder in ihr hochzuschwappen, aber immerhin war sie wach, und sie sah auch keine seltsamen Bilder mehr.

»Ich bin okay«, murmelte sie. »Wo ist Rica?«

»Komm mit!«, erwiderte Torben. Er trat neben ihr Bett und streckte Eliza die Hand entgegen. Nach kurzem Zögern ergriff sie sie und ließ sich auf die Beine helfen. Sie kam sich vor wie eine Invalidin, als Torben sie langsam und vorsichtig in Richtung der Tür führte.

Als sie auf den Gang hinaustraten, konnte Eliza von unten Stimmen hören. Schüler, die wild durcheinander redeten. Sie hielt einen Moment inne, um zu horchen, und konnte die Angst hinter den Stimmen erahnen. Sie war deutlich zu spüren, auch wenn die meisten Stimmen übermäßig freudig und aufgeregt klangen.

»Was ist denn bloß passiert?«, wollte sie von Torben wissen, doch der schien immer noch nicht bereit zu sein, ihr Auskunft zu geben. Stattdessen führte er sie nun grob zur Treppe und zog sie fast die Stufen herunter. »Mach mal halblang!«, meinte Eliza, aber auch darauf reagierte Torben nicht.

Köpfe drehten sich zu ihr um. Alle Schüler schienen im Aufenthaltsraum versammelt zu sein, außer Rica. Frau Friebe war nirgendwo zu sehen, und auch von den beiden männlichen Betreuern war keine Spur. *Natürlich. Herr Röhling liegt ja im Krankenhaus. Haben sie nicht so etwas gesagt?*

Was sie jedoch mehr irritierte als die versammelten Schüler, ja sogar noch mehr als Ricas Abwesenheit, waren die »Gefangenen«. Am Kopfende des Raumes, ganz in der Nähe des Kamins, saßen drei Personen auf Holzstühlen. Ihre Handgelenke waren hinter ihrem Rücken gefesselt.

Eliza biss sich auf die Unterlippe. Nathan, Robin und Saskia. Was hatten sie nur getan, um das hier zu verdienen? Was war in der Zeit, in der Eliza ihren Fieberträumen nachgehangen war, passiert? Was war schiefgegangen? Denn irgendetwas musste schiefgegangen sein, das war ganz klar.

Sie sahen schlimm aus. Alle drei waren zusätzlich zu den Fesseln noch geknebelt worden. Nathan blickte gar nicht auf, aber Eliza konnte sehen, dass sein Gesicht rot und angeschwollen war, als ob er Schläge eingesteckt hatte. Und nicht gerade wenige. Robin starrte trotzig in den Raum, unter einem seiner Augen entwickelte sich etwas, das wie ein Veilchen aussah, und sein rechter Pulloverärmel war verkrustet von trockenem Blut. Saskia ließ den Kopf hängen und hatte sich, so gut es ging, zusammengerollt. Sie gab keinen Laut von sich und rührte sich auch nicht. Sie hätte tot sein können. *Was ist mit dem Kind?*, schoss es Eliza durch den

Kopf. Mehr aus einem Impuls heraus als durch eine bewusste Entscheidung ging sie auf die drei Gefesselten zu.

»Halt!«, sagte Torben plötzlich. »Geh nicht zu nah ran. Immerhin wissen wir nicht, ob du nicht irgendetwas mit der ganzen Sache zu tun hast.«

»Womit soll ich etwas zu tun haben?« Eliza wurde nicht langsamer, sondern ging weiterhin auf die drei zu. »Was ist hier überhaupt los, Torben? Was soll denn der ganze Mist?«

Jemand packte sie grob am Arm und riss sie zurück. Als Eliza den Blick wendete, um zu sehen, um wen es sich handelte, erkannte sie Sarah. Deren Gesicht war hassverzerrt und überhaupt nicht mehr hübsch.

»Hast du nicht gehört, was Torben gesagt hat?«, wollte sie wissen. »Falls es dir entgangen sein sollte: Torben ist jetzt der Anführer hier. Nach seinen Worten müssen wir handeln.«

»Das klingt mehr so, als hätte er sich zu einem Gott erklärt«, meinte Eliza. Bei diesen Worten hob Nathan den Blick und schenkte Eliza ein schwaches Lächeln. Sie war so froh, das zu sehen, dass sie am liebsten laut gejubelt hätte. Aber sie versuchte, sich nichts anmerken zu lassen. Besser, die anderen bekamen überhaupt nicht mit, wie viel Nathan ihr inzwischen bedeutete. Die Angst im Raum war inzwischen so deutlich zu spüren, als wäre sie ein körperliches Wesen, das unter dem Tisch lauerte. Es war nicht direkt eine Mauer aus Angst, mehr ein zäher Sirup, der das ganze Zimmer und alle Köpfe und Gedanken zu füllen schien. Eliza ertappte sich dabei, wie auch sie von Angst überwältigt zu werden drohte, aber sie drängte sie zurück. *Keinen Sinn, jetzt vor Panik den Kopf zu verlieren. Finde lieber heraus, was eigentlich passiert ist.*

Torben drängte sich an Eliza vorbei und baute sich zwischen ihr und den Gefesselten auf.

»Wir haben rausgefunden, dass Rica und Nathan hinter all diesen dummen Streichen stecken, die uns gespielt wurden«, meinte er selbstsicher. »Sie haben versucht, zu fliehen. Rica ist es gelungen, sich zu befreien, aber die anderen haben wir erwischt.« Er deutete auf Robin und Saskia. »Die beiden hier haben versucht, den anderen zu helfen. Wir müssen noch herausfinden, warum eigentlich.« Er klang so selbstzufrieden, so selbstherrlich, dass Eliza ihm am liebsten eine runtergehauen hätte. *Was habe ich je an diesem Typen gefunden?*

»Rica und Nathan?«, fragte sie laut. »Seid ihr sicher? Das klingt ein bisschen sehr unwahrscheinlich.« *Vor allem, da Rica eine derjenigen war, die am meisten unter diesen so genannten »Streichen« gelitten hat.*

»Du verteidigst sie ja nur, weil sie deine Freundin ist«, keifte Sarah. »Aber, Newsflash, du bist nicht hier, um irgendwen in Schutz zu nehmen.« Sie stemmte die Hände in die Hüften und funkelte Eliza wütend an. »Wir wollen nur von dir wissen, wo sich deine feine Freundin wohl verkrochen haben könnte.«

Eliza blinzelte verwirrt. »Wie bitte?«

Torben zuckte mit den Schultern, als habe Sarah da zwar einen kleinen verbalen Patzer gelandet, aber er stimmte ihr im Grunde zu. »Du hast schon richtig gehört. Du warst doch draußen mit dem da und Rica.« Er deutete auf Nathan, der wieder kurz den Kopf hob und Eliza ein etwas verzweifeltes Lächeln schenkte. »Der Kerl will jedenfalls nicht reden, also hatten wir die Hoffnung, dass du uns vielleicht etwas zu erzählen hast.«

»Ihr wollt, dass ich Rica verrate?« Eliza schüttelte den Kopf. »Spinnt ihr jetzt total oder was? Woher soll ich denn wissen, wo sie ist?«

»Vielleicht weißt du ja, wo dieser Psychopath seinen Unterschlupf hat«, vermutete Torben. »Bestimmt ist sie da untergekrochen. Bei dem Schneesturm kommt sie doch ohnehin nicht weit.«

Eliza musste darum kämpfen, ihre Gesichtszüge unter Kontrolle zu bekommen. *Ich weiß, wovon sie sprechen. Aber das dürfen sie nicht wissen. Was, wenn Rica sich wirklich dort versteckt hält.* Sie schüttelte den Kopf. »Torben, denk doch mal nach! Warum sollte Rica denn so etwas tun? Das ergibt doch keinen Sinn.« Sie ließ ihren Blick durch den Raum wandern, während sie sprach. Irgendjemand musste hier sein, der für die ganze Sache verantwortlich war. Eliza konnte die Angst immer noch tief in ihren Knochen spüren. Aber genauso sicher wusste sie, dass diese Angst nicht von ihr selbst stammte. *Jemand manipuliert uns. Jemand, der dieses Spiel viel besser beherrscht als ich selbst.* Doch in den meisten Gesichtern las Eliza nur die gleiche Angst, die auch sie zu überfallen drohte. Die anderen waren einfach nur wütend.

»Vielleicht, weil sie einfach auf uns eifersüchtig ist.« Sarah wieder. Ihre Stimme klang schrill vor Angst. Sarah war nie ein besonders erträglicher Mensch gewesen, wenn sie Angst hatte. »Rica hat oft genug gesagt, dass sie uns für einen Haufen verzogener Snobs hält. Jetzt war wohl die Möglichkeit, uns etwas zurückzuzahlen.«

Eliza schüttelte nur sanft den Kopf. Wieder sah sie Torben an, versuchte, ihn allein durch ihre Blicke zu überzeugen. »Rica steckt nicht dahinter«, wiederholte sie. »Ihr müsst euch einen anderen Schuldigen suchen.« *Einen anderen Sündenbock*, hätte sie beinah gesagt, konnte es sich aber gerade noch verkneifen.

Wieder blickte Nathan auf, ihr direkt in die Augen. Eliza hatte das Gefühl, er könne ihre Gedanken lesen. Sie erkannte die Warnung, die von seinem Blick ausging. »Verschwinde von hier!«, schien er ihr zuzurufen.

Doch es war schon zu spät. Eliza spürte, wie sich Finger wie ein Schraubstock um ihren Unterarm schlossen. »Wir wissen, wer hinter der ganzen Sache steckt«, murmelte Torbens Stimme dicht neben ihrem Ohr. »Und wir werden schon herausfinden, wohin Rica verschwunden ist. Pass nur auf!«

* * *

Kalt.

Niemals im Leben war Rica so kalt gewesen. Sie hatte gedacht, schon in den letzten Tagen genug Kälte abbekommen zu haben, aber offensichtlich hatte sie sich geirrt: Es ging immer noch schlimmer. Kälte kroch durch ihre Kleider, schien ihre Haut mit einer Frostschicht zu überziehen und bis in ihre Knochen vorzudringen. Wenn sie nicht bald da war, würde sie vermutlich erfrieren. Irgendwo hatte sie einmal gehört, dass das ein sehr sanfter Tod sein sollte, aber sie war sich nicht sicher, ob das stimmte. Nicht wenn die Kälte in ihre Finger und Zehen biss und sie derart schmerzen ließen.

Aus dem Schutz der Bäume heraus taumelte Rica auf die freie Ebene hinaus. Dieses Mal war nicht viel zu erkennen, der Wind fegte über den Hang und trieb kleine, spitze Schneeflocken vor sich her, so dicht, dass Rica den halbrunden Unterschlupf nicht sehen konnte. Alles, was sie wahrnahm, war eine wirbelnde weiße Wand. Und die Kälte. Wenn sie nicht genau gewusst hätte, wo sich der Unterschlupf befand, hätte sie ihn sicher nie gefunden.

Sie setzte sich wieder in Bewegung. Keinen Gedanken verschwendete sie daran, was passieren würde, wenn der Psychopath zu Hause war. Selbst an Nathan, Eliza und Robin dachte sie nur flüchtig. Es war alles egal. Solange sie aus diesem Schneesturm heraus kam, war alles egal.

Der Weg zur Eingangstür war tief verschneit. Rica musste sich durch die anwachsenden Schneewehen zur Tür vorkämpfen. Die Zeit schien stillzustehen. Als sie endlich vor dem Eingang stand und den eisigen Türgriff unter ihren noch eisigeren Fingern spürte, konnte sie es kaum glauben. Rica drehte den Knauf und stieß die Tür auf.

Erstickende Hitze schlug ihr entgegen, sodass es Rica vorkam, als wäre sie gegen eine unsichtbare Wand gelaufen. Sie taumelte, hustete und konnte sich gerade lange genug auf den

Beinen halten, um die Tür hinter sich zuzuschlagen. Dann gaben ihre Beine unter ihr nach, und Rica rutschte langsam zu Boden. Farbige Lichter tanzten vor ihr durch die Dunkelheit, aber sie achtete nicht darauf. Sie schloss die Augen. Einfach nur schlafen. Für immer schlafen, das wäre schön.

Ob Minuten oder Stunden vergangen waren, konnte Rica nicht sagen, als sie langsam wieder zu Bewusstsein kam. Die Hitze war ein bisschen abgeflaut, und ihr wurde klar, dass es überhaupt nicht besonders heiß in dem Unterschlupf war. Nach dem Schneesturm dort draußen war Rica nur vollkommen durchgefroren gewesen.

Es war dunkel. Ein paar Lämpchen blinkten an dem, was Rica aus ihrer Erinnerung für den Computer hielt, ansonsten war alles still. Der Besitzer des Unterstandes war ganz offensichtlich nicht da.

Rica kämpfte sich auf die Füße, blieb einige Momente lang wackelig stehen und tastete dann nach dem Lichtschalter. Lampen flammten auf, blendeten sie für einen kurzen Augenblick und gaben dann den Blick auf den inzwischen wohlbekannten Raum frei. Rica konnte nicht sagen, ob der Besitzer des Unterstandes seit ihrem Besuch noch einmal hier gewesen war, äußerlich jedenfalls schien alles unverändert.

Rica wankte leicht. *Ich brauche ganz dringend einen Kaffee,* dachte sie und sah sich noch einmal suchend im Raum um. Ihr Blick fiel auf eine dreckverkrustete Kaffeemaschine, die neben den Computern auf dem Tisch stand. Mit zitternden Knien machte sich Rica auf den Weg zu dem Gerät, das sie erst nach einer Ewigkeit zu erreichen schien. Auch ihre Finger zitterten, als sie eine Filtertüte einlegte und begann, Kaffee hineinzuhäufen. Doch als sie die Maschine angestellt hatte und der warme, beruhigende Geruch von frisch gebrühtem Kaffee durch den Raum zu schweben begann, fühlte Rica sich schon ein bisschen besser. Als würde der Kaffee die ganze Sache hier irgendwie vertrauenerweckender machen. Im selben Moment fielen ihr ihre Freunde ein, die sie in der Skihütte zurückgelassen hatte. *Nathan, Eliza, Robin.* Ihr Magen zog sich zusammen, und ihre Hände begannen wieder zu zittern. *Ich hätte sie nicht allein lassen sollen. Das war so feige. Warum habe ich mich nicht einfach dazu aufraffen können, meine Leute mit den Fäusten zu verteidigen, oder so?*

Rica seufzte. Sie wusste genau, wieso. Weil ihr all diese Menschen eine Scheißangst gemacht hatten, weil sie dort keine Minute länger hätte bleiben können, ohne zu ersticken. Weil so viele Menschen um sie herum gewesen waren, dass sie einfach in Panik geraten war. *Weil du ein verdammter Feigling bist!*

Rica presste die Lippen aufeinander. Zum dritten Mal blickte sie sich im Zimmer um. Wenn sie hier irgendwo eine Winterjacke und Winterstiefel finden konnte, vielleicht würde sie dann den Weg zurück zur Skihütte unbeschadet überstehen. Wenn sie erst einmal da war, würde sie die anderen befreien.

Und dann? Dann fliehen wir alle hierher und machen was? Rica kaute ärgerlich auf ihrer Unterlippe herum. Nein, das war keine Lösung. So sehr es ihr auch gegen den Strich gehen mochte, die anderen einfach dortzulassen, es war ihr ebenso klar, dass sie allein keine Chance hatte. *Ich muss die Polizei rufen,* dachte sie, *aber wie? In dem Schneesturm schaffe ich es doch nie ins Dorf hinunter.*

In diesem Augenblick fiel ihr Blick auf die beiden Computer, die auf dem Tisch vor sich hin surrten.

Die Computer.

Warum hatten sie vorher nicht an die Computer gedacht? Klar, sie hatten die Dateien der Kameras abgerufen, aber hatten sie nicht die ganze Zeit davon geredet, dass sie die Polizei verständigen wollten? Warum zur Hölle hatten sie also nicht an die Computer gedacht?

Rica ging auf die beiden Rechner zu und tippte versuchsweise bei jedem einmal kurz auf die Tastatur. Die Bildschirme flammten auf und zeigten einen identischen Desktophintergrund. Eine sonnenüberflutete Wiese mit Mohnblumen gesprenkelt, die so gar nicht zu der Kälte und dem Schnee hier passen wollte. Rica hatte befürchtet, dass die Rechner passwortgesichert sein könnten, insbesondere nach der Aktion, die ihr Vater das letzte Mal hier abgezogen hatte. Aber offensichtlich fühlte sich der Besitzer des Unterschlupfs immer noch ziemlich sicher.

Rica zog sich einen Stuhl heran und ließ sich vor dem Desktoprechner nieder. Mit zittrigen Fingern bediente sie die Maus, ließ den Zeiger über den Bildschirm huschen und fand schließlich, was sie suchte: Der Rechner hatte tatsächlich eine Internetverbindung. Ihr Herz schlug ihr bis zum Hals, als sie das Browserfenster öffnete, und sie warf einen nervösen Blick in Richtung Tür. Wenn sie nur niemand störte …

Rasch tippte sie die Adresse für ihren E-Mail-Provider ein, und wartete ungeduldig darauf, dass die Seite geladen wurde. Es schien Ewigkeiten zu dauern. Endlich erschien das Logo in der linken oberen Ecke des Bildschirms, und Rica atmete erleichtert auf. Rasch begann sie, ihren Usernamen und das Passwort einzugeben.

»Was tust du hier?«

Die Stimme war so laut, dass Rica zusammenzuckte. Sie drehte ihren Stuhl in Richtung Tür, und da stand er. Eingemummelt in eine dicke schwarze Skijacke und Schneehosen, die Mütze ein Stück aus der Stirn geschoben, stand der Mann aus dem Wald da, die Hände in die Hüften gestemmt. Er war jünger, als Rica bei ihrer ersten Begegnung geglaubt hatte, vielleicht Mitte dreißig. Sein hellbraunes Haar war in einem praktischen Militärschnitt frisiert, und seine Augen waren dunkel und durchdringend. Dieses Mal hatte er kein Messer in der Hand, aber Rica konnte nicht sicher sein, was sich alles unter seiner Jacke verbarg. Von seinem Gürtel baumelte ein Funkgerät, das aussah wie in alten Militärfilmen.

»Ich … ich …« Rica verließen die Worte. Ihre Hände begannen wieder, furchtbar zu zittern, und sie konnte spüren, wie sie sich mit einem Film aus kaltem Schweiß überzogen.

»Kommst da einfach so in mein Nest geflogen, kleines Vögelchen.« Die Stimme des Mannes hatte jetzt einen aufreizend kindlichen Tonfall angenommen. Er lachte. »Was sollen wir da wohl mit dir machen, hm?« Er trat einen Schritt in den Raum hinein, und ließ die Tür hinter sich zufallen. Sie schlug mit einem Krachen ins Schloss, das Rica abermals zusammenzucken ließ.

Er ist kein Psychopath. Er tut nur so. Nathan war sich so sicher. Doch alles, was Rica im Moment wahrnehmen konnte, war das überlegene Grinsen auf dem Gesicht des Mannes und die langsame Bewegung, mit der er den Reißverschluss seiner Jacke aufzog.

»Dann werden wir wohl ein bisschen Spaß zusammen haben, nicht wahr, meine Kleine?«, meinte der Mann und lachte. Rica starrte ihn an und fühlte sich wie ein Reh, das vom grellen Scheinwerferlicht geblendet wurde: unfähig sich zu bewegen.

»Hast du schon eine Idee, was du machen möchtest?« Der Mann kam aufreizend langsam näher. Der Reißverschluss stand inzwischen offen und enthüllte einen sportlichen Körper in einem eng anliegenden Pullover. Zu Ricas Entsetzen konnte sie einen Ledergurt erkennen, an dem ganz offensichtlich eine Pistole in einem Halfter steckte.

Sie schluckte. »Sie werden mir nichts tun«, brachte sie heraus. Ihre Stimme war nur ein heiseres Flüstern, und Selbstsicherheit hörte sich ganz bestimmt anders an.

»Ach? Und wie kommst du auf den Gedanken?« Der

Mann stand jetzt unangenehm nah vor ihr. Rica konnte seinen Schweiß riechen. Es roch scharf und wild wie bei einem Raubtier.

Genau das ist er ja auch. Ein Raubtier. Eine Hyäne, die sich an denen vergreift, die schwächer sind als sie. Rica konnte sich noch immer nicht bewegen. Sie starrte an dem Mann empor. Ihr Blick wurde immer wieder wie magisch angezogen von der Waffe an seinem Gurt. »Sie sind kein Psychopath«, flüsterte sie. »Sie tun nur so. Tatsächlich wollen Sie etwas ganz anderes.« Sie brach ab. Ihre Stimme versagte einfach, als sie sah, wie seine Hand zum Griff seiner Waffe wanderte. Alles in ihr schrie nach Flucht, aber ihr Körper war noch immer wie gelähmt.

Und in diesem Moment sah sie es: ein Anflug von Unsicherheit, der über seine Züge flackerte. Ein kurzer Augenblick nur, in dem seine Fassade bröckelte. Auf einmal war ihre eigene Angst überhaupt nicht mehr so schlimm.

»Sie haben etwas mit der Daniel-Nathans-Akademie zu tun, nicht wahr?«, sagte sie, und ihre Stimme klang schon viel sicherer. »Oder besser gesagt: mit diesem mysteriösen Institut, das hinter den Stipendien steckt. Sie haben dort hinten einen ganzen Aktenschrank voller Ordner über Schüler.« Jetzt wagte sie auch, aufzustehen. Zwar stand sie damit wirklich unangenehm nahe vor dem Fremden, doch wenigstens hatte sie nicht mehr das Gefühl, vollkommen hilflos zu sein.

»Ich interessiere mich eben für junge Mädchen.« Der Mann versuchte, seiner Stimme wieder diesen überlegenen, leicht wahnsinnigen Tonfall zu verleihen, der vorher solchen Eindruck auf Rica gemacht hatte, aber ganz gelang es ihm nicht. Vielleicht lag das auch daran, dass Rica ihn durchschaut hatte.

»Und für Jungen auch? Und deswegen haben Sie all die medizinischen Angaben und so was?« Sie versuchte, verächtlich zu schnauben. »Niemand, der nicht tiefer in dieser Sache drinhängt, könnte all diese Angaben haben. Da bin ich mir sicher.« Rica stemmte die Hände in die Hüften und reckte herausfordernd das Kinn in die Höhe. »Was steckt also dahinter? Warum schleichen Sie hier rum und tun so, als ob … als ob sie kleine Hunde umbringen und so was?« Bei dem Gedanken an die toten Hunde hatte sie dann doch schlucken müssen. Was, wenn Nathan zwar recht hatte, und der Kerl hier für das Institut arbeitete, aber trotzdem ein Psychopath war? Es brauchte doch sicher eine gute Portion Skrupellosigkeit, einen wehrlosen Hund abzuschlachten.

Der Mann starrte sie einen Augenblick lang sprachlos an. Dann atmete er tief durch. Als er wieder sprach, hatte seine Stimme all den verspielten Wahnsinn verloren, der eben noch darin gelegen hatte.

»Du bist viel zu neugierig, weißt du das?« Er trat einen Schritt zurück und musterte sie von oben bis unten. Sein Blick war womöglich noch eisiger als zuvor, als er noch den Psychopathen gemimt hatte. Er sprach vollkommen emotionslos. »Du bist Ricarda Lentz. Ich kenne deine Akte. Ein erstaunliches Mädchen, ganz erstaunlich. Schade, dass bisher keiner der anderen dein Potenzial erkannt hat.« Er lächelte. Dann zog er die Waffe endgültig aus dem Halfter. »Du hast recht: Ich bin kein Psychopath. Ich weiß nur nicht, warum du glaubst, dass dir das irgendetwas nutzt.« Fast lässig richtete er die Pistole auf Ricas Brust. »Hat dir deine Mutter nicht beigebracht, dass man sich nicht in die Angelegenheiten anderer Leute einmischt? Besonders nicht, wenn diese Leute größer, stärker und wichtiger sind als du?«

Ricas Mund war von einem Moment auf den anderen staubtrocken. Ihre Zunge klebte ihr am Gaumen, und sie fühlte sich nicht in der Lage, auch nur ein weiteres Wort zu äußern. Alles, was sie sehen konnte, war die Mündung der

Waffe, schwarz und rund und riesenhaft. Wie ein einzelnes Auge, das sie beobachtete. Ein schwarz glänzendes Insektenauge.

»Sie können mich nicht umbringen.« Die Worte rutschten ihr einfach heraus, aber es war nur ein heiseres Wispern. »Das würden Ihre Arbeitgeber doch sicher nicht gern sehen.« Sie schluckte. »Andrea hat auch Ärger bekommen, als sie es versucht hat. Ich habe das Telefongespräch belauscht.« Rica schloss die Augen und betete, dass die Erwähnung dieses Namens irgendeinen Effekt haben würde. Um genau zu sein, war sie sich nicht mal sicher, ob Andrea Ärger bekommen hatte. Oder wenn ja, ob es deswegen gewesen war.

Der Mann lachte leise. »Andrea war eine Null. Eine Anfängerin. Sie hatte keine Ahnung, wohin wir mit dem Projekt wollen und wer wichtig ist und wer nicht. Sie hätte Jo nicht töten sollen, das ist richtig. Aber du ...« Er lachte wieder. »Du nimmst dich zu wichtig, Rica. Du magst Thomas' Tochter sein, und das Institut ist ein bisschen neugierig, was das für Auswirkungen haben mag. Aber mehr als eine nette Kuriosität bist du nicht.«

Ricas Herz raste noch schneller als zuvor. Sie wagte nicht, die Augen wieder zu öffnen, weil sie dann in das schwarze Auge des Pistolenlaufs blicken musste. »Warum erzählen Sie mir das alles?«, flüsterte sie. »Ist der Bösewicht, der am Ende all seine Pläne verrät, nicht ein schreckliches Klischee?«

Zu ihrer Überraschung schwieg der Mann. Rica wagte kaum zu atmen, sie erwartete jeden Moment, den Schuss zu hören. Doch zu ihrer Überraschung passierte nichts. Nach einigen Augenblicken traute sie sich, zu blinzeln. Der Mann hielt die Pistole immer noch auf sie gerichtet, aber auf sein Gesicht war ein nachdenklicher Ausdruck getreten.

»Du bist viel zu schlau, weißt du das?« Er seufzte. »Wenn ich dich wenigstens in den Schnee hinausschicken könnte.

Dann wäre das Problem auch erledigt.« Beinah widerwillig ließ er seine Waffe sinken.

»Heißt das, Sie wollen mich nicht erschießen?«

»Das heißt, ich weiß nicht recht, was ich mit dir anstellen soll«, gab er zurück. »Laufen lassen kann ich dich aber nicht. Ich denke, du verstehst sehr gut, warum.«

Rica zuckte mit den Schultern, dennoch fiel ihr ein riesiger Stein vom Herzen. Sie fühlte sich so erleichtert, dass sie hätte singen können. *Ich werde nicht sterben.*

»Und nun?« Mit der Erleichterung kehrte auch ihr Mut zurück. »Erzählen wir uns jetzt gegenseitig unsere Lebensgeschichte, oder wie läuft das?«

Der Mann starrte sie finster an. »Deine große Klappe kannst du dir gern für eine andere Gelegenheit aufheben.« Er hob die Pistole wieder ein Stück an. »Du gehst jetzt ganz schnell ins Badezimmer dort hinten.« Er deutete mit dem Kinn in Richtung der Tür, hinter der sich Nathan, Eliza und sie vor einer gefühlten Ewigkeit versteckt hatten.

»Sie haben selbst gesagt, dass Sie mich nicht erschießen werden. Warum sollte ich tun, was Sie sagen?« Rica versuchte, immer noch genauso mutig zu klingen, aber sie merkte, dass ihre Stimme wieder zu zittern begann.

»Weil ich es mir vielleicht doch noch anders überlege«, erwiderte der Mann ruhig. »Im Zweifelsfall finde ich sicher eine gute Ausrede für das Institut. Auch wenn ich es lieber nicht tun würde. Aber du weißt ja. Wenn ein Mann gezwungen wird, ist er bereit, alle möglichen seltsamen Dinge zu tun.«

Rica schluckte. Der Lauf der Pistole zitterte nicht im Geringsten. Nie hätte sie sich träumen lassen, dass sie mal in so eine Situation kommen würde. Ein schlechter Agentenfilm war gar nichts dagegen. Aber sie kam sich nicht wie in einem Film vor. Es war nicht einmal spannend. Sie hatte einfach nur riesige Angst. *Ob man die Kugel noch sehen kann, bevor man sie in den Kopf bekommt?*

»Los doch!« Der Pistolenlauf zuckte kurz, und Rica fuhr zusammen, weil sie überzeugt war, dass der Mann geschossen hatte.

»Okay«, meinte sie. »Okay, ich gehe ja schon.« Langsam setzte sie sich in Bewegung. Ihre Beine fühlten sich schrecklich steif an, als hätte sie sie seit Ewigkeiten nicht mehr benutzt. Sie hatte Angst, dem Mann den Rücken zuzuwenden, es fühlte sich wie eine Einladung zum Schießen an. *So ein Unsinn. Er kann dich genauso gut von vorn erschießen. Wir sind ja nicht im Wilden Westen.* Trotzdem brauchte es all ihre Willenskraft, um sich umzudrehen und in Richtung des Badezimmers zu gehen. Sie zog die Tür zu dem winzigen Raum auf und trat hinein. Als sie sich umdrehte, machte sich der Kerl an der Tür zu schaffen.

»Damned, kein Schlüssel«, murmelte er mehr zu sich als zu Rica. Dann sagte er lauter: »Ich habe feine Ohren. Wenn du die Tür auch nur einen winzigen Spalt aufmachst, bekomme ich das mit. Und sobald ich was gefunden habe, das ich als Keil verwenden kann, ist Schluss mit Fluchtversuchen, verstanden?«

»Und wie lange soll ich hier drinbleiben?« Ricas Trotz meldete sich.

»So lange, bis ich eine einigermaßen klare Anweisung habe, was ich mit dir tun soll. Das kann nicht allzu lange dauern. Bis dahin möchte ich von dir keinen Mucks hören, verstanden?«

Rica nickte langsam. Sie war immer noch nervös und unsicher, doch sie merkte, wie sich die lähmende Angst allmählich verzog. Vielleicht konnte man einfach nicht die ganze Zeit Todesangst haben. Selbst die Pistole hatte ein wenig von ihrem Schrecken verloren.

Doch ihr plötzlich wieder gewonnener Mut half ihr auch nicht weiter. Der Mann trat einen Schritt zurück und schob die Tür zu. Rica starrte auf das grau gestrichene Metall und lauschte auf das Geräusch, wie ein Stuhl vor die Tür geschoben wurde. *Von wegen feines Gehör. So ist das ja keine Kunst.*

Rica seufzte. Sie fühlte sich unendlich müde, und die Kälte von ihrer einsamen Wanderung saß ihr immer noch in den Knochen. Es war, als könne sie gar nicht richtig warm werden, weil sich ihr Blut in Eiswasser verwandelt hatte und jetzt ihre Adern verstopfte. So kalt war ihr, dass sie für einen Augenblick die irrsinnige Idee hatte, die Dusche anzustellen und sich einfach unter das heiße Wasser zu setzen. Heiß duschen, so lange, bis sie wieder richtig warm wurde.

Rica schüttelte den Kopf über sich selbst. So ein verrückter Gedanke. Allmählich schien sie den Verstand zu verlieren. Zitternd klappte sie den Deckel der Toilette hinunter, setzte sich darauf und zog die Beine an den Körper. Sie legte den Kopf auf die Knie und schloss die Augen. *Wenn ich doch einfach nur hier sitzen bleiben könnte, für immer und ewig, ohne nachzudenken, ohne mir Sorgen zu machen.* Sie fühlte sich so unendlich müde und erschöpft. Es war einfach nicht fair: Sie hatte alles getan, was ihr möglich gewesen war, und trotzdem saß sie jetzt hier fest, und ihren besten Freunden passierte sonst etwas. Das Leben sollte nicht so laufen.

Ihr Hals war eng. Sie überlegte noch, ob sie gegen die Tränen ankämpfen sollte, als die ersten schon über ihre Wangen rollten.

Kapitel achtzehn

Konfrontation

Ihr seid vollkommen wahnsinnig!« Eliza starrte Torben an, als könne sie ihn allein durch die Kraft ihrer Blicke wieder zur Vernunft bringen.

»Wir wissen, wer dafür verantwortlich ist«, wiederholte er nur. »Wenn Rica ihren Komplizen lebend wieder zurückhaben will, sollte sie besser aus ihrem Versteck kommen. Ich bin mir sicher, sie beobachtet uns.« Lächelnd wandte er sich zu Eliza um. »Alternativ kannst *du* uns vielleicht sagen, wo sie abgeblieben ist.«

Eliza versuchte, seinem Blick standzuhalten, aber sie konnte nicht. Wie magisch davon angezogen wanderte ihr Blick wieder zum Fenster. Torben hatte ein paar der Schüler nach draußen geschickt, um ein Stück vom Weg freizuschaufeln. Auf diese Weise war ein kleiner, nahezu schneefreier Platz vor dem Haus entstanden. Dann hatte Torben den Schreibtisch aus Frau Friebes Zimmer geholt und nach draußen geschleppt. Er stand nun in der Mitte des kleinen Platzes, ein wuchtiges, schweres Möbelstück, das gar nicht so leicht zu bewegen war. Um eines der Metallbeine waren mehrere Gurte geschlungen worden, um Torbens Köder jede Möglichkeit zur Flucht zu nehmen.

Eliza wusste nicht, ob Nathan überhaupt noch bei Bewusstsein war. Torben hatte ihn übel zusammengeschlagen, als er nicht damit rausrücken wollte, wo Rica sich aufhielt. Jetzt saß er mit gesenktem Kopf da und bewegte sich nicht. *Hoffentlich ist er nicht schon tot.* Aber ihr war klar, dass Hoffnung hier nicht lange vorhalten würde. Zwar trug Nathan seine Skijacke und Winterstiefel, aber er hatte sonst nur eine Jeans an, und weder Mütze noch Handschuhe. Bei diesem Schneetreiben dort draußen würde es nicht lange dauern, bis er Schaden nahm.

Du musst etwas tun, Eliza! Du musst ihm helfen.

Torbens Leute hatten sie zum Fenster geführt und gezwungen, hinauszusehen. Doch selbst wenn dem nicht so gewesen wäre, hätte Eliza nicht wegsehen können. *Nathan.* Noch vor ein paar Tagen hatte sie ihn überhaupt nicht gekannt, und jetzt zog sich ihr das Herz zusammen bei dem Gedanken, dass ihm dort draußen etwas zustoßen könnte.

Nicht, dass sie es irgendjemandem gewünscht hätte, dort draußen in der Kälte zu sitzen. Aber schon gar nicht Nathan.

»Wie lange dauert es wohl, bis jemand erfroren ist?«, wollte Sarah hinter ihr in ironischem Tonfall wissen. »Ich habe mal gelesen, das kann sehr schnell gehen.«

»Aber es ist ein sanfter Tod, tröste dich«, fiel jetzt Vanessa ein. »Es soll sich anfühlen, als ob man einschläft. Man wird einfach immer müder.«

Ein paar Schüler lachten, aber es klang nicht besonders fröhlich. Eher irritiert und ein wenig hysterisch. *Wenn ich sie irgendwie auf meine Seite bringen könnte.*

Noch vor ein paar Tagen hätte Eliza sich das zugetraut. Sie *wusste* schließlich, dass sie Leute manipulieren konnte. Zwar hatte sie es noch nie bei so vielen versucht, aber sie hätte es sich vielleicht zugetraut – wenn nicht Jasmin gewesen wäre. Nachdem Eliza mitbekommen hatte, wie das jüngere Mädchen einen ganzen Raum voller Schüler zum Streit angestachelt hatte, war sie sich ihrer eigenen Fähigkeiten überhaupt nicht mehr so sicher.

Jasmin.

Elizas Herz klopfte auf einmal schneller. Sie hatte vorhin die Angst gespürt, die wie eine dicke Wolkendecke über den Schülern lag, aber sie hatte keine Rückschlüsse daraus gezogen. Jetzt kam ihr die panikerfüllte Stimmung unter den Schülern doch ein wenig seltsam vor. Warum sollten sie alle Angst haben. Oder eher: Warum sollten sie alle glauben, dass Rica und Nathan hinter den »Streichen« steckten, wenn es dafür doch gar keinen Anhaltspunkt gab?

Irgendjemand muss sie davon überzeugt haben.

Langsam drehte sie sich um, als könne sie Nathans Anblick nicht länger ertragen.

»Na, genug davon, deinen Lover anzugucken?«

Eliza fragte sich, warum sie Sarah jemals nett gefunden hatte. *Mein Lover.* Die Worte hallten in ihrem Kopf nach, aber Eliza versuchte, sich nicht von ihnen beeindrucken zu lassen. Sie ließ den Blick durch den Raum wandern und suchte Jasmin. Das kleine Mädchen war nirgendwo zu sehen. Robin und Saskia saßen immer noch auf ihre Stühle gefesselt vor dem Kamin, einige andere Schüler versuchten eher zögerlich, etwas zu Abend zu essen, viele hatten sich offensichtlich einfach auf ihre Zimmer verzogen. *Ihnen wird es auch zu viel. Aber sie trauen sich nicht, etwas zu sagen.*

Eliza entdeckte Simon, der vor Robin auf dem Boden kauerte und leise auf ihn einredete. Inzwischen hatte sie mitbekommen, dass Simon Robins kleiner Bruder war, aber ein richtiges Bild ergab sich daraus für sie auch nicht. Hatte Simon durch seine Freundin irgendetwas eingefädelt? Aber warum? Was hatte Rica ihm getan?

In diesem Moment blickte Simon auf, und in seinen Augen las Eliza blanken Hass, gemischt mit einer guten Portion Angst. Doch sofort hatte Simon sich wieder im Griff und drehte sich zu Robin um, aber Eliza hatte gesehen, was es zu sehen gab.

Simon hängt irgendwie mit drin.

»Ich würde mich beeilen«, murmelte Torben direkt neben Elizas Ohr. Sie fuhr zusammen, als sie seinen warmen Atem im Gesicht spürte. »Dein Freund macht es nicht mehr lange.«

Ich muss etwas tun.

»Okay«, sagte sie laut. »Ich bringe euch hin.« Sie hatte ein schlechtes Gewissen bei den Worten. Aber sie hoffte einfach, dass ihr auf dem Weg eine Lösung einfallen würde. Irgendeine.

* * *

Ihre Tränen versiegten rasch. Rica wischte sich mit dem Handrücken über die Augen und zwang sich, ruhiger zu atmen.

Allmählich wurde es besser. Sie saß ganz ruhig und horchte auf den Mann im Hauptraum. Vielleicht ergab sich ja doch eine Gelegenheit zur Flucht. Sie konnte seine Schritte hören, dann Klappern von Geschirr. Es klang so, als koche er sich Kaffee. Schließlich kehrte er offensichtlich zu seinen Computern zurück und begann, auf der Tastatur herumzuklappern.

Zeit verging. Der Mann rührte sich offensichtlich nicht von seinem Platz. Was schrieb er da nur die ganze Zeit? Erstattete er Bericht über Ricas Eindringen? Heckte er den nächsten Plan aus, die Schüler in der Skihütte in Panik zu versetzen? Nicht dass da noch viel mehr nötig gewesen wäre. Das Zimmer war ansonsten vollkommen still. Wenn das so weiterging, hatte Rica keine Chance, das Bad zu verlassen. *Immerhin kann er mich nicht auf ewig hier drin gefangen halten,* dachte sie. *Und wenn er mich hier rausholt, habe ich vielleicht eine Chance. Wenn ich ihn überrumpeln kann …*

Ein lautes Klopfen schreckte sie auf. Das Tastaturklappern hielt inne, und einen Augenblick lang war die Stille vollkommen. Rica hatte den Eindruck, dass der »Psychopath« mindestens genauso überrascht war wie sie selbst. Immerhin konnte er hier nicht viel Besuch erwarten. Dann hörte Rica, wie ein Stuhl zurückgerollt wurde. Im nächsten Moment schlug die Vordertür auf.

»Patrick!«

Die Stimme kam Rica bekannt vor. Sie brauchte nur einen kurzen Augenblick, um sie einordnen zu können. Ihr Vater. Sie war sich ganz sicher. Obwohl sie ihn praktisch ihr ganzes Leben lang nicht gesehen hatte, war es beinah so, als gehöre die Stimme einem alten Bekannten.

»Was tust du hier?« Der »Psychopath« namens Patrick klang ziemlich genervt. »Soll ich im Institut anrufen und ihnen sagen, wo du bist?«

»Das wissen sie ohnehin. Bis jemand hier ist, bin ich schon längst wieder weg.« Rica hörte die Tür zufallen und ihren Vater den Raum durchqueren. »Du musst aufhören, Patrick. Die Kinder dort unten drehen langsam durch. Wenn du sie noch mehr reizt, gibt es Tote. Und dieses Mal wirklich.«

»Nicht mein Problem«, erwiderte Patrick. »Ich gebe meine Beobachtungen weiter, und bis jetzt hat sich noch niemand mit neuen Anweisungen gemeldet.«

Einen Moment lang herrschte Schweigen, und Rica war sich vollkommen sicher, dass ihr Vater zu verblüfft zum Sprechen war. »Das kann doch nicht dein Ernst sein«, meinte er auch gleich darauf. »Das sind Kinder dort unten. Und die bringen sich gegenseitig um. Ich glaube, dass wir beide dort unten nach dem Rechten sehen sollten. Ihnen sagen, was Sache ist.«

Wieder Schweigen. Dieses Mal war es wohl Patrick, dem es die Sprache verschlagen hatte. »Das ganze Experiment aufs Spiel setzen?«, sagte er schließlich ruhig. »Du arbeitest nicht mehr für uns, Thomas, schon vergessen?«

»Und jetzt weiß ich auch, warum.« Rica konnte den Zorn in der Stimme ihres Vaters hören.

»Thomas! Warte! Was hast du jetzt vor?« Zum ersten Mal klang so etwas wie Panik aus Patricks Stimme.

»Ich gehe runter und stelle einiges klar. Mir ist egal, ob du mitkommst oder nicht.«

»Das wirst du nicht tun!« Rica konnte hastige Schritte hören, dann fiel irgendwas mit einem Knall zu Boden. Im nächsten Moment brach draußen offensichtlich eine Prügelei los.

Rica war so überrascht, dass sie beinah diesen idealen Moment zur Flucht verpasst hätte. Völlig fasziniert hatte sie dem Gespräch der beiden Männer gelauscht. Aber jetzt war der Zeitpunkt gekommen, an dem Patrick ganz sicher ausreichend abgelenkt war.

Rica sprang vom Klodeckel, und stieß die Badezimmertür auf. Polternd fiel der Stuhl um, aber tatsächlich schien niemand darauf zu achten. Sie schickte nur einen kurzen Blick durch den Raum, um sich über die Lage im Klaren zu werden. In der Nähe der Eingangstür rangen zwei Männer miteinander. Ricas Herz schlug ein wenig schneller, und sie ertappte sich dabei, tatsächlich ein bisschen Angst um diesen Unbekannten zu haben, der ihr Vater war. Dann fiel ihr Blick auf etwas Glänzendes, das unweit der Kämpfenden auf dem Boden lag.

Es war Patricks Pistole.

Ohne weiter darüber nachzudenken, hechtete Rica einmal quer durch den Raum, stolperte, schlitterte ein kleines Stück und bückte sich nach der Waffe. Sie war überrascht, wie schwer das kleine Ding sich in ihrer Hand anfühlte, und fast hätte sie es instinktiv wieder fallen gelassen. Stattdessen sprang sie ein Stück zurück und starrte die Pistole an. Ihr wurde bewusst, dass sie trotz all der Actionfilme, die sie in ihrem Leben gesehen hatte, keine Ahnung hatte, wie man so eine Waffe benutzte. Man musste die Dinger irgendwie entsichern, oder nicht? Wie funktionierte das? Und woran konnte man sehen, ob sie nicht schon entsichert war?

Abfeuern, sagte eine leise, gemeine Stimme in ihrem Kopf. *Irgendwen Schuldigen wirst du schon treffen. Dein Vater ist schließlich auch kein Unschuldslamm.*

Rica schauderte vor sich selbst und wollte die Pistole schon einfach in ihren Hosenbund schieben, als ihr einfiel, dass diese Idee vielleicht auch nicht gerade brillant war, wenn sie nicht wusste, ob das Ding entsichert war. *Du wirst dir noch in den Fuß schießen, Rica. Warum hast du das Scheißteil eigentlich aufgehoben?* Aber irgendwie fühlte sie sich jetzt doch ein bisschen weniger schutzlos.

Die beiden Männer schienen sie bisher nicht einmal bemerkt zu haben. Rica umklammerte die Pistole mit der rechten Hand und machte sich daran, in Richtung Tür zu schleichen. Genau in diesem Moment riss sich ihr Vater von Patrick los und drehte sich zur Tür um.

Als er Rica mit der Pistole in der Hand sah, erstarrte er. »Rica, was …« Die Verblüffung auf seinem Gesicht wäre komisch gewesen, wenn Rica nicht sowieso schon fast vor Angst gestorben wäre. »Verdammt, verschwinde, Kind!«

Durch ihren Vater aufmerksam gemacht, wirbelte nun auch Patrick herum. Sein Blick flog zu Ricas Hand. »Gib das zurück, du Göre!«, fauchte er.

Rica sah zwischen den beiden Männern hin und her. Alles in ihr schrie nach Flucht, aber sie sah auch, wie Patrick hinter sich griff und plötzlich eine metallene Stabtaschenlampe in der Hand hielt. Ihr Vater, der sie immer noch perplex anstarrte, bemerkte nichts davon. Rica handelte, ohne nachzudenken. Ihr Vater mochte vielleicht nicht der Tollste sein – aber er war ihr Vater. Sie hob die Waffe mit zitternder Hand, stützte sie dann mit der Linken und sagte: »Lass das fallen!«

In diesem Moment wurde die Tür aufgestoßen, und Eliza kam hereingetaumelt.

»Rica, du musst …« Erst in diesem Augenblick merkte Eliza, dass hier etwas ganz schrecklich schieflief, und sie hielt inne. Verblüfft und ein wenig hilflos sah sie von Patrick zu Ricas Vater und dann zu Rica selbst, die die Waffe immer noch auf den angeblichen Psychopathen gerichtet hatte.

»Was machst *du* denn hier?«, zischte Rica aus dem Mundwinkel und musste gleich darauf hysterisch kichern, weil ihr klar wurde, dass das vermutlich genau das war, was ihr Vater hatte sagen wollen.

»Torben«, flüsterte Eliza, ihr Blick fest auf die Pistole in Ricas Hand gerichtet. »Torben ist draußen.«

»Du lässt jetzt sofort die Waffe fallen!«, knurrte Patrick und hob die Taschenlampe. Endlich reagierte auch Ricas Vater. Er fuhr herum und griff blitzschnell nach Patricks Arm. Im letzten Moment versuchte der »Psychopath« noch, auszuweichen, aber er war zu langsam. Ricas Vater packte seinen Unterarm und drehte ihn herum, sodass Patrick mit einem Schmerzensschrei die Taschenlampe fallen ließ.

»Ihr verschwindet hier besser beide!«, rief er Rica und Eliza zu. »Ich regele das hier, und dann …«

Doch weiter kam er nicht. Wieder flog die Tür auf, und dieses Mal trat Torben in den Raum. Breitbeinig, als ob ihm die ganze Welt gehörte, baute er sich im Türrahmen auf und richtete seinen Blick auf Rica.

»Hier bist du also.« Ein feines Lächeln umspielte seine Züge. »Du hast uns ja einige Schwierigkeiten gemacht. Wenn du jetzt mitkommst, kann ich dir allerdings versprechen, dass wir einen fairen Prozess abhalten werden.«

Rica starrte Torben verblüfft an. Er wirkte vollkommen ruhig und gefasst. Er schien weder die Waffe in ihrer Hand noch Patrick, ihren Vater oder Eliza wahrzunehmen. Seine gesamte Aufmerksamkeit war auf Rica gerichtet.

»Spinnst du jetzt vollkommen?« Rica wandte sich zu Torben um und überlegte einen Moment, ob sie die Waffe wieder heben sollte. Nur, um ihn auf seine Grenzen hinzuweisen, versteht sich.

»Wir wissen, wer hinter den ganzen Streichen steckt«, fuhr Torben fort, immer noch, ohne auf irgendjemanden im

Raum zu achten. »Du und dieser Nathan. Euch ist doch klar, dass wir euch nicht so ohne Weiteres davonkommen lassen.« Er schenkte ihr einen Blick voller Selbstgerechtigkeit. »Wir werden schon sehen, wer hier wem Angst einjagt.«

Rica starrte ihn an. *Das kann doch nicht sein Ernst sein.*

Sie war nicht die Einzige, die Torben verwirrt ansah. Rica konnte die Blicke von Patrick und ihrem Vater im Rücken spüren. Aber im Moment hatte sie nur noch Augen für Torben. In ihrem Kopf überschlugen sich die Gedanken, und sie fragte sich einen Moment lang, ob Torben zu einer ernsthaften Gefahr werden konnte.

Dieser Moment wäre beinah ihr letzter gewesen.

Sie spürte die Bewegung hinter sich mehr, als dass sie sie hörte. Instinktiv warf sie sich zur Seite, aber trotzdem war sie nicht schnell genug. Etwas traf mit furchtbarer Wucht ihre Schulter. Ein stechender Schmerz durchfuhr ihren Arm bis in die Fingerspitzen. Es fühlte sich an, als habe ihr jemand ein Messer hineingerammt.

Rica schrie auf und ließ sich zu Boden fallen. Sie versuchte, sich noch im letzten Moment abzufangen, aber ihr linker Arm wollte ihr nicht gehorchen, sie schlug hart auf der Seite auf und blieb schwer atmend liegen. Die Pistole fiel ihr aus der Hand und schlitterte mit einem hässlichen kratzenden Geräusch über den Fußboden. Im nächsten Moment war Eliza an Ricas Seite.

»Bist du …« Doch sie kam nicht weiter, denn Torben sprang hinter sie, packte sie an den Schultern und riss sie fort.

»So leicht kommst du nicht davon!«, zischte er.

Rica versuchte, die Tränen in ihren Augen zurückzudrängen. Sie konnte Torben nur durch einen dichten Schleier wahrnehmen.

»Spinnst du? Sag mal, siehst du nicht, was hier …«

Torben beugte sich nach vorn und legte Rica die Finger

einer Hand um den Hals. »Ich lasse mich von niemandem an der Nase herumführen«, murmelte er direkt in Ricas Ohr.

Normalerweise wäre es kein Problem gewesen, ihn abzuschütteln. Normalerweise hätte Rica sich aber auch nicht durch einen Lynchmob gekämpft, sich einem Schneesturm und einem angeblichen Psychopathen gestellt und die schlimmsten Ängste ihres Lebens ausgestanden. Rica versuchte, Torbens Hand wegzuschieben, aber ihre Finger kratzten nur schwach an seiner Haut, dann fielen sie schlaff herunter. Die Hand auf ihrer Kehle war schwer, so schwer. Sie schien aus Blei gemacht zu sein. Eine massive Bleiklammer, die Rica die Luft abdrückte. Rica versuchte verzweifelt, Atem zu holen, doch nur ein winziger dünner Luftstrom schaffte es in ihre Kehle. Er reichte lange nicht aus. Ihr Hals schmerzte fürchterlich, sie spürte, wie ihr Tränen in die Augen traten. Von irgendwoher hörte Rica Stimmen. Männer, Frauen, sie war sich nicht ganz sicher. Das Geräusch schien aus weiter Ferne zu kommen und sie nichts anzugehen.

Sie versuchte, sich zur Seite zu drehen, irgendwie dem Griff zu entkommen, aber ihr Körper wollte ihr einfach nicht mehr gehorchen. Gleichzeitig schien es um sie herum dunkler zu werden. Sie blinzelte, doch die Helligkeit kehrte nicht zurück. Neben ihr kämpften Leute, so wie es sich anhörte, aber Torben ließ sich dadurch nicht beeindrucken. Immer schwerer lastete seine Hand auf ihrer Kehle, bis sie schließlich überhaupt nichts anderes mehr wahrnehmen konnte als seine stählernen Finger.

Rica wollte nur noch schlafen. Sie schloss die Augen und bemühte sich, an etwas Schönes zu denken.

Ein Aufschrei drang durch die dicke Watte, die ihre Gedanken zu umgeben schien, und gleich darauf strömte frische Luft in ihre Lungen. Sie wirkte wie ein Lebenselixier. Auf einmal war Rica hellwach, und mit ihrem Körper schien auch ihr Kampfgeist wieder erwacht zu sein.

Nicht mit mir! Sie schlug um sich, traf etwas Weiches, von dem sie sich nicht sicher war, ob es sich um Torben handelte, doch sie dachte nicht mehr darüber nach, sondern prügelte einfach drauflos. Sie wollte hier raus, und das so schnell wie möglich.

»Rica! Aufhören!« Eine Hand schloss sich wie ein Schraubstock um ihren Arm. Rica versuchte, sich loszureißen, versuchte, mit der freien Hand nach demjenigen zu schlagen, der sie gefangen hatte. Doch ihre Schulter und ihr ganzer Arm schmerzten noch zu stark von dem Schlag, den sie abbekommen hatte. Tränen stiegen ihr in die Augen, und sie konnte gerade noch einen Schmerzensschrei unterdrücken.

»Rica, nicht!«

Rica rollte sich zur Seite und versuchte, auf die Füße zu kommen.

»Ricarda Eloise Lentz, hör auf!«

Seltsamerweise waren es diese Worte, der Gebrauch ihres vollständigen Namens, die Rica wieder in die Gegenwart zurückholten. Fast, als handele es sich um einen Code, der sie von einer Kampfmaschine wieder zurück in einen Menschen verwandelte. Sie hörte auf, um sich zu schlagen, und ihr Blick klärte sich ein wenig.

Ihr Vater kauerte neben ihr, seine Hand fest um ihren Oberarm geschlossen, aber sonst ganz ruhig. »Du musst nicht mehr kämpfen«, sagte er sanft.

Ricas Gefühle schlugen Purzelbäume. Sie wäre ihm am liebsten um den Hals gefallen. Genauso gern hätte sie ihm eine runtergehauen.

»Was machst du hier?«, begann sie, nur um gleich darauf die Frage zu wechseln. »Warum hast du Ma und mich allein gelassen?«

Er seufzte und ließ endlich ihren Arm los. Rica rieb sich die schmerzende Stelle, wandte aber ihren Blick nicht von ihm ab.

»Das ist jetzt nicht der richtige Zeitpunkt, um das zu besprechen«, meinte er. »Später, ja?«

»Wie viel später? Noch mal fünfzehn Jahre?«

»Einfach später.« Ihr Vater machte eine vage Handbewegung, die Ricas Aufmerksamkeit auf das Zimmer lenken sollte. Sie sah sich um. Während ihrer kurzen Bewusstlosigkeit – war es Bewusstlosigkeit gewesen? –, war im Zimmer das Chaos ausgebrochen. Patrick lag am Boden, Eliza stand über ihm und hatte die Pistole auf ihn gerichtet. Sie sah dabei nicht halb so unsicher aus wie Rica. Als hätte sie jeden Tag eine Waffe in der Hand. Ein Stück neben Rica rappelte sich gerade Torben wieder vom Boden auf. Er wirkte verwirrt und ein wenig peinlich berührt. Ein bisschen, als sei er gerade aus einer Trance erwacht. Und von draußen wurde heftig gegen den Eingang gehämmert, vor den jemand einen der schweren Computertische geschoben hatte.

»Komm!« Ricas Vater stand auf und half Rica auf die Füße. Obwohl er es dabei vermied, ihren verletzten Arm zu berühren, schoss ein scharfer Schmerz von ihrer Schulter bis in ihre Fingerspitzen. Tränen traten in ihre Augen, und sie musste einen Aufschrei unterdrücken. Sie biss sich auf die Unterlippe und versuchte, sich die Schmerzen nicht allzu sehr anmerken zu lassen. Sie wollte nicht, dass ihr Vater sie so sah.

Eingebildetes Küken, warum versuchst du überhaupt, ihn zu beeindrucken? Ist ja nicht so, dass er mal was für dich getan hätte.

»Bist du okay? Schlimm verletzt?«

Die Sorge in seiner Stimme fühlte sich richtig an für Rica. Er klang so, wie ein Vater klingen sollte. Ein Vater, dem etwas an seiner Tochter lag.

»Es geht.« Sie presste die Lippen aufeinander und wandte sich Eliza zu. »Was ist da draußen los?«, wollte Rica wissen, halb an Eliza, halb an ihren Vater gewandt.

»Da ist eine Horde Schüler, die offensichtlich nichts Besseres im Sinn hat, als dir an den Kragen zu gehen«, erwiderte ihr Vater ruhig. Er schenkte ihr einen nachdenklichen und irgendwie auch leicht amüsierten Blick. »Wie hast du es nur geschafft, so viele Menschen in so kurzer Zeit gegen dich aufzubringen?«

»Ich habe überhaupt nichts gemacht«, protestierte Rica.

»Sie hat zu viele Fragen gestellt«, antwortete Eliza gleichzeitig. Für einen Augenblick flog ein vielsagender Blick zwischen ihr und Ricas Vater hin und her, und beide grinsten sich an. Rica wollte die Arme verschränken und schmollen, aber ihre Schulter tat immer noch viel zu weh.

»Was machen wir jetzt?«, wollte sie stattdessen wissen. »Was ist mit Nathan und Robin … und Saskia?«

»Sie sind okay«, erwiderte Eliza nach kurzem Zögern. Noch immer hielt sie die Waffe absolut ruhig auf Patrick gerichtet. »Nathan … Torben war nicht besonders freundlich zu ihm. Aber ich glaube, er ist okay.« Ihre Augen drückten deutlich aus, dass sie das mehr hoffte, als hundertprozentig wusste. Rica spürte, wie sich ihr Magen schmerzhaft zusammenzog. *Bitte nicht noch jemand, der meinetwegen verletzt worden ist.*

»Ich unterbreche euch ja nur ungern«, warf Ricas Vater ein, »aber wir sollten etwas gegen den Lynchmob dort draußen tun. Ich bin mir nicht sicher, wie lange die Tür das aushält.« Er warf einen besorgen Blick zu der Metalltür, die für Rica ziemlich stabil wirkte. Sie hatte den starken Verdacht, dass seine Sorge andere Gründe hatte.

Wahrscheinlich hat er wenig Lust, einen Haufen Schüler vor der Tür erfrieren zu lassen. Zumindest ginge es mir so. Und das, obwohl sie mir nicht gerade das Beste wünschen.

Sie starrte die Tür an. Ungebeten tauchten die Bilder ihrer Flucht aus der Skihütte wieder vor ihrem inneren Auge auf. Wie sie alle versucht hatten, sie festzuhalten. Ihre Todesangst. Der blanke Hass, der ihr von allen Seiten entgegengeschlagen war. Rica schauderte. Dann drehte sie sich langsam zu Torben um.

»Torben?«

Er hatte sich auf die Füße gekämpft, stützte sich mit einer Hand auf einem der Computertische ab und sah immer noch ziemlich verwirrt aus. Als Rica ihn ansprach, blickte er auf. Sein Gesicht war schneeweiß, und er machte den Eindruck, als müsse er sich im nächsten Moment übergeben. Seine Lippen bewegten sich, aber Rica konnte nur ein unbestimmtes Flüstern hören.

»Was?«

»Es tut mir leid«, wiederholte Torben ein wenig lauter. Seine Stimme war nur ein heiseres Krächzen, als sei er es gewesen, der gewürgt worden war. »Ich weiß nicht, was in mich gefahren ist. Es tut mir leid. Ich wollte dir nicht wehtun. Niemandem wollte ich wehtun. Jemand musste doch die Kontrolle behalten, bevor alle durchdrehen. Dann sind sie irgendwie doch durchgedreht. Und ich auch. Ich weiß nicht, warum.« Die Wörter sprudelten nur so aus ihm heraus, als wäre irgendwo in seinem Inneren ein Damm gebrochen. Bei jedem Satz, den er sagte, sah er betretener aus. »Sorry«, schloss er schließlich seine Tirade ab. »Sorry. Das passiert nicht wieder.« Und zu Ricas größter Überraschung wandte er sich zu ihrem Vater um. »Sorry, Thomas, ich habe die Kontrolle verloren.«

Verwirrt sah Rica zwischen den beiden hin und her. *Ihr kennt euch? Woher?*

Ihr Vater machte keinerlei Anstalten, das zu erklären, er trat nur zu Torben und legte ihm beide Hände auf die Schultern. »Es ist gut, Torben«, meinte er halblaut. »Der Situation konntest du gar nicht gewachsen sein. Es gibt da Dinge, die wir beim letzten Mal nicht besprochen haben.«

Beim letzten Mal. Jetzt erinnerte sich Rica wieder daran, wann sie ihren Vater schon mal gesehen hatte. Vor ein paar Monaten, als er mit einigen anderen Leuten Torben von der Schule fortgebracht hatte. Torben war zwar später wieder aufgetaucht, aber er hatte nie darüber gesprochen, wo er gewesen war und was man mit ihm gemacht hatte. Wieder blickte sie von ihm zu ihrem Vater und zurück. Sie verspürte einen leichten Stich der Eifersucht, und irgendwie fühlte sie sich ausgeschlossen.

Als wäre Torben sein Kind und nicht ich, dachte sie. *Er weiß mehr als ich. Das ist nicht fair.*

Sie versuchte, diese kindische Eifersucht abzuschütteln und über das aktuelle Problem nachzudenken, doch irgendwie gelang ihr das nicht so recht. Sie hatte das Gefühl, ihren Vater erst wiederbekommen zu haben, um ihn dann gleich darauf wieder an jemand anderen zu verlieren.

Komm schon, das hat dir doch früher nie was ausgemacht.

»Kann sich vielleicht mal jemand um den Kerl hier kümmern?«, fiel Eliza in die Diskussion ein. »Mein Arm wird lahm, wenn ich ihn noch länger in Schach halten soll.«

»Oh«, meinte Ricas Vater nur und wandte sich von Torben ab. Hastig suchte er ein paar Gurte aus einem Rucksack bei der Tür und fesselte Patrick damit die Hände und Füße. Rica fühlte sich einen Moment lang unangenehm an den Tag vor ein paar Monaten erinnert, an dem sie selbst so gefesselt aufgewacht war. Patrick schien sich allerdings in sein Schicksal gefügt zu haben und beobachtete ihren Vater nur genau bei jedem Handgriff.

»Ich werde dem Institut davon erzählen«, sagte er schließlich leise, als ihr Vater die Gurte stramm zog. »Das weißt du, oder?«

»Mit dem Institut wird es schneller zu Ende gehen, als du denkst«, erwiderte Ricas Vater ruhig. »Es wäre besser für dich, wenn du dich von ihnen lossagst.«

Patrick wandte nur seinen Kopf zur Seite und sagte nichts mehr.

Mit einem Aufseufzen ließ Eliza die Pistole sinken und legte einen kleinen Schalter am Griff um. Es sah dermaßen professionell aus, dass Rica sich fragte, wo sie das wohl gelernt haben mochte. Doch im nächsten Moment fiel Eliza ihr um den Hals und presste ihr Gesicht an Ricas Schulter. »Wie gut, dass du okay bist«, murmelte sie. »Ich hab mir schreckliche Sorgen gemacht.«

Etwas peinlich berührt befreite sich Rica aus der Umarmung. Sie konnte spüren, dass Elizas Gesicht immer noch heiß war, und ihre Augen glänzten. Das Fieber war ganz sicher noch nicht vollständig zurückgegangen.

»Was machen wir jetzt?«, wollte sie halb von ihrem Vater und halb von Eliza wissen. Das Hämmern an der Tür hatte aufgehört, aber ein Blick auf die Bildschirme der Außenkamera sagte Rica, dass immer noch eine Menge Schüler vor der Tür standen.

Ihr Vater warf ebenfalls einen Blick auf den Monitor, dann sah er wieder zu Torben. »Wir müssen sie irgendwie beruhigen«, sagte er. »Kannst du …«

Doch Torben schüttelte nur den Kopf. »Da ist mehr, dagegen komme ich nicht an.«

Rica warf ihm einen verwunderten Blick zu. Sie verstand nicht ganz, wovon er eigentlich sprach. Eliza dagegen schien umso besser zu verstehen.

»Es ist Simon«, sagte sie. »Simon hat alle vollkommen unter seiner Kontrolle.«

»Wie kann er …«, begann Rica, doch niemand schien ihr so recht zuzuhören. Torben starrte Eliza mit einer Mischung aus Unglauben und Überraschung an, und ihr Vater schien zu überlegen, von wem sie gerade sprachen.

»Können wir diesen Simon irgendwie ausschalten?«, wollte er wissen.

Eliza zuckte mit den Schultern. »Ich weiß es nicht. Um ehrlich zu sein, ich weiß nicht mal, wie das Ganze funktioniert. Ich meine, ich weiß, dass ich Leute irgendwie beeinflussen kann, aber nicht, warum und wie das überhaupt geht.« Sie wurde rot. »Ich habe nicht mal besonders viel Übung darin.« Mit hoffnungsvollem Blick sah sie zu Ricas Vater auf, als habe der eine Lösung für sie parat. Rica traute ihren Ohren kaum. Eliza hatte sich nie zuvor so frei über ihre Fähigkeit geäußert. Es war immer eine Art Geheimnis gewesen, das sie beide sorgfältig umgingen. Und jetzt vertraute sie es einfach Ricas Vater an? Was war hier los?

Rica räusperte sich, doch immer noch schien niemand auf sie zu achten.

»Es sind Pheromone«, sagte ihr Vater gerade. »Sie ermöglichen euch, eure Stimmung auf andere zu übertragen. Sozusagen. Es ist ein bisschen komplizierter, aber – «

»Natürlich«, fiel Eliza ein, und ihr Gesicht hellte sich auf, als wäre gerade alles, wirklich alles in Ordnung gekommen. »Pheromone, wie bei Bienen oder Ameisen. Aber wie – «

Rica räusperte sich zum dritten Mal. Keine Reaktion. Eliza sah hocherfreut aus, Torben ein bisschen verlegen, und ihr Vater spielte den Lehrer. Nur Patrick sah kurz zu Rica und grinste ihr zu, als seien sie beide die einzigen Mitwisser bei einer Verschwörung.

»Das hat etwas mit dem Institut zu tun«, sagte ihr Vater gerade. »Und es ist nicht ganz wie bei Insekten …«

Rica hörte nicht mehr zu. An anderer Stelle zu einer anderen Zeit hätte sie das alles sicher ganz interessant gefunden, aber jetzt war wirklich nicht die Zeit für Belehrungen und Schulstunden. Sie warf noch einmal einen Blick auf den Monitor. Die Schüler draußen waren immer noch nicht gegangen. Einige der Jüngeren begannen zu zittern und sahen geradezu erbärmlich aus. Trotzdem wollten sie ganz offensichtlich kein Stück von der Tür weichen. Jemand musste etwas unternehmen und zwar schnell.

Einen Augenblick lang zog Rica in Betracht, die Polizei doch noch zu benachrichtigen, aber bis die hier oben war, waren vielleicht schon ein paar Schüler zu Schaden gekommen. Hinter ihr diskutierten Eliza und ihr Vater immer noch miteinander. Rica warf ihnen einen Blick zu – von denen war keine Hilfe zu erwarten. Sie musste selbst etwas unternehmen.

Simon hat sie gesagt. Simon, der mich hasst, weil er glaubt, dass ich ihm seinen Bruder wegnehmen will. Rica schüttelte den Kopf. Bis jetzt hatte sie nur geglaubt, dass Simon eine – zugegebenermaßen gefährliche – Nervensäge wäre. Aber jetzt meinte Eliza, dass er die ganzen Schüler kontrollierte. So wie sie und Jo und Torben Leute kontrollieren konnten. *Und er ist stärker als sie. Vielleicht arbeitet er ja auch nicht allein.* Rica dachte an alle Gelegenheiten zurück, in denen sich ihre Mitschüler irgendwie seltsam und aufgedreht verhalten hatten. Der Gedanke kam ganz leicht und wie von allein in ihren Kopf. *Jasmin. Er ist immer mit Jasmin zusammen, und sie hat auch in dem Restaurant alle unter ihre Kontrolle gebracht. Vielleicht kann Simon gar nicht so viel, aber Jasmin ist auf seiner Seite und gemeinsam scheinen sie geradezu unschlagbar zu sein.*

Wieder schüttelte sie den Kopf. Das mochte alles richtig sein, änderte aber nichts an der Tatsache, dass sie nichts gegen die beiden Kleinen unternehmen konnten. Vielleicht hätte sie rausgehen können und Simon ausknocken, bevor es jemand so richtig mitbekam. Aber Simon *und* Jasmin? Unmöglich.

Also blieb nur noch eine Möglichkeit.

»Dein Bruder meint, du bist ein kluger Junge«, murmelte Rica zu sich selbst. »Hoffen wir, dass er damit recht hat.«

Unbemerkt ging sie zur Außentür. Jetzt, nachdem das Hämmern aufgehört hatte, war es irgendwie unheimlich still im Bunker, abgesehen von Elizas leiser Stimme. Rica zog die Tür auf und schlüpfte ins Freie.

Der kleine Mob, der sich vor der Tür versammelt hatte, war ein Stück zurückgewichen, und die Schüler schienen sich zu beraten. Als Rica jedoch die Metalltür hinter sich ins Schloss fallen ließ, drehten sich die Ersten zu ihr um.

»Da ist sie!«

»Sie hat Torben überwältigt!«

»Vielleicht hat sie ihn sogar umgebracht!«

»Mörderin!«

Die Stimmen überschlugen sich, doch noch wagte offensichtlich niemand, Rica direkt anzugreifen. Noch hielten sich die Schüler zurück.

Hinter Rica wurde die Tür aufgerissen. »Spinnst du? Komm sofort wieder rein!« Elizas Stimme klang schrill vor Angst.

»Geh rein!«, knurrte Rica. »Ich weiß, was ich tue.« Sie hoffte, dass das die Wahrheit war.

»Ich bleibe bei dir«, verkündete Eliza. Doch als sie versuchte, einen Schritt vor die Tür zu machen, erhob sich in der Menge der Schüler ein wütendes Murmeln. Ganz offensichtlich war es ihnen nicht recht, dass Rica nun Verstärkung bekam.

»Geh wieder rein!«, wiederholte Rica. »Ich muss das allein machen, sonst reißen sie uns beide in Stücke.«

Wie auf Kommando kam etwas geflogen, und Rica konnte gerade noch im letzten Moment ausweichen. Mit einem schweren, metallischen Klirren schlug es hinter ihr gegen die Wand des Unterschlupfes, und als sie einen kurzen Blick darauf warf, erkannte sie eine schwere Rohrzange. *Wenn die mich getroffen hätte, hätte sie mir vermutlich den Schädel eingeschlagen.*

Eliza warf einen erschrockenen Blick auf die Rohrzange und zog sich dann zögerlich ein Stück von Rica zurück. Aber sie schloss die Tür nicht. Rica achtete nicht mehr darauf. Sie musste das jetzt durchziehen, und zwar schnell, bevor die anderen Gelegenheit hatten, ihre Wut noch weiter an ihr auszulassen.

»Ich muss mit Simon sprechen!«, überschrie sie das immer lauter werdende Gemurmel. »Simon! Wir müssen reden. Sofort!«

Einen Moment lang herrschte verblüfftes Schweigen. Offensichtlich hatte niemand damit gerechnet, dass Rica auch etwas sagen wollte. Rica war es nur recht. Verwundert war ihr lieber als aufgehetzt und zum Töten bereit.

»Simon!«, rief sie wieder. »Willst du wirklich, dass es hier Verletzte oder sogar Tote gibt?«

Das Murren in der Menge wurde wieder lauter. Ein paar der Schüler – Rica war es nicht mehr möglich, einzelne Gesichter auseinander zu halten, sie sahen alle gleich aus, wie Marionetten in Simons Fingern – boxten einander in die Seite. Offensichtlich wollten sie sich gegenseitig ermutigen, endlich etwas zu tun. Rica sah, wie sich die ersten Hände wieder hoben, wieder flog etwas direkt an ihrem Kopf vorbei, allerdings war es dieses Mal nur ein Schneeball, der neben ihr an der Wand zerplatzte. Ricas Magen zog sich zusammen.

»Simon!«, wiederholte sie noch einmal. Keine Reaktion, aber jetzt setzten sich die ersten Schüler wieder in Bewegung. Wie ein Mann stürmte der Mob auf sie zu. In dem wilden Geschrei waren keine einzelnen Wörter mehr auszumachen.

Rica wich zur Wand zurück. Sie war versucht, einfach durch die Tür wieder nach drinnen zu schlüpfen, aber was hatte sie dann gewonnen? Sie musste einfach aushalten. Simon würde bestimmt auf sie eingehen. Bestimmt. Wenn er auch nur ein ganz kleines bisschen seinem Bruder ähnelte.

Die Menge brandete auf sie zu wie eine Welle an den Meeresstrand. Sarah und Vanessa führten die Meute an, aber ihre Gesichter waren so verzerrt, dass Rica nichts Bekanntes mehr darin erkennen konnte. Die beiden Mädchen, die mit ihr in eine Klasse gingen, schienen verschwunden. Zurückgeblieben waren nur zwei Furien, von denen eine jetzt tatsächlich ein langes Küchenmesser hervorzog und auf Rica zustürzte.

»Simon, bitte!«, rief Rica und schloss die Augen. Sie erwartete, jeden Moment von der Menge überrollt zu werden oder alternativ, dass Eliza sie ins Innere des Bunkers zog.

Nichts dergleichen geschah. Von einem Moment auf den anderen hörte das infernalische Gebrüll der anderen Schüler auf. Rica konnte hören, wie die Menge stolpernd zum Stehen kam. Wieder wurde Gemurmel laut, doch dieses Mal klang es eher verwirrt als verärgert.

Rica wagte es zu blinzeln, dann öffnete sie die Augen ganz. Das, was eben noch ein Mob gewesen war, war nur noch ein Haufen verwirrter und verfrorener Schüler. Sie standen in einer engen Gruppe zusammen und blinzelten ins Sonnenlicht, als ob sie eben erst erwacht seien.

Sie sehen aus wie hypnotisiert. Rica fand sich Auge in Auge mit Vanessa wieder, die sie mit einem dermaßen überraschten und erschrockenen Gesichtsausdruck musterte, dass Rica beinah lachen musste. Es sah einfach zu komisch aus.

»Ich wollte dich umbringen«, flüsterte Vanessa. Über dem Gemurmel der anderen war ihre Stimme kaum zu verstehen. »Ich wollte dich umbringen.«

»Ich weiß«, meinte Rica. Sie bemühte sich um einen locker-flockigen Tonfall, aber ihre Stimme zitterte dabei. »Es ist nicht deine Schuld.« *Es ist Simons Schuld. Und wenn er will, kann er jederzeit dafür sorgen, dass du mich wieder umbringen willst.*

Doch bevor sie noch irgendetwas anderes sagen und bevor sich Vanessa entschuldigen konnte, schob sich Simon an ihr vorbei, Jasmin im Schlepptau. Ohne auch nur irgendwem die geringste Beachtung zu schenken, baute der Junge sich vor Rica auf und stemmte die Hände in die Hüften.

»Was willst du von mir?«, wollte er wissen. Seine Augen waren so hart und kalt wie Glasmurmeln.

»Das könnte ich dich fragen«, erwiderte Rica. Ihre Stimme zitterte immer noch, und sie konnte spüren, wie sich trotz der Kälte Schweißtropfen in ihrem Nacken bildeten. *Dieses Kerlchen ist gefährlich, mach dir nichts vor.* Aber das tat sie gar nicht. Im Gegenteil, sie hatte eine solche Heidenangst vor ihm, dass sie an sich halten musste, nicht sofort wieder im Bunker zu verschwinden. »Ich hab dir nichts getan, weißt du?«

Simon zuckte mit den Schultern. Er richtete seinen Blick auf einen Punkt leicht über Ricas Kopf und schien überhaupt nicht daran interessiert zu sein, was sie sagte.

»Warum hetzt du sie gegen mich auf?«, wollte Rica wissen.

»Du glaubst doch nicht, dass dieses kleine Kerlchen mich zu irgendwas überredet hätte«, warf Vanessa ein wenig beleidigt ein, aber Simon schenkte ihr einen langen Blick, und Vanessa wurde blass und verstummte. Mit einem befriedigten Lächeln auf den Lippen drehte sich Simon wieder zu Rica um.

»Warum tust du das?«, wiederholte sie.

Er schien tatsächlich einen Moment überlegen zu müssen. »Weil ich es kann«, erwiderte er schließlich.

»Super, okay, du kannst es. Dann kannst du es ja nun auch lassen.« Einen Augenblick lang überlagerte die Wut Ricas Angst. »Du kannst doch nicht einfach so mit Leuten herumspielen, bloß, weil es dir so in den Sinn kommt.«

In Simons Augen blitzte etwas auf. Etwas, das wie eine Mischung aus Wut und Erheiterung aussah, und Rica meinte sogar, einen gewissen Respekt darin lesen zu können.

»Die anderen sind ja auch nicht besser«, sagte er in einem sanften Tonfall. »Die hacken doch auch nur auf den Kleineren und Schwächeren herum, weil sie es können. Das ist doch wohl genauso wenig fair.« Jasmin zupfte Simon am Ärmel und versuchte offensichtlich, seine Aufmerksamkeit zu erringen, jedoch vergeblich.

»Aber was du hier veranstaltest – « Rica unterbrach sich. Sie hatte sagen wollen, dass Simons kleine Spielchen viel schlimmer waren als alles Mobbing und alle Schläge, die man vielleicht beziehen konnte, aber auf einmal war sie sich da gar nicht mehr so sicher. Woher sollte sie denn wissen, wie sehr er gelitten hatte? Wie sehr er noch litt? Als sie elf gewesen war, war die Zeit scheinbar auch elend langsam für sie vergangen, wer wusste schon, wie lange Simon schon unter seinen Mitschülern zu leiden hatte.

»Hör mal«, sagte sie stattdessen. »Du solltest damit aufhören. Noch geht das. Noch ist niemand richtig zu Schaden gekommen.« Sie dachte an Herrn Röhling und schauderte. Und was aus Frau Friebe geworden war, wusste auch keiner. Aber das war nichts, was sie jetzt zur Sprache bringen musste. Jetzt galt es erst einmal, Simon von seinem Machttrip runterzuholen.

»Simon! Sag ihr nichts!«, bettelte Jasmin. Sie flüsterte, aber inzwischen war es unter den anderen Schülern so ruhig geworden, dass Rica die Worte gut verstehen konnte. Simon schüttelte Jasmins Hand ab und starrte Rica weiterhin finster an. Wahrscheinlich überlegte er gerade, wie er sie am besten aus dem Weg räumen sollte.

Jetzt ist es vorbei, ging es Rica durch den Kopf. *Jetzt hetzt er die anderen gegen mich.* Dann merkte sie zu ihrer Überraschung, dass Simons Augen glänzten. Der Kleine war kurz davor, loszuheulen.

»Ich habe doch gar nichts getan«, flüsterte er plötzlich. »Es ist nicht meine Schuld.« Er sah zu Rica mit seinen tränenverschleierten Augen auf, und für einen winzigen Moment spürte Rica gewaltiges Mitleid in sich aufsteigen. Das hier war doch nur ein kleiner, harmloser Junge. Wie konnte sie nur glauben, dass …

Halt!

Rica blinzelte und schüttelte den Kopf, als könne sie dadurch klarer denken. *Er manipuliert mich wieder.* Rica biss sich auf die Unterlippe, fest genug, dass der Schmerz sie ein bisschen in die Wirklichkeit zurückholte.

»Probier deinen Scheiß nicht an mir aus!«, warnte sie Simon. »Ich könnte dir das wirklich übel nehmen.«

Schlagartig änderte sich Simons Benehmen. Sein kindliches Gesicht wurde hart und seine Augen kalt.

»Okay«, meinte er in einem völlig sachlichen Tonfall. »Deal. Aber ich habe nicht angefangen, weißt du?«

Rica musterte den Jungen misstrauisch. »Was meinst du damit?«

Der Blick, den Simon ihr schenkte, war dermaßen abschätzig, dass Rica sich vorkam, als hätte sie die blödeste Frage der Welt gestellt. »Du hast doch gesehen, was sie hier veranstaltet haben, oder nicht?«, fragte er und nickte in Richtung des Unterstandes. »Der Kerl arbeitet mit ihnen zusammen, und das weißt du ganz genau.«

Rica musste nicht fragen, wer »sie« waren, sie hatte genau das Argument schon zu oft von Nathan gehört. »Ist das vielleicht ein Grund?«, flüsterte sie. »Ja, sie wollten uns Angst einjagen, aber was du getan hast …« Sie schüttelte den Kopf. »Herr Röhling. Frau Friebe. Dafür bist doch du zuständig.«

Simon zuckte mit den Schultern und grinste. »Und wenn schon. Sie haben es nicht anders verdient.«

Rica schauderte angesichts der Kälte in der Stimme des Jungen. Wie konnte man in diesem Alter schon dermaßen verbittert und abgebrüht sein? Für einen Augenblick musste sie an Jo denken, an ihre Verzweiflung und ihre Not, weil sie anders war als alle anderen. Weil ihre Fähigkeiten ihr Angst machten. Rica musterte Simon. Er war besser, viel besser mit diesem ganzen Kram, als Jo es je gewesen war. Vielleicht war es einfach so, dass er auch mehr darunter litt. Aber trotzdem wurde ihr ganz kalt, wenn sie daran dachte, was in der Küche passiert war.

»Bitte, hör damit auf!« Sie wusste nicht, was sie sonst noch sagen konnte. Ihr waren die Argumente ausgegangen. Sie fühlte sich nur noch müde und wie ausgehöhlt.

In Simons Augen blitzte etwas auf. Einen Augenblick lang dachte Rica, er amüsierte sich über sie, doch dann sah sie die kalte Wut. »Okay«, sagte er leise. »Ich höre auf. Wenn du die Finger von meinem Bruder lässt.« Er reckte sein Kinn. »Robin gehört zu Saskia. Das war schon immer so. Du störst nur.«

»Deswegen wolltest du mich umbringen?« Rica schüttelte den Kopf.

»Wenn du nicht mehr da bist«, zischte Simon, »dann kommt er bestimmt zu Saskia zurück. Und dann …« Er sprach nicht weiter, aber es war klar, was er sagen wollte. Dann war die Welt wieder in Ordnung. Dann war alles so, wie es Simon geplant hatte, und wie es ihm in den Kram passte.

Rica schloss die Augen. Sie war so erschöpft, völlig ausgelaugt von dem langen Tag und den ständigen Gefahren. Ihr Kampfgeist schien fast verloschen. Sie wollte nur noch, dass alles zu Ende war. Sie war versucht, Simon einfach nachzugeben. Zu sagen, was er hören wollte, und endlich, endlich in Ruhe gelassen werden.

Doch dann dachte sie an Robin, und plötzlich konnte sie ihr Herz bis zum Hals schlagen spüren. Ihre Kehle wurde eng. *Niemals kann ich ihn verraten. Nicht einfach so. Nicht jetzt.*

Sie öffnete die Augen wieder und sah Simon fest ins Gesicht. »Warum?«, wollte sie wissen. »Warum ist dir das so wichtig?«

Simons Stimme war nur noch ein Flüstern. Er klang unendlich traurig. »Robin und Saskia gehören zusammen«, wiederholte er. »Sie sind … mein Halt. Sie waren immer für mich da. Im Gegensatz zu meinen Eltern.« Er holte tief Luft, und Rica gewann den Eindruck, dass er ein Schluchzen unterdrücken musste. Dann jedoch sprach er in dem harten und kalten Ton weiter, den er vorher schon angeschlagen hatte. »Alle anderen sind mir egal. Sie können mir alle gestohlen bleiben. Die ganze Welt. Wenn nur Robin und Saskia zu mir halten.«

Wieder überlief Rica ein eisiger Schauder. Aber sie wusste auch, dass sie trotzdem nicht nachgeben würde. Das, was sie und Robin hatten, war stärker als der Wille dieses kleinen Jungen. »Robin liebt mich«, sagte sie. Sie war nicht wenig stolz darauf, dass ihre Stimme gar nicht zitterte. »Und ich liebe ihn. Du kannst dir selbst überlegen, was das für dich heißt.«

Simon starrte Rica fassungslos an. Dann blinzelte er ganz langsam wie eine Schlange. Ohne noch ein Wort zu Rica zu sagen, drehte er sich zu Jasmin um. »Wir können weitermachen«, flüsterte er. »Es ist mir egal, was sie mit ihr machen. Tu, was auch immer dir gefällt.«

Ricas Magen zog sich zusammen. *Los! Renn!* Aber sie fühlte sich wie gelähmt. *Wenn du nicht läufst, wirst du sterben!* Langsam, viel zu langsam drehte sie sich um und bewegte sich auf die Tür zu. *Jetzt werden sie mich erwischen.*

Doch der erwartete Aufschrei aus der Menge der Schüler blieb aus. Kein Stampfen von vielen Schritten im Schnee, keine Morddrohungen. Nur das leise Murmeln, das vorher schon zu hören gewesen war. Rica hielt inne und wandte sich um. Keiner hatte sich vom Fleck gerührt. Die Schüler im Hintergrund hatten sich allenfalls noch ein wenig enger zusammengedrängt. Simon stand wie vom Donner gerührt da und starrte Jasmin an.

Die hatte die Arme vor der Brust verschränkt und starrte so feindselig zurück, dass es Rica nicht gewundert hätte, wenn Simon im nächsten Moment tot umgefallen wäre.

»Jasmin...«, begann er, aber sie unterbrach ihn.

»Alle anderen sind dir egal?« Ihre Stimme zitterte, Rica konnte jedoch nicht feststellen, ob vor Kummer oder vor Wut. »Alle anderen?«

Ein entsetzter Ausdruck trat in Simons Augen. Zu Ricas Überraschung sah sie, wie ihm die Röte ins Gesicht stieg. »Jasmin, das habe ich nicht so gemeint. Ich ...«

Doch Jasmin schüttelte den Kopf. Sie wirkte dermaßen verletzt, dass Rica sie am liebsten in die Arme genommen hätte. »Ich weiß genau, wie du das gemeint hast«, sagte sie. »Ich hab's ja vorher nicht glauben wollen. Ich dachte, du wolltest wirklich mein Freund sein.« Sie hielt sich kerzengerade, und ihre Stimme klang genauso steif wie ihre Worte. Rica an ihrer Stelle hätte vermutlich losgeheult, aber Jasmins Haltung war geradezu aristokratisch. Auf ihrem Gesicht war keinerlei Gefühlsregung zu erkennen. Sie hätte genauso gut aus Stein gemeißelt sein können.

Simon hob an, etwas zu sagen, stockte, setzte noch einmal an und schüttelte dann den Kopf. »Wie du meinst«, sagte er. Damit drehte er sich um, ging auf die Gruppe von Schülern zu und verschwand zwischen ihnen.

Kein Wort zum Abschied, kein »Entschuldigung«, nur dieser stille Abgang. Jasmin und Rica starrten ihm fassungslos hinterher. Nach einiger Zeit drehte sich Jasmin zu Rica um und musterte sie von oben bis unten.

»Es tut mir leid«, sagte sie. »Ich habe einen furchtbaren Fehler begangen.«

Rica schüttelte den Kopf. Sie wollte etwas erwidern, aber jetzt, wo die Anspannung endgültig von ihr abfiel, wurde ihr von einem Moment auf den anderen schwindelig. Alles, die verschneite Landschaft, die Schüler, Jasmins trauriges Gesicht drehten sich vor ihren Augen wie auf einem irrsinnigen Karussell.

»Ich muss mich setzen«, murmelte sie, bevor ihre Beine unter ihr nachgaben.

Jasmin kniete an ihrer Seite. »Mach dir keine Sorgen«, flüsterte sie. »Jetzt ist ja alles vorbei.«

Rica hörte hinter sich die Tür klappen und rasche Schritte, die sich durch den Schnee näherten. Starke Hände zogen sie empor und stützten sie. »Ich kümmere mich um alles«, murmelte die Stimme ihres Vaters neben ihrem Ohr. »Ich bin stolz auf dich, Rica. Das hast du großartig gemacht.«

Schon wieder die Polizei. Rica fühlte sich an den Tag vor wenigen Monaten erinnert, an dem ihr Kletterlehrer abgeführt worden war. Sie stand gemeinsam mit Eliza im Unterstand des falschen Psychopathen und sah zu, wie ein Beamter ihm Fragen stellte. Ein anderer Polizist hatte sich erboten, die durchgefrorenen und desorientierten Schüler vor der Tür wieder zurück zur Skihütte zu bringen, wo einige Helfer aus dem Dorf sich um sie kümmerten.

Frau Friebe hatte sich im Schneesturm verirrt und war halb erfroren und bewusstlos am Rande des Dorfes gefunden worden und erst heute Abend wieder ansprechbar gewesen. Nachdem man sie befragt hatte, war sofort ein Rettungstrupp zur Hütte aufgebrochen, und als man niemanden dort vorgefunden hatte, hatte die Polizei die ganze Gegend durchkämmt.

Rica und Eliza sollten zunächst beim Unterschlupf bleiben. Um Fragen zu beantworten, hieß es.

Fragen stellte allerdings keiner. Im Gegenteil, die Polizisten benahmen sich, als wären sie überhaupt nicht vorhanden, während sie den Unterstand durchsuchten, Ordner in Kisten luden und Fotos von allem machten. Einer von ihnen sprach mit Ricas Vater, jedoch so leise, dass sie keine Details verstehen konnte. Nur hin und wieder drangen Gesprächsfetzen zu ihnen herüber, und die ergaben keinen besonderen Sinn. Rica legte allerdings auch keinen besonderen Wert darauf, viel zu verstehen. Sie war einfach nur müde und ausgelaugt und wollte nach Hause. Und Robin sehen. Mehr als alles andere noch. Sie musste wissen, ob er in Ordnung war.

Eliza, die ihre Anspannung zu spüren schien, legte Rica einen Arm um die Schulter, sagte aber nichts. Rica schenkte ihr ein dankbares Lächeln und bemerkte dabei, wie schlecht Eliza nach wie vor aussah. Blass und fiebrig. Auf ihrer Stirn standen Schweißperlen. Rica verspürte den leichten Stich des schlechten Gewissens, sie so zu sehen. *Ich habe sie hier mit reingezogen.* Aber Eliza schien ihre Gedanken gelesen zu haben. Sie schüttelte ganz sacht den Kopf.

Endlich löste sich Ricas Vater von dem Polizisten, warf einen kurzen Blick durch den Raum und kam dann zu ihnen herüber. »Ich habe alles geregelt«, sagte er. »Ihr müsst nicht mit der Polizei reden.«

Rica schenkte ihm einen nachdenklichen Blick. *Nicht mit der Polizei reden.* Schon nach Jos Tod hatte sie nicht mit der Polizei reden müssen. Es war bei einem sehr kurzen Interview über ihr Verhältnis zu Jo geblieben, ansonsten hatte man sie in Ruhe gelassen. Damals war ihr das nur recht gewesen. Aber jetzt kam ihr das seltsam vor. Immerhin waren sie und Eliza mittendrin gewesen, und noch vor einer Viertelstunde hatte der Polizist darauf bestanden, sie zu interviewen.

»Was geht hier eigentlich vor?« Sie wollte aggressiv klingen, merkte aber, dass sie dafür viel zu müde und abgespannt war.

Ihr Vater hob die Schultern und versuchte ein Lächeln, das ihm nur halb gelang. »Was meinst du?«

Rica machte sich vorsichtig von Eliza los und trat ein Stück auf ihren Vater zu. »Du weißt genau, was ich meine. Dieses Institut. Der Kerl, der hier versucht, uns allen Angst zu machen. Das hängt doch alles zusammen. Und du weißt mehr darüber. Du kennst ihn sogar.« Bei diesen Worten nickte sie mit dem Kinn in Richtung Patrick, der von einem Polizisten aus der Tür geführt wurde. Er war auffallend gefasst und schien sich nicht im Geringsten Sorgen darum zu machen, dass er gerade festgenommen worden war.

»Das … kannst du nicht verstehen«, murmelte Ricas Vater und wich ihrem Blick aus.

Rica merkte, wie die Wut wieder in ihr aufflammte. »Tatsächlich? Und warum nicht? Weil ich zu klein und doof dazu bin?« Sie schüttelte den Kopf. »Warum klären wir nicht gleich noch ein paar andere Sachen. Warum zum Beispiel bist du einfach abgehauen und hast Ma und mich allein gelassen? Was hast du mit den Betreibern der Daniel-Nathans-Akademie am Hut? Wer steckt hinter der ganzen Angelegenheit? Warum verhindert niemand, dass nach und nach alle Schüler austicken? Und wo warst du verdammt noch mal, wenn ich dich mal gebraucht hätte?«

Bei jeder Frage war ihre Stimme ein wenig lauter geworden, bis sie schließlich beinah schrie. Zu ihrem Ärger merkte sie, dass ihr Tränen in die Augen getreten waren, und ihr wurde klar, dass sie sich anhörte wie jedes verdammte Scheidungskind der Geschichte. Wütend wischte sie sich mit dem Handrücken die Tränen aus den Augen – nur um festzustellen, dass ihr Vater sie mit einem wirklich betroffenen

Gesichtsausdruck ansah. Einen Moment lang sagte keiner etwas, und es war klar, dass er nach Worten suchte.

»Rica«, begann er schließlich vorsichtig. »Bekomm das nicht in den falschen Hals, ja? Ich konnte wirklich nicht für euch da sein. Ich musste … Ich wollte sichergehen, dass ihr in Sicherheit wart, und das ging nicht mit all diesen Verwicklungen.«

»Mit welchen Verwicklungen?« Ricas Stimme klang rau wie Schleifpapier. »Ich will doch einfach nur Bescheid wissen, was los ist, ist das zu viel verlangt? Ma weiß auch, was vorgeht, oder nicht? Das ist doch der Grund, warum sie den Job an dieser Schule angenommen hat.« Auf einmal war sie sich ganz sicher, damit recht zu haben, obwohl sie mit ihrer Mutter nicht noch einmal darüber gesprochen hatte.

»Sie weiß nicht viel mehr als du«, gab ihr Vater zurück. »Und ich wünschte wirklich, sie hätte die Arbeit nicht angenommen. Wirklich, sie bringt euch damit nur in Gefahr. Ich weiß nicht, was sie sich davon verspricht.«

»Vielleicht hättest du wenigstens ihr sagen sollen, worum es geht«, erwiderte Rica trocken.

Ihr Vater schwieg. In seinen Augen stand Kummer.

Rica seufzte. »Du wirst mir nicht sagen, was los ist, oder?«

Ihr Vater schüttelte stumm den Kopf.

»Warum nicht?«

»Es ist noch nicht die richtige Zeit. Wir müssen noch ein kleines bisschen abwarten. Dann vielleicht …« Doch seine Stimme verlor sich, als er ihren wütenden Blick sah.

»Ich habe keine Lust, zu warten«, verkündete sie. »Ich finde selbst heraus, was hier gespielt wird.«

»Das wirst du nicht tun!«

»Ich sehe nicht, wie du mich daran hindern könntest.« Rica drehte sich zu Eliza um, die dem Wortwechsel stumm und fasziniert gefolgt war. »Komm! Wir gehen zur Hütte zurück.«

Eliza blinzelte. Es wirkte, als erwachte sie aus einer Art Trance. Sie warf einen fragenden Blick zu Ricas Vater, doch der sagte nichts mehr. Er stand nur da, ein wenig einsam, ein bisschen verzweifelt.

»Komm!«, wiederholte Rica und griff nach Elizas Hand. Dieses Mal reagierte ihre Freundin und folgte ihr langsam in Richtung Tür, allerdings nicht ohne sich immer wieder zu Ricas Vater umzudrehen. Als sie fast schon draußen waren, hörte sie die leise Stimme ihres Vaters. »Dich kann auch gar nichts umstimmen, oder?«

Rica blieb stehen, drehte sich aber nicht um. »Nein«, antwortete sie. »Ma sagt, sie wüsste, woher ich den Dickkopf habe.«

Einen Moment lang herrschte Schweigen. Rica konnte die Anspannung im Raum spüren, wie Elektrizität, die in der Luft knisterte.

»Ich melde mich bei dir«, sagte ihr Vater schließlich. »Tu nichts Unüberlegtes. Wir reden. Nur nicht jetzt. Nicht hier. Okay?«

Rica zuckte mit den Schultern. »Wir werden sehen«, meinte sie und zog Eliza zur Tür hinaus.

Epilog

Die Landschaft glitt an Rica vorbei, ohne dass sie sie richtig wahrnahm. Robins Hand umschloss die ihre, und die Wärme tat ihr gut, aber ihre Gedanken schlugen noch immer Purzelbäume. *Nach Hause. Wir fahren nach Hause.*

Nur dass es nicht ihr Zuhause war. Im Grunde wusste Rica gar nicht mehr, wohin sie gehörte. Die Daniel-Nathans-Akademie war es jedenfalls nicht. Jetzt noch weniger als zuvor.

»Woran denkst du?« Robins Stimme war so dicht neben ihrem Ohr, dass sein Atem sie im Nacken kitzelte.

»An dich«, erwiderte sie leichthin.

»Lügnerin.« Aber seine Stimme klang eher fröhlich als vorwurfsvoll.

Rica seufzte. »Ich werde das alles nie entwirren können.« Draußen vor dem Fenster flog ein tief verschneiter Wald vorbei. Ein paar Rehe schreckten auf, als der Bus an ihnen vorbeizog, und flüchteten zwischen die Bäume.

»Doch. Du kannst das.« Robins Stimme war ruhig und sicher. »Wenn es jemand kann, dann du.«

Rica wünschte sich, auch nur einen Bruchteil seiner Sicherheit zu besitzen. Sie wandte ihm endlich das Gesicht zu und lächelte vorsichtig. Er strahlte zurück, und ihr Herz wurde ein wenig leichter.

»Danke«, flüsterte sie.

Danach herrschte eine ganze Weile Schweigen. Sie waren

nicht die Einzigen im Bus, die ihren Gedanken nachhingen. Die meisten Schüler wirkten immer noch ziemlich niedergeschlagen von allem, was passiert war. Vielleicht auch von ihrem eigenen Verhalten. Sie schämten sich, das war Rica klar. Und sie ahnten, dass sie manipuliert worden waren, nur nicht wie und von wem. Zwar war nichts Schlimmeres passiert – Herr Röhling würde wieder in Ordnung kommen und Frau Friebe auch –, aber ihnen allen war klar, dass sie damit mehr Glück als Verstand gehabt hatten.

»Was wird aus Simon?«, wollte Rica wissen.

Robin verzog das Gesicht. »Wir haben noch eine Woche frei, und meine Eltern wollen ohnehin, dass ich nach Hause komme. Ich werde mit ihm reden. Ich kann immer noch nicht glauben, dass die Polizei auf die Geschichte von nur einem Täter hereingefallen ist.«

Rica zuckte mit den Schultern. *Die Polizei glaubt anscheinend alles, was mein Vater ihnen erzählt hat,* dachte sie. Dieser Gedanke beunruhigte sie, aber das teilte sie Robin nicht mit. Damit musste sie erst einmal selbst fertigwerden.

»Kann ich mitkommen?«, fragte sie stattdessen.

Robin schenkte ihr einen verwunderten Blick. »Was, zu mir nach Hause?«

Rica grinste ihn an. »Klar. Warum nicht? Ma hat sicher nichts dagegen.« *Wenn ich erst mal eine Stunde mit ihr rumgestritten habe.*

Robin sah einen Moment lang fast ein bisschen erschrocken aus. Dann begann er zu strahlen. »Ja, klar. Das geht bestimmt.« Sein Lächeln war ansteckend. Rica merkte, wie sich ihre Laune merklich besserte. Sie beugte sich über die Armlehne zu Robin hinüber und gab ihm einen Kuss auf die Nasenspitze.

Ich habe mir auch ein bisschen Urlaub verdient, dachte sie.

Veronika Bicker

Optimum

Blutige Rosen

Thriller

Tote Mädchen stellen keine Fragen

Vom ersten Tag in der Daniel-Nathans-Akademie an spürt Rica, dass hier etwas Seltsames vor sich geht. Alle Schüler stehen unter strenger Aufsicht. Die meisten von ihnen sind ungewöhnlich begabt. Einige Jugendliche neigen ohne erkennbaren Grund zu Gewaltausbrüchen, manche scheinen die Gefühle und Gedanken anderer beeinflussen zu können. Als dann auch noch ein Mädchen tot aufgefunden wird, beginnt Rica, Nachforschungen über die Eliteschule anzustellen, und bringt sich damit selbst in größte Gefahr ...

Der Auftakt einer aufregenden Trilogie – absolut aufwühlend und mörderspannend!

Band 1 · 352 Seiten, broschiert mit Klappe
und bedrucktem Buchschnitt
€ 14,99 [D]
ISBN 978-3-86396-044-5

Veit Etzold

Spiel des Lebens

Thriller

»Einer nach dem anderen …«

Willkommen im Spiel des Lebens, Emily. Du hast die Wahl. Sieg oder Tod, liest Emily völlig fassungslos auf dem zerknüllten Zettel in ihrer Hand, und damit geht der Horror los. Ein Psychopath jagt sie durch ganz London und stellt sie vor unbegreifliche Rätsel. Falls sie diese nicht in der vorgegebenen Zeit löst, gibt es einen Toten. Der Killer treibt Emily an den Rand des Wahnsinns. Wer ist dieser Irre? Und warum hat er ausgerechnet sie für sein mörderisches Spiel ausgewählt?

Ein abgründiges Verwirrspiel – abwechselnd aus der Perspektive der Protagonistin und ihres Verfolgers erzählt. Nervenaufreibend und hochdramatisch!

Band 1 · 352 Seiten, broschiert mit Klappe
und bedrucktem Buchschnitt
€ 14,99 [D]
ISBN 978-3-86396-048-3